KB149382

한국시가의 미학

한국시가의 미학
ⓒ 손종흠, 2011

초판 1쇄 펴낸 날 2011년 6월 15일

지은이 손종흠
펴낸이 조남철
펴낸곳 (사)한국방송통신대학교출판부
　　　　 110-500 서울시 종로구 이화동 57번지
　　　　 전화 | 영업_ 02-742-0954
　　　　　　　 편집_ 02-3668-4764
　　　　 팩스 | 02-742-0956
　　　　 출판등록 | 1982년 6월 7일 제1-491호
　　　　 홈페이지 | press.knou.ac.kr

출판위원장 김무홍
편집진행 김정규
표지·편집디자인 프리스타일
인쇄 (주)삼성인쇄
마케팅 전호선

ISBN 978-89-20-00619-7 93810

값 20,000원

한국시가의 미학

손종흠 지음

에피스테메
EPISTEME

한국시가의 미적특성

우주내에 존재하는 모든 아름다움은 꾸미는 것에서 시작된다. 꾸민다는 것은 사물과 사물, 현상과 현상의 결합을 통해 새로운 것을 창조한다는 의미를 지닌다. 우주내의 모든 현존재는 이것을 통해 비로소 독립성을 지닌 진정한 의미의 현존재가 되기 때문에 그것이 무엇이든 아름다움을 가진 것일 수밖에 없다. 이러한 아름다움은 크게 두 가지로 나눌 수 있다. 하나는 존재론적 당위성을 기본으로 하는 기능적 측면에서 만들어지는 것으로 자연적인 아름다움이라고 할 수 있는 존재미存在美이고, 다른 하나는 제작자인 사람의 손에 의해 창조되는 것으로 인공적인 아름다움이라고 할 수 있는 예술미藝術美가 그것이다. 둘중 어느 쪽 아름다움이 더 높은 가치를 지니는가에 대해서는 논란의 여지가 있지만 근본을 따진다면 존재미가 예술미에 앞서는 것이 당연하다. 왜냐하면 인공적으로 창조된 아름다움인 예술미보다 기능적인 측면이 강조되면서 자연적으로 만들어진 존재미가 훨씬 오래되었으며, 예술미는 이러한 존재미를 바탕으로 형성된 것이기 때문이다. 이처럼 근본을 따진다면 존재미가 예술미에 앞서는 것으로 보아야 하지만 태생적으로 지니고 있는 인간의 미적감각을 자극하고 만족시키는 측면에서는 예술미가 존재미에 앞선다고 할 수 있다. 예술미는 아름다운 것을 추구하는 성향을 지니고 있으면서 그것을 행동으로 옮기는 현존재인 인간의 미적감각을 최대한 만족시킬 수 있는 방향으로 형성되기 때문이다.

이러한 예술미를 간직하고 있는 존재가 바로 예술인데, 소리예술에 속하는 문학의 한 갈래이면서 소재素材와 화자의 정서情緖를 바탕으로 하는 내용을 다양한 표현방식에 의해 언어를 재구조화하는 과정에서 형성되는 형식적 특성을 본질적 성격으로 하는 것이 바로 시가詩歌이다. 작품의 주제를 이루면서 내용을 형성하는 소재, 화자의 정서와 사상 등은 다른 문학 갈래의 그것과 큰 차이를 보이지 않을 수도 있기 때문에 이것은 시가를 시가답게 하는 핵심적인 요소는 아니다. 따라서 한 편의 시가가 예술적 아름다움을 가진 온전한 작품으로 거듭나기 위해서는 반드시 형식적 요소들을 구비해야 한다. 일정한 주제를 형성하고 있으면서 화자가 내면에 지니고 있는 정서를 밖으로 드러내어 전달함에 있어서 산문과는 현저하게 다른 표현방식을 취하는 것이 바로 시가인 까닭이다. 시가를 시가답게 만드는 데 있어서 핵심적인 구실을 하는 이러한 표현방식은 매우 다양한 모습을 통해 실현되는데, 구성요소들 간의 관계에 의해 형성되는 율격을 바탕으로 하는 작품의 구조와 예술적 의미를 완성시키는 구실을 하는 수사적인 표현 등이 중심을 이루게 된다. 특히 형식적 요소는 작품의 알맹이가 예술적 의미를 지닌 내용으로 완성될 수 있도록 하는 주체이면서 다른 문학 갈래와 구별되는 시가로 거듭날 수 있도록 하는 핵심으로 작용하기 때문에 시가의 예술성은 형식에 의해 완성된다고 해도 과언이 아니다.

한 편의 시가가 그 예술성을 완성하는 데 있어서 형식이 하는 구실이 이처럼 크고 중요한 것은 사실이지만 그렇다고 하여 그것의 예술적 아름다움이 모두 형식에 의해 좌우된다고 할 수는 없다. 내용이 없는 형식은 껍데기에 불과하여 그 자체로는 아무런 의미를 가질 수 없기 때문이다. 결국 한 편의 시가가 만들어 내는 예술적 아름다움은 내용적 요소로 작용하는 소재, 정서, 사상 등과 형식적 요소로 작용하는 율격, 구조, 수사법 등의 요소들이 유기적으로 결합할 때에 비로소 완성된다는 사실을 알 수 있게 된다. 따라서 시가에 대한 미학적 접근 역시 이러한 점들을 고려하지 않을 수 없다.

본 연구는 이러한 생각을 바탕으로 시가의 예술성에 대한 분석을 시도함으로써 한국의 고전시가가 지니고 있는 미적특성을 밝혀내는 데에 중점을 두었다. 그러기 위해 우선 예술미와 시가미의 형성과정을 살펴서 논의의 근거로 삼도록 했다. 다음으로는 작품의 내용을 구성하는 요소인 소재, 사상, 공간 등이 만들어 내는 미적특성을 살펴보았다. 아울러 형태를 완성하는 형식을 구성하는 핵심요소인 시간, 구조, 수사법 등의 미적특성을 살피는 과정을 밟도록 했다. 이러한 논의를 바탕으로 마지막 결론에서는 한국시가의 미학적 특성을 도출하는 방식을 취했다.

그 결과 한국시가는 한국어의 특성을 바탕으로 하면서, 내용을 이루는 알맹이인 소재, 정서, 사상 같은 요소들이 형식을 이루는 요소인 평장, 명, 구, 행, 장, 렴, 조흥구, 감탄사, 수사법 등과 결합하는 구조를 형성함으로써 예술적 아름다움을 갖춘 미적형태로 거듭난다는 사실을 도출해 낼 수 있었다. 여기서 미적특성을 만들어 내는 중요한 요소로 특히 주목해야 할 첫 번째 것은 한국어의 언어적 특성을 바탕으로 하면서 율격과 형식적 특성을 형성하는 주체로 작용하는 '명'과 '구'에 대한 것이며, 두 번째 것은 명과 구의 결합에 의해 형성되는 시가의 예술적 아름다움에 대한 인식이 문화현상에 따라 변화를 일으키면서 미적형태를 바꾸는 현상이 그것이다. 즉, 왕권국가의 성립과 신분의 분화가 이루어지는 과정에서 발생한 시가는 고려시대까지는 신과 인간이 마주하는 방식의 문화현상을 반영하는 형태인 삼구육명三句六名을 핵심적인 특성으로 하는 모습이었고, 조선시대에 이르러서는 자연과 인간이 마주하는 방식의 문화현상을 반영하는 형태인 사구팔명四句八名을 핵심적인 특성으로 하는 모습을 가지게 되었다는 것이다. 삼구육명이 중심을 이루던 시대의 시가인 향가, 속요까지는 신에 대한 것과 성性에 대한 것이 중심을 이루는 미적특성을 형성하고 있으며, 사구팔명이 중심을 이루던 시대의 시가인 시조, 가사 등은 자연에 대한 것과 윤리강상에 대한 것이 중심을 이루는 미적특성을 형성하게 되었던 것이다.

이러한 내용을 기본으로 하는 본 연구는 한국시가의 미적특성에 대한 기초적인 접근을 시도한 정도에 불과하기 때문에 앞으로 넘고 건너야 할 수많은 과제들을 안고 있어서 세상에 내놓는 것이 조심스럽고 두려운 것은 사실이다. 그러나 아무리 넓고 큰 망망대해라도 얕은 곳에서부터 시작하여야만 깊은 곳까지 이르고 건널 수 있을 것이라는 말에 용기를 얻어 많이 부족한 상태에서도 연구서로 펴내게 되었다. 이 책이 출간되기까지 많은 분들의 도움을 받았으나 특히 편집과 교정에 애를 써 주신 한국방송통신대학교 출판부 관계자 여러분과 온 정성을 다해 토론에 임해 주고 문장을 가다듬어 준 아내에게 고마운 마음을 전한다.

화창한 5월에
죽계서실에서

차 례

머리말   4

제1장   한국시가의 미학을 시작하며   11

제2장   예비적 고찰   39

2.1. 예술과 예술미   41
  1. 예술의 형성   41
  2. 예술미의 형성과정   47

2.2. 시가와 시가미   60
  1. 시가의 형성   60
  2. 시가미의 형성   66

제3장   소재와 미학   71

3.1. 소재의 개념   73

3.2. 시가의 소재   80

3.3. 소재와 시가의 미학   87
  1. 삼국 시가의 소재미학   87
  2. 향가의 소재미학   92
  3. 속요의 소재미학   96
  4. 시조의 소재미학   106
  5. 가사의 소재미학   115

차례

제4장	사상과 미학	131
	4.1. 예술과 사상적 당파성	133
	4.2. 시가의 당파성	141
	4.3. 시가의 사상미학	149
	1. 향가의 사상미학	149
	2. 속요의 사상미학	154
	3. 시조의 사상미학	159
	4. 가사의 사상미학	164
제5장	시간과 미학	171
	5.1. 시간과 시가의 관계	173
	1. 시간의 본질적 성격	173
	2. 시간과 형식	181
	3. 문학과 시간성	183
	5.2. 시가와 순환적 시간성	189
	1. 시가와 역행의 시간구조	194
	2. 시간과 시가의 미학	198
	5.3. 시간과 시가의 미학	210
	1. 향가와 시간성의 미학	210
	2. 속요와 시간성의 미학	229
	3. 시조와 시간성의 미학	236
	4. 가사와 시간성의 미학	240
제6장	구조와 미학	265
	6.1. 구조란 무엇인가	267
	1. 관계와 체계	267
	2. 시가와 구조	273

6.2. 시가의 구조미학 278
   1. 향가의 구조미학 278
   2. 경기체가의 구조미학 290
   3. 시조의 구조미학 297
   4. 가사의 구조미학 310

제7장　공간과 미학 317

7.1. 시간과 공간과 현존재 319
7.2. 공간의 본질적 성격 325
7.3. 공간이동의 시간구조 329
7.4. 시가와 공간미학 332
   1. 향가의 공간미학 332
   2. 속요의 공간미학 338
   3. 시조의 공간미학 350
   4. 가사의 공간미학 357

제8장　수사법과 미학 361

8.1. 수사법의 본질적 성격 363
8.2. 수사법과 시가의 미학 371
   1. 향가의 수사미학 371
   2. 속요의 수사미학 375
   3. 시조의 수사미학 389
   4. 가사의 수사미학 392

제9장　한국시가의 미학적 특성–결론을 대신하여 401

참고문헌 416
찾아보기 420

10

차례

제 1 장

한국시가의
미학을
시작하며

꾸미는 것에서 시작한 아름다움에 대한 욕구는 우주내에 있으면서 그것의 구성요소로 작용하는 모든 현존재現存在[1]가 할 수 있는 수많은 행위[2] 중의 하나이다. 그러나 일정한 가치관이 들어간 의식意識을 전제로 하면서 목적성을 바탕으로 하는 미美에 대한 추구행위는 인간에 의해서만 가능하다. 이것은 인간의 유적본질類的本質[3]을 가장 잘 드러내 주는 핵심적 요소 중의 하나이기 때문에 아름다움에 대한 추구행위는 삶을 형성하는 중요한 부분이 될 수밖에 없다. 미에 대한 추구과정에서 행해지는 것들을 미적행위美的行爲라고 할 수 있는데, 이것은

13

---

1   現存在는 定在라고도 하는데, 우주내에 존재하는 대상, 사물, 과정 등을 가리키는 말이다. 여기서 말하는 우주내에 존재하는 대상, 사물, 과정 등은 인간에 의해 思惟되고 表象되기 때문에 존재하는 것이 아니라 이들이 의식의 외부에서 의식과는 독립하여 개관적, 실재적으로 존재한다는 것으로 해석된다(한국철학사상연구회 편, 『철학대사전』, 동녘, 1989).

2   우주내에 있는 모든 현존재는 자신들에 의해 형성되는 현실적 상황을 만들 때 미의 법칙에 따른다. 우주를 이루고 있는 모든 구성요소들은 각각의 구실에 맞추어서 가장 아름다운 모습을 지니도록 만들어지며, 우주내의 모든 생명체는 주변의 환경과 어울리기에 가장 적합한 형태로 스스로를 꾸며서 드러낸다. 이것들은 모두 미의 법칙에 따라 형성되므로 우주내에 있는 현존재는 모두 미적행위를 하는 것이 된다.

3   類는 공통적인 징표들을 가진 개체들의 전체를 가리킨다. 객관적으로 존재하는 모든 사물현상은 수많은 속성이나 관계에서 다른 대상들과 구별되는데, 여기에는 한 類를 이루는 수많은 원소들이 존재한다. 이 원소들은 다른 것으로 옮겨 가면서 변하는 것이 있는가 하면, 변하지 않는 것도 있다. 이러한 類는 개념을 형성하는 기초가 된다. 類的本質은 類的存在라고도 하는데, 이는 독일 철학에서 쓰는 Gattungswesen의 번역어이다.

인간과 인간의 사이에서 만들어지는 사회적 관계에서는 말할 것도 없고, 인간과 자연의 관계에서 행해지는 것에서도 마찬가지로 성립한다. 집을 아름답게 보이도록 꾸민다든지, 남들이 자신에 대해 좋은 감정을 가질 수 있도록 하기 위해 치장을 한다든지 하는 것들은 모두 사람과 사람 사이에 만들어지는 사회적 관계에서 추구하는 '미적행위'가 된다.

또한 자연의 모습을 창작자의 목적에 맞도록 체계화하여 아름답게 꾸며서 표현할 수 있도록 하는 회화, 조각, 노래 등의 예술을 창조하는 것은 사람과 자연 사이에 형성되는 관계에서 성립하는 미적행위라고 할 수 있다. 사람이란 한편으로는 자연의 일부로 살고, 다른 한편으로는 자연을 재구성[4]하는 능력을 가진 존재이다. 자연의 재구성은 일정한 목적에 맞도록 이루어지는데, 실용적인 측면과 미적인 측면을 동시에 추구할 수 있는 방향으로 형성된다. 따라서 사람은 자신이 살아가는 모든 과정 속에서 아름다움을 추구하는 결과물로써 합목적적인 미적대상화물美的對象化物[5]을 생산해 내면서 삶을 영위하는 특징을 지니게 된다. 미래의 시간에 만들어질 아름다움을 앞당겨서 실현하려는 합목적적인 욕구[6]에서 출발하는 미적욕구美的欲求는 앞에서 언급한 바

---

4   사람이 자연을 재구성한다는 것은 그것을 소재로 하여 새로운 것을 창조해 낸다는 것을 의미한다. 이런 행위는 생산을 통해 이루어지기 때문에 자연의 재구성은 기본적으로 생산력과 깊은 관계를 가진다. 자연적으로 존재하는 수많은 사물현상을 활용하여 만들어 내는 아주 다양한 종류의 도구들에서부터 의식주와 관련되는 모든 것들이 여기에 속하며, 자연을 소재로 하는 예술의 창조 역시 자연의 재구성에 속하는 행위가 된다.

5   對象化는 자신의 속에 있던 주관적인 어떤 것을 객관적이고 감각적인 사물현상으로 구체화하여 밖에 있는 것으로 다루거나 만드는 것을 가리킨다. 언어는 머릿속에 있던 생각이 감각적 존재인 소리를 통해 대상화한 것으로 본다.

와 같이 우주내의 모든 현존재가 기본적으로 가지고 있는 것이기 때문에 인간에게 있어서도 본능과 같은 것이라고 할 수 있다. 그러므로 삶의 과정에서 만들어 내는 모든 것들을 미적대상화물로 생산하면서 살아가는 인간에서 있어서 미적행위가 가지는 중요성은 매우 크다고 할 수 있다. 미적욕구와 미적행위를 바탕으로 하지 않는 생산 활동은 우리의 삶에서 별다른 의미를 가지지 못할 것이기 때문이다.

인류의 역사에서 볼 때, 미적행위는 원래 주술적인 것이거나 종교적인 성격을 띠면서 의식을 행하는 징표[7]를 통해 나타나는 것으로, 고대 이전의 사회에서는 공동체의 구성원이기만 하면 특수한 훈련을 받지 않고도 누구나 행할 수 있는 일반적 능력의 하나였다. 그러므로 인간에게 있어서 미적행위라는 것은 사회생활이나 개인 생활의 삶을 이루는 일반적인 구성요소가 될 수밖에 없었다. 그러나 사회가 발달하면서 신분의 차별이나 그것을 바탕으로 하여 형성되는 절대왕권제와 같은 국가 체제가 성립하면서 복잡한 분화[8]가 일어나게 되자 미적행위 역시 상대적으로 독립성을 가지는 것들로 매우 다양한 분화과정을

6 　　욕구는 생존을 위해 필요한 먹이를 얻기 위해 미래를 향해 움직이도록 하는 생물체의 행위를 유발하는 것으로 미래를 선점함으로써 어떤 현상을 앞당겨 실현할 수 있도록 하는 원동력이 된다.

7 　　고대사회로 올라가면 갈수록 주술과 관련을 가지는 儀式들이 집단적인 형태로 이루어지는데, 이때 행해지는 행동과 차림, 언어 등은 모두 아름다움을 추구하는 미적행위로서의 성격을 가지고 있다. 예를 들면 집단적인 춤이나 그것을 위해 갖추어 입는 옷차림이나 이 과정에서 부르는 노래 등이 모두 그렇다. 우리나라에서는 김수로왕을 맞이하기 위해 수백 명의 사람들이 龜旨峰의 정상에 올라 흙을 파 모으는 주술행위인 집단 동작을 하면서 역시 주술적인 성격을 지니고 있는 것으로 보이는 「龜旨歌」를 불렀다는 점에서 이러한 사실을 확인할 수 있다.

8 　　신분의 분화, 문화의 분화 등이 진행되면서 사회구성체 자체가 복잡한 양상을 띠게 되었고, 그에 따라 나머지 것들도 세분화하였다.

겪게 되었다. 사회의 분화는 그 안에서 삶을 영위하는 사람의 생각과 행동을 그것에 맞추어서 바꾸게 하므로 미적행위 역시 그에 맞도록 분화할 수밖에 없었던 것이다. 합쳐진 상태로 존재해 왔던 육체가 부딪혀서 감내해야 하는 현실세계로서의 생활과 정신적인 활동을 통해 끊임없이 추구하는 이념세계로서의 이상이 사회의 분화에 따라 분리하게 되자, 주술적 신성성을 기반으로 하면서 육신의 한계를 넘어설 수 있는 초월 혹은 신비주의를 추구하던 미적행위 역시 아주 다양한 방향으로 분화를 시작하게 되었다.

집단행위를 기반으로 하는 춤이나 주문, 노래 등이 중심을 이루었던 미적행위는 의식주 전반으로 확대되었으며, 왕권국가의 성립과 더불어 더욱 복잡한 미적행위를 바탕으로 하는 생산물[9]들이 속속 등장하게 되었다. 노예제를 기반으로 하는 신분제가 바탕을 이루는 절대왕권국가 체제는 세계적으로 오랜 기간에 걸쳐 존속되어 왔으며 그것은 현재의 국가 체제에도 상당한 영향을 미치고 있는 것으로 볼 수 있다. 민족 개념의 형성과 국가의 성립 등으로 인해 다양화하고 분화한 미적행위에 의해 새롭게 등장한 미적생산물들은 인간의 삶 전체를 관통하고 있는데, 특히 지배계급이 향유하는 것과 관련을 가지는 미적생산물이 그것의 중심을 이룬다는 특징을 가진다.

이러한 미적생산물로 가장 먼저 손꼽을 수 있는 것은 신앙을 바탕으로 하는 것으로 교회나 사찰과 같은 건축물을 비롯하여 회화나 조각과 같은 공간예술, 신화나 무가와 같은 시간예술 등이 있다. 다음으

---

9   고대 절대왕권국가에서 왕과 국가의 위엄과 권위를 보이기 위해 특별하게 만들어졌던 궁궐, 관복, 음식 등은 단순한 의식주의 차원을 넘어 특수한 목적을 위한 미적행위에 의해 형성된 미적생산물이라고 할 수 있다.

로 꼽을 수 있는 것은 통치 조직과 관련을 가지는 궁궐을 비롯하여 다양한 형태로 만들어진 관아官衙, 높은 사람이 행차할 때 위엄을 보이기 위한 의장儀仗, 지배층에 속하는 사람들이 착용하는 관복冠服, 연회나 행차 때에 필요한 가악歌樂 등이 있다. 이러한 미적생산물들은 기본적으로 모두 정치적 목적을 가지고 있는 것이 사실이지만 미적행위를 바탕으로 하여 형성된 것이라는 데에는 이론의 여지가 없다.

앞에서도 지적한 바와 같이 사회의 이러한 분화가 낳은 가장 큰 변화가 바로 노예제를 바탕으로 하는 신분제의 확립이다. 이것은 노예제가 없을 때에 인류가 살아오던 삶의 방식을 송두리째 바꾸어 놓는 엄청난 것이기 때문에 삶의 일부를 이루면서 모든 인간이 일반적으로 가지고 있는 능력 중의 하나였던 미적행위에도 커다란 변화가 올 수밖에 없었다. 이러한 사회의 분화과정에서 삶과 혼연일체의 형태로 존재하면서 미적행위의 중심을 이루었던 예술이 삶으로부터 분리되기 시작했는데, 그것은 신분제의 확립과 국가의 발달 등과 깊은 관련을 가지는 것으로 보인다. 왜냐하면 민족의 개념이 형성되면서 발달한 국가가 성립하고, 지배계급과 피지배계급이라는 신분의 분화가 일어나면서 노예제를 기반으로 하는 사회구성체가 확립되자 예술을 창조하는 미적행위는 노예계급에 속하는 장인 예술가만이 행할 수 있는 전유물로 되어 수준 높은 전문화가 진행됨과 동시에 이들에 의해 창조되는 미적생산물을 향유하는 사람들은 지배층의 일부로 한정되는 상황으로 바뀌었기 때문이다. 이렇게 되자 예술은 신분이 높은 귀족들을 위해 복무하는 도구로 탈바꿈하면서 삶에서 철저하게 분리되는 양상[10]을 띠게 되었고, 생산자의 창조행위와 향유자의 소비행위는 합쳐질 수 없는 평행선을 달릴 수밖에 없게 되었다.

삶의 변화를 몰고 온 새로운 사회체제인 신분제의 확립을 바탕으로 하여 성립한 미적행위의 이러한 분화는 이제 노예나 천민이 중심을 이루는 것과 지배계급에 속하는 사람들이 중심을 이루는 것으로 나눌 수 있게 된다. 노예나 천민들이 중심을 이루는 것을 '물질적미적행위'라고 한다면, 지배계급에 속하는 사람들이 중심을 이루는 것은 '관념적미적행위'라고 할 수 있다. 왜냐하면 노예나 천민에 속하는 장인 예술가들의 미적행위에 의해 만들어지는 것은 가공되지 않아서 거친 상태로 존재하는 자연물을 순치馴致시켜 아름다움을 가진 어떤 것으로 만드는 물질적미적생산물이 중심을 이루고, 지배계급에 속하는 사람들의 미적행위에 의해 만들어지는 것은 인간의 마음에 작용하여 일정한 효과와 감동을 일으킬 수 있는 정신적미적생산물을 중심으로 하고 있기 때문이다. 신분제라는 것이 기본적으로 신이나 우주의 원리, 인간의 본질 등에 대한 관념적인 이념을 중심으로 하는 삶을 사느냐 육체적인 노동을 중심으로 하는 삶을 사느냐에 따라 나누어지는 것이기 때문에 귀족계급과 평민 이하의 계급에 속하는 사람들이 행하는 미적행위 역시 이것의 영향을 받을 수밖에 없다.

인간은 정신적인 활동을 중심으로 하는 생활을 하는 것이 육체적인

---

10   장인 예술가에 속했던 노예나 천민들은 자신이 창조하는 예술품에 대한 소유권을 가지지 못함은 말할 것도 없고, 향유하는 것 자체도 전혀 불가능한 상태였다. 노예제사회라는 인류의 역사 속에서 장인들이 만들어 냈던 수많은 종류의 미적생산물들은 모두 주인인 지배계급에게 바쳐졌고, 이들은 철저한 소비자에 머물렀다. 그들은 자신들의 삶이 고귀하고 품격이 높은 것으로 생각했지만 실제에 있어서는 자신들의 삶을 노예에게 의지하는 그런 생활을 하는 사람일 수밖에 없었다. 왜냐하면 사물순치 능력이 뛰어난 장인으로서의 노예나 천민 등이 자연적으로 존재하는 수많은 사물현상을 길들여서 자신들에게 바치지 않게 되는 순간 그들은 아무것도 할 수 없는 무기력한 존재로 추락해 버리고 말 것이기 때문이다.

활동을 중심으로 하는 생활에 비해 훨씬 우월한 삶이라고 믿는 경향이 있다. 따라서 정신적인 활동을 중심으로 삶을 살아가는 사람들은 육체적인 활동을 중심으로 삶을 살아가는 사람들을 천하게 여기게 되었고, 이것이 바로 신분의 차별로 나타났으며, 이러한 신분의 차별에 의해 그들이 행하는 미적행위의 성격도 결정되게 되었다. 따라서 귀족계급에 속하는 사람들의 미적행위는 정신세계를 대상화하여 드러낼 수 있는 언어나 문자 등을 중심으로 하는 표현수단을 통해 행해지는데, 문학 같은 것을 창작하고 즐기는 것으로 구체화한다. 한편, 노예나 천민에 속하는 사람들은 주로 자연상관물을 순치시켜 미적가치를 지니는 사물현상으로 창조하는 방식으로 미적행위를 행하게 되었는데, 이들이 창조한 미적생산물은 자신을 위한 것이 아니라 귀족을 위한 것으로 되어야 하는 특징을 지닌다. 그러므로 이들에 의해 만들어진 물질적미적생산물에 대한 향유는 전적으로 지배계급에 속하는 사람들의 몫이 된다. 즉 신분제사회에서 미적행위에 의해 만들어진 모든 미적생산물에 대한 향유는 전적으로 지배계급의 것이 되고 만다는 것이다.

신분제사회에서는 지배계급의 삶을 풍요롭게 하기 위해 노예나 천민 등에 의해 만들어지는 미적생산물은 거의 모든 분야에 걸쳐 존재하였다. 직접적으로 의식주를 형성하는 의상, 음식, 건축에서부터 그들의 정신세계를 건강하게 해 주는 회화, 조각, 문학 등이 중심을 이루는 예술에 이르기까지 문화 전체를 포괄하는 것으로 파악된다. 특히 예술은 지배계급이 향유하는 삶의 품격을 높여 주는 구실을 하는 것으로 인식되었기 때문에 매우 다양한 형태로 분화하면서 발달하는 양상을 보여 준다. 즉, 신분제 등으로 인한 사회의 변화로 인해 인간이라면 누구나 할 수 있는 미적행위를 통해 생활 속에서 만들고 즐길 수 있었던 예술은 삶 속에 경험세계의 일부로 존재하면서 당연한 것으로 여겨졌던 자명성自明性을 잃어버리게 되는 결과[11]를 낳고 만다. 예술이 자명성을 잃어버리게 되면서 발생하는 문제는 두 가지이다. 하나는 삶과 예술이 분리되는 것이고, 다른 하나는 생산자와 향유자가 철저하게 분리되는 것이다. 예술의 생산자인 천민계급은 삶과 미적행위가 분리되면서 향유자에서 철저하게 배제되고, 예술의 소비자인 귀족들 역시 삶과 미적행위가 분리되면서 생산자에서 철저하게 배제되는 현상이 일어난다는 것이다. 이러한 현상은 전문성을 최대한 살리도록 하는 환경을 조성함으로써 예술의 발전에 기여하는 것처럼 보이지만 일방적인 복무만을 강조하게 되어 예술을 위한 예술이 될 수밖에 없는 한계를 지닌다. 신분제가 사라진 현대사회에 이르러서는 삶과 분리된 예술을 다시 삶 속의 예술로 되돌리기 위한 시도들이 행해지고 있지만 옛날과 같은 상태로의 환원은 불가능한 것으로 보인다.

이러한 성격을 지니면서 발달해 온 예술은 존재방식에 따라 시간예술時間藝術, 공간예술空間藝術, 시공예술時空藝術[12] 등으로 나눈다. 시간예술은 절대로 반복되지 않는 성격을 지닌 시간의 절대적인 영향이나 지배를 받는 것으로 소리예술이라고도 하는데, 문학과 음악이 대표적

제1장 한국시가의 미학을 시작하며

---

11   예술이 예배적 기능 및 그 잔재들을 떨쳐 버린 후에 획득한 자율성은 인도주의의 이념을 기반으로 하였다. 그러나 사회가 비인도적으로 됨에 따라 그러한 자율성은 뒤흔들리게 되었고(T. W. 아도르노, 홍승룡 옮김, 『미학이론』, 문학과지성사, 1984, 11쪽), 이 과정에서 예술은 자명성을 잃어버리게 되었다고 말한다.

12   대상이 지니고 있는 본질적 성격을 기준으로 하는 분류는 그것을 행하는 주체가 지니고 있는 목적에 따라 다양하게 이루어질 수 있다. 그러나 분류가 객관성을 확보하기 위해서는 범주로 하는 대상을 모두 포괄할 수 있어야 하며, 분류의 기준에 일관성이 있어야 한다. 여기서는 가장 일반적인 예술의 분류 기준을 따랐다.

이다. 공간예술은 물체와 물체가 붙어 있는 간격에 의해 만들어지는 공간의 절대적 지배를 받는 것으로 조형예술, 미술 같은 것들을 들 수 있다. 시공예술은 절대적 일회성을 가지는 시간을 상대적 영원성을 지니고 있는 공간과 결합함으로써 시간과 공간의 지배나 영향 아래에 있는 것으로 연극, 영화 같은 예술이 이 범주에 들어간다.

　문학이나 음악이 중심을 이루는 시간예술은 소리를 매개로 하는 미적행위에 의해 형성되는 특징을 지니고 있는데, 공간이 제거된 상태에서 시간의 선후관계에 의해 예술적 의미가 결정된다. 공간예술은 시간이 상대적으로 제거된 상태에서 정지된 형태로 동시에 제공되며, 공존하는 성격을 지닌다. 여기에 속하는 예술은 3차원적으로 입체적[13]인가 2차원적으로 평면적[14]인가 정도의 차이는 있지만 공간적으로 실재하는 형상을 매개로 하고 있다는 점에서는 동일하다. 형상보다는 구성요소의 시간적 선후관계를 중심으로 하는 시간예술과 시간적 선후관계는 배제한 채 구성요소의 형상만을 중심으로 하는 공간예술은 청각과 시각이라는 서로 다른 감각기관을 통해 감지되고 향유된다는 점도 있지만 무엇보다 결정적인 차이는 형식적 상이성에 있는 것으로 보인다. 시간적 선후관계를 중심으로 하는 형식과 공간적 공존을 중심으로 하는 형식의 상이성으로 인해 시간예술, 공간예술, 시공예술의 분류가 가능하기 때문이다. 예술의 이러한 분류 기준 역시 그것의 주체인 인간이 지니고 있는 유적본질과 미적행위의 관계를 바탕으로 한다. 이 중에서 시간예술은 소리를 핵심적인 표현수단으로 하기 때문에 언어와 밀접한 관련을 가질 수밖에 없다. 언어는 인간이 지니고

13　　조형예술인 건축, 조각 같은 것들을 들 수 있다.
14　　회화, 평면 장식 같은 것들을 들 수 있다.

있는 다양한 유적본질 중에서 다른 생명체와 인간을 구별짓는 핵심적인 잣대의 하나이기도 한 데다가 중요한 미적행위를 이루는 매개수단이 되기도 한다. 따라서 언어를 매개수단으로 이루어지는 미적행위가 예술의 형성에서 가지는 의미와 구실은 매우 크다고 할 수 있다.

언어는 인간의 발성기관을 통해서 낼 수 있는 소리를 특수한 방식으로 결합하여 의미를 담고 있는 것으로 발화자의 생각을 상대에게 전달할 수 있도록 하는 의사 표현수단의 하나이다. 즉, 발성기관에 의해 자연적으로 나는 소리聲를 인간이 정한 규칙에 의해 얽어서 형성되는 소리音[15]의 단위로 구조화하고 난 후 그것을 다시 일정한 법칙에 의해 재구조화한 것이 바로 언어이다. 이러한 성격을 가지는 언어는 사회적 약속에 의한 의미를 획득하지 못한 상태에서 혼자 하는 말에 해당하는 언言과 두 사람이 서로 마주 보면서 주고받는 형태의 말인

---

15   동물이 청각기관을 통해 감지하는 음향현상의 핵심을 이루는 구성요소인 소리는 자연적으로 나면서 일정한 의미를 지니지 않는 것(聲)과 약속에 의해 인위적으로 주어진 의미를 지니고 있는 것(音)으로 나눌 수 있다. 무릇 물체가 진동하거나 공기가 급격히 끓을 때 나는 것이 모두 소리를 만드는데(凡物體顫動與空氣相激蕩皆能成聲), 그중에서 인간의 청각기관으로 느낄 수 있는 것(耳官之所感覺者也)을 聲이라고 한다(辭源). 그러므로 聲은 아직까지 어떤 의미를 가지는 그런 소리는 아니고, 그저 자연현상으로 나는 소리를 가리키는 것이 된다. 그중에서도 인간의 청각기관으로 느낄 수 있는 것만을 가리키는 것이라고 하니 매우 좁은 범주를 지니는 말이다. 그런데 인간은 삶을 살아가는 데 있어서 이러한 聲만으로 살아가지는 않는다. 聲 이외에도 다양한 형태로 만들어진 소리의 구조화물을 통해 그것을 활용하면서 살아가는 존재이기 때문이다. 따라서 인간이 만들어 낸 소리를 자연의 소리인 聲과 구별하기 위해서는 다른 말이 만들어져야만 했다. 이것이 바로 音인데, 聲이 일정한 형식에 의해 구조화하여 어떤 식으로든 의미를 가지게 될 때 이것을 音(聲成文者爲之音)이라고 한다. 그러므로 聲은 홀로 나는 소리요, 音은 잡스럽게 얽혀서 나는 소리이고 의미를 가진 소리로서 인위적으로 의미를 붙인 것을 말한다.

어語[16]가 주기적으로 반복되는 현상을 통해 발생과 변화를 거듭한다. 생명체의 내부에서 일어나는 수많은 현상 중에서 의식적인 것을 밖으로 드러내어 표출하는 방법[17]에는 여러 가지가 있을 수 있는데, 소리의 특수한 구조화로 말미암아 형성되는 언어는 지구상에 있는 현존재 중에서 인간에게만 주어진 특별한 능력의 하나라고 할 수 있다. 왜냐하면 인간처럼 고도로 발달한 체계의 언어를 가진 생명체가 없기 때문이다.

그렇다면 이러한 성격을 지니는 언어가 유독 인간에게만 발달한 이유는 무엇일까? 그것은 인간의 삶에서 핵심적인 구실을 하는 노동을 중심으로 하는 생산활동에서 생기는 필요성에 의한 것이라고 할 수 있다. 우주내의 현존재 중에서 생명력을 가지고 있는 존재들은 주어진 생명을 유지하기 위해서는 반드시 일정한 생산활동을 하지 않으면 안 된다. 여기서 말하는 생산활동은 생명을 보존하기 위해 필요한 먹이를 구하는 것을 주로 가리키는데, 인간 역시 이 범주를 절대로 벗어날 수 없다는 것은 자명한 사실이다. 인간이라는 하나의 생명체가 지니고 있는 '살아 있음'을 유지하기 위해 절대적으로 필요한 것이 바로 에너지를 제공할 수 있는 존재인 먹이가 된다. 먹이를 얻거나 구하기 위해서는 합목적적인 행위를 할 수밖에 없는데, 이러한 행위를 촉발

23

---

16   自言曰言 二人相語曰語(漢語大詞典編輯委員會, 『漢語大詞典』, 漢語大詞典 出版社, 中國 上海, 2001). 言은 입 밖으로 나와서 부려 쓰인 것으로 개별적인 성격을 가지면서 무한하다는 것이 특징이고, 語는 머릿속에 저장된 것으로 사회적임과 동시에 일정한 뜻을 가지고 있는 것으로 유한함을 중요한 특징으로 한다.
17   춤은 기쁨을 드러내는 것으로 볼 수 있고, 눈물은 슬픔을 드러내는 것으로 볼 수 있으며, 주먹을 불끈 쥐는 행위는 분노를 드러내거나 다짐을 나타내는 것으로 볼 수 있는 것 등을 예로 들 수 있다.

시키는 것이 바로 신체의 내부에서부터 일어나는 욕구가 된다. 그러므로 욕구는 먹이를 구하는 생산활동의 중심을 이루는 노동행위를 촉발시키게 되는데, 노동의 대상이 되는 실재하는 것에 대한 정확한 인식을 필요로 하게 된다. 이 과정에서 더 많은 먹이를 손쉽게 구하기 위해 인간사회는 상호의존과 협동의 행위를 늘려 가게 되고, 이 과정에서 각 개인은 이와 같은 협력의 유용성을 자각하게 된다. 그렇게 됨으로써 구성원 간의 상호관계를 긴밀하게 하기 위해 자신의 생각을 공유하면서 정보를 주고받을 수 있는 수단이 필요하게 되니 그것이 바로 입이라는 발성기관을 통해 나오는 말이 된다. 입은 먹이를 소화시키기 위한 신체의 중요한 기관이기도 하지만 성대라는 발성기관이 복잡하게 발달하면서 말을 할 수 있는 기관[18]으로 되기도 한다. 입을 통해 나오는 언어는 소리와 의미를 통해 인간의 정신에 작용하여 정보나 지식을 공유할 수 있게 함으로써 사회적 유대관계를 더욱 공고하게 하는 데에 결정적인 구실을 한다. 오랜 시간에 걸쳐 인류가 이룩한 문명과 문화는 언어를 통한 정보와 지식의 공유와 전승이 없었다면 불가능했을 것으로 보이기 때문이다. 이런 점에서 볼 때, 인간을 인간답게 해 주는 아주 중요한 요소 중의 하나가 바로 언어라는 사실을 알 수 있게 된다. 그러므로 인간의 역사와 언어의 역사는 그 궤적을 같이한다[19]고 할 수 있다.

---

18   이러한 생각은 철저하게 진화론적인 입장을 따른 것이다. 인간이 만들어질 때부터 선천적으로 언어에 대한 능력을 타고났다는 창조론과 관련된 주장과는 정면으로 배치된다.

19   인간이 마음속에 지니고 있는 생각의 체계인 思惟가 밖으로 대상화되어 실천적으로 드러난 것이 바로 언어이다. 생각의 덩어리인 개념, 판단, 구성, 추리 등을 기본으로 하여 작동하는 사유는 언어가 만들어 내는 소리의 덩어리인 음성언어

이러한 성격을 가지는 언어는 사회의 발달과정에서 다양하고 복잡한 모습으로 분화되면서 새로운 형태의 것들을 창조해 왔다. 역사적 맥락에서 볼 때 언어는 생물학적 진화과정에서 형성된 것으로 자연언어[20]라고 할 수 있는 음성언어와 사회적 조직을 갖추어 나가는 과정에서 인위적으로 형태를 창조하고 의미를 부여한 인공언어인 문자언어로 나눌 수 있다.[21] 음성언어의 초기 형태는 단순한 신호음 정도였을 가능성이 크다. 왜냐하면 인간의 진화과정과 사회의 분화과정에서 볼 때 역사가 오래된 언어나 노래일수록 단순한 소리를 중심으로 말해지고 불리는 특징[22]을 가지고 있기 때문이다. 신호음 정도의 형태로 음성언어가 출발했더라도 화자話者의 생각을 상대에게 전달하는 구실은 충실하게 해낼 수 있었기 때문에 음성언어는 기본적으로 의사소통의 기능을 가지고 있는 것으로 볼 수 있다. 의사소통 기능이 중심을 이루는 음성언어는 인간과 사회의 진화와 발달과정에서 자음과 모음을 기본바탕으로 하면서 규칙에 의한 결합으로 일정한 의미를 형성하는데, 낱말과 낱말을 연결시키는 과정에서 만들어지는 문장을 통해 더욱 복잡한 사유의 체계들을 표현할 수 있게 되면서 체계적인 사상을 형성할 수 있게 된다. 이러한 음성언어는 인간의 삶에서 대단히 중요한 구실을 하는데, 추상적 사유를 가능하게 하여 대상에 대한 분석을 할 수

의 낱말들을 통해 존재 형태를 형성한다.

20   일상언어라고도 한다.

21   현대에 이르러서는 정보를 전달하는 것이면 모두 언어로 보아야 한다는 이론이 제기되어 정보언어로 언어의 개념을 확장시키고 있다. 그러나 인간과 직접적인 관련을 맺고 있는 것을 대상으로 할 때는 음성언어와 문자언어로 나누는 것이 가장 적합하다.

22   고정옥, 『조선민요연구』, 수선사, 1949, 15쪽.

있게 함으로써 그것이 지니고 있는 본질적 성격을 파악할 수 있을 정도로 매우 높은 수준의 이해를 이끌어 내는 직접적인 도구가 되기 때문이다. 추상적 사유를 통해 이루어지는 대상에 대한 분석과 이해는 그것을 가장 효율적으로 활용할 수 있도록 하는 데에 결정적인 구실을 하므로 인간의 삶에서 언어가 차지하는 비중은 가늠하기가 어려울 정도로 크다.

이처럼 일상언어로서의 음성언어는 인간의 삶에서 없어서는 안 될 정도로 중요한 성격을 가지지만 그 자체는 입을 통해 밖으로 나오는 순간에 시간 속으로 사라지고 마는 것이 큰 단점이었다. 음성언어가 가진 시간적인 한계를 극복하지 못하는 한 인간이 언어를 통해 공유할 수 있는 사유와 지식들은 일정한 한계를 지닐 수밖에 없었다. 음성언어가 가진 시간적 한계를 극복하고 장구한 미래에 걸쳐 사유와 지식을 공유하기 위해 음성언어를 토대로 하여 형성된 것이 바로 기호체계를 바탕으로 하면서 물리적인 형태를 갖춘 문자언어였다. 문자언어는 그동안 살아 있는 인간의 기억을 통해서만 공유할 수 있었던 여러 종류의 사유체계들을 장구한 시간을 거스르거나 넘어서 미래를 위해 보존할 수 있도록 하였다. 또 시간을 초월하여 그것을 공유할 수 있는 체제를 갖추게 함으로써 인간이 추상할 수 있는 사유의 범주를 더욱 넓힐 수 있는 계기를 마련해 주었다. 일정한 형식에 맞추어서 기호화함으로써 의미를 담게 되는 문자언어는 과학적인 체계를 갖추어서 일정한 목적의식 속에서 발달하기 때문에 일상언어보다 훨씬 체계적이고 과학적인 구조를 가지고 있다. 음성언어에서 문자언어로의 발전은 인류의 문명을 발달시키고 문화적인 삶의 질을 높이는 데에 크게 기여하였으니 언어를 매개수단으로 하는 언어예술의 발달을 꿈을 수 있다.

언어예술은 소재로 작용하는 자연상관물이나 현상적으로 존재하는 여러 대상들을 화자의 정서와 연결시킨 다음, 언어[23]를 매개수단으로 하여 아름답게 꾸며서 표현한 것을 가리킨다. 이러한 성격을 지니는 언어예술은 언어를 통한 미적행위를 바탕으로 성립하는데, 음성언어로 이루어지는 것이든, 문자언어로 이루어지는 것이든 다음과 같은 몇 가지 특징을 가지고 있다. 첫째, 작가가 삶을 살아가고 있는 공간인 예술적 현실은 발생적공發生的空[24]의 상태로 작용하여 무한한 소재원이 된다. 둘째, 시간적 순서에 따라 예술적 의미가 형성되며, 향유의 방식 역시 시간적 순서를 따른다. 셋째, 형식을 통해서 경험세계를 넘어선다. 넷째, 사상미학적 특성을 지니고 있다. 다섯째, 수사적 표현을 중요한 수단으로 한다. 첫 번째 특징을 만들어 주는 '발생적공'의 상태인 예술적 현실이 무한한 소재원으로 작용하는 것은 비단 언어예술에 국한된 것은 아니다. 모든 예술가는 자신이 삶을 영위해 나가는 현실에서 소재를 취해 와 자신이 지니고 있는 작가적 상상력과 결합하여 아름다운 예술작품을 만들어 내기 때문이다. 작가가 처한 이러한 상황 전체를 예술적 현실이라고 하는데, 이것이 발생적공의 상태로 작용하는 이유는 예술작품을 만들어 낼 수 있는 무한한 소재적 요소들이 맹아적 형태로 녹아 있기 때문이다. 그렇기 때문에 예술가는 이것에서 소재를 가져와 자신의 내부에 있는 정서와 스스로가

---

23   음성언어와 문자언어로 표현하는 것 모두를 가리킨다. 음성언어로 만들어지고 향유되는 것을 구비문학이라 하고, 문자언어로 만들어지고 향유되는 것을 기록문학이라고 한다.

24   손종흠, 『속요형식론』, 박문사, 2010, 31~41쪽.

지니고 있는 능력을 미적행위로 구체화시켜 아름다움을 담을 수 있는 그릇인 완성적허完成的虛로 되어 있는 비어 있음이라는 공간을 창조함으로써 예술작품을 만들어 내는 것이다. 이런 과정 속에서 예술적 현실은 작품 속으로 들어와서 예술의 내용으로 형성되는데, 작가의 정서와 결합하여 이념을 형성하면서 당파성黨派性을 띠게 된다. 이렇게 하여 내용을 이루는 요소들을 확보한 작가는 언어예술의 두 번째 특징이라고 할 수 있는 구성요소들의 위치를 정해 주는 시간적 순서를 통해 형성되는 형식으로 예술적 의미를 확보하게 된다.

언어예술 중에서도 시간적 순서에 의해 만들어지는 형식적 특수성이 차지하는 비중이 큰 것은 시가詩歌이다. 산문은 개별적인 표현들이 만들어 내는 창조적인 의미보다는 유기적으로 연결되어 있는 내용을 통해 작품이 만들어 내는 전체적인 의미가 중요하다. 그러나 시가는 특수한 표현방식을 통해 형성되는 창조적인 의미가 더 중요한데, 이것에 의해 예술적 아름다움이 결정되는 성격을 지니고 있기 때문이다. 시가에서 쓰이는 특수한 표현방식이란 바로 형식을 가리키는데, 여기에서는 시어가 놓이는 위치와 휴지休止의 방식 등에 의해 형식이 결정되므로 시가의 형식은 시간적 배열에 의해 완성되면서 형태를 형성함으로써 예술적 의미를 창조하게 되고, 따라서 형식은 시간의 현실태現實態[25]가 된다. 시이면서 노래이고, 노래이면서 시라는 양면적 성격을 지닌 시가는 일상언어가 가지지 못하는 특이한 형식을 갖춘

---

25   우주에 현현하여 존재하는 모든 현존재는 시간에 의해 배열과 결합의 순서가 정해지는 형식을 가지고 있다. 시간은 형식을 통해서만 사물현상으로 발현할 수 있으며, 이렇게 함으로써 형태를 형성하여 하나의 사물현상을 완성한다. 그러므로 형식은 우주의 시간이 공간 속으로 자신을 드러내는 현실태가 된다.

작품으로 소리의 고저장단高低長短을 특수하게 배합하여 노래로 부르면서 화자의 정서를 아름답게 드러내는 언어예술의 한 종류이다. 시가는 시간적 순서에 따른 배열로 인해 형성되는 형식적 특성에 의해 작품의 예술적 아름다움이 좌우되는 성격을 지니고 있는 문학이기 때문이다. 그러므로 시간적 순서에 의해 형성되고 시간적 순서에 의해 향유된다는 언어예술의 두 번째 특징을 나타내는 것으로 시간적 순서에 따라 예술적 의미가 형성된다는 말은 시가문학과 가장 밀접한 관련을 가지는 것으로 볼 수 있다.

시간이 시가의 형식을 형성하는 주체로 되면서 작품에 관여하는 방식은 네 가지로 파악된다. 첫째, 소리의 배열에 의한 율동의 형성, 둘째, 율동을 기반으로 하는 시어詩語의 형성, 셋째, 주기적 반복을 통한 의미의 확장과 율격의 형성, 넷째, 인위적 휴지를 통한 새로운 의미의 창조[26] 등이 그것이다. 소리가 지니고 있는 기본적인 성격 중의 하나인 고저장단의 적절한 배합은 일정한 주기를 가지는 율동을 만들어 내는데, 언어예술의 하나인 시가에 율동이 관여하는 정도는 매우 크다. 또한 이 율동을 바탕으로 하면서 시적인 의미를 만들어 내는 시어가 만들어지고, 그것이 다시 주기적 반복의 구조를 통한 율격을 형성하면서 예술적 의미가 창조한다. 시가에서는 일상언어에 의해 형성되는 순차적 시간성이 인위적으로 재편되면서 재구조화가 일어나는데, 이것을 주관하는 것이 바로 율격을 중심으로 하는 형식적 특성이 되는 것이다. 이처럼 시가는 인위적으로 재구조화한 시간성[27]이 관여하

---

26   손종흠, 앞의 책, 106쪽.
27   여기서 말하는 재구조화한 시간성은 모두 순환적 시간성이다. 發話資料로서의 소리→日常言語로서의 意味→音響現像으로서의 音步와 行→詩歌言語로서의

지 않으면 만들어지기 어려운 성격을 가지고 있다는 점에서 그것이 지닌 형식은 시간의 일차적 대상화물對象化物이 되고, 이차적 대상화물 은 형태[28]가 된다. 이처럼 재구조화한 시간성이 절대적인 영향력을 가 지고 있는 시가의 형식은 이런 과정을 통해 새로운 차원의 아름다움 을 만들어 내게 된다.

시간자체[29]가 일차적으로 대상화되어 나타난 소리를 매개로 하여 만들어진 일상언어를 바탕으로 하는 시가의 언어는 개량화된 시간성 이 직접적으로 관여하는 형식을 통해 새로운 예술세계를 창조하는데, 이것은 인간이 현실에서 보고 느끼는 경험세계와는 대립[30]되는 성격 을 가지고 있다. 경험세계와 대립한다는 것은 예술이 경험세계를 넘 어서는 초월적인 무엇인가를 만들어 낸다는 의미가 되기 때문에 시가 의 형식이 바로 그것을 만들어 내는 중심이 된다는 것을 알 수 있게 된

意味 創造라는 단계를 거치는 止揚이 일어나게 되고, 이러한 의미 창조는 모두 순 환적 시간성에 의한 것이기 때문에 시간이 형식에 관여하는 정도는 매우 크다는 것 을 알 수 있게 된다(손종흠, 『속요형식론』, 박문사, 2010, 113쪽).

28   손종흠, 위의 책, 113쪽.

29   시간자체는 관념적인 것으로 실재하는 것인지에 대해서는 아무도 알지 못 한다. 시간이 영원히 흘러가는 것이란 것만 알 뿐인데, 이렇게 생각하면 시간이라 는 것을 누구도 인지도 할 수 없게 된다. 따라서 우리는 시간을 둘로 나누어서 생각 할 수밖에 없다. 하나는 실재하는 시간으로 인간에 의해서 改量化되어 認知되는 것 이고, 또 하나는 영원히 존재하는 시간자체이다. 한 시간이라든지 일 초라든지 하 는 것이 개량화되어 인지되는 시간이고, 개량화되지 않는 시간자체는 영원히 존재 하는 시간이다. 개량화되어 인지되는 것을 시간이라고 할 때, 인지되지 못하고 관 념적으로 영원하다는 정도로만 인지되는 것을 시간자체라고 한다. 시간자체는 실 재하는 것이 아니어서 개량화되어 나타내지 않으면 그것이 있는지조차 모르기 때 문에 관념적이라고 할 수 있다(손종흠, 「성산별곡의 구조 연구」, 『애산학보』, 28집, 2003, 137쪽).

30   T. W. 아도르노, 앞의 책, 17쪽.

다. 시간이 형식에 관여하여 초월적인 세계를 형성하는 방식은 매우 다양하다. 언어의 기본을 이루는 음절, 최소의 의미 단락을 형성하는 음수音數, 소리의 등장성을 바탕으로 하는 음보音步, 강제적인 휴지를 통해 가장 중요한 형식 요소가 되는 행行, 표현하려는 뜻을 명확하게 하면서 주기적 반복구조를 가지는 장章, 주기적 반복의 구조를 지니면서 본문에서 추상화한 것을 개괄概括하는 구실을 하는 렴斂, 화자의 정서를 효과적으로 표현할 수 있도록 도와주는 구성요소인 조흥구助興句와 감탄사, 화자가 표현하려고 하는 바를 아름다우면서도 효과적으로 나타낼 수 있도록 하는 도구인 수사법 등이 모두 시간이 관여하여 만들어 낸 형식적 요소들이다. 위의 것들이 바로 시가의 형식을 구성하는 핵심적인 요소들이란 점을 생각하면 경험세계를 넘어서는 초월적인 예술의 세계를 형성하는 중요한 요소가 되는 형식에 있어서 시간이 얼마나 중요한가를 쉽게 짐작할 수 있다. 시간과 결합한 형식적 요소들이 예술적 아름다움을 제대로 담아내기 위해서는 두말할 것도 없이 화자가 나타내려고 하는 정서의 알맹이를 실어야 하기 때문에 내용이 가지는 특징 또한 중요한 의미를 지닌다.

어떤 갈래의 예술이든 예술적 현실과 관련을 맺고 있는 작가가 지니고 있는 사유가 체계화한 존재인 사상思想을 드러내지 않을 수 없다. 또한 작가가 창조한 예술작품을 감상함에 있어서도 그 속에 담겨있는 사상이 감상자의 그것과 공감대를 형성하느냐 그렇지 못하느냐는 매우 중요하다. 왜냐하면 대상에 담겨 있는 사유의 체계가 감상자가 지니고 있는 것과 완전히 다른 사상을 담고 있을 경우 공감대를 형성하기가 매우 어려울 것이기 때문이다. 그런 점에서 볼 때, 예술은 기본적으로 작가가 속한 조직이나 집단의 이념을 대변하는 당파성을 가질 수밖에 없다는 점이 인정된다. 이런 현상은 시가에 있어서도 마찬가지인데, 역사적으로 드러난 현상을 보면 이러한 사실을 쉽게 알 수 있다. 고대국가가 발달하기 전에 불렸던 상대시가에는 주술을 중심으로 하는 집단의식이 중요한 이념을 이루고 있다. 국가라는 조직이 발달하면서 신분제가 형성되고 민족이란 개념이 만들어지면서부터 시가는 그것을 만들고 즐긴 각 계급에서 형성된 이념을 그대로 표출시키는 당파성을 강력하게 드러낸다는 점에서 이러한 사실을 확인할 수 있다. 특히 조선시대 국문시가의 핵심적인 흐름을 형성했던 시조와 가사를 보면 시가가 지니고 있는 당파성을 더욱 분명하게 알 수 있다. 사대부들이 작가층의 중심을 이루었던 조선 전기 시조나 가사를 보면 강호한정江湖閒靜의 정서나 유학의 이념 등이 내용의 중심을 이루고 있으며, 특수한 작가층이었던 기생의 시조에는 그들의 삶에서 만들어지는 이념의 하나인 그리움과 이별의 정서가 핵심을 이루고 있는 현상을 보이고 있기 때문이다. 이처럼 시가는 작품의 내용을 이루는 화자의 정서와 형식을 이루는 다양한 요소들이 결합하는 미적행위를 통해 예술성을 담게 되는데, 여기에 아름다움과 더불어 화자의 정서를 강조하여 나타내려는 중요한 수법 중의 하나로 수사법이 사용되고 있는 점도 중요한 특징 중의 하나이다.

수사修辭는 말이나 글을 다듬고 꾸며서 아름답고 가지런하게 표현함으로써 자신이 드러내려고 하는 뜻을 더욱 분명하게 함과 동시에 상대방에게 이해와 감동을 주는 표현기술의 하나이다. 역사적 맥락에서 볼 때 수사는 동서를 막론하고 화자가 표현하려는 바를 정확하게 강조하여 상대에게 전달하려는 정치적 목적에서 발달한 것으로 보인다. 서양에서는 상대를 설득하기 위해 화려한 수사를 구사하는 웅변가에 그 뿌리를 두고 있으며, 동양에서는 춘추전국시대에 제후국을 무대로 하여 활동한 언변가인 세객說客이 그 출발점이 된 것으로 파악된다. 상대를 설득하여 자신이 뜻하고자 하는 바를 관철시키도록 하는 수단의 하나로 발달한 수사는 문학, 특히 시가에 오면 형식적 구성요소의 하나로 작용하면서 특이한 성격을 지니게 된다. 다른 어떤 문학 갈래보다 형식의 중요성이 강조되는 시가에서 수사법은 다른 형식적 요소와 유기적으로 결합하여 형태를 완성하는 결정적인 구실을 하기 때문이다.

시가에 있어서 수사법은 첫째, 내용과 형식이 만나는 연결점으로서의 의미 구성행위, 둘째, 의미의 질적인 확장을 가능하게 하는 내포의 극대화, 셋째, 예술적 형상화를 가능하게 하는 감각적 대상화對象化, 넷째, 주관적 정서의 객관화를 가능하게 하는 폐쇄적 범주화範疇化, 다섯째, 형식의 완성을 주도하는 형태의 핵심인 미학적 구성요소 등의 성격을 가지는 것으로 파악된다.[31] 그러므로 시가에 있어서 수사법은 형태를 갖추도록 하여 작품을 마무리하는 단계에서 그것의 예술적 완성도를 높여 주는 마지막 미적행위라고 할 수 있다. 소리를 기반으로 하는 율동에서 출발한 작품의 창조과정은 수사법과의 유기적 결합을 끝으로 전체 여정을 마치게 되는데, 이 과정에서 작가에 의해 행해지는 모든 것이 바로 합목적적 미적행위라는 사실을 상기해 둘 필요가 있다.

"인간은 모든 대상에 내재적 척도를 부여할 줄 알며, 대상을 미의 법칙에 따라 형상화하기도 한다."[32]는 말과 같이 우리가 삶 속에서 행

---

31   손종흠, 앞의 책, 22쪽.

32   칼 맑스 지음, 강유원 옮김, 『경제학철학수고』, 이론과실천, 2006.

하는 거의 모든 행위는 아름다움을 추구하는 방향으로 움직이도록 되어 있다. 집을 짓는 행위, 옷을 입는 행위, 길을 걷는 행위, 음식을 만드는 행위 등이 모두 아름다움을 추구하거나 나타내려는 방향으로 이루어지고 있는 것을 보면 이러한 사실을 분명하게 확인할 수 있다. 일상생활에서 이루어지는 행위들이 모두 아름다움을 추구하는 방향으로 움직이기 때문에 그것을 바탕으로 하는 특수한 목적을 가진 행위 역시 이러한 범주를 벗어날 수 없음이 자명하다. 왜냐하면 아무리 특수한 행위라 하더라도 일상생활에서 행하는 것들과 전혀 관련이 없는 어떤 것을 행한다는 것 자체가 불가능하기 때문이다.

시를 짓고 노래를 부르는 행위 등도 일상의 생활과 관련을 가지면서 그 속에서 일어날 수 있는 것이기는 하지만 여타의 행위들과 다르다. 시나 노래를 짓고 부르는 행위 등은 특수한 경험을 통해 아름다움을 느낄 수 있도록 하는 작품을 창조하고 향유하는 활동으로 예술적 아름다움을 추구하는 합목적성을 가진 특수한 미적행위가 되기 때문이다. 특히 시가는 창작이나 향유에 있어서 율격적 특성을 바탕으로 하는 형식이 강조되는 성격을 가지고 있기 때문에 다른 문학작품에 비해 한층 더 특수한 미적행위를 통해 형성된다는 특징을 지니고 있다. 즉, 시가는 많은 사람들이 공감하고 노래로 부르면서 향유할 수 있는 것이어야 하므로 가장 많은 사람들이 공유하고 느낄 수 있는 내용을 바탕으로 하는 보편성과 그것이 지니고 있는 율격을 바탕으로 하는 다양한 형식적 특성을 수용하려는 사람만이 느낄 수 있는 개별적 성격이 유기적인 결합을 통해 만들어지는 것으로 이것이 바로 시가만이 갖는 특수성을 형성하기 때문이다. 그러므로 작품의 특수성을 형성하는 시가의 창작행위 역시 매우 특별한 절차와 방법을 통해 이루어질 수밖에 없으며 시가의 창작과정은 아주 특수한 미적행위로 될 수밖에 없다. 특수한 미적행위를 통해 이루어지는 시가의 창작과정을 보면 내용을 이루는 소재나 정서나 사상 같은 것보다 그것의 표현방식에 해당하는 형식의 형성과정이 시가의 예술적 성격을 결정짓는 것으로 보이기 때문에 이것이 가지고 있는 성격을 작품의 특수성으로 볼 수 있게 된다. 그렇다면 시가에 있어서 형식을 이루는 요소와 규칙 등은 어떤 것으로 이루어지는가 하는 점을 살펴볼 필요가 있다.

우리 문학에서 시가의 형식을 이루는 구성요소로는 음수, 음보, 행, 장, 렴, 조흥구와 감탄사, 수사법 등이 있는 것으로 파악된다. 오랜 역사를 지니는 민족시가를 보면 이 요소들을 모두 구비하고 있는 것이 있는가 하면 그렇지 못한 작품도 있는 것[33]이 사실이다. 그러나 민족시가 전체를 관통하는 형식적 특성으로 위의 것들이 중심적 구실을 하는 것으로 보는 데에는 별다른 문제가 있을 수 없다. 직접적인 형식적 요소에는 들어가지 않지만 시가가 언어를 기본으로 한다는 것 때문에 형식적 특성을 형성할 수 있도록 하는 기본적인 요소가 되면서 음수를 이루는 바탕이 되는 것 중에 음절을 들 수 있다. 언어예술인 시가는 언어를 기본으로 하지 않고는 성립할 수 없는 성격을 지니고 있다. 이러한 언어를 이루는 가장 기본적인 요소가 바로 음절이므로 이것을 바탕으로 하여 성립하는 음수는 음절과 뗄려야 뗄 수 없는 관계에 있다. 그러므로 시가의 형식을 만들어 내는 출발점이 되면서 그

---

33   상대시가나 향가 같은 경우 표기 형태가 우리글이 아닌 관계로 위에서 제시한 요소들이 전부 나타나지는 않는다. 그러나 그것은 우리 문자가 만들어지기 전이라는 시대적 한계 때문으로 보인다. 이런 이유 때문에 민족시가의 형식에 대한 본격적인 논의는 고려시대의 노래인 속요에서 시작할 수밖에 없다는 당위성이 확보된다.

것의 모든 것을 형성해 낼 수 있는 요소들을 발생적공의 상태로 가지고 있는 존재가 바로 음절이 된다. 이러한 성격을 가지는 음절은 식물에 있어서 씨와 같은 존재다. 씨는 하나의 식물을 만들어 낼 수 있는 모든 요소들을 맹아적 형태로 녹여서 가지고 있는데, 음절이 형식적 요소 전체가 녹아 있는 상태로 간직한 것으로 보이기 때문이다. 그렇게 볼 때, 시가의 형식을 이루는 음수는 움트는 싹에 해당하고, 음보는 뿌리에 해당되며, 행은 줄기에, 장은 가지에, 렴과 조흥구, 감탄사 등은 잎에, 수사법은 꽃에 해당하는 것으로 볼 수 있다.[34]

형식적 요소의 가장 아래에 있으면서 다른 요소들이 탄생할 수 있도록 바탕을 제공하는 음수는 음보를 전제로 한 개념이다. 시가에서 정해진 구조 단위 안에 들어가는 음절의 수를 나타내는 음수는 작품의 향유과정에서 언어를 통해 표현되는 소리가 점유하는 음절의 시간적 지속성을 차별화함으로써 율동을 형성하는데, 이것이 음보 단위로 실현되기 때문이다. 음수에 의해 차별화된 음절을 일정한 단위로 구조화하여 동일한 시간적 지속성을 갖도록 하는 구조가 있으니 그것이 바로 음보가 된다. 음보는 행을 전제로 한 것으로 음수에 의해 차별화한 음절의 시간적 지속성을 소리의 등장성等長性을 바탕으로 하면서 대립적 교체와 주기적 반복을 기본 요건[35]으로 하여 동일한 성질을 가지는 단위로 재구조화한 것이다. 이제 음보는 강제적 휴지와 주기적 반복의 구조라는 수직적 관계를 형성할 수 있는 형식적 요소를 확보하게 되어 형태의 출발점에 서 있는 행을 형성할 수 있는 기반을 갖추게 된다. 장을 전제로 하는 개념인 행은 언어가 가지고 있는 의미 영

---

34   손종흠, 앞의 책, 26쪽.
35   김대행, 「고려시가의 틀」, 『우리시의 틀』, 문학과비평사, 1989, 134쪽.

역이 중심을 이루는 수평적 관계를 마무리하면서 층위가 다른 요소들이 다층적으로 결합하는 수직적 관계를 이루는 출발점이 되는 형식적 요소[36]가 된다. 강제적 휴지 단위를 형성하여 형태를 구성하는 형식적 단위가 되는 행은 조흥구, 감탄사, 수사적 표현 등을 아우를 수 있는 것으로 작용하면서 작품의 아름다움을 드러낼 수 있는 미적단위로 거듭나게 된다.

한편, 장은 렴을 수반하는 형태를 가지는데, 수평적 관계와 수직적 관계를 모두 형성할 수 있는 출발점에 있으면서 동일한 형태를 가지는 행으로 인해 발생하는 형식적 단조로움을 극복하면서 율격적 역동성을 만들어 내는 구실을 한다. 특히 장은 행에 의해 기초를 다진 작품의 수직적 관계를 렴과 조흥구와 감탄사, 수사법 등의 구성요소를 통해 더욱 공고하게 하며 체계적으로 만든다. 조흥구와 감탄사 등은 일상언어의 의미를 통해서가 아니라 정서표현의 보조수단이 되는 음향현상이라는 점에서 화자가 전달하려고 하는 바를 강조하는 구실을 하기도 한다. 말이나 글을 아름답고 정연하게 다듬고 꾸며 표현함으로써 듣는 사람으로 하여금 깊이 있는 이해와 감동을 느끼도록 하는 수법의 하나인 수사법은 시가에서는 형식을 마무리하면서 내용이 만들어 내는 의미를 구성하여 그것의 질적 확장을 가능하게 하는 내포의 극대화와 감각적 대상화, 폐쇄적 범주화[37] 등의 구실을 하면서 형태를 결정하는 핵심이 되는 형식의 마지막 단위가 된다는 점에서 시적미학을 마무리하는 핵심적 구성요소가 된다. 이처럼 예술적 현실에서 취해 온 소재가 작가의 정서와 관계를 가지면서 내용의 알맹이를

---

36   손종흠, 앞의 책, 27쪽.

37   손종흠, 위의 책, 26쪽.

형성하는 과정을 거처 출발한 시가의 창작은 내용의 의미를 완성시키는 구실을 하는 그릇으로서의 형식이 유기적으로 결합하여 형태를 형성하면서 완성된다. 따라서 시가의 미학적 특성을 제대로 파악하기 위해서는 내용과 형식의 관계를 올바르게 이해해 둘 필요가 있다.

관념적 존재로서의 내용과 형식은 사물현상을 논리적으로 설명하기 위해 인위적으로 설정한 개념이다. 내용은 형식을 통해서 비로소 의미를 완성하고, 형식은 내용을 담음으로써만 존재할 수 있기 때문에 형식 없는 내용은 무의미하고, 내용 없는 형식은 공허하다는 유명한 명제가 성립하게 된다. 우주내의 모든 사물현상이 내용과 형식의 유기적 결합으로 형성되었기 때문에 그것의 일부가 되는 시가 작품도 같은 구성방식을 취하고 있는 것으로 보아야 한다. 그러므로 시가의 미학적 특성을 파악하는 데에 있어서도 내용적 측면과 형식적 측면을 중심으로 할 수밖에 없다는 당위성이 확립된다. 이런 점을 고려할 때, 한국시가에 대한 미학적 분석은 첫째, 작품의 주제에 근거를 두면서 당파성을 중심으로 하는 사상미학적 측면에 대한 고찰, 둘째, 시간적 배열을 바탕으로 성립하는 형식적 특성에 대한 고찰, 셋째, 내용과 형식의 연결점을 이루는 수사법에 대한 미학적 특성에 대한 고찰, 넷째, 시간이 실현되는 장소인 공간을 중심으로 하는 미학적 특성에 대한 고찰 등이 중심을 이루게 된다.

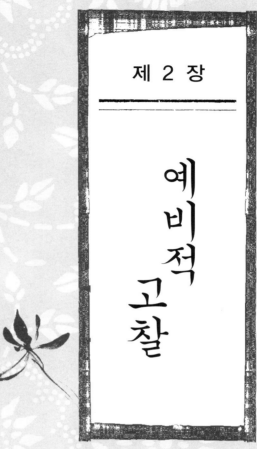

제 2 장

예비적 고찰

2.1.
예술과 예술미

1. 예술의 형성

(1) 예술적 소재로서의 현실

인간에 의해 창조되는 것으로 우주내의 사물현상들을 인간의 정서와 연결시켜 아름다움을 간직한 감각적 대상화물로 만들어 낸 예술은 우주내의 현존재라는 범주를 벗어날 수 없기 때문에 '발생적공'에서 '완성적허'를 거쳐 성립한다는 원리[38]를 벗어날 수 없다. 왜냐하면 예술의 창조자가 우주내의 현존재이기 때문에 우주내 현존재의 생성원리를 벗어난 상태의 것을 만들어 내는 것이 불가능하기 때문이다. 여기에서 말하는 발생적공은 예술로 이루어지기 전단계의 어떤 것이면서 예술의 알맹이를 형성하는 소재로 작용하기 때문에 대단히 중요한 의미를 지닌다. 즉, 발생적공은 우주내 현존재로서의 화자가 처해 있는 현실이면서 정서와 결합하여 예술의 내용을 형성할 수 있는 알맹이들을 소재적인 형태로 간직하고 있는 상태를 가리키는 것이 된다.

---

38   손종흠, 『속요형식론』, 박문사, 2010, 31~45쪽.

우주내의 모든 사물현상이 곧 현실을 형성하지만 화자의 정서와 연결되어 예술의 알맹이가 될 수 있는 소재로서의 성격을 가진다는 점에서 이것은 일반적인 현실과는 구별되는 성격을 가지는 것으로 이해해야 함을 알 수 있다. 예술가의 의지나 능력과 관계없이 우주의 법칙에 의해 생성되고 발전하며 소멸하는 사물현상들의 세계를 현실이라고 할 때 그중에서 예술의 소재로 작용하는 현실은 예술적 현실로 부를 수 있다. 이러한 예술적 현실은 예술의 내용을 이룰 수 있는 소재들을 녹아 있는 상태로 무한하게 지닌 발생적공의 상태가 되는 것으로 이해할 수 있게 된다.

현실과 예술적 현실의 차이는 범주가 크고 작다는 것 외에 아름다움을 나타낼 수 있는 예술적 의미를 가지느냐 가지지 않느냐가 핵심을 이룬다. 현실을 이루는 것들은 우주내의 현존재들에 의해 만들어지는 수많은 사물현상들이 일정한 질서에 의해 결합하여 생성하고 변화하며 소멸하는 모든 것들로, 인간이 경험적으로 인식할 수 있는 것을 넘어서는 우주내의 모든 현상들을 가리킨다. 이것의 특징은 자체가 하나의 현상일 뿐 그것만으로는 예술적인 아름다움이나 의미를 가지는 것으로 되지 못하는 성질을 가지고 있다는 점이다. 예를 들어 자연적으로 나는 천둥소리나 바람 소리 같은 것이 그것 자체로 아름다움을 간직한 것들이 아니라는 점을 말할 수 있다. 천둥소리나 바람 소리, 물소리와 같은 자연현상들이 예술적인 아름다움이나 의미를 가지기 위해서는 예술가에 의해 만들어지는 작품 속으로 들어와 일정한 구조의 일부를 이루어야 하기 때문이다.

인간의 경험세계를 넘어서서 존재하는 이러한 사물현상들은 예술가라는 한 사람에 의해 인지됨과 동시에 주관적 기준에 의해 선택되어 그의 정서와 결합하여 소재로 작용할 때만이 예술적 의미를 가질 수 있게 된다. 예술가에게 있어서 이러한 현실은 우주를 구성하는 모든 물질이 아주 미세한 형태로 녹아 있는 것이 되어서 예술을 만들어 낼 수 있는 무한한 가능성을 지닌 발생적공의 상태로 작용하게 된다는 것이다. 장구한 세월 동안 수많은 예술가들이 독자성과 아름다움을 가진 다양한 예술작품을 지속적으로 만들어 낼 수 있었던 이유가 바로 여기에 있다. 아름다움을 기본으로 하는 예술작품을 창조하는 예술가는 자신이 가지고 있는 주관적 기준과 판단에 의해 예술적 현실에 존재하는 수많은 사물현상 중에서 버릴 것은 버리고, 취할 것은 취해서 자신이 내면에 간직하고 있는 예술적 정서와 결합시킴으로써 아름다움을 간직한 형태의 예술작품을 만들어 내게 되는 것이다. 예술적 현실에서 취해 온 객관적 소재와 예술가의 내면에 있는 주관적 소재인 정서를 결합시키면서 형성되는 예술적 소재는 일정한 법칙을 바탕으로 하는 예술적 형식에 의해 완성된 작품으로 거듭나게 되는데, 이것은 완성적허를 바탕으로 하는 예술적 표현이라고 할 수 있다.

(2) 예술적 표현

예술적 표현은 예술적 현실에서 취해 온 객관적 소재와 예술가의 내면에서 가져온 주관적 소재인 정서가 합쳐진 상태의 알맹이를 일정한 방식에 맞추어서 표현하는 것을 말한다. 이러한 소재를 어떤 방식에 맞추어서 표현할 것인지의 선택은 예술가의 주관적 기준에 의해 결정되므로 표면적으로 보아서는 예술적 표현은 매우 주관적일 것으로 생각되기 쉽다. 그러나 이것은 사회적 관습, 표현수단의 특성, 감상자의 예술적 취향 등 다양한 조건들의 영향을 받아서 결정되기 때문에 결코 주관적일 수 없는 성격을 가지고 있다. 이러한 점은 우주내의 모든 사물현상들은 상호 간의 관계에 의해 치밀하게 연결되어 있으면서 서로 영향을 미치는 상태로 존재한다는 것을 보면 쉽게 알 수 있다. 하나의 예술작품은 예술가 개인이 지니고 있는 예술적 감각과 그것의 외부세계가 되는 사회구성원들이 만들어 내는 예술적 감각이 유기적으로 통합된 것을 만족시킬 수 있는 차원에서 구성될 수밖에 없다는 것이다. 바꾸어 말하면 예술가는 예술작품을 창조함에 있어서 사회구성원들이 만족하고 즐길 수 있는 아름다움을 최대한으로 담아낼 수 있는 형식을 찾아서 소재에서 만들어 낸 알맹이를 결합시킴으로써 예술의 형태를 완성한다는 것이다. 많은 사람들이 만족하고 즐길 수 있는 아름다움을 최대한으로 담아낸다는 것은 하나의 예술작품 속에 그 아름다움을 최대한으로 담을 수 있는 공간을 마련한다는 것을 의미하는데, 이것이 바로 완성적허를 바탕으로 하는 예술적허藝術的虛가 된다.

그렇다면 예술가는 어떤 방식으로 '예술적허'를 만드는 것일까? 예술적 표현에서 가장 중요한 의미를 지니는 것이 바로 이것이 될 것이다. 일반적으로 예술은 그것이 지닌 본질적 성격에 따라 시간예술, 공간예술, 시공예술 등으로 분류하기도 한다. 이것들이 모두 예술적 아름다움을 가진 것이라는 점은 같지만 각각의 갈래가 가지고 있는 독자적이고 차별화된 표현방식에 의해 만들어져서 서로 다른 성질을 가지는 감동을 유발할 수 있도록 하는 것이 중요하다. 여기에서는 그것을 담아낼 수 있는 공간을 어떤 방식에 의해 만드느냐 하는 것이 중요한 관건이 된다.

우주내 사물현상의 하나이면서 객관성을 가지는 것이거나 작가의 내면에 존재하는 정서로 주관성을 가지는 것들은 예술작품의 소재가 되는데 이것만으로는 예술적 아름다움을 가질 수 없다. 이러한 소재를 바탕으로 하는 알맹이가 완성된 형태로 되어 예술작품으로 되기 위해서는 일정한 방식에 맞추어 유기적으로 결합한 예술적 형태를 만들지 않으면 안 된다. 여기에서 형태를 만드는 일정한 방식이 바로 형식인데, 이것은 완성적허를 통해 만들어지는 공간을 바탕으로 성립하여 아름다움을 담을 수 있는 그릇인 예술적허를 만드는 기초가 된다. 예술작품의 알맹이인 내용이 형식과 결합하여 형태를 만들어서 예술적 아름다움을 담을 수 있는 공간을 확보하기 때문에 여기에서 중요한 구실을 하는 것은 형식이라고 할 수 있다.

예술적 현실만으로는 실현이 어려웠던 예술적 아름다움을 담을 수 있는 공간을 만드는 과정인 내용과 형식의 결합과정은 크게 보아 세 단계로 나눌 수 있다. 첫 번째 단계는 예술적 현실과 분리된 상태인 예술적 세계를 대상으로 한 범주 설정의 단계이다. 예술의 내용으로 될 수 있는 모든 요소들을 맹아적인 형태로 간직하고 있으면서 예술적 현실에 담겨 있는 수많은 사물현상들은 예술가에 의해 선택되는 순간 그것에서 분리되면서 예술의 객관적 소재로서의 성질만을 가지게 된다. 하나의 공간에서 분리되어 다른 공간으로 들어간다는 것은 새로운 세계에서 새로운 구실을 하는 존재로 다시 태어난다는 것을 의미한다. 그렇기 때문에 예술적 세계라는 독립된 우주 속으로 들어온 객관적 소재는 예술적인 의미를 창조할 수 있는 준비를 마친 상태가 된다. 이런 점에서 볼 때, 객관적 소재에게 일어나는 예술적 현실에서의 분리와 예술적 세계로의 유입은 예술 형성의 첫 번째 단계가 됨을 알 수 있다.

두 번째 단계는 예술작품을 만드는 구성요소들의 관계에 의해 형성되는 공간으로 아름다움을 담을 수 있는 그릇인 예술적허의 생성이다. 예술적 아름다움을 담을 수 있는 공간인 예술적허는 작품의 본질적 특성에 따라 그 성격을 달리하는데, 여기서는 시간예술의 하나인 문학의 경우를 중심으로 살펴보도록 하겠다. 언어를 표현수단으로 하는 시간예술인 문학은 성聲과 음音으로 이루어지는 소리를 일정한 법칙을 바탕으로 하는 시간적인 선후관계에 의해 결합함으로써 고저장단을 기반으로 하는 소리와 소리, 말과 말에 의해 만들어지는 틈을 통해 일차적으로 평면적 공간을 형성한다. 다음으로는 관계에 의해 만들어지는 체계가 결합해서 만들어지는 구조에 의해 입체적 공간을 형성한다. 시간의 선후관계에 의해 만들어지는 평면적 공간과 체계에 의해 구성되는 구조에 의해 만들어지는 입체적 공간을 만드는 방식이 합쳐져서 형식을 이룬다. 이러한 공간은 다른 측면에서 보면 예술적 의미의 공간을 만드는 과정이라고 할 수 있는데, 아름다움을 담아낼 수 있는 공간이라는 것이 바로 예술적 의미를 창조하는 것으로 보아야 하기 때문이다.

세 번째 단계는 예술적 의미의 창조이다. 두 번째 단계에서 이루어지는 예술적허의 생성은 작품을 이루는 구성요소들이 일정한 법칙에 의해 결합하여 유기적인 관계를 가지면서 체계적인 구조를 형성하고 구성요소들이 독자적으로 가지고 있었던 의미에 새로운 의미가 들어갈 수 있는 공간이 확보된 것으로 보아야 한다. 왜냐하면 하나의 문학작품에서 그것을 이루는 각 구성요소들이 분리되어 있는 상태에서 만들어졌던 기존의 의미만을 가질 때는 예술적 아름다움을 가진 것으로 볼 수 없기 때문이다. 작가인 화자의 정서가 다른 구성요소들과 연결되면서 만들어 낸 전혀 새로운 차원의 아름다움은 이제 작가의 감정과 손을 떠나 그것을 감상하는 사람이 그 아름다움을 느낄 수 있는 상태로 되니 이것이 바로 예술적 표현방식이라고 할 수 있는 문학의 형식이 된다.

결국 예술은 사물현상과 정서를 중심으로 하는 소재에서 출발하여 작품의 구성요소를 결합하는 표현방식을 통해 아름다움을 창조하는 과정을 거치게 되면서 내용과 형식이 되고 이것을 통해 예술적 아름다움이 만들어진다는 것을 알 수 있다.

2. 예술미의 형성과정

(1) 소재와 정서를 바탕으로 하는 내용

발생적공의 상태를 이루고 있는 예술적 현실은 예술가에 의해 선택되는 순간부터 작품의 내용을 형성할 수 있는 객관적 소재로 전환된다. 우주를 이루는 구성요소이면서 전 우주에 산재해 있는 모든 사물현상은 예술가가 가진 주관적 기준에 의해 작품의 소재로 선택되기 전까지는 예술가와는 완전히 독립되어 있는 것이면서 개별적인 의미와 구실을 가지고 있다. 따라서 그 상태로는 예술작품의 소재나 내용으로 될 수가 없다. 이러한 사물현상이 예술가에 의해 선택되는 순간 두 가지 변화가 일어나는 것으로 볼 수 있다. 하나는 예술가와는 완전히 독립된 상태로 존재할 때에 가지고 있었던 기존의 의미를 간직하면서 작가의 정서를 담아낼 수 있는 새로운 의미를 더하는 것이고, 다른 하나는 작가의 정서와 관련된 것만 남기고 다른 성질은 모두 사상捨象해 버리면서 발생하는 내포의 극대화가 그것이다.

　예술작품의 객관적 소재로 작용하는 우주내 사물현상은 그것이 무엇이든 우주를 이루는 구성요소들 간의 관계를 바탕으로 해서 만들어지는 일정한 의미와 구실이 존재하기 마련이다. 이것들은 하나의 사물현상이 진정한 의미의 그것이 될 수 있도록 하는 것으로 그 자체로 이미 완성되어 있는 세계를 가지고 있어서 개별성을 지니고 있다. 그것을 소재로 취해 오는 예술가의 행위는 그러한 사물현상에 힘을 가해서 물리적인 변화를 일으키는 것이 아니라 이미 형성되어 있는 기존의 의미에 작가의 정서를 담아서 효과적이고 예술적으로 드러낼 수 있는 관념적 변화를 통해 창조적인 의미를 담을 수 있도록 한다. 따라서 예술적 현실을 이루는 우주내의 사물현상은 객관적 소재로 선택되는 순간 작가의 정서를 담는 존재로서의 의미를 하나 더 보태게 된다.

　하나의 사물현상이 객관적 소재로 선택되어 주관적 소재인 작가의 정서와 결합하는 순간 그것은 자신이 기존에 가지고 있는 본질적 성격 중 정서를 표현하기에 적합한 것만 남기고 나머지 것들은 모두 버리게 된다. 이러한 변화는 추상행위를 통해 관념적으로 일어나기 때문에 해당 사물현상에 물리적인 변화를 가져오지는 못하지만 그것의 외연外延을 최대한으로 줄여 버리고 작가의 정서를 실을 수 있는 내포적인 측면을 극대화하는 것을 가능하게 한다. 내포가 극대화한다는 말은 외연이 극소화한다는 것을 의미하기 때문에 예술작품의 객관적 소재가 된 사물현상은 줄어든 외연의 공간을 극대화한 내포가 차지하면서 그것의 공간을 최대한으로 넓혔다는 것이 된다. 예술의 소재로 선택되는 순간 내포의 극대화가 일어나야만 하는 이유는 그렇게 할 때에만 비로소 작가의 정서를 담을 수 있는 상태가 되기 때문이다. 여기에서 일어나는 내포의 극대화로 인해 만들어지는 공간의 확장 행위는 예술작품이 형성되는 전 과정에 걸쳐 일어나면서 예술적 아름다움을 담는 그릇으로 작용하는데, 소재적 차원에서 일어나는 내포적 극대화가 그 첫 번째 단계라고 할 수 있다. 객관적 소재와 주관적 소재의 결합으로 완성된 일차적인 내포의 극대화를 통해 소재는 내용을 형성할 수 있는 첫 단계의 준비를 완료한 상태가 된다.

내용을 형성하는 다음 단계는 소재에 작가의 상상력을 바탕으로 하는 창작의도를 더하는 과정이 된다. 예술적 현실에서 내용의 형성에 필요한 객관적 소재를 취해 오고, 그 위에 작가의 정서를 실으면서 일차적인 준비를 마치기는 하지만 그것만으로 내용이 형성되는 것은 아니기 때문이다. 소재가 작품의 내용으로 거듭나기 위해서는 그것이 예술적 아름다움을 나타낼 수 있도록 의미를 풍부하게 하면서 일정한 체계 안에서 만들어지는 새로운 의미를 창조해 내지 않으면 안 되는데, 여기에 가장 중요한 구실을 하는 것이 바로 작가의 상상력이다. 상상력은 현실에 바탕을 두면서도 현실을 넘어서서 작가의 정서를 효과적으로 표현할 수 있도록 하는 것으로 예술의 내용을 형성하는 데에 없어서는 안 될 중요한 요소이다. 이러한 상상력은 작가의 창작의도와 깊은 관련을 가지는 것으로써 작가가 내면에 가지고 있는 예술적 역량이라고 할 수 있다. 하나의 예술작품을 창조하는 작가는 자신이 만들려고 하는 것이 어떤 의미를 지니도록 할 것인가에 대해 미리 결정한 다음 구체적인 창작행위에 들어가게 되는데, 이것이 바로 상상력을 바탕으로 하는 창작의도로 드러난다는 것이다. 이것은 예술적 현실의 일부라고 할 수 있는 소재를 어떠한 표현 도구와 방법을 통해 작가가 나타내고자 하는 것을 예술적 아름다움을 가진 작품으로 보여 줄 것인가를 결정짓는 기준이 된다. 이러한 점에서 볼 때 창작의도는 작가의 의식과는 아무런 관련이 없는 상태에서 존재하던 우주내의 사물현상에 작가의 정서와 상상력을 바탕으로 하면서 아름다움을 간직한 상태로 살아 있는 예술혼을 주입하는 중심요소라고 할 수 있게 된다. 이렇게 함으로써 작품을 이루는 알맹이들은 예술적 의미를 가지는 내용으로 올라설 수 있는 준비를 마무리하게 되고, 알맹이를 이루는 마지막 단계라고 할 수 있는 작가의 이념 혹은 세계관과 만날 수 있는 상태로 된다.

세계관은 작가가 세상을 바라보고 판단하는 시각으로 지극히 개인적이기는 하지만 철학적인 의미를 지닌다. 인간의 모든 사고와 행동은 일정한 목표를 가진 상태에서 이루어지는데, 여기에는 대상과 목표에 대해 나름대로의 시각으로 분석한 결과인 판단이 들어간다. 판단이란 한 개인이 세계를 보고, 분석하고, 판단하고, 행동하는 근거가 되는 의식 활동의 하나로써 독립성을 가지는 세계관을 형성하게 한다. 이러한 성격을 가지는 세계관은 개개인이 독자적으로 만들어 낼 수 있는 것이기 때문에 다분히 주관적이며 또한 한 개인의 행동 방향을 결정하는 핵심이 되기도 한다. 개인이 가지고 있는 세계관은 그 사람이 가지고 있는 이념이나 이해관계 등에 의해 큰 차이를 보이는데, 이것의 차이에 따라 동일한 현상이나 사건을 분석하고 이해함에 있어서 정반대의 결과를 낳을 수 있다는 점에서 그것이 얼마나 중요한가를 짐작할 수 있다. 이와 마찬가지로 예술가가 가지고 있는 세계관은 일차적으로는 예술가의 삶 전체에 지대한 영향을 미치지만 삶의 범주

제2장 예술적 고찰

내에서 창조될 수밖에 없는 예술작품 역시 예술가가 가지고 있는 세계관의 절대적인 영향을 받을 수밖에 없음도 알 수 있다. 예술가의 세계관은 예술작품의 형성이라는 목표를 향해 움직이도록 하는 힘을 가지고 있으면서 그것이 어떤 내용, 어떤 방식으로 표현될 수 있도록 하는가를 결정짓는 요소가 되는 것이다. 따라서 예술가가 지니고 있는 세계관은 소재와 창작의도의 결합에 의해 형성된 내용의 기초인 알맹이에다 예술적 아름다움이 살아서 숨 쉴 수 있도록 하는 생명력을 불어넣는 구실을 하게 된다. 결국 예술가의 세계관은 예술적 현실을 분석하고 평가하여 판단하는 기준으로 작용하면서 작품을 이루는 알맹이가 예술적인 의미를 가질 수 있도록 만드는 구실을 하는 것으로 이해할 수 있게 된다.

　예술작품의 내용을 형성하는 마지막 단계는 예술적 현실이나 작가의 정서가 지니고 있는 세계와는 완전히 다른 새로운 의미체계가 만들어지는 과정이다. 소재와 창작의도, 세계관 등이 지니고 있는 기존의 의미를 바탕으로 하면서 일정한 법칙에 의해 그것들을 결합함으로써 전혀 새로운 차원의 의미체계를 만드는 과정인데, 이것을 예술적 의미라고 부를 수 있다. 이것은 예술가에 의해 완전히 새롭게 만들어진 것이기 때문에 기존의 세계와는 질적으로 다른 독자적인 것이며 하나의 우주가 된다. 예술적 의미는 개별성을 가지면서도 보편성을 최대한으로 확보한 상태로 되어야 한다. 그렇지 못하면 많은 사람들에게 예술적 감동을 안겨줄 수 없기 때문이다. 이것을 예술의 특수성[39]

39　특수성은 사물현상이 지니고 있는 각각의 개별성을 잃어버리지 않으면서도 범주에 속하는 대상 모두에게 통할 수 있는 것인 보편성을 가진 것으로, 이것이 전형을 형성한다.

이라고 하는데, 이러한 성질을 가지고 있으면서 특별히 뛰어난 예술적 아름다움을 가지고 있어서 다른 작품들에 절대적인 영향을 미치는 경우 같은 종류의 예술작품에 큰 영향을 미치는 전형典型이 된다. 이런 점에서 볼 때 예술적 의미는 그것이 담겨 있는 존재를 진정한 의미의 예술작품이게끔 하는 핵심이 된다는 것을 알 수 있다. 따라서 예술적 의미는 내용을 형성하는 핵심적인 과정으로 구조를 통해 형태를 완성하는 형식과 맞닿아 있으면서 그것과 결합하는 단계가 된다. 이 단계에 이르게 되면 지금까지 제대로 된 예술적 구성요소로서의 기능을 하지 못하던 소재, 창작의도, 세계관 등이 예술적 의미를 지니는 내용으로 거듭나게 되는 것이니 내용의 완성과정이면서 형식의 출발점이 될 수밖에 없는 것이다.

이와 같은 내용의 형성과정에서 알 수 있는 바와 같이 예술작품을 이루는 모든 구성요소들은 그것들이 기존에 지니고 있었던 의미나 구실 등을 그대로 간직하면서 작품 속으로 들어오는 것이 아니라 예술가가 가지고 있는 일정한 의도에 맞추어서 재구성되는 예술적 반영을 거친다는 사실이 중요한 의미를 지닌다. 작품으로 형성될 때 모든 구성요소에 예술적 반영이 일어나지 않으면 그것은 현실의 단순한 묘사에 그치거나 작가의 세계관을 그대로 옮겨놓은 것에 불과한 것이 되어 아름다움을 지닌 예술작품으로 인정받을 수 없기 때문이다.

(2) 내용의 의미를 완성시키는 형식

우주내의 모든 사물현상은 일정한 형태를 지닌다. 그것이 가지고 있는 크기에 따라 느낄 수 없느냐 있느냐의 차이는 있을지라도 사물현상으로 존재하는 한에 있어서는 형태를 가질 수밖에 없다는 것은 지극히 자명하다. 형태가 없는 것은 사물현상으로 현현顯現될 수 없기 때문이며, 구체적이지 못한 것이 되어 추상적이고 관념적인 것에 머물 수밖에 없다. 사물현상의 존재방식을 가리키는 개념인 형태는 그것이 지니고 있는 생김새, 모양 등을 가리킨다. 이 개념의 가장 중요한 본질은 감각적이고 구체적인 형상을 가지고 있는 것으로 논리적 설명을 필요로 하지 않는 것이면서 개별적인 성질을 핵심으로 한다는 점이다. 내용과 형식의 결합으로 만들어지는 형태는 내용과 형식을 이루는 구성요소들의 단순한 집합이 아니며 부분의 총합 이상의 의미를 가진다. 이 말은 형태에 의해 독자적이고 창조적인 우주를 형성한다는 것과 같다. 이처럼 하나의 사물현상이 독자적인 우주로서의 의미를 지닐 수 있도록 하는 형태를 만드는 주체는 형식이다. 표현방식이라는 개념을 가지는 형식은 사물현상의 내용을 형성할 수 있는 알맹이를 결합시키는 법칙인데, 이것에 의해 형태가 결정되기 때문이다. 즉, 형태는 내용에 의해 결정되는 것이 아니라 형식에 의해 결정된다는 것이다. 여기서 한 가지 짚고 넘어가야 할 것은 형식이 형태를 만드는 주체라고 해도 반드시 내용을 필요로 한다는 사실이다. 사물현상을 이루는 알맹이가 의미 있는 내용으로 거듭나기 위해서는 형식을 필요로 하지만 내용이 없는 형식은 비어 있는 껍데기에 불과한 까닭이다. 형식은 하나의 사물현상이 독자성을 가지는 형태를 만드는 주체가 된다는 점에서 매우 중요한 의미를 지닐 수밖에 없다. 이것은 예술작품도 예외일 수가 없으며, 예술의 한 갈래인 문학도 그 범주를 결코 벗어날 수 없다.

언어를 표현수단으로 하는 문학에는 여러 종류가 있는데, 그중에서 특히 형식이 중요시되는 것은 시가이다. 왜냐하면 시가는 율격을 중심으로 하는 형식적 특성에 의해 본질적 성격과 예술적 아름다움이 결정되기 때문이다. 그러므로 형식은 표현되어야 할 것인 예술적 현실과 작가의 정서, 창작의도, 세계관 등을 넘어서 다른 표상을 불러오는 것이 가능하도록 하는 존재가 되고, 이때 다른 표상을 명확하게 해 주는 것이 이미지, 비유, 은유 따위가 된다.[40] 여기에서 말하는 표현되어야 할 것이란 일상언어나 일반적인 표현에서 생겨날 수 있는 것들을 가리키는데, 작품이 만들어 내는 창조적 의미를 통해 표현되어야 할 것들을 넘어서는 다른 차원의 미적표상을 불러온다는 것이다. 특히 시가에서는 창조적 표상을 만드는 데에 형식이 결정적인 구실을 한다. 왜냐하면 시가만이 만들어 낼 수 있는 예술적 표상은 형식적 요소들에 의해서 실현되는 내용의 예술적 대상화對象化[41]를 가능하게 하는 주체가 바로 형식이 되기 때문이다. 작품의 형태를 결정하는 주체가 되며, 내용의 예술적 대상화를 가능하게 하는 것이 형식이므로 시가에서 이것은 작가가 표현하려고 하는 작품의 주제를 가장 예술적으로 표현하는 방식이 되며, 그 특성은 다음과 같이 정리할 수 있다.

첫째, 시간의 숭배자이다.

형식은 시간의 절대적인 지배 아래에 있다. 시간이 없으면 형식도 없다. 왜냐하면 형식은 시간을 통해서만 정상적인 구실을 할 수 있으

---

40   빌헬름 프리드리히 헤겔, 두행숙 옮김, 「헤겔 미학 Ⅲ」, 나남출판, 1996, 471, 473쪽.

41   소재로 작용하는 예술적 현실과 정서는 예술가에게 있어서 모두 추상적이다. 이것들은 작품 속으로 들어와서 거듭나기 전까지는 예술적 의미를 지니지 못하기 때문이다. 이런 것들을 하나의 예술작품으로 태어날 수 있도록 만들어 주는 것이 형식이기 때문에 형식은 내용의 예술적 대상화를 이루는 주체가 된다.

며, 그 존재가치를 부여받을 수 있기 때문이다. 형식이 시간의 절대적 지배를 받는다는 사실은 형식을 만들어 내는 모든 요소가 시간에 의해서만 제 구실을 할 수 있다는 점에서 확인할 수 있는데, 여기서는 시가를 대상으로 살펴보도록 한다.

시가의 형식적 구성요소로 중요한 구실을 하는 것은 어휘의 배열, 구의 배열, 반복의 구조, 행의 배열, 장의 배열 등을 들 수 있다. 이것들은 모두 시간이 없으면 생성조차 불가능하다. 어휘는 본래의 뜻을 그대로 가질 수 있도록 일상언어의 순서에 맞추어서 배열되어야 한다. 이렇게 배열된 어휘들은 구와 행을 형성하도록 재구조화하여 일상언어의 의미를 넘어서는 것으로의 확장이 이루어지는 특성을 가진다. 소리의 배열이 시간의 절대적인 지배 아래에 있기 때문에 어휘의 배열 역시 시간의 절대적인 지배 아래 있을 수밖에 없음은 명백하다.

반복은 주로 강조의 수법으로 쓰이는데, 시가에서는 어휘의 반복, 구의 반복, 행의 반복, 장의 반복, 렴의 반복 등이 사용되고 있다. 어휘와 구의 반복은 주로 화자의 정서를 강조하여 전달하는 데 쓰이고, 행과 장의 반복은 의미의 확장과 창조를 위해 사용된다. 시가의 형식에서 사용되는 이러한 반복은 모두 시간에 의해서만 가능하다.

행의 나눔과 배열의 순서 역시 시간적인 순서에 의해 이루어진다. 시간적 순서에 의한 행의 반복과 배열이 시가에서 사용되는 시어의 의미에 대한 확장과 창조를 가능하게 한다. 장의 나눔과 배열, 그리고 렴의 반복 역시 시간의 순서에 따라 형성된다. 장은 렴을 수반하는 형태를 지니면서 렴의 위치에 따라 형태가 결정되는 양상을 띠는 것이 특징이다. 하나의 장에서 본문과 렴의 결합 양상과 장과 장의 배열 순서 등은 시가의 형식을 완성하면서 작품의 형태를 결정짓는 중요한 요소이므로 장과 렴의 배열이 갖는 의미는 매우 크다고 할 수 있다. 이처럼 형식을 구성하는 요소들은 모두 시간의 절대적인 지배를 받기 때문에 형식을 시간의 숭배자라고 할 수 있다.

둘째, 반복의 구조이다.

우주내에 존재하는 어떤 사물현상이든 일정한 형식을 가지게 마련인데, 형식은 반복되는 여러 요소들로 이루어지는 것이 특징이다. 형식이 반복적 요소들로 이루어지는 이유는 사물현상을 이루는 내용이 되는 요소인 알맹이들은 일정한 법칙에 의해 규칙적으로 배열될 때만 독립된 사물현상으로 성립될 수 있기 때문이다. 또한 하나의 독립된 사물현상으로 성립되기 위해서는 다른 것과 구별되는 그것만의 개별성이 존재해야 하는데, 개별성은 사물현상을 이루는 알맹이들이 해당되는 사물현상에만 존재하는 일정한 법칙에 의해 배열됨으로써만 만들어지는 성격을 지니고 있다. 따라서 하나의 독립된 사물현상이 가지는 개별성이라고 하는 것은 전적으로 그것을 완성하는 법칙인 형식에 의해서 발생한다는 것을 알 수 있다. 그러므로 형식은 사물현상을 이루는 요소들의 반복적 구조라는 성격을 지니게 된다.

형식이 가지는 이러한 반복구조는 시가에서 특히 두드러지는데, 어떤 방식에 의한 반복이냐에 따라 독자에게 주는 예술적 감동이 달라진다. 즉, 작품이 가진 형식적 성격이 그것의 예술적 아름다움을 결정짓는 핵심적인 잣대로 작용할 수 있다는 말이 된다. 같은 소리聲의 반복인 운율, 어휘나 구절의 반복인 구, 강제적 휴지의 반복인 행, 화자의 정서를 일정한 단위로 경계를 지어서 그 뜻을 명확하게 해 주는 반복구조인 장 등은 모두 시가의 형식을 구성하는 기본적인 요소로 반복적인 구조를 지니는 것들이다.

셋째, 관계의 형성이다.

관계는 대상이 지닌 일정한 성질들을 기반으로 하여 그 대상들 사이에 존재하거나 거기에서 끌어낼 수 있는 관련성을 총망라하는 개념[42]이다. 우주내에 존재하는 사물현상은 그것을 이루는 구성요소들이 가진 각각의 성질들에 부합하는 방식으로 관련성을 가지게 되는데, 이것이 바로 관계가 된다. 그런데 사물현상을 이루는 구성요소들의 관련성이라고 하는 것은 구성요소들이 만들어 내는 구조와도 밀접한 관련을 가지므로 관계는 구조와 아주 비슷한 개념이라고 할 수 있다. 이러한 성격을 지니는 관계는 결국 사물현상을 이루는 구성요소들이 어떤 방식으로 결합하여 독립된 사물현상으로 나타나는가 하는 표현방식을 가리키는 것이 된다. 따라서 구성요소들 간에 일정한 관계가 성립된다고 하는 것은 일정한 형식이 형성된다는 말과 크게 다를 것이 없다.

그런데 여기서 우리가 짚고 넘어가야 할 것이 있다. 관계는 인간의 의식과는 독립하여 존재하는 사물현상의 구성요소들이 가지는 물질적이고 객관적인 것이지만 형식은 구성요소가 가지는 일정한 관계에 의해 형성되는 추상적이고 관념적인 존재라는 사실이다. 형식이 추상적이고 관념적인 존재라고 하는 말은 어떤 현존재에서도 대상이 되는 사물현상에서 형식을 갈라낼 수 없다는 말과 일맥상통한다. 우리가 하나의 사물현상을 내용과 형식으로 나누어서 생각하는 것은 대상의 본질을 정확하게 파악하기 위해 관념에 의해 나누어 본 것에 불과하기 때문이다. 그러므로 내용과 형식은 실재하는 것이 아니라 하나의

---

42   한국철학사상연구회 편, 『철학대사전』, 동녘, 1989.

사물현상에 녹아 있는 추상적이고 관념적인 실체가 된다. 따라서 형식은 물질적 성격을 가지는 관계의 추상적 반영임과 동시에 관계를 고착화시켜 결정지어 주는 형태적 주체가 된다.

형식이 가지는 이러한 성격은 시가에서 매우 중요한 구실을 하는데, 작품을 이루는 구성요소들이 가지는 관계에 의해 형성되는 형식이 작품의 예술성을 결정짓는 핵심적인 요소가 되기 때문이다. 시가에서 각 구성요소가 가지는 관계는 형식에 의해 결정되며, 형식은 이러한 관계를 승화시켜 작품의 아름다움을 창조하므로 형식에 의해 이루어지는 관계의 형성이야말로 예술미 창조의 중요한 근간이 된다. 어휘와 어휘의 관계, 구와 구, 행과 행 사이에서 일어나는 운의 반복적 관계, 장의 반복에 의한 장과 장의 사이의 나눔과 붙임의 관계 등은 모두 시가의 구성요소가 형식에 의해 만들어 내는 관계들이다. 이것을 통해 작품의 율격이 만들어져서 예술적 아름다움을 창조하게 되는 것이다.

넷째, 율격의 형성이다.

율격은 주기적 반복구조에 의해 생기는 율동현상으로 일상언어처럼 강제성을 띠지는 않지만 작품의 예술적 아름다움을 제대로 느끼기 위해서는 따라야 하는 관습적 산물이다.[43] 관습이란 사회구성원의 공통된 경험에 의해 쌓인 것으로 오랫동안 지켜져 왔기 때문에 구성원들에 의해 널리 인정되는 질서나 풍습 같은 것이다. 율격은 언어를 기본으로 하여 생기는 소리현상의 하나로서 언어관습의 일종이다. 그러나 율격이 언어관습의 일종이기는 하지만 일상언어의 관습과 다른 것

---

43   율격의 본질은 이 외에도 언어현상, 추상적 실체, 규범체계, 주기적 반복구조 등의 성격을 지닌다(성기옥, 『한국시가 율격의 이론』, 새문사, 1986, 14쪽).

은 자발적 공감에 의한 관습이라는 이유 때문일 것이다. 일상언어는 같은 언어를 쓰는 사회의 구성원으로 살아가는 한에 있어서는 강제적으로 복종해야 하는 사회적 약속 같은 것이다. 그러나 예술적 아름다움을 추구하는 것을 기본으로 하는 율격은 그것을 통해 예술적 감동을 얻으려는 수용자만이 스스로의 의지에 의해 복종함으로써 감동을 얻을 수 있는 텍스트와의 약속이기 때문이다. 이러한 성격을 가지는 율격은 소리의 반복적 배열에 의해 생기는 율동에 의해 만들어지는데, 시가에서 언어에 율동을 주어 그것을 일정한 규칙에 의해 주기적으로 반복되는 구조를 형성함으로써 율격을 완성하는 것이 바로 형식이기 때문에 율격은 형식에 의해 생성된다는 특성을 지닌다.[44]

---

44 위에서 서술한 형식의 특수성에 대한 내용은 손종흠, 『속요형식론』의 62~67쪽의 내용을 보충하고, 수정하여 옮겨 적음.

시가와 시가미

1. 시가의 형성

(1) 노래와 시가

언어를 매개수단으로 하여 인간이 창조한 예술 가운데 가장 오래된 역사를 지니는 것을 들라고 한다면 누구나 주저 없이 노래를 꼽을 것이다. 노동 현장에서 신호음 같은 것으로부터 시작했을 가능성이 가장 큰 것으로 보이는 노래는 진정한 의미의 인간적인 삶을 가능하게 한 언어의 시작과 그 맥을 같이하는 것으로 볼 수 있기 때문이다. 문자가 발명되기 전까지의 노래는 소리를 기반으로 하는 언어에 의해서만 가능했으므로 오랜 시간 동안 입에서 입으로 전해지는 구전의 형태로 향유되었을 것이고, 과거로 올라가면 갈수록 서정과 서사와 극이 함께 존재하는 형태의 예술양식이었을 것으로 보인다.

우리 문학사에서 볼 때 서정이 독자적인 상태로 나타난 것은 그리 오래되지 않은 것으로 보인다. 우리나라 최초의 서정시가는 고구려 두 번째 임금인 유리왕이 지은 작품인 「황조가黃鳥歌」로 본다. 「황조가」를 서정시가의 첫 작품으로 볼 때, 그 전 노래에는 서정과 서사와 극이 공존했다고 할 수 있다. 또한 노래 속에 서사가 포함되어 있었다는 사실은 민요를 보면 더욱 분명하게 알 수 있다. 민요 중에서 가장 오랜 역사를 가지는 것으로는 '밭매기 노래'와 '빨래 노래' 같은 것을 들 수 있는데, 현전하는 작품에 신화적인 서사성이 강하게 나타나고 있는 것에서 이러한 점을 확인할 수 있기 때문이다. 이와 같은 역사적 상황으로 볼 때, 서정을 중심으로 하는 시가의 발생과 발달은 신분제와 국가 체제의 형성, 그리고 문자의 발달과 결코 무관할 수 없다. 성적인 내용을 바탕으로 하면서 신의 유래와 그에 대한 찬양이 중심을 이루던 노래에서 지배계층에 속하는 사람들이 자신들의 정서를 표현하는 방법으로 새롭게 개발한 것이 서정을 중심으로 하는 시가였기 때문이다. 「황조가」를 비롯한 상대시가의 발달, 「도솔가兜率歌」 같은 작품을 중심으로 하는 신라 가악의 탄생 등이 모두 국가의 발달과 그 맥을 같이하고 있다는 점에서 위의 주장은 훨씬 더 강한 설득력을 가질 수 있게 된다.

인간의 삶에서 노래가 반드시 필요한 이유는 첫째, 신과의 소통을 가능하게 하며, 둘째, 인간의 마음을 움직여 흥을 돋우고, 셋째, 대상을 원하는 방향으로 움직이게 하는 기능 등에서 찾을 수 있다. 신은 노래를 들으면 마음이 즐거워져서 인간이 원하는 바를 들어줌으로써 인간과 소통을 원하게 되고, 노래를 부르고 들으면 저절로 신명이 나서 하던 일이나 놀이를 더욱 잘할 수 있게 되며, 노래를 듣는 식물이나 동물 등도 기분이 좋아져서 열매나 새끼를 더 많이 맺거나 낳기도 하여 더 많은 식량을 얻을 수 있도록 하기 때문이다. 따라서 노래는 노동과정에서 시작되었다는 노동기원설勞動起源說이나 신을 찬양하고 즐겁게 하기 위한 것에서 시작되었을 것이라는 신가기원설神歌起源說 등이 설득력을 가지게 되는 것이다. 특히 노동기원설은 인간사회의 발달과정과 밀접한 관계를 갖고 있어 더욱 그러하다. 노동은 먹이를 구하는 행위를 가리키는데, 음식을 먹어서 얻어지는 에너지로 삶을 영위하는 존재가 바로 인간이며, 이러한 노동행위를 촉발시키는 동인은 에너지의 부재로 나타나는 결핍이라고 할 수 있다. 따라서 미래를 선점함으로써 모자란 것을 채워 에너지를 얻게 되어 생명을 유지시켜 주는 노동행위야말로 인간에게 있어서 신성하고 절대적인 것이라고 할 수 있다. 이 과정에서 자연은 노동을 통할 때 생산수단인 노동대상으로 되며, 노동을 통해 인간은 비로소 인간이 되어 무한한 발전을 계속할 수 있게 된다. 결과를 미리 상정하고 행하는 이러한 노동행위가 없다면 인간은 우주내의 다른 현존재와 마찬가지로 우주의 부속물일 수밖에 없으며 자연의 지배자가 될 수도 없다.

인간의 삶에 필수불가결한 의미를 지니는 노동행위는 기본적으로 육체에 의해 수행되는데, 행위를 유발하는 동인을 욕구라고 한다. 욕구는 무엇인가가 모자라는 상태가 있을 때만 생기는 것으로 현재의 결핍을 부정하고 미래를 선점하여 실현시킴으로써 해결된다. 이러한 성격을 가지는 욕구는 어디까지나 관념적이기 때문에 육체의 활동을 통해 얻어지는 물질적 재화로 결핍된 부분을 채워 넣어야 한다. 그러므로 에너지의 부족으로 음식을 먹어야 한다는 욕구는 육체적 행위를 통해 먹이를 구하려는 노동행위를 촉발시키는 동인으로 작용한다. 노동행위는 육체의 격렬한 움직임을 통해서만 가능하기 때문에 이 과정에서 엄청난 에너지를 소비할 수밖에 없다. 인간이 대체가 가능하지 않은 유기체의 기능을 신장시켜 더 많은 먹이를 얻기 위한 수단으로 쓰는 것이 바로 도구인데, 인간만이 이것을 통해 자신의 능력을 무한대로 중강시킬 수 있다. 도구는 그 필요성에 따라 새로운 기능을 가진 것으로의 발달이 얼마든지 가능하기 때문이다. 자연물의 습득이나 모방에서 시작됐을 것으로 보이는 도구는 오랜 시간을 거쳐 새롭고 뛰어난 기능을 가진 것으로 발달해서 지금과 같은 성능을 지니게 된 것이다. 자연물을 자연에서 분리시키는 것을 가능하게 한 도구의 발달은 그때까지는 구분하지 않아도 좋았던 자연과 도구의 구별을 필요로 하게 하였으며, 도구가 발달하면서 도구와 도구의 구분에 대한 필요성도 대두하게 되었다. 이러한 변화는 인간에게 새로운 통신수단을 필요로 하게 되는 계기가 되었으며 이는 언어의 발달을 대두시키는 원동력이 되었다.

노동과정에서 생겨난 도구와 언어의 발달은 인간이 능률적으로 일을 할 수 있도록 해 주는 수단이 되어 노동생산물을 더욱 중대시킬 수 있는 일대 전기를 마련해 주었다. 현재와 같은 문명사회가 된 것도 따지고 보면 도구와 언어의 발달에 힘입은 바가 가장 크다고 할 수 있다. 이런 점에서 볼 때, 인간의 역사는 노동의 역사이며, 노동의 역사는 도구와 언어의 역사라고 할 수 있다. 그러나 도구가 아무리 발달한다 하더라도 유기체의 움직임이 없어서는 안 되므로 노동에는 반드시 노동력을 소비하는 노동행위가 수반될 수밖에 없다. 그러나 유기체로 되어 있는 인간의 육체는 무한정 에너지를 낼 수는 없기 때문에 일정 시간 동안 노동력을 소비하면 반드시 휴식을 취해 주도록 되어 있다. 이것을 여가라고 하는데, 인간의 삶은 기본적으로 노동과 여가의 반복이 중심을 이룬다고 할 수 있다. 여가는 노동과정에서 만들어 낸 생산물을 소비하여 노동력을 재생산하는 과정이기 때문에 생산과정의 연장선상에 있는 것으로 이해할 수 있다. 노동과정은 노동력의 소비와 생산물의 생산이 일어나는 현장이며, 여가과정은 생산물의 소비와 노동력의 재생산이 일어나는 현장이기 때문에 여가는 노동의 연장선 상이라고 할 수 있는 것이다.

인간의 삶에서 가장 중요한 의미를 가지는 노동행위는 아주 특이한 성격을 가지고 있는데, 일정한 주기로 같은 동작을 하는 반복행위가 바로 그것이다. 같은 과정을 여러 번 반복하는 경우가 많은 노동과정에서 노동하는 사람은 일정한 규칙과 율동을 발견하게 되고 이것을 활용하는 것이 노동생산량을 최대로 하는 데에 큰 도움이 된다는 것을 자연적으로 알게 된다. 노동하는 인간은 행위의 반복이 이루어지는 노동현장에서 자신의 육체를 어떻게 적응시키는 것이 가장 합리적인가를 깨닫게 될 것이고, 이 과정에서 노동행위는 자연스럽게 일정한 율동을 가지게 된다. 율동적인 움직임은 피로를 최대한으로 줄여주면서 에너지의 소모를 최소한으로 하는 기능을 함과 동시에 노동의 고통을 잊고 즐겁게 일할 수 있도록 하므로 노동과정에서 가지는 중요성은 매우 크다. 율동이 가지고 있는 긍정적인 측면은 여가에서도 동일한 효능으로 나타나기 때문에 인간의 삶 전체에서 가지는 구실이 매우 크다. 노동과정에서 신호음과 같은 의사전달수단의 하나로 발생한 언어 역시 소리에 의해 생기는 일정한 율동을 가지는데, 이것이 노동과 여가를 보조하는 수단으로 등장하면서 노래라는 언어예술이 발달한 것으로 보인다. 노래는 특히 노동과정과 밀접한 관련을 가지면서 발달한 것으로 볼 수 있다. 행동통일을 위한 신호음, 언어를 바탕으로 하는 주술성, 율동을 기반으로 하는 흥의 발생과 고통의 감소 등이 노동과정에서 매우 중요한 구실을 하기 때문이다. 노동과정에서는 여러 명이 힘을 합쳐야 하는 경우가 많다. 이때 행동의 통일을 위한 신호음 같은 것이 반드시 필요하게 되고, 이런 것이 노래의 초기 형태[45]가 된 것으로 보인다. 언어가 기본적으로 가지고 있는 주술성에다 소리의 특수한 배합에 의해 만들어지는 주술성 등으로 인해 노래는 다른 어떤 것보다 강력한 주술력을 가지기 때문에 노동생산물을 증가시키는 데에 큰 기여를 할 수 있다. 또한 규칙적으로 반복되는 소리에 의해 만들어지는 특수한 율동은 인간의 정신에 작용함으로써 노동의 고통을 잊도록 함과 동시에 신명을 일으키게 하여 즐겁게 일할 수 있도록 하는 힘을 가지고 있다. 이러한 점들을 통해 노래는 노동의 효율성을 높이는 데 기여하기 때문에 노동과 노래의 발달이 밀접할 수밖에 없게 되는 것이다.

이처럼 노동과정과 밀접한 관련을 가지면서 발달했을 것으로 보이는 노래는 문자라는 표기수단이 생기기 전까지는 시간 속에 나타났다가 곧 사라지고 마는 것으로 구전되는 것을 원칙으로 하였다. 사회의 발달에 힘입어 국가 체제가 형성되고, 신분의 분화가 일어나 지배계급과 피지배계급으로 나누어지면서 본격적으로 문자[46]가 발달했던 것으로 보이는데, 지배계급을 중심으로 발달했음은 주지하는 바다. 문자의 발달은 인류의 생활에 큰 영향을 미쳤다. 개별적이고 순간에 머물러 있을 수밖에 없었던 의식활동의 결과물이 시간과 공간을 넘어서서 공유할 수 있는 상태로 발전한 것이다. 이 과정에서 지배계급을 중심으로 하여 노래에 바탕을 두면서도 문자로 기록할 수 있는 형태의

---

45 고정옥, 『조선민요연구』, 수선사, 1949, 22쪽.
46 여기서 말하는 문자는 그림의 수준에 머물러 있는 정도의 것이 아니라 일정한 약속에 의해 인간의 의사를 개념으로 표현할 수 있는 상태에 이른 것을 가리킨다.

언어예술이 발달하였으니, 그것이 바로 시詩와 노래歌가 결합한 상태로 만들어진 시가였다. 인간이 마음속에 가지고 있는 정서를 언어로 드러내 표현하는 것이라는 의미를 지니고 있는 시는 지배계급에 속하는 사람들이 자신들의 생각을 백성들에게 표현하는 방식의 하나였다. 이것이 소리의 고저장단을 특수하게 배합한 노래이면서 일정한 곡에 맞추어서 부를 수 있도록 한 노래歌와 결합하여 만들어진 것이 시가이기 때문에 민간의 노래謠에 기반을 두고 있으면서도 특수한 형식을 갖춘 새로운 형태의 언어예술이라는 것을 알 수 있다. 이런 점에서 볼 때, 시가는 노래이면서 시이고 시이면서 노래라는 양면성을 가지고 있으면서 지배계급에 속하는 사람들의 정신세계를 주로 반영하는 새로운 형태의 언어예술이므로, 국가의 발달과정과 밀접한 관련을 가지고 형성되었다는 것을 알 수 있다.

2. 시가미의 형성

정서 전달의 주체가 되는 소리와 의미 전달의 주체인 언어가 일정한 규칙에 의해 결합하여 만들어 내는 율동이야말로 시가를 시가답게 하는 핵심이라고 할 수 있으며, 예술적 아름다움 역시 이것을 기반으로 하여 성립하는 것으로 볼 수 있다. 그러므로 시가에서 소리에 의해 만들어지는 율동은 기존의 언어에 예술적인 의미를 부여함과 동시에 율격을 바탕으로 하는 형식적 특성을 만들어 내는 바탕이 된다. 결국 시가의 예술적 아름다움이라고 할 수 있는 시가미는 의미를 바탕으로 하는 언어현상과 율동을 바탕으로 하는 소리현상의 결합에 의해 형성되는 것으로 보아야 한다. 의미를 바탕으로 하는 언어현상은 내용을 이루는 알맹이가 되고, 율동을 기반으로 하는 소리현상은 형식을 이루는 바탕이 됨은 주지의 사실이다. 따라서 시가미는 시가의 알맹이를 이룰 수 있는 요소를 모두 가지고 있으면서 예술적 현실로 작용하는 소재가 발생적공의 상태에 있는 내용과, 작가에 의해 창조되는 것으로 소리현상의 특수한 결합을 통해 알맹이에게 예술적 의미를 부여하면서 완성적허의 상태에 있는 미적표현으로서의 형식이라는 두 측면으로 나누어 시가미를 살펴보는 것이 가장 타당하다.

(1) 미적현실과 내용의 미학

시가의 구성요소에서 작품의 주제를 형성하는 알맹이를 이루는 소재,[47] 창작의도, 세계관 등은 모두 예술적 의미를 가지는 내용으로 될 때 완성됨과 동시에 감상자를 감동시킬 수 있는 아름다움을 드러낸다는 특징을 지니고 있다. 작가의 삶을 이루는 배경이 되면서 객관적 소재를 발생적공의 상태로 가지고 있는 예술적 현실은 시가의 소재로 들어오면서 그것이 고유하게 가지고 있던 의미와 기능을 확장함과 동시에 작가가 드러내고자 하는 정서를 가장 아름답게 표현할 수 있도록 하는 방향으로 재구조화한다. 「황조가」에서 '꾀꼬리'는 암수가 서로 정답게 노니는 장면을 통해 화자인 유리왕의 외롭고 슬픈 정서를 대비시킴으로써 아름답게 표현하고 있는 것을 볼 수 있다. 이것은 주관적 소재가 되는 화자의 정서도 마찬가지이다. 어떻게 하면 작가의

---

47   객관적 소재와 주관적 소재가 모두 포함된다.

외롭고 슬픈 정서를 아름답게 드러낼 수 있을지에 대한 창작의도가 꾀꼬리와 결합됨으로써 예술적 아름다움을 가진 것으로 형상화되었다고 할 수 있다. 이러한 성격을 가지는 소재와 창작의도는 작품의 내용으로 완성되면서 작가가 지니고 있는 세계관을 주입하게 된다. 「황조가」를 통해 유리왕이 평소에 가지고 있었던 민족의 화합과 정치에 대한 생각을 담아낼 수 있게 되었기 때문이다.

산에서 노니는 꾀꼬리나 하늘에서 울리는 천둥소리, 땅에서 올라오는 새싹 같은 것들은 자연현상의 하나로 화자의 정서와는 어떤 상관관계도 없는 존재들이었지만 작가에 의해 작품의 소재로 들어오는 순간 그것들은 더 이상 자연현상이 아니라 화자의 정서를 효과적으로 나타내기 위한 것으로 탈바꿈한다. 객관적 소재가 예술적 내용을 형성할 수 있는 맹아적인 상태로 존재하는 예술적 현실은 시가의 일차적 미적현실이 된다는 것을 알 수 있다. 화자의 정서를 바탕으로 하면서 그것을 예술적으로 표현하는 것을 중심 되는 목적으로 하는 창작의도는 일차적 미적현실인 예술적 현실에서 취해 온 객관적 소재를 바탕으로 하여 정서를 담아내게 되니, 창작의도는 작품의 내용을 형성하는 이차적 미적현실이 됨과 동시에 일차적 미적현실에 대해서는 새로운 의미를 형성한 완성적허가 된다. 화자의 정서를 바탕으로 하는 창작의도가 일차적 미적현실에 대해 완성적허가 되는 이유는 작품의 내용적 핵심을 이룸과 동시에 새로운 의미를 창조할 수 있는 비움(虛)을 통해 현실에서 취해 온 소재들을 받아들여 문학적이고 예술적인 아름다움을 지니는 알맹이를 형성하는 중심으로 작용하기 때문이다. 일차적 미적현실과 이차적 미적현실의 이러한 결합은 곧바로 형식과 결합하는 단계를 거치게 되는데, 이 과정에서 작가가 지니고 있는 세계관의 주입이 이루어지므로 이것은 삼차적 미적현실이 된다. 삼차적 미적현실은 형식과의 결합을 통해서 완성되므로 내용의 미학을 완성하는 것이 된다.

(2) 미적표현과 형식의 미학

인간의 모든 행위는 아름다움을 추구하는 방향으로 이루어진다고 할 수 있는데, 시가에 있어서 이러한 미적 추구행위를 완성시키는 구실을 하는 것이 바로 형식이라고 할 수 있다. 작품의 알맹이를 이루는 일·이차적 미적현실이 결합하여 예술적 내용으로 도약할 준비를 갖춘 상태가 되는데, 이것이 최종적인 미적 완성품으로 거듭나면서 삼차적 미적현실을 주입하기 위해서 필요한 단계가 미적표현 방식인 형식과의 결합이다. 즉, 소재와 창작의도, 세계관 등은 단순한 결합을 통해서는 예술적 아름다움을 가진 작품의 내용으로 거듭날 수 없기 때문에 반드시 일정한 법칙을 갖추고 있는 형식에 의해 담겨져야 한다는 것이다. 형식을 미적표현이라고 보는 이유는 작품의 알맹이를 이루는 소재, 창작의도, 세계관 등의 내용적 구성요소들이 가장 아름답게 표현될 수 있도록 하기 위한 장치가 바로 형식이며, 그 장치를 통할 때 비로소 형태가 이루어지면서 예술적 아름다움을 완벽하게 갖춘 한 편의 작품으로 완성되기 때문이다.

시가에 있어서 형식은 다양한 장치들을 통해 구조를 형성하면서 시간에 의해 배열되는 소리의 차별화와 동일화를 통해 소리와 소리, 의미와 의미 사이에 간격을 만들면서 예술적 아름다움을 담을 수 있는 그릇인 비움의 공간[虛]을 만들어 낸다. 형식에 의해 만들어지는 비움의 공간은 작품을 이루는 다양한 구성요소들의 유기적 결합으로 인해 형성되는 관계에 의해 만들어지며, 작품의 알맹이를 이루는 소재, 창작의도, 세계관 등이 예술적으로 완성될 수 있도록 한다는 전제를 가진다. 예술적 장치로 되어 형식을 이루는 요소들에는 운율적 특성, 음운의 배열, 문체, 비유, 작품의 통일성 등이 있다. 차별화와 동일화에 의해 만들어지는 소리聲의 율동을 기반으로 하는 운율적 특성은 주기적 반복의 구조를 형성하는데, 구조와 구조 사이에 생기는 간격을 통해 비움의 공간을 만들어서 예술적 의미의 창조를 가능하게 한다. 명名, 구句 등을 구성요소로 하는 음운의 배열은 음운과 음운 사이에 형성되는 긴장과 이완의 관계에서 만들어지는 비움의 공간을 만드는 특성을 가지고 있다. 행이나 장을 구성요소로 하는 문체는 의미를 규정하는 문장이 만들어 내는 성질을 가리키는데, 행과 행, 장과 장 사이의 간격에 의해 형성되는 비움의 공간을 통해 새로운 의미를 창조함으로써 예술적 아름다움을 실을 수 있는 장치로 된다. 대상을 표현함에 있어서 직접적으로 나타내지 않고 굴절을 통한 반영의 수법으로 시어의 의미를 확장함과 동시에 표현대상의 범위를 최대로 할 수 있는 비움의 공간을 만들어 내는 성질을 가지고 있다. 형식의 완성 단계에서 형태와 맞닿아 있는 작품의 통일성은 구조와 구조에 의해 만들어지는 체계를 가리키는데, 수평적 구조와 수직적 구조의 결합에 의한 전혀 새로운 체계를 형성함으로써 독자적인 세계를 가지는 하나의 우주를 만들어 내는 구실을 한다. 형식을 이루는 이러한 요소들은 모두 비움의 공간을 만들어서 예술적 아름다움을 가진 내용을 완성함과 동시에 그것을 담아낼 수 있는 그릇으로 작용하기 때문에 각 단계마다 완성적허의 상태로 되면서 형태를 만들어 내는 주체가 되는 것을 알 수 있다.

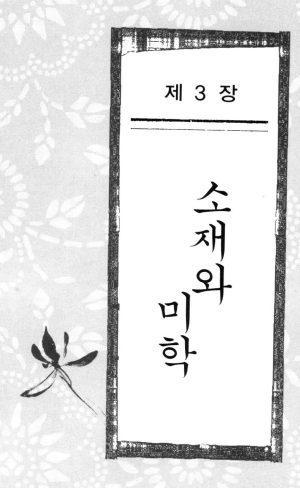

제 3 장

소재와 미학

3.1.
소재의 개념

소재는 우주내 현존재가 자신만의 성질을 가질 수 있도록 한정시켜
서 형성해 내는 요소인 형상을 수용하여 가장 잘 구현해 낼 수 있는 요
소인 질료質料를 바탕으로 한다. 질료는 무엇으로나 될 수 있는 가능
성을 가지고 있는 존재이기 때문에 그것을 바탕으로 하는 소재는 소
재를 통해 이루려고 하는 현존재가 지니게 될 본질적인 성질을 지니
고 있지는 못하다. 그럼에도 불구하고 질료가 중요한 의미를 지니는
이유는 그것이 현존재의 핵심적인 알맹이를 형성하는 소재의 중심요
소가 되기 때문이다. 따라서 우주내 현존재를 형성하는 소재의 본질
적 성격을 규명하기 위해서는 질료의 특성을 살펴볼 필요가 있다.

질료는 형상과 맞짝을 이루는 개념[48]이다. 하나의 질료는 형상으로
현실화되고, 현실화된 형상은 다른 형상에 대해서는 다시 질료로 작
용하기도 한다. 질료는 현실적으로 일정한 형태를 가지는 현존재가
만들어 내는 본질적 성격을 가지고 있거나 그것을 구현해 낼 수 없는
상태에 있는 하나의 사물현상에 불과한 존재다. 그럼에도 불구하고
질료가 중요성을 가지는 이유는 가공의 기술과 방법에 따라 무엇으로

---

48   질료와 형상이라는 개념은 아리스토텔레스에 의해 정립되었다. 가능태로
서의 질료와 현실태로서의 형상이 맞짝 개념으로 파악된다.

나 될 수 있는 무한한 가능성을 가진 발생적공[49]의 상태에 있기 때문이다. 발생적공이란 우주내의 모든 현존재를 만들어 낼 수 있는 아주 작은 입자들이 녹아 있는 상태를 가리킨다. 녹아 있는 상태로 되어 있던 아주 작은 입자들이 일정한 방식에 의해 결합하여 한정된 성격을 가지는 현존재들을 만들어 낼 수 있기 때문에 발생적공은 무한한 가능성을 지닌 것으로 본다. 입자와 입자의 결합에 의해 물질이 만들어지고, 그 물질이 다시 다른 물질과 결합하여 사물을 만들고, 사물과 사물, 물질과 사물의 다양한 결합을 통해 크기와 모양이 천차만별인 현존재를 생산하게 되는 것이다. 그런데 물질과 물질, 사물과 사물 등의 결합에 의해 생기는 것 중에는 현존재뿐만 아니라 그것들이 붙어 있는 간격과 떨어져 있는 거리에 의해 공간이 생기게 되는데, 이것에 의해 우주내 모든 현존재는 규정된 성격을 가지는 하나의 사물현상으로 성립하기 때문에 이것을 완성적허라고 한다. 이러한 성격을 가지는 발생적공과 완성적허는 하나의 사물현상 속에 동시에 존재하는 개념으로 그 관계는 고정되어 있지 않다. 즉, 사물현상의 크기와 규정하는 대상에 따라 하나의 사물현상에서 발생적공이 되더라도 다른 대상과의 관계 속에서는 완성적허가 될 수 있고, 하나의 사물현상에서 완성적허가 되더라도 다른 대상과의 관계 속에서는 발생적허가 되기도 한다[50]는 것이다.

제3장 소재의 미학

---

49   손종흠, 『속요형식론』, 박문사, 2010, 45쪽.

50   시가의 형식에서 음보를 전제로 하는 개념인 음수가 음보에 대해서는 발생적공이지만, 음절에 대해서는 완성적허로 된다. 구체적으로 말하면, 사물현상을 이루는 결합과정에서 하위 단위는 상위 단위에 대해서 발생적공이 되고 상위 단위는 완성적허가 되는데, 상위 단위는 그것의 상위 단위에 대해서 다시 발생적공으로 작용한다는 것을 의미한다.

형태를 가지면서 규정된 존재로 형상화한 사물현상의 알맹이를 이루는 소재에 대해 발생적공으로 작용하는 질료는 구체적인 형태를 지니는 객관적 질료와 관념적이면서 추상적인 형태로 존재하는 주관적 질료로 나눌 수 있다. 객관적 질료는 우주내의 사물현상을 형성하는 미세한 입자에서부터 물질, 사물에 이르기까지 감각적이고 구체적인 형태를 지니고 있는 물리적으로 현존하는 존재[51]이다. 그러므로 객관적 질료는 물리적으로 가늠할 수 있는 숫자와 종류에 있어서 무한에 가까울 정도로 다양한 모습을 지닌다. 더구나 하나의 사물현상에서는 질료에 해당하는 것도 다른 사물현상에서는 형상으로 작용하는 상대성을 가지고 있다는 점을 감안하면 객관적 질료를 이루는 것들은 더욱 많아질 수밖에 없다.

이러한 성격을 지니는 객관적 질료가 형상화하여 형태를 지닌 사물현상으로 되는 과정은 크게 두 가지로 구분된다. 하나는 인공적인 가공 단계를 전혀 거치지 않은 상태에서 우주의 구성요소들이 만들어내는 조화로운 관계에 의해 주어지는 법칙에 의한 결합방식에 따라 성립하는 것이고, 다른 하나는 인간의 힘과 기술이 가해진 인위적인 법칙에 의한 결합방식에 따라 성립하는 것이다. 우주의 구성요소들이 만들어 내는 표현방식에 의해 만들어지는 것은 자연을 형성하고, 인간의 힘이나 기술이 만들어 내는 표현방식에 의해 만들어지는 것은 문명을 형성하는 것으로 볼 수 있다. 여기서 한 가지 언급해야 할 것은 인간의 힘이나 기술에 의해 인위적으로 주어지는 표현방식에 의해

---

[51]   여기서 말하는 존재는 우주내 모든 현존재를 만들어 낼 수 있는 아주 미세한 입자에서부터 다른 물질이나 사물현상을 형성할 수 있는 가능성을 가진 모든 물리적 존재를 말한다.

이루어지는 질료의 결합방식은 객관적 질료에 작용하여 문명을 만들어 내는 것도 있지만 다른 한편으로는 주관적 질료를 바탕으로 하는 결합방식에 의한 것도 가능하기 때문에 더욱 복잡한 양상을 띤다는 사실이다. 이에 대해서는 아래에서 자세하게 살펴보도록 한다. 객관적 질료는 우주내의 모든 사물현상을 만들어 낼 수 있는 기초가 되는데다가 의식意識과 깊은 관련을 가지는 주관적 질료를 만들어 낼 수 있는 바탕을 마련하기 때문에 중요성과 우선순위에서 주관적 질료에 앞선다. 관념적 세계관을 기본으로 하는 입장에서는 주관적 질료가 객관적 질료보다 우선적이며 중요한 것으로 파악하기도 하지만 이것은 객관적 존재가 의식과 완전하게 분리되어 있으며, 철저하게 독립적이라는 우주의 법칙을 거스르는 것이 된다. 객관적 질료를 바탕으로 형성되는 물리적인 사물현상이 없다면 인간이 지니고 있는 의식세계 자체의 존립이 불가능하기 때문에 주관적 질료가 객관적 질료보다 우선적이라는 주장은 명백하게 잘못된 것일 수밖에 없다.

객관적 질료들의 결합에 의해 구성되는 우주내 현존재인 사물현상을 기초로 하여 성립하는 성격을 지니고 있는 인간의 의식[52]은 감각적 형태를 가지지 못하기 때문에 관념적이라고 부른다. 우주내의 모든 사물현상을 인식하고 그것을 일정한 기준에 의해 체계적으로 반영하는 인간의 의식은 행동을 유발하는 동력으로 작용하면서 세계를 바꾸는 힘을 가지기 때문에 물리적 형태를 지니는 사물현상 이상으로 중요한 의미를 지닌다. 의식은 감각기관을 통해 인지되는 다양한 사물

제3장 소리의 미학

---

52   인간의 의식이 신에 의해 주어진 것으로 보아 이것이 세상의 모든 사물현상을 만들어 낸다고 하는 식의 관념론적인 주장은 우주가 구성요소들의 조화로운 관계에 의해 생성과 소멸을 반복한다는 명제에 맞지 않는다.

현상들을 자신의 세계 속에서 재구성함으로써 일정한 세계관을 형성함과 동시에 그것을 바탕으로 하는 행동을 통해 우주내의 모든 현존재들을 재구조화의 대상으로 여긴다. 이것이 많은 문제점을 가지는 것도 사실이지만 문명과 문화를 낳는 원동력으로 작용하기 때문에 결코 도외시할 수 없음은 명백하다. 또한 의식은 내부에서 자체적으로 구조화한 관념적인 세계를 외부의 사물현상과 결합하여 새로운 형태의 사물현상들을 만들어 내기도 하는데, 이것이 바로 예술을 중심으로 하는 문화[53]가 된다. 즉, 문화는 인간이 의식 속에서 관념적 형상으로 구성한 것들을 외부의 사물현상과 연결시켜 감각적인 형태를 통해 표현한 것으로 주관적 질료와 객관적 질료의 결합에 의한 산물이라는 것이다. 그러므로 주관적 질료는 물질적 생활을 향상시키는 문명과 관련을 가지는 것이 아니라 예술 등을 중심으로 하는 문화와 깊은 관계를 맺고 있다는 것을 알 수 있게 된다. 주관적 질료가 이처럼 관념적인 것이기 때문에 이것은 기본적으로 객관적인 질료를 바탕으로 하면서 그것과 결합하지 않으면 아무런 의미를 가지지 못한다는 것 또한 명백한 사실이다. 결국 인간이 만들어 내는 예술 등을 중심으로 하는 문화는 객관적 질료와 주관적 질료[54]가 일정한 규칙이나 법칙에 의해 결합함으로써 형성된다는 사실을 알 수 있다.

객관적 질료들의 결합은 우주의 조화로운 법칙에 의해 만들어지는

---

53 예술을 중심으로 하는 인간의 문화는 외부의 사물현상과 내부의 의식을 질료로 삼아서 아름다움을 가지는 것으로 만들어서 나타낸 것을 의미한다. 문화현상으로서의 예술은 시간예술, 공간예술, 시공예술 등으로 나눌 수 있다.

54 문명의 이기를 만들기 위해 객관적 질료에 가하는 인위적인 힘과 기술은 결코 주관적 질료가 될 수 없다. 그것은 인간의 필요성에 의해 객관적 질료를 가공하는 것에 불과하기 때문이다.

사물현상으로 자연을 형성하는 구성요소인 소재로 된다. 객관적 질료를 바탕으로 하는 물질적 소재들은 우주의 조화로운 법칙에 의해 수많은 사물현상을 형성하게 되니 이것이 바로 우주내의 현존재가 된다. 한편, 객관적 질료와 주관적 질료의 결합은 이것과는 성격이 다른 소재로 작용하여 특수한 성질을 가지는 형태를 창조하게 되는데, 이것이 바로 예술이다.

예술은 주관적 질료라고 할 수 있는 것으로 작가가 머릿속에 의식으로 가지고 있던 정서와 그것을 효율적으로 표현해 줄 수 있는 사물현상인 객관적 질료를 결합하여 인공적인 가공행위를 거쳐 형성되는 아름다움을 통해 사람의 마음을 감동시키는 것이라고 할 수 있다. 그러므로 예술은 우주의 조화로운 법칙에 의해 만들어지는 현존재를 구성하는 소재와는 성격이 다른 특수한 질료의 결합에 의해 만들어지는 것을 소재로 하여 형성된다. 예술의 소재는 기본적으로 사물현상을 이루는 바탕이 되는 객관적 질료와 정신세계를 이루는 바탕이 되는 주관적 질료의 결합에 의해 형성되는 것이란 점을 본질적 성격으로 한다. 이런 점에서 볼 때 예술의 소재는 우주의 조화로운 법칙에 의해 만들어지는 객관적 질료들의 결합에 의한 사물현상의 물질적 소재와는 질적으로 다르다는 것을 알 수 있다. 물질과 관념의 만남이며, 관념이 물질을 통해 구현되는 방식을 통해 일정한 형태를 지닌 것으로 태어나는 과정을 중심으로 하기 때문이다. 이런 이유로 예술의 소재는 객관적 실재인 물질적 존재가 아니라 작가의 의식이 일정하게 작용한 상태에서 그것을 미완성의 규정된 형상으로 받아들인 객관적 질료로서의 성격을 지니는 것이 의식의 산물인 정서와 결합한 형태라는 특수한 성격을 지니게 되는 것이다.

이러한 성격을 지니는 소재는 그것이 객관적 질료들의 결합에 의해 만들어진 물질적인 것이든, 객관적 질료와 주관적 질료의 결합에 의해 만들어진 예술적인 것이든 질료에 대해서는 형상이 되지만 상위 단위에 대해서는 질료가 된다는 사실이라는 점도 지적해 둘 필요가 있다. 질료와 형상의 관계는 상대적이기 때문이다.

시가의 소재

시가는 언어를 표현수단으로 하는 시간예술의 한 종류이다. 그러므로 시가는 작품의 기반이 되는 내용의 알맹이를 형성할 수 있는 가능성을 지니고 있는 질료든 다음 단계의 소재든 모두 언어라는 매개수단을 필요로 하며, 그것을 통해 표현하고, 그것을 통해 아름다움을 확보하는 예술이 된다. 의사전달을 주된 목적으로 하는 언어는 소리와 문자를 통해 감각적으로 형상화하기 전까지는 관념적인 존재이다. 예술에서는 이것을 정서라고 하는데, 각각이 지니고 있는 본질적 성격에 따라 밖으로 표현하는 방식이 다르다. 문학이나 음악 등은 소리를 매개수단으로 하며, 조각이나 회화 등은 물질적 형태와 색채를 매개수단으로 한다. 또한 영화나 연극과 같은 시공예술은 행동을 매개수단으로 한다.

언어예술의 한 갈래인 시가는 특수한 형식을 통해 예술적 아름다움을 담는 문학인데, 그것의 소재는 다른 예술 갈래나 문학 갈래가 지니고 있는 소재의 성격과 상당히 다른 특징을 지니고 있다. 일정한 공간을 점유하면서 물질적 형태와 색채를 매개수단으로 하는 조각과 회화의 소재는 주관적 질료인 작가의 정서가 객관적 질료에 투영되면서 예술성이 드러나기 때문에 주관적 질료가 관념적 소재로 작용하면서 객관적 질료에 실리는 방식을 취하는 것이 특징이다. 또한 주인공이 외부세계와 겪는 갈등구조를 기본으로 하는 서사나 극문학에서는 객관적 질료와 주관적 질료가 팽팽한 긴장관계를 형성하는 특징을 지닌다. 그러나 시가의 소재는 주관적 질료인 작가의 정서가 중심이 되면서 객관적 질료를 그것 속으로 받아들여서 녹여낸 상태[55]에서 형성되기 때문에 어디까지나 주관적 질료가 객관적 질료를 압도하는 양상을 보이는 것이 특징이다. 이처럼 시가의 소재는 주관적 질료와 객관적 질료가 주종의 관계를 형성하는 매우 특수한 상황이 성립한 상태에서 작품의 내용을 이루는 알맹이라는 구성요소로 수용되기 때문에 표현 방식인 형식이 매우 중요한 구실을 할 수밖에 없다는 사실을 직감적으로 느낄 수 있다. 왜냐하면 갈등구조로 인해 형성되어 예술적 아름다움을 담아낼 수 있는 서사문학에서 보이는 긴장과 해소라는 공간과 같은 것을 시가만이 가지는 형식적 특수성을 통해 만들어 낼 수밖에 없기 때문이다.

이처럼 주관적 질료가 객관적 질료인 자연상관물을 압도하고 지배하는 방식을 취하는 시가의 소재는 그것이 지니고 있는 특수성 때문에 이에 대한 분석과 미학적 성격에 대한 접근도 매우 특이한 방식으로 할 수밖에 없다. 시가에서 소재의 주관적 질료가 되는 화자의 정서는 외부의 사물현상을 보고 느낌이 있어서 발생한 것이든, 육체의 변화에 따라 의식의 내부에서 생겨난 것이든 기본적으로 관념적인 것이기 때문에 밖으로 표현되어 상대에게 전달되기 위해서는 반드시 감각적 형상화의 과정을 거칠 수밖에 없다. 그렇게 하지 않으면 화자가 지

---

55   시가에서 주관적 질료의 지배를 받으면서 작품의 소재를 이루는 객관적 질료를 자연상관물이라고 부른다.

니고 있는 정서는 어떤 경우에도 일반화하지 못하게 되어 예술적 아름다움을 가진 것으로 태어날 수 없기 때문이다. 따라서 화자의 정서가 온전하게 소재로 작용할 수 있는 상태가 되기 위해선 객관적 질료를 필요로 하게 된다.

객관적 질료는 화자의 의식이나 정서와는 전혀 관계를 맺지 않은 상태에 있는 우주내의 현존재가 대상으로 되는데, 반드시 화자의 정서를 효과적으로 표현할 수 있는 성질을 갖추고 있어야 한다. 예를 들면 화자가 표현하려고 하는 것이 슬픈 정서라면 그것을 문학적 아름다움을 가진 것으로 형상화할 수 있는 소재로 작용할 수 있는 객관적 질료여야 한다는 것이다. 우주내 현존재의 하나로 객관적 질료가 되는 사물현상은 애초에는 화자의 정서를 효과적으로 표현할 수 있는 시가의 소재로 작용해야 할 당위성이나 필요성을 가진 존재가 아니다. 그러나 작가에 의해 화자의 정서를 효율적으로 나타낼 수 있는 객관적 질료로 선택되어 자연상관물이 되는 순간 그것이 본래부터 가지고 있었던 본질적 성격은 모두 사상捨象시켜 버리고 화자의 정서를 효율적으로 표현할 수 있는 성질만이 추상되어 주관적 질료인 화자의 정서와 결합하여 작품의 소재로 된다. 즉 작가에 의해 선택되어 자연상관물이 되는 순간 그것은 이제 더 이상 우주내의 현존재가 아니라 내포가 극대화한 상태에서 화자의 정서가 주인이 되는 주종의 관계가 성립하게 된다는 것이다.

이런 점에서 볼 때, 시가의 소재는 출발부터가 서사문학이나 기타 예술 갈래의 소재와는 다르다는 것을 쉽게 알 수 있다. 하나의 예를 들어보자. 백제시대의 노래인「정읍사井邑詞」에서 객관적 질료로 작용하면서 그리움이라는 화자의 정서와 결합하여 작품의 소재로 되는 자연상관물은 하늘에 떠 있는 '달'이다. 「정읍사」의 소재로 작용하는 질료로 선택되기 전까지 '달'은 인간의 마음속에나 존재하는 '그리움'이라는 정서를 표현할 수 있는 성질을 가진 것이 결코 아니었으며 그렇게도 될 수 없는 우주내 현존재에 불과했다. 그러나 멀리까지 행상을 가서 오랫동안 집으로 돌아오지 않는 남편에 대한 그리움을 전하는 심부름꾼으로 선택되는 순간 '달'이 원래부터 가지고 있었던 본질적 성격은 모두 사상해 버리고 오직 그리움을 표현하기 위한 객관적 질료로서의 성격만이 부각되어 내포의 극대화가 일어난 상태로 작품의 소재로 작용하게 된다는 것이다. 이렇게 함으로써 하늘에 떠 있는 '달'은 행상 나간 남편에 대한 아내의 그리움과 걱정을 간절하면서도 아름답게 표현해 낼 수 있는 소재로서 아무런 손색이 없는 자연상관물로 탈바꿈하게 된다.

이처럼 시가에 있어서 소재가 작가의 정서인 주관적 질료를 주主로 하고, 사물현상인 객관적 질료를 종從으로 하는 특수한 결합방식을 통해 성립하는 이유는 시가가 지니고 있는 본질적 성격에서 찾을 수 있다. 시는 마음이 지향하는 바를 말로 나타낸 것[56]이라고 하는 표현에서 알 수 있듯이 작가의 정서가 중심이 되는 문학이다. 이러한 성격을 가지는 시는 소리의 고저장단을 특수하게 배합하여 길게 부르면 노래가 되고, 시가는 시이면서 노래이고 노래이면서 시라는 양면성을 가지고 있다. 그러나 노래는 시를 효과적으로 전달하기 위한 수단의 하나라고도 할 수 있기 때문에 시와 노래 중 본질적인 것을 꼽는다면 당연히 시가 될 것이다. 그러므로 시가는 화자의 정서로 대변되는 작가

---

56   大舜云 詩言志 歌永言(『尙書』, 「舜典」).

의 정서가 주를 이루면서 질료로 작용하게 되고 질료의 결합에 의해 선택되는 작품의 소재 역시 이것이 중심이 될 수밖에 없는 것이다. 이처럼 작가의 정서가 중심을 이루는 것이 시가라고 하여 객관적 질료로서의 자연상관물이 중요하지 않다는 것은 아니다. 위의 「정읍사」 경우에서와 같이 남편에 대한 그리움과 걱정의 정서를 효과적으로 실어서 예술적으로 표현할 질료가 달이 아니고 다른 어떤 사물현상이었다면 그처럼 특수한 구조를 가진 아름다운 작품으로 태어나지 못했거나 예술성이 훨씬 떨어지는 작품이 되었을 가능성이 크기 때문이다. 비록 주관적 질료와 주종의 관계를 이루기는 하지만 예술적으로 형상화하는 과정에서는 객관적 질료가 오히려 주관적 질료인 정서를 한정하면서 그 성격을 규정하는 위치에 놓이기도 하는 까닭이다.

이러한 사실은 조선시대 삼대 시가인의 한 사람으로 손꼽히는 윤선도의 「어부사시사漁父四時詞」를 보면 더욱 분명하게 알 수 있다. 「어부사시사」의 주관적 질료는 어부로서의 삶을 지향하려는 윤선도의 정서이고, 객관적 질료는 보길도를 중심으로 한 주변의 사계절이다. 따라서 「어부사시사」의 소재는 보길도의 사계절과 어부의 삶이 된다. 40편의 시조를 봄, 여름, 가을, 겨울의 각 계절에 10편씩 할당하는 형태를 취한 구조적 특성[57]도 모두 보길도의 사계절이라는 객관적 질료가 선택되었기 때문에 가능했다는 사실에서 볼 때, 객관적 질료인 자연상관물이야말로 작품이 가지는 예술적 성격을 결정하는 중요한 요소라고 해도 과언이 아닐 것이다.

시가에서 소재가 중요한 또 하나의 이유는 작가의 정서가 작품으로

제3장 소재의 미학

---

57   여기에 대해서는 '시간과 미학'에서 상론할 것이다.

형상화하는 과정에서 다른 구성요소들의 선택과 성격 그리고 기능을 규정하고 한정하는 중심이 된다는 점이다. 시가의 소재에서 핵심적인 질료가 되면서 주제의 형성에도 결정적인 구실을 하게 되는 주관적 질료로 작용하는 작가의 정서는 객관적 질료인 자연상관물로 일정한 대상을 선택하는 순간 자신은 그 속으로 녹아 들어감과 동시에 작품 속에서는 자연상관물을 통해서만 스스로를 드러내게 된다. 따라서 작품의 형상화과정에서 표면적으로 드러나는 내용은 말할 필요도 없고, 표현기법이나 형식적 특성 등도 모두 소재가 정서를 아름답게 표현해 낼 수 있도록 하는 방향으로 맞추어서 결정될 수밖에 없게 된다. 작품의 내용은 화자의 정서라는 알맹이를 예술적으로 드러내기 위한 것으로 이루어져야 하는데, 정서를 담고 있는 것이 바로 객관적 질료가 되기 때문에 작품 내에서 만들어지는 이것의 본질적 성격을 가장 아름답게 보여 줄 수 있는 것으로 만들어져야 함은 지극히 당연한 일이라고 하겠다. 표현기법은 내용을 아름답게 보여 줄 수 있는 기술과 방법을 가리키는데, 문장의 구성방법, 강조의 수법, 수사법 등을 총망라한 것이라고 할 수 있다. 이러한 표현기법들은 모두 내용을 충실하게 보여 줄 수 있는 방향으로 알맹이들이 유기적 관계를 형성하는 데에 기여해야 한다. 예를 들면 그리움을 실어야 하는 객관적 질료인 달이 소재가 될 경우 이것과 연결된 표현 속에 얼음이나 벼락, 우박과 같은 것으로 여인이 지니고 있는 그리움의 정서를 담아내기에 부적절한 것들이 등장한다면 달이 표현해 내야 할 그리움과 걱정의 정서를 예술적으로 담는 데에 실패할 것이 틀림없다.

　형식은 작품의 알맹이를 예술적 아름다움이 담긴 내용으로 구체화시키는 표현방식을 가리키는데, 그것을 이루는 요소는 소리의 고저장단, 평장平章, 명名, 구句, 행, 장, 조흥구, 감탄사 등으로 작품의 형태와 맞닿아 있는 시가의 구성요소들이다. 이러한 성격을 가지는 형식은 작품의 소재를 중심으로 하는 알맹이가 예술성을 가지는 내용으로 구성될 수 있도록 담는 그릇이기 때문에 소재를 비롯한 여러 알맹이들을 가장 아름답게 표현하도록 하는 방향으로 구성요소들을 결합시킬 수밖에 없다. 바꾸어 말하면 시가의 형태를 이루어서 완성된 작품으로 태어나게 하는 데 있어서 중심적인 구실을 하는 형식 역시 소재의 본질적 성격과 밀접한 관련을 가질 수밖에 없다는 것이다. 이 점은 작가의 정서를 구체적인 작품으로 형상화하는 과정에서 소재가 차지하는 중요도와 비중이 그만큼 높고 크다는 것을 알 수 있는 핵심적인 증거가 된다. 어떤 소재를 선택하느냐가 작품의 예술성을 결정하는 중요한 단초가 되는 이유가 바로 여기에 있다.

3.3.
소재와 시가의 미학

시가에 있어서 소재가 작품의 예술성을 결정짓는 핵심적인 요소로 작용하는 예는 우리 시가에서 어렵지 않게 발견할 수 있다. 마음이 향하는 바인 정서의 상대가 되어야 하는 대상이 공간적으로 멀리 떨어져 있는 경우 화자의 정서를 전달하기란 쉬운 일이 아니다. 왜냐하면 인간의 능력으로는 공간적인 한계를 극복하기가 결코 쉬운 일이 아니기 때문이다. 이럴 경우 그 한계를 극복할 수 있는 수단으로 선택하는 것이 소재로 된 작품들이 있는데, 앞에서 언급했던 백제시대의 노래인 「정읍사」가 대표적이다. 공간적 한계를 극복하고 그리움의 정서를 예술적으로 표현하는 데에 있어서 가장 큰 구실을 하는 것은 바로 소재인 달이라고 할 수 있다. 이것은 「정읍사」를 예술성 높은 작품으로 올려놓는 데에 결정적인 구실을 한 것으로 보이기 때문이다.

1. 삼국 시가의 소재미학

「정읍사」는 온전하게 현재까지 남아 전하는 백제시대의 유일한 노래이다. 백제시대의 노래이면서 고려를 거쳐 조선조까지 궁중에서 불렸는데, 그 과정에서 한글의 창제에 힘입어 문헌에 기록됨으로써 자료로 남게 되었다. 「정�읍사」는 백제 노래 가운데서 서동薯童이 지은 것으로 되어 있는 향가 「서동요」와 함께 가사가 전하는 그리 많지 않은 작품 중의 하나라는 특징도 가지고 있다. 다만 제목의 '정읍'과 가사 중의 '전全'을 전주로 볼 때 전주가 백제 당시의 명칭인 '완산주'와는 명칭이 다르다는 점으로 인해 백제 가요일 가능성을 의심받기도 하였다. 그러한 일면에는, 『고려사高麗史』「악지樂志」 '삼국속악三國俗樂'의 기록 대신, 고려 속악에 이른바 무고정재舞鼓呈才 때에 「정읍사」를 가창했다는 기록을 근거 삼아 무고舞鼓가 곧 「정읍사」이고, 또 「이혼렬전李混列傳」에는 충렬왕 때 사람 이혼이 무고를 만들었다고 했으니, 「정읍사」는 이혼의 작사 및 작곡이라는 주장도 제기된 바 있다. 그러나 다시 이에 대한 반대 의견으로, 신라시대 원효의 무애無㝵 등이 역시 고려 속악정재에 들어 있다는 사실에 비추어 볼 때 이혼이 만들었다는 무고라는 악곡에 전통적으로 전해 오는 「정읍사」의 가사를 얹어 불렀다는 견해와, 또는 무고는 악곡이 아닌 다만 악기라는 주장 등으로 원래의 백제 가요라는 주장이 계속되기도 하였다. 그리고 노래의 내용에 대한 해석에 있어서는 작품에 나와 있는 '즌ᄃᆡ를 드ᄃᆡ욜셰라'와 '내 가논ᄃᆡ 졈그를셰라' 등을 은유적으로 해석하되, 배경설화에서처럼 남편의 신변상 위해를 걱정하는 의미로 보기보다는, 남편의 신체상 외도를 걱정하는 의미로서 해석하기도 하였다.

이러한 성격을 지니는 정읍사는 『악학궤범樂學軌範』「시용향악정재時用鄕樂呈才」에 노래의 가사가 전하고 있으며, 『고려사』「악지」와 『증보문헌비고增補文獻備考』「예문고藝文考」 '가곡류歌曲類'에 노래의 유래를 설명하는 배경설화가 실려 있다. 그런데 『증보문헌비고』에서는 이

노래의 제목을 '정읍가'로 소개하고 있는 점이 특이하다. 「정읍사」의
유래는 다음과 같다.

> 정읍은 全州에 속한 縣이다. 정읍현의 한 사람이 行商을 나
> 가서 오랫동안 돌아오지 않자 그 부인이 산으로 가서 돌 위로
> 올라섰다. 부인은 멀리 바라보면서 남편이 밤길에 다니다가
> 해를 당하지 않을까 하는 두려움을 흙탕물에 빠져 더러워지는
> 것에 빗대어서 노래를 불렀다. 세상에 전하기를 꼭대기에 望
> 夫石이 있다고 한다.

그런 다음 여기에다 그 여인이 망부석이 되었다는 세간에서 전해지
는 이야기를 덧붙이고 있는데, 이는 신라 박제상朴堤上의 아내가 왕자
를 구하기 위해 일본으로 가서 돌아오기 어려울지도 모를 남편을 기
다리며 「치술령곡鵄述嶺曲」을 불렀고, 나중에는 돌로 굳어서 망부석이
되었다는 것과 같은 종류의 이야기라고 할 수 있다. 박제상 부인의 망
부석설화와 「정읍사」의 망부석설화가 아주 흡사하기 때문에 「치술령
곡」도 「정읍사」와 같은 구성방법을 택했을지도 모른다는 추정을 가능
하게 한다. 『악학궤범』에 실려 전하는 「정읍사」는 다음과 같다.

돌하 노피곰 도드샤
어긔야 머리곰 비취오시라
어긔야 어강됴리
아으 다롱디리
全져재 녀러신고요

어긔야 즌딕롤 드딕욜셰라

어긔야 어강됴리

어느이다 노코시라

어긔야 내 가논딕 졈그롤셰라

어긔야 어강됴리

아으 다롱디리

　이 노래에 등장하는 존재는 셋이다. 하나는 자연상관물로 하늘에
떠 있는 달이고, 또 하나는 집에서 남편을 기다리는 부인이다. 그리
고 마지막 하나는 시장에 가서 행상을 하고 있는 남편이다. 작품의 화
자는 부인이며, 하늘에 있는 달에게 편지를 쓰는 방식으로 노래를 진
행하고 있다. 여기에서 가장 중요한 구실을 하는 존재가 바로 하늘에
떠 있는 달이다. 배경설화와 노래의 내용으로 볼 때, 부인은 집에 있
고, 남편은 집에서 멀리 떨어진 시장에 가 있는 것으로 되어 있다. 즉,
부인과 남편은 현재 같은 자리에 함께 있지 않음으로 인해 직접 보거
나 대화를 나눌 수 있는 상태가 아니다. 이 부부는 오랫동안 멀리 떨
어져 있으면서 만나지 못했기 때문에 보고 싶은 마음과 걱정스러운
마음이 극에 달해 있다. 보고 싶은 마음과 걱정스러운 마음을 한마디
로 말한다면 그것은 바로 그리움이라고 할 수 있다. 이 그리움의 정서
가 최고조에 이르면 말로 된 시의 단계를 넘어 탄식으로 바뀌게 되고,
이것이 다시 노래로 되니 「정읍사」가 바로 그런 상태에서 나온 작품
이다.

　그리움이란 보고 싶은 대상의 부재不在로 인해 생기는 정서의 일종
이다. 이러한 정서가 시와 탄식의 단계를 넘어 극도로 고조된 상태가

될 때 소리의 율동을 바탕으로 하는 가락(리듬)에 실려 노래로 실현된다. 그러므로 그리움이란 정서를 노래하는 「정읍사」 같은 작품에서는 대상의 부재를 극복할 수 있는 수단이 절대적으로 필요하게 된다. 「정읍사」에서 그리움의 대상으로 부재의 상태에 있는 사람은 남편이다. 그런데 남편은 공간적으로 화자인 부인과 멀리 떨어져 있다. 여러 시장을 떠돌아다니면서 물건을 파는 행상을 나갔다고 했으니 어디에 가 있는지 정확하게 알 수 없기 때문에 화자의 정서를 직접적으로 전달하기는 어렵다. 멀리 떨어져 있어서 접촉이 불가능한 상황을 뛰어넘어 그리움이라는 정서를 남편에게 전달하기 위해서는 우선 공간적인 한계를 극복하지 않으면 안 된다. 공간적인 한계를 극복하기 위해 「정읍사」에서 화자가 선택한 도구는 하늘에 높이 떠서 천지만물을 비추는 달이다. 하늘에 떠 있는 달은 부인이 있는 집에서도 보이고, 남편이 있는 시장에서도 보일 것이므로 이런 존재에게 자신의 정서를 실어 보내면 남편이 있는 곳까지 반드시 전해질 것이라는 믿음을 갖게 된다.

작품에서 화자는 가장 먼저 달을 불러서 주의를 환기시킨 다음, 높이 돋아서 멀리 비춰 달라고 부탁하는 방식을 취하고 있다. 이렇게 함으로써 집이라는 공간에 있는 아내와 하늘에 떠 있는 달과 시장에 가 있는 남편이 삼각구도를 형성하게 되고, 달은 지상에서 쏘아 올린 전파를 중계하여 멀리 떨어져 있는 곳까지 자유롭게 보냄으로써 공간적 한계를 넘어 다양한 종류의 소통이 가능하도록 하는 통신위성과 같은 구실을 하게 된다. 이런 구도가 형성되면서 화자는 이제부터 마음 놓고 남편에게 편지를 쓰기 시작한다. "그대여 시장에 가 계신지요? 아, 좋지 않은 일이나 나쁜 곳에 빠질까 두렵기만 합니다."라고 하여 남편을 걱정하는 자신의 마음이 달을 통해 남편에게 전달되기를 바란다. 다음으로는 집으로 돌아오는 남편을 마중 나가겠다는 의지를 노래한다. "어느 곳에나 놓고 계십시오. 당신을 맞이하러 제가 가는 길이 어두워질까 두렵습니다."라고 하여 하늘의 달로 인해 가능해진 공간적 한계에 대한 극복을 실현시키는 수법으로 작품을 마무리하고 있다. 그러므로 「정읍사」는 삼각구도에 삼단구성이라는 절묘한 구조를 바탕으로 그리움의 정서를 애뜻하게 담아 전하는 작품이라 하겠다.

2. 향가의 소재미학

소재의 중요성이 부각되면서 작품의 구성에 커다란 영향을 미치는 향가로는 「제망매가祭亡妹歌」와 「혜성가彗星歌」, 그리고 「도천수대비가禱千手大悲歌」 같은 것들을 대표적인 작품으로 들 수 있다. 「제망매가」는 '죽음'이라는 객관적 질료와 '추모'라는 주관적 질료가 결합한 것이 소재로 쓰이고 있으며, 「혜성가」는 하늘에 나타난 변괴의 하나인 '혜성'이라는 객관적 질료와 나라의 안정을 꾀하려는 융천의 '애국심'이라는 주관적 질료가 결합한 것이 소재로 되는 특징을 지니고 있다. 또한 「도천수대비가」는 대자대비한 천수관음이라는 객관적 질료와 앞을 보지 못하는 아이의 눈을 뜨게 하려는 어머니의 소원인 주관적 질료가 결합한 것이 작품의 소재로 사용되고 있다. 「혜성가」에 대해서는 제6장의 구조와 미학에서, 「제망매가」에 대한 것은 제8장 수사법과 미학에서 상세하게 고찰할 것이므로 여기서는 「도천수대비가」를 중심으로 살펴보도록 한다.

무루플 고조며

둘숯바당 모호누아

千手觀音ㅅ 前아히

비술볼 두누오다

즈믄손ㅅ 즈믄눈흘

ᄒ둔홀 노ᄒ ᄒ둔홀 더읍디

둘 업는 내라

ᄒ둔사 그스싀 고티누옷다라

아으으 나애 기티샬돈

노ᄒ디 뿔 慈悲여 큰고

　　　　　　　　　—양주동 풀이

현세구복現世求福을 목적으로 하는 기원가인 「도천수대비가」는 천 개의 눈과 천 개의 손을 가지고 있으면서 중생의 어려움을 보살피고 어루만지는 대자대비한 관음보살에 대한 기도를 주 내용으로 하고 있는 작품이다. 그렇기 때문에 이 작품은 신을 부르고, 신에게 바라는 바를 말하고, 신을 찬양하여 보내는 삼단의 구성[58]을 취하고 있다. 신을 부르는 부분에서는 기도자의 입장에서 맞이할 준비를 하는 과정을

---

[58]　우리 문화에서 보면, 신과 관련을 가지는 것들은 숫자 3으로 나타나고 있으며, 사람과 관련을 가지는 것들은 숫자 4로 나타난다는 것을 알 수 있다. 무굿의 과정이 청신, 오신, 송신의 3단계이며, 신과 직접 소통하는 가장 강력한 도구인 노래가 삼단구성을 중심으로 하고 있는 점 등에서 이러한 사실을 확인할 수 있다. 자연의 현상과 깊은 관계를 가지고 있는 인간의 삶에 대한 것은 주로 4로 나타나는데, 문학과 관련을 가지는 것으로는 사계절을 바탕으로 하는 순환적 시간성, 四句八名 등을 꼽을 수 있다.

중심으로 노래한다. 여기에서 화자가 무릎을 곧추세우고 두 손바닥을 모아서 기도하려는 이유는 단 한 가지인데, 대자대비한 관음보살의 법력으로 아이의 눈을 고쳐 주기를 바라는 바람이 그것이다. 객관적 질료인 관음보살을 작품의 세계 안으로 모셔 들이기 위한 준비과정이 되는 것이다. 이런 준비를 마친 화자는 이제 기도의 대상인 관음보살에 대한 찬양과 기원을 직접적으로 표출하는 단계로 나아가게 된다. 천 개의 눈과 천 개의 손을 가진 관음보살과 한 번 눈이 멀면 두 번 다시 볼 수 없는 처지인 인간을 대비시킴으로써 한편으로는 부처의 위대함을 높임과 동시에 찬양하고, 다른 한편으로는 인간의 나약함과 무능력함을 드러냄과 동시에 바라는 바를 강조하는 방식을 취하고 있는 것이다. 이제 관음보살은 자신이 가지고 있는 대자대비한 모든 능력을 화자가 바라는 바를 이루도록 하기 위한 것에만 집중할 수밖에 없게 되어 철저하게 내포가 극대화한 상태의 소재로 된다. 중생이 바라는 것이면 무엇이나 들어주고, 어려움이 있으면 무엇이나 보살펴 주는 능력을 가진 관음보살이 객관적 질료로 작용하면서 작품의 소재로 들어옴과 동시에 이 작품의 내용과 형식에 결정적인 영향력을 행사하게 되는 것이다. 이제 세 번째 부분에서 화자는 관음보살의 자비가 중생의 삶에 얼마나 큰 보탬이 되는지를 강조하면서 내포의 극대화를 통해 기원을 강조할 수 있었던 공간을 회복시켜 신을 원래의 자리로 돌려보내면서 마무리를 한다. 비록 신은 돌아가지만 당신이 끼친 자비가 중생의 삶에 미친 영향이 얼마나 큰지를 강조하는 것이다.

이런 점에서 볼 때, 「도천수대비가」는 객관적 질료로 작용하는 관음보살을 맞이하기 위한 준비, 작품의 소재로 들어온 관음보살에 대한 찬양과 기원, 자비의 영향력 등을 중심으로 노래하고 있어서 철저하게 소재를 중심으로 하여 작품을 구성하고 있음을 알 수 있다. 특히 주관적 질료보다는 객관적 질료를 바탕으로 하는 관음보살이란 소재가 작품의 전 과정에서 중심을 이루고 있다는 점에서 볼 때, 객관적 질료를 심부름꾼으로 설정하여 주관적 질료인 극락왕생하려는 화자의 정서를 강조하는 「원왕생가願往生歌」 같은 작품과는 질적으로 다른 노래라는 사실을 알 수 있다.

주관적 질료보다 객관적 질료가 강조되는 「도천수대비가」 같은 작품에서는 첫째, 주관적 질료가 되는 화자의 정서가 누구에게나 통할 수 있는 보편성을 바탕으로 하고 있으며, 둘째, 내포가 극대화한 객관적 질료가 관념성을 강화하는 방향으로 작품이 진행되고, 셋째, 이념적 목적성을 강조하는 방향으로 작품의 성격과 형태가 결정되는 양상을 보이는 특징을 가지게 된다. 화자 자신이나 관련을 가지는 인물의 불행을 행복으로 바꾸고 싶은 마음은 인간이라면 누구나 가질 수 있으며 바라는 것이기 때문에 보이지 않게 된 눈을 고치고 싶어 하는 화자의 정서는 보편성을 가질 수밖에 없다. 이 경우 주관적 질료인 화자의 정서가 객관적 질료인 대상을 지배하는 강도가 약해지기 때문에 이런 종류의 작품은 자연스럽게 찬양이나 기원과 같은 것을 노래하는 것으로 될 수밖에 없다. 그렇게 하기 위해서는 소재로 들어오면서 발생한 내포의 극대화가 작품의 형성과정에서 축소시켰던 외연을 확장하기보다는 오히려 관념성을 강화하면서 객관적 질료의 내포가 훨씬 더 커지는 양상을 보이게 된다. 이러한 관념성의 강화는 결국 종교적 신앙이나 정치적 이데올로기 같은 것과 맥이 닿으면서 이념적 목적성을 뚜렷하게 보이는 작품으로 그 성격을 결정짓게 된다. 「도천수대비가」와 더불어 종교적 신앙을 강조하는 향가 작품들, 고려 말에 지어진 것으로 보이는 초기의 가사, 조선조 초기의 악장 같은 작품들이 이러한 범주에 들어가는 것들이라고 할 수 있다. 그러므로 「도천수대비가」는 소재가 작품 전체를 총괄하면서 이념적 목적성을 바탕으로 한 아름다움을 담을 수 있게 되고, 그 이념에 동참하는 향유자를 중심으로 하는 소재미학을 형성하고 있다는 것을 중요한 미학적 특성으로 지적할 수 있게 된다.

3. 속요의 소재미학

조선조 선비들이 고려시대의 노래인 속요에 대해서 내린 정의는 남녀의 사랑과 이별을 중심내용으로 하는 노래라는 의미를 지닌 남녀상열지사男女相悅之詞였다. 그런데 조선은 불교를 배척하고 유학의 이념을 숭배하던 사람들이 세운 나라이기 때문에 유교에서 중요하게 생각하는 사람의 인성을 도야하는 것이 아니면 속된 것으로 취급하는 경향이 강했다. 따라서 그들은 남녀의 사랑과 이별에 대해 직접적인 표현을 해 가면서 노래하는 속요 같은 것을 용납하기 어려웠다. 그리하여 속요에 대한 모든 기록에는 가사가 비속하여 싣지 않는다는 뜻을 가진 사리부재詞俚不載라는 표현이 늘 따라다녔다. 그럼에도 불구하고 조선조 선비들이 부정적인 입장에서 내린 이 말은 속요의 성격을 가장 잘 드러낸 것이라고 할 수 있다. 가사의 내용이 비루하다고 판단하여 고르고 골라서 실어 놓은 속요 중 「가시리」, 「동동動動」, 「쌍화점」, 「서경별곡西京別曲」, 「만전춘별사滿殿春別詞」, 「정석가鄭石歌」 등 상당수의 작품들이 모두 남녀 간의 상사相思에 대한 것을 노래하고 있는 점에서 그러하다. 특히 「쌍화점」 같은 노래는 음설지사淫褻之詞의 대표적인 작품으로 지목될 만큼 노골적인 성적 표현이 두드러진다. 그런 까닭에 조선조 사대부들은 속요를 지칭하여 비리지사鄙俚之詞, 혹은 음사淫詞라고 부르기도 했던 것이다. 원래 노래라는 것이 고대부터 남녀상열지사가 중심을 이룰 수밖에 없었던 것은 인지상정이라고 할 수 있다. 그러나 유학의 이념을 최고로 여겼던 조선조 도학자들의 눈으로 보기에 속요는 용납하기 어려울 정도로 음란성이 강한 노래일 수밖에 없었던 것이다. 「한림별곡翰林別曲」 같은 작품도 음란하다고 생각했던[59] 조선조 사대부들의 사리부재 원칙 때문에 문헌으로 정착하지 못한 속요가 상당수 있었을 것으로 보인다. 그런데 이것이 오히려 속요의 본질적 성격을 가장 잘 드러내는 표현이 되었으니 참으로 아이러니가 아닐 수 없다.

고구려시대의 노래로 추정하기도 하는 「동동」이나 백제시대의 노래로 여겨지는 「정읍사」에서 보아 알 수 있듯이 상당수의 속요 작품들은 구전되어 오다가 문자로 정착되었을 가능성이 크다. 속요의 구전과정은 민간음악으로 존재하면서 노래로 불리던 향유과정과 고려말에 궁중무악宮中舞樂으로 수용되어 조선조에 이르러 문자로 기록되기 전까지의 향유과정으로 나누어 볼 수 있다. 이 과정에서 여러 노래가 혼용되기도 하고 새로운 내용이 덧붙여지기도 했을 것이다. 그런데 구전성은 원래 기록수단을 가지지 못했던 민중들에 의해 만들어진 민요나 설화 등이 가진 기본적인 성격이기 때문에 속요가 구전성을

---

59   吾東方歌曲 大抵吾多淫蛙 不足言 如翰林別曲之類 出於文人之口 而矜豪放蕩 兼以褻慢戲狎 尤非君子所宜尚 (李滉, 陶山十二曲跋).

지녔다는 사실은 그 기원이 민간노래에 있음을 보여 주는 증거가 되기도 한다. 「상저가相杵歌」는 방아노래로 노동요일 가능성이 크며, 「사모곡思母曲」은 시집간 여인네가 친정의 어머니를 그리워하는 여성 민요였을 가능성이 크다. 또한 「처용가」는 신라 때부터 내려온 향가를 새롭게 만든 것으로, 처용이 문신門神으로 되었다는 『삼국유사』의 기록으로 볼 때 민간에 널리 퍼져 있던 신앙요의 일종으로 보는 것이 타당할 것이다. 그리고 음란성의 논란이 있었지만 남편에 대한 아내의 애틋한 정서를 잘 표현하고 있어 궁중무악으로 채택된 「정읍사」 역시 백제시대부터 오랜 세월 동안 민간에서 불린 작품이기 때문에 강력한 구전성을 가지고 있는 것으로 볼 수밖에 없다. 「동동」 또한 고구려의 노래로 인정한다면 이 작품 역시 전승력이 아주 강한 민요였을 가능성이 크다.

이와 함께 현전하는 속요를 보면 같거나 비슷한 내용이 여러 작품에 쓰이는 넘나듦이 많이 나타나는데, 이것 역시 민요에서 많이 보이는 현상으로 속요가 민간의 노래에 바탕을 두고 있음을 보여 주는 증거가 되기도 한다. 「정석가」와 「서경별곡」에 보이는 내용 가운데 "구스리 바회예 디신돌 긴힛돈 그츠리잇가 즈믄히롤 외오곰 녀신돌 信잇돈 그츠리잇가"는 두 작품에 쓰인 표현이 완전히 일치하고 있으며, 「만전춘별사」의 "벼기더시니 뉘러시니잇가 뉘러시니잇가"는 「정과정」의 표현과 아주 가깝게 맞닿아 있다. 또한 「만전춘별사」의 "아소 님하 遠代平生애 여흴술 모르옵새"는 「이상곡履霜曲」의 마지막 구절과 일치한다는 점에서도 이러한 사실을 확인할 수 있다. 속요가 민요의 구전성에 기원을 두고 있다는 또 다른 증거로는 상당수의 작품이 장으로 나누어지면서 렴이 쓰이고 있으며, 흥을 돕기 위한 조흥구 등이 사용되고 있는 점 등도 들 수 있다. 렴은 집단으로 가창하는 선후창先後唱의 구연방식에 알맞은 것으로 민요의 대표적인 가창 형태인데, 조흥구 역시 렴과 비슷한 구실을 하므로 집단 구연방식에 많이 나타나는 현상이다. 그리고 민요에서 많이 사용하는 표현방법인 반복법이 속요에서도 아주 다양한 형태로 나타나고 있어서 속요와 민요의 연관성은 깊다고 하겠다.

속요의 성격으로 또 하나 지적할 수 있는 것은 삶 속에서 형성된 화자의 생활정서가 소박한 형태로 반영되어 있다는 점이다. 「정과정」과 「처용가」를 제외하고는 정치적 이념이나 종교적 이념 같은 것이 전혀 들어가지 않았으며, 화자가 생활 속에서 겪는 다양한 정서들이 직접적으로 표현되고 있다. 사랑과 이별, 그리고 그리움의 정서를 자연스럽게 노래한 「서경별곡」, 「가시리」, 「동동」, 「정석가」 등이 그렇고, 사친과 효도의 정서를 노래한 「사모곡」, 「상저가」가 그렇다. 또한 남녀의 상사를 노골적으로 노래한 「쌍화점」, 「만전춘별사」, 「이상곡」 등도 같은 맥락에서 이해할 수 있다. 그 외에도 현실 개척의 의지를 강하게 표현한 「청산별곡」과 문신 신앙을 노래한 「처용가」 역시 생활 속의 정서를 자연스럽게 표현한 것이라고 할 수 있다. 생활정서가 작품 속에 반영된다는 것은 바로 사실적이면서도 예술적인 방식으로 삶을 반영한 것이라고 할 수 있다. 이것 역시 민요가 갖는 중요한 특징 중의 하나이기 때문에 속요와 민요의 관계를 짐작할 수 있게 한다.

삶 속에서 자연발생적으로 만들어진 민요는 그것을 만들고 즐기는 사람들이 공유할 수 있는 정서와 내용으로 꾸며져야 하는 까닭에 자신들이 살아가는 현실을 매우 사실적으로 반영하고 있다. 성에 대한 노골적인 표현, 노동의 고단함, 시집살이의 어려움, 자식에 대한 사랑,

부모에 대한 효도, 생활의 고통 등을 있는 그대로 노래에 담아 부르기 때문에 민요는 삶의 사실적이고도 예술적인 반영물이 될 수밖에 없는데, 속요 역시 이런 범주를 크게 벗어나지 않고 있으므로 민요에 근거를 둔 것으로 볼 수밖에 없는 것이다. 멀리 가서 오랫동안 돌아오지 않는 남편에 대한 걱정, 님에 대한 그리움, 이별의 슬픔, 부모에 대한 사랑, 성에 대한 갈구 등 속요의 내용은 모두 화자가 살아가면서 생활 속에서 자연적으로 겪게 되는 삶의 정서이기 때문이다.

속요의 특징으로 또 하나 지적할 수 있는 것은 표현의 개방성이다. 조선조 시가의 중심을 이루는 시조와 가사에 견주어 보면 그 표현이 얼마나 개방적인가를 쉽게 알 수 있다. 이처럼 속요가 표현에 있어서 자유로울 수 있었던 것은 정치적 이념이나 종교적 이념, 한 걸음 더 나아가 목적성에 얽매일 필요가 없었기 때문인 것으로 보인다. 향가처럼 종교적 이념에 구애받지도 않으며, 시조나 가사처럼 정치적인 이념을 내세울 필요도 없었고, 자신을 드러내거나 일정한 목적을 달성하기 위한 도구로도 작용하지 않았으므로 속요의 표현은 어디에도 얽매이지 않을 수 있었던 것이다. 그 결과 다른 시기의 시가에서는 나타나기 어려운 직접적이고 외설적인 표현들이 서슴없이 등장하며, 사실적인 표현들이 중심을 이룰 수 있었다.

속요가 지닌 표현의 개방성은 수용과 변개에도 큰 구실을 했던 것으로 보인다. 「동동」이나 「정석가」처럼 궁중무악으로 수용되면서 앞과 뒤에 목적성을 지닌 가사를 삽입하여 송도頌禱와 송축頌祝을 의미하는 것으로 활용할 수 있었던 것도 속요가 지닌 개방성에 기인한 것이라고 보아야 할 것이다. 이런 사정은 「처용가」나 「정읍사」도 마찬가지였다. 문신의 기능을 하는 처용이 나례儺禮에 사용되는 것이라든지,

남편을 기다리는 부인의 애틋한 마음이 담긴 노래가 궁중의 연회에 사용될 수 있었던 것은 역시 민요에 바탕을 두고 있는 속요가 지닌 표현의 개방성에서 기인한 것으로 볼 수 있다. 민요가 지닌 개방성이 바로 속요의 개방성으로 연결되면서 이러한 결과를 낳았던 것이다. 이러한 성격을 지니는 속요의 중심적인 소재가 되는 것은 역시 이별과 그리움이라고 할 수 있다. 그런데 속요는 이별과 그리움이라는 소재를 표현함에 있어서 특이한 표현기법을 쓰고 있기 때문에 문학사에서 매우 독특한 성격을 가진 것으로 평가하고 있다. 속요에서 소재의 중요성이 부각되면서 그것이 작품 전체를 관통하고 있는 대표적인 작품으로는 「동동」, 「쌍화점」, 「서경별곡」, 「정석가」 등을 들 수 있다. 「동동」은 '님의 부재'라는 객관적 질료와 '그리움'이라는 주관적 질료가 결합하여 소재를 이루고 있으며, 「쌍화점」은 '문란한 성풍속'이라는 객관적 질료와 화자가 마음속에 지니고 있는 '부러움'이란 정서가 주관적 질료로 작용하면서 소재가 되는 형태를 취하고 있다. 「서경별곡」과 「정석가」는 '이별의 현장'이 객관적 질료가 되고 이별하지 않겠다는 화자의 정서가 주관적 질료로 작용하여 이것이 결합한 상태가 소재로 되는 방식이다. 「정석가」를 보자.

딩아 돌하 당금當今에 계샹이다
딩이 돌하 당금當今에 계샹이다
선왕셩디先王聖代예 노니ᄋ와 지이다

삭삭기 셰몰애 별헤 나는
삭삭기 셰몰애 별헤 나는

구은밤 닷되를 심고이다

그 바미 우미 도다 삭나거시아
그 바미 우미 도다 삭나거시아
유덕有德ᄒ신 님믈 여히ᄋ와 지이다

옥玉으로 런蓮ㅅ고즐 사교이다
옥玉으로 런蓮ㅅ고즐 사교이다
바회우희 졉듀接柱 ᄒ요이다

그 고지 삼동三同이 퓌거시아
그 고지 삼동三同이 퓌거시아
유덕有德ᄒ신님 여히ᄋ와 지이다

므쇠로 텰릭을 몰아 나ᄂᆞ
므쇠로 텰릭을 몰아 나ᄂᆞ
텰ㅅ鐵絲로 주롬 바고이다

그 오시 다 헐어시아
그 오시 다 헐어시아
유덕有德ᄒ신님 여히ᄋ와 지이다

므쇠로 한 쇼를 디여다가
므쇠로 한 쇼를 디여다가

털슈산鐵樹山애 노호이다

그 쇠 텰초鐵草를 머거아
그 쇠 텰초鐵草를 머거아
유덕有德ᄒ신님 여히ᅌᅡ와 지이다

구스리 바회예 디신ᄃᆞᆯ
구스리 바회예 디신ᄃᆞᆯ
긴힛ᄃᆞᆫ 그츠리잇가

즈믄 ᄒᆡ롤 외오 곰녀신ᄃᆞᆯ
즈믄 ᄒᆡ롤 외오 곰녀신ᄃᆞᆯ
신信잇ᄃᆞᆫ 그츠리잇가

기록으로 남아 전하는 작품의 형태는 11개의 장으로 되어 있다. 그러나 첫 번째 장은 군주나 신에 대한 송찬頌讚으로 되어 있어서 본 작품의 내용과는 동떨어져 있는 관계로 이것은 궁중음악으로 개작하는 과정에서 끼어 들어간 것으로 볼 수밖에 없다. 또한 마지막 두 개의 장은 다른 작품에도 등장하는 표현인 데다가 이것 역시 군주에 대한 일편단심을 노래한 것으로 볼 수 있기 때문에 본래 노래에 들어 있었다고 보기 어려운 점이 있다. 결국 현존하는 「정석가」는 맨 앞의 한 장과 뒤의 두 장을 제외한 것을 본래의 작품으로 보는 것이 타당할 것으로 생각된다. 「정석가」의 본래 모습을 이렇게 놓고 볼 때 이 작품은 속요 중에서도 매우 특이한 구조와 형식을 가지고 있는 것으로 보인다. 각 장은 시조처럼 세 개의 행으로 되어 있는데, 첫째 행과 둘째 행은 동일한 표현을 반복적으로 사용하고 있으며, 이러한 표현방식이 모든 장에서 동일한 형태로 반복되는 모양을 지니고 있기 때문이다. 여러 개의 장으로 나누어지는 형태를 지니는 시가에서 동일한 형태로 반복되는 것은 장의 끝에 쓰여서 다음 장으로의 진행을 도와주는 후렴이 중심을 이루는데, 「정석가」는 장의 맨 앞에서 동일한 구조와 내용을 반복적으로 사용하고 있으니 특이할 수밖에 없는 것이다. 일반적으로 후렴은 하나의 작품 안에서는 동일한 표현과 형태를 지니면서 언어적으로는 의미를 알기 어려운 것인데, 「정석가」에서는 언어적인 의미를 가진 것으로 작품의 내용을 구성하는 중요한 요소이면서 렴의 형태를 지니고 있다는 점과 그러면서도 내용상으로는 장마다 서로 다른 것이 반복의 형태로 쓰이고 있어서 더욱 특이한 형식이 되는 것이다. 이런 형태는 속요의 일반적인 특성이 아니라 「정석가」에만 나타나고 있다. 그렇다면 왜 이 작품에만 이런 특이한 표현방식이 나타나는 것일까?

이 문제를 해결하기 위해서는 우선 이 작품의 내용과 표현수법을 이해해야 한다. 현존하는 대부분의 속요가 남자와 여자 사이에 일어나는 성애性愛를 노골적으로 노래하는 내용인 남녀상열지사로 되어 있다는 것은 누구나 알고 있는 사실이다. 「정석가」 역시 사랑하는 사람과 헤어질 수 없다는 화자의 심정을 아주 강하게 드러내어 노래한 작품인데, 그것을 표현하는 방법으로 두 가지 수법을 사용하고 있다. 하나는 현실세계에서는 실현이 불가능한 것들을 제시하여 그것이 이루어진다면 사랑하는 님과 이별하겠다는 방식의 표현이 그것이고, 다른 하나는 핵심되는 내용을 동일한 형태로 반복하여 표현하는 방법이

제3장 속요의 미학

그것이다. 실현 불가능한 사실에 빗대어서 님과의 이별이 불가하다는 것을 표현한다는 것은 죽을 때까지 사랑의 끈을 놓지 않을 것이며, 죽기 전에는 절대로 헤어질 수 없다는 화자의 의지를 강력하게 나타내는 것이 된다. 그러나 더욱 강력한 것은 화자가 제시하는 실현 불가능한 것이 하나로 그치지 않고 네 가지씩이나 된다는 사실이다. 첫 번째 것은 군밤을 모래벌판에 심어서 싹이 나는 것이고, 두 번째 것은 옥으로 만든 연꽃을 바위에 심어 자신이 살아 있는 동안 계속해서 꽃을 피워야 한다고 했다. 세 번째로는 무쇠로 만들어진 큰 소가 철로 된 나무가 있는 산에 가서 철초를 먹어야 한다고 했으며, 네 번째로는 철사로 주름을 박아서 무쇠로 만든 관복이 다 떨어지면 님과 이별을 하겠다고 했다. 군밤이나 무쇠로 만든 옷 그리고 옥으로 만든 연꽃이나 무쇠로 만든 소는 싹을 틔우거나, 해지거나, 꽃을 피우거나, 풀을 먹을 수 없으니 이는 님과는 절대로 헤어질 수 없음을 강조한 것이다.

　어떤 경우에도 사랑하는 사람을 보내기 싫은 화자는 실현 불가능한 사실을 소재로 한 네 가지를 강조하는 것만으로는 부족하다고 생각해서인지 여기에 특수한 형식적 효과를 더하여 한 차원 높은 단계의 강조를 구사한다. 실현 불가능한 사실을 담고 있는 표현을 각 장의 맨 앞에서 동일한 형태로 배치함으로써 반복의 구조를 통해 화자의 의지를 더욱 강조한다. 본문의 핵심내용이 들어 있는 표현이 하나의 장 안에서 주기적으로 반복되는 구조는 이 작품에만 나타나는 현상인데, 내용상으로 보아서는 절대로 헤어질 수 없다는 화자의 의지를 한층 강조하여 나타내기 위한 수법으로 보이지만 형식적으로는 어떻게 처리해야 할지 난감하기만 하다. 반복의 구조를 가진다는 점에서는 장의 마지막에 쓰여서 집단가창의 수단으로 작용하는 렴이라고 해야 하겠지만 언어적 의미를 가질 뿐만 아니라 이 표현의 내용이 하나의 장에서 핵심을 이루기 때문에 렴으로 처리하기에도 망설여지는 것이 사실이다. 그러나 내용은 다르지만 동일한 형태의 표현이 「정석가」의 모든 장에서 동일한 모양으로 반복되는 구조를 지니고 있는 데다가 그것을 이 작품의 중요한 형식적 특성으로 취급할 수밖에 없기 때문에 특수한 형태의 렴으로 보아야 할 것으로 생각된다. 장의 끝 부분에 쓰이는 후렴은 집단이 가창과정에 참여하는 수단이 된다면, 「쌍화점」과 같이 장의 중간 중간에 쓰이는 중렴中斂은 장면의 전환을 위한 수단이 된다고 하겠다. 그렇다면 이 작품처럼 장의 맨 앞에서 반복되는 형태의 렴은 전렴前斂이라고 부를 수밖에 없게 되는데, 이것은 화자의 정서를 강조하는 수단이 되는 것으로 볼 수 있다. 결론적으로 말하자면, 「정석가」가 다른 작품에 비해 특이한 구조와 형식을 가지게 된 이유는 사랑하는 사람과 절대로 헤어질 수 없다는 주관적 질료인 화자의 정서를 객관적 질료인 이별의 현장을 소재로 하여 화자의 생각을 강력하게 나타내기 위한 수단의 하나라는 것에서 찾아야 한다는 것이다.

4. 시조의 소재미학

　고려 말에 생겨나 가사와 더불어 조선시대 국문시가의 양대 산맥을 이루었던 시조는 개인적인 정서를 중심내용으로 하고, 유흥공간에서 향유되는 성격을 지니고 있는 세 줄로 된 짧은 형태의 시가이다. 개인적인 정서가 내용의 중심을 이룬다는 말에서 짐작할 수 있듯이 시조는 철저하게 주정적主情的이다. 철저하게 주정적이라는 말은 주관적 질료인 작가의 정서가 객관적 질료인 외부의 사물현상을 지배하는 정도가 다른 시가에 비해 더 강화되었다는 것을 의미한다. 이 말은 소재로 사용되는 객관적 질료가 차지하는 비중이 다른 시가에 비해 훨씬 크고 중요하다는 뜻을 담고 있기도 한다. 위에서 살펴본 바와 같이 작가의 정서는 관념적인 성격을 가지는 추상적인 존재이기 때문에 반드시 물리적인 사물현상과 결합하지 않으면 자신을 효과적으로 드러낼 수 없는 성질[60]을 가지고 있다. 특히 언어라는 감각적 도구를 통해 정서를 표현해야 하는 시가에서는 이와 같은 객관적 질료가 더욱 절실하게 필요해진다. 시가는 짧은 형태의 작품 속에 작가의 정서를 모두 실어야 하므로 시어詩語 속에 담아내야 할 의미가 다른 문학에 비해 훨씬 함축적이어야 하기 때문이다. 시어의 함축성을 최대로 하기 위해서는 먼저 작가의 정서를 가장 효율적으로 실어낼 수 있을 것으로 판단되는 객관적 질료로서의 소재가 될 사물현상을 선택할 것과 기존의 어휘가 가지는 의미를 확장함과 동시에 높은 예술성을 담보할 수 있는 새로운 의미를 창조할 수 있는 형식을 갖출 것, 그리고 비유를 중심으로 하는 다양한 수사기법을 통해 의미의 폭을 최대한으로 할 것 등이 요구된다. 이 과정에서 가장 중요한 것은 첫 단계에 해당하는 작품의 소재가 되는 것으로 작가의 정서를 효율적으로 드러낼 수 있는 객

---

60   겉으로 발현되어 드러나지 않으면서 인간의 마음속에만 존재하는 뜻을 情이라고 하는데, 그것이 어떤 형태로든 밖으로 드러나서 상대에게 전달되는 것을 意라고 한다. 情은 추상적인 존재이기 때문에 감각적 구체성이 결여되어 있는 관계로 상대가 전혀 느낄 수 없다는 단점을 지니고 있다. 情이 그 뜻을 누군가에게 전달하기 위해서는 도구로 사용할 수 있는 물리적인 사물현상을 반드시 필요로 하는데, 그것은 눈물이나 울음이 될 수도 있고, 언어가 될 수도 있으며, 행동이 될 수도 있다. 이와 마찬가지로 작가의 마음속에 추상적인 상태로 존재하는 정서는 일정한 감각적 구체성을 가진 사물현상이라는 객관적 질료를 필요로 한다.

관적 질료의 선택이라고 할 수 있다. 위에서 이미 살펴본 바와 같이 선택된 객관적 질료의 성질에 따라 작품의 구성과 표현들이 모두 커다란 영향을 받을 수밖에 없기 때문이다. 이것이 바로 시조에 있어서 소재의 중요성을 높여 주는 결정적인 장치가 되는 것이다. 이제 아래에서 작품을 중심으로 시조가 가지는 소재미학적인 특성을 살펴보도록 하자. 먼저 기생인 홍랑洪娘의 시조를 보자.

조선 선조 때 함경남도 홍원 출신의 이름난 예기藝妓였던 홍랑은 신분이 낮은 기생으로서는 감히 꿈도 꾸지 못할 위치까지 올라갔던 인물이다. 조선시대 최고의 명문가라고 할 수 있는 파주시 교하읍 다율리에 위치한 해주 최씨의 묘역에 그녀의 무덤과 비석이 버젓이 있으며, 지금까지도 해마다 시제와 제사를 받으면서 최씨 자손들에게 할머니로 모셔지고 있기 때문이다. 오늘날까지 전해져 오는 홍랑의 이 무덤을 근거로 그녀의 애틋한 삶을 추적해 들어가 보면 역사 속에 각인된 한 여인의 지고지순한 사랑을 만날 수 있어서 그 감동은 더욱 커진다. 기생이 갖추어야 할 문장, 서화, 악기 등을 비롯하여 여러 가지 기예에 뛰어났던 홍랑은 한 남자를 평생 모시는 일부종사一夫從事의 꿈을 가졌기 때문에 연회장에서 흥이나 돋우면서 미색을 흘리는 여느 기생과는 품성과 재주에서부터 모두 다를 수밖에 없었다. 그런 그녀의 아름다움과 지혜를 알아보고 세세생생世世生生에 변하지 않을 뜨거운 사랑을 내뿜도록 한 사람이 있었으니 당시에 삼당시인三唐詩人의 한 사람으로 이름이 높았던 고죽孤竹 최경창崔慶昌이었다.

최경창은 29세에 대과에 합격한 후 북방의 군사지휘관의 보좌관인 북평사北評事를 거쳐 임금에게 간諫하는 일을 맡아보던 사간원의 사간원 정언正言으로 되었다가 나중에는 영광군수로 좌천되었는데, 이에 충격을 받고 관직에서 사직하였다. 그 후에 대동도찰방大同道察訪으로 복직하였다가 그의 재주를 아낀 선조에 의해 1577년에 종성부사鍾城府使로 특별 제수되어 부임했으나 중앙 관료들의 모함을 받아 성균관직강으로 강등되어 서울로 돌아오는 도중 종성 객관에서 객사하였으니 이때가 선조 16년(1583)으로 그의 나이 마흔다섯이었다. 최경창과 기생 홍랑의 만남은 그가 북평사로 부임해 갔던 1573년(선조 6)의 가을에 이루어졌고, 그때부터 두 사람은 사랑에 빠졌던 것으로 보인다. 그러나 두 사람의 만남은 그리 길지 못했으니, 이듬해 봄에 최경창이 중앙 관직으로 올라가야 했기 때문이다. 짧았던 사랑에 긴 헤어짐일 수밖에 없는 것이어서 그랬는지 서울로 돌아가는 님을 보내기 아쉬웠던 홍랑은 쌍성雙城까지 배웅을 하고 애끓는 마음을 다잡으면서 경성으로 돌아가게 된다. 남쪽으로 길을 재촉하던 최경창은 비가 내리고 어두워진 함관령咸關嶺에 유숙하게 되었는데, 이때 버드나무 가지와 함께 홍랑의 시조 한 편이 배달되어 왔다.

묏버들 갈히것거 보내노라 님의손디
자시는 窓밧긔 심거두고 보쇼셔
밤 비예 새닙곳 나거든 날인가도 여기쇼셔

이 시조를 본 최경창 역시 사랑으로 불타는 그녀에 대한 마음을 달랠 길 없어 「번방곡飜方曲」이란 이름의 한시로 옮겼으니, "折楊柳奇與千里人 爲我試向庭前種 須知一夜新生葉 憔悴愁眉是妾身"이 그것이다. 홍랑이 지어 보낸 시조는 겨우 세 줄로 된 45개의 글자에 불과하지만 작품이 가지는 구조적 절묘함과 버들이 가지는 사실성을 통해 그녀의 마음을 담아내기에 부족함이 없다.

　이 작품에서 객관적 질료는 이별의 현장에 있던 '묏버들'이고, 주관적 질료는 화자인 홍랑의 마음속에 있는 애끓는 '안타까움'이다. 즉, 애끓는 안타까움이란 정서가 버들을 통해 소재로 사용되고 있는 것이다. 그렇기 때문에 이 작품은 버들이 지니고 있는 자연상관물로서의 속성에 맞추어서 구성되는 특성을 지니게 될 것임을 쉽게 짐작할 수 있다. 이 작품이 가지는 가장 중요한 특징은 첫 장의 공간과 마지막 장의 공간이 일치하는 공간적 순환성의 구조를 가진다는 점이다. 초장을 형성하는 첫째 줄은 사랑하는 님과 이별하고 홀로 남게 된 화자가 존재하는 곳으로 산버들이 서 있는 이별의 공간이다. 현재 이곳에는 화자 홀로 있으나 님과 함께했던 행복의 공간이었으니 사랑을 만나고 사랑을 이루었던 그런 공간이다. 그럼에도 불구하고 현재는 고독의 공간이요, 그리움의 공간으로 바뀌고 만 곳이기도 하다. 이별의 공간을 극복하여 사랑의 공간으로 만들기 위해 화자는 산버들을 골라 꺾어서 님에게 보내기로 한다. 중장인 둘째 줄은 화자가 사랑하고 존경하는 님이 계신 공간이다. 님이 있는 공간도 화자가 있는 곳과 마찬가지로 고독과 그리움으로 가득 차 있는 그런 곳이다. 그러므로 화자는 님이 주무시는 창밖에 심어 두고 봐 달라는 부탁을 한다. 꺾인 버드나무 가지는 비록 잎이 시들기는 했을지 몰라도 사랑하는 사람이 이별의 선물로 준 것으로 자신의 분신과 같은 것이기에 옆에 두고 보면 그리움이 덜할지도 모른다는 뜻을 담고 있는 것으로 보인다. 그런데 화자는 자신이 준 버드나무를 방 안이 아닌 창밖에 심어 두라고 한다. 이것은 두 사람 사이를 가로막고 있는 신분과 지역의 벽을 의미하는 것으로 보아도 좋을 것이다. 양반과 천민이라는 신분의 차이와 함경도 지역 사람은 서울로 들어갈 수 없도록 한 법이라는 두 가지 장애 때문에 두 사람의 사랑을 이루는 것이 결코 쉬운 일이 아니었기 때문이다. 최경창에 있어서 홍랑은 언제까지나 창밖에 심겨져 있는 버드나무에 불과하다는 것을 은연중에 드러낸 것이다. 그럼에도 불구하고 화자는 님을 향한 사랑을 멈추지 않을 심산임을 마지막 줄인 종장에서 적나라하게 표현하면서 최경창이 혼자 있는 공간을 홍랑과 함께 있는 공간으로 바꿈으로써 사랑을 완성하려는 시도를 한다. '밤비에 새잎이 나거든 홍랑이 다시 온 것처럼 생각해 달라'는 이 말은 사랑에 대한 믿음과 이별로 인한 슬픔이 극에 달하지 않고서는 생각하기 어려운 표현이 아닐 수 없다.

사랑의 장소에서 그리움이 가득한 장소로 되어 버린 초장의 공간과, 헤어져서 혼자가 된 님이 있는 공간이면서 새잎이 되어 찾아간 화자가 함께하는 장소가 된 종장의 공간이 두 사람의 사랑을 가득 채운 곳으로 바뀌면서 일치하여 처음과 끝이 같은 구조를 가지는 공간의 순환이 일어나도록 하는 존재는 버드나무 가지다. 그러므로 이 작품에서 핵심을 이루는 요소는 바로 버드나무 가지라고 할 수 있다. 버들가지를 꺾어서 이별의 선물이나 징표로 주는 관습은 아주 오래된 것으로 이별의 정서를 노래한 시가에서는 매우 빈번하게 등장하는 소재이다. 잘 휘어지지만 금방 원래 모습으로 돌아가기 때문이라고 하기도 하고, 여인의 젊음은 오래가지 않으므로 청춘을 외롭게 보내지 않도록 빨리 돌아오라는 뜻으로 보기도 하고, 바람에 흔들리는 버들처럼 여인의 마음도 그와 같음을 의미하는 것으로 보기도 하지만 이것만으로는 홍랑이 꺾어서 보낸 버들가지의 뜻을 표현하기에는 부족한 것으로 보인다. 그렇다면 이 시조에서 말하는 홍랑의 버드나무는 무슨 의미를 가지고 있는 것일까?

　홍랑이 꺾어서 최경창에게 보냈으며, 창밖에 심어 두면 밤비에 새잎이 난다는 버들의 의미는 지극히 현실적인 것인데, 객관적 질료로 작용하여 소재가 된 버드나무가 지니고 있는 이 속성이 작품의 구성에 결정적인 영향을 미치고 있다. 주로 물가나 길가에 많이 서 있는 버드나무는 생명력이 강해서 아무 데서나 잘 자라는 습성을 가지고 있다. 버드나무는 물가에서 주로 자라기 때문에 가지를 꺾으면 금방 시든다. 이런 점 때문에 여인의 젊음이 오래가지 않는 의미로 해석하기도 하지만 그것은 시든 버드나무의 그 다음을 몰라서 하는 억측에 불과하다. 시든 후에 상당히 오랜 시간을 지난 후에라도 땅에 꽂고 물을 주기만 하면 금방 다시 살아나는 것이 버드나무이기 때문이다. 사랑하는 사람과 이별하는 것은 죽음이지만 다시 만나서 사랑하는 것은 살아남을 의미하므로 죽었던 버드나무가 다시 살아나듯이 자신의 사랑은 이별 정도의 시련으로는 결코 죽지 않는다는 것을 보여 주는 것으로 가장 적합한 것이 버드나무 가지가 되는 것이다. 버드나무의 이런 속성을 간파하고 그것을 보내 변치 않을 사랑을 노래로 승화시킨 홍랑의 비범함이 드러나고 있음을 볼 수 있다. 조선시대의 교통상황으로 볼 때 함관령에서 서울까지 오는 데는 아무리 적게 잡아도 일주일은 걸렸을 것인데, 서울까지 가져간 시든 버들가지를 주무시는 창밖에 심어 두면 봄비에 새잎이 날 것이니 그것은 바로 홍랑 자신이라는 것이다. 예로부터 이별의 선물로 버들가지를 준 이유가 바로 여기에 있었으니 이것에 근거하여 지어낸 홍랑의 시조야말로 사실주의 문학의 극치를 보여 준다고 해도 과언이 아니다.

　다음으로는 농암 이현보의 작품을 통해 시조의 소재미학이 가지는 특징을 살펴보도록 하겠다.

세조 13년인 1467년에 출생한 농암聾巖 이현보李賢輔는 1498년 식년 문과에 급제한 뒤 32세에 벼슬길에 올라 도산의 분강촌으로 은거하게 되는 76세까지 출사와 유배를 거듭하는 생활을 하게 된다. 이때로부 터 89세로 세상을 떠나기까지 남긴 작품들이 우리 문학사에 큰 발자 취를 남기게 되었다. 그가 지은 대표적인 시조로는 「효빈가效顰歌」, 「농암가聾巖歌」, 「생일가生日歌」 등인데, 강호한정의 생활을 노래하는 데 있어서는 읊조리기만 하는 한시보다 우리말로 된 시가가 적합하다 는 사실을 인식하고 있었던 농암의 생각을 잘 보여 주는 작품들이다. 농암의 이러한 생각은 이황, 권호문, 이숙량 등으로 이어지는 영남가 단의 중심사상으로 떠오르게 되는데, 퇴계 이황은 「도산십이곡」의 뒤 에 붙이는 발문에서 그 사실을 매우 구체적으로 밝히고 있어서 주목 된다. 이제 그의 대표작인 「농암가」를 보자.

> 聾巖애 올ㅇ보니 老眼이 猶明이로다
> 人事 變혼들 山川이쏜 가실가
> 巖前에 某水 某丘 어제 본 둣ㅎ예라

이 작품의 소재는 주관적 질료인 자연과 인생에 대한 작가의 '깨달 음'과 객관적 질료인 '농암'이다. 농암과 그 앞에 펼쳐지는 자연의 풍 광과 작가의 몸과 마음에서 느끼는 인생의 깨달음이 중심으로 구성되 어 있는 시조이다. 이 작품에서 농암은 작가의 호이기도 하지만 어릴 때부터 나이가 든 지금까지 같은 자리를 지키고 있는 자연상관물이기 도 하다. 작가는 어릴 때부터 젊은 시절까지는 농암 옆에 있으면서 항상 그것을 통해 자연을 보았으나 정치활동을 한 이후 어느 사이엔가 노안으로 바뀌어서 세상 풍광을 제대로 볼 수 없을 정도가 되었다. 그러다가 다시 돌아와 농암에 올라가 보니 늙어서 잘 보이지 않던 눈이 오히려 더 밝게 보인다고 노래한다. 여기에서 '노안'과 '유명'은 중의적인 표현으로 쓰였다. '노안'은 표면적으로는 나이가 들고 늙어서 눈이 잘 보이지 않는 실제적인 상황이라는 의미를 지니지만 이면적으로는 세상에 나가서 못 볼 것을 너무나 많이 봐서 자연의 참모습을 볼 수 있는 눈이 멀었다는 의미도 지니고 있다. 또한 '유명'은 표면적으로는 오히려 밝아졌다는 정도의 의미를 가지지만 이제야 자연을 보는 눈이 밝아졌다는 작가의 정신세계를 의미하기도 한다. 두 가지 표현이 이런 의미를 가질 수 있게 된 가장 큰 이유는 농암이라는 객관적 질료를 소재로 선택했기 때문이다. 말없는 바위가 자신의 심미안을 깨어나게 해 주었으니 소재가 가진 미적기능이 이 정도면 최고 수준이라고 해도 과언이 아니다.

두 번째 줄인 중장의 표현은 농암에서 인간세상 전체로 그 범주를 확대하면서 자연에 대한 것도 산천으로 그 경계를 넓히고 있다. 객관적 질료로서의 농암과 주관적 질료로서의 깨달음의 정서가 산천이라는 산수자연 전체로 넓어지면서 인간세상의 덧없음과 대비를 이루고 있으니 이것 역시 소재의 특성에 맞추어서 작품이 전개되고, 그것을 근거로 하여 미학적 특성을 창조해 내는 과정을 잘 보여 주는 것이라고 할 수 있다. 농암에 실려 있는 작가의 이러한 정서는 마지막 종장에 이르러서는 함축미가 극에 달하고 있음을 볼 수 있다. 종장에서는 농암 앞에 펼쳐져 있는 산과 구릉을 위시한 자연이 작가가 젊은 시절에 본 것처럼 느껴진다고 노래하고 있는데, 이것은 농암을 떠나 있으면서 보냈던 시간들이 얼마나 허황된 것이었는가를 보여 주기 위한 표현이다. 세 줄로 된 짧은 형태를 가지는 시조에서 농암이라는 소재를 통해 인생을 성찰하고 자연과 인간의 관계를 정확하게 정립해 내면서 그것을 통해 세상을 보는 깨달음을 노래하고 있다. 이처럼 소재의 특성에 맞도록 작품을 구성하여 함축성을 최대화할 수 있게 하면서 예술적 아름다움을 담을 수 있도록 하고 있으니 시조에 있어서 미학적 구성요소로서의 소재가 얼마나 중요한지를 잘 알 수 있다.

5. 가사의 소재미학

시조와 더불어 조선조 국문시가의 양대 산맥을 이루었던 가사는 4개의 구句로 이루어진 행을 연속시키는 방식으로 구성되는데, 비교적 긴 형태를 지닌 시가로 작가가 지니고 있는 이념이나 세계관을 표현하기에 적합한 갈래이다. 가사는 생활공간에서 향유되는 특성을 가지고 있으면서 비교적 쉽게 접근할 수 있는 시가이기 때문에 시조에 비해 매우 개방적이라는 특성도 가지고 있다. 이런 이유 때문인지 고려말에 승려가 지은 포교가의 형태로 시작한 가사[61]는 조선시대에 들어와서는 양반사대부의 전유물로 되면서 비약적인 발전을 이룩하였고, 나중에는 여성층과 서민층 등으로 작가층과 향유층의 폭을 크게 넓히기까지 하였다.

---

61   가사의 시작은 고려시대의 승려인 나옹화상이 지었다는 「僧元歌」와 「西往歌」 등을 효시로 잡는다. 그리고 조선시대 사대부 가사의 시작은 不憂軒 丁克仁이 지은 것으로 알려진 「賞春曲」을 첫 작품으로 꼽는다.

19세기를 지나면서부터는 다시 종교층으로 작가층과 향유층을 확대하면서 「용담유사」와 같은 개화가사를 낳기도 하였다. 이러한 성격을 지니는 가사는 시조에 비해서 훨씬 긴 형태라는 점과 누구나 쉽게 접근하여 창작에 임할 수 있는 개방성, 그리고 생활 속에서 낭송이나 음영의 형태로 향유될 수 있다는 점 등으로 인해 시조보다는 향유층의 폭이 훨씬 넓었던 것으로 보인다. 아울러 서사序詞와 본사本詞와 결사結詞의 삼단구성, 시간의 순환성이나 공간의 이동성 등을 중심으로 하는 구조가 중요한 구실을 하기도 하는데, 대부분의 작품들이 일정한 공간에서 감각적으로 접할 수 있는 것들을 객관적 질료로 하고 있기 때문에 소재의 미학적 측면이 시조와는 다른 차원에서 강조되는 특징을 가지고 있다. 즉, 주관적 질료인 작가의 정서가 객관적 질료인 사물현상을 지배하면서 그 성격을 규정하는 방식으로 소재를 형성하는 시조와는 달리 객관적 질료가 주관적 질료를 압도하면서 결합하는 방식의 소재가 중심적인 구실을 한다는 점이다. 가사에서 소재가 가지는 미학적 측면에 대해 아래에서 작품을 중심으로 살펴보도록 한다. 먼저 정극인이 지은 것으로 사대부 가사의 효시 작품으로 손꼽히는 「상춘곡賞春曲」을 보도록 하자.

"변변하지 못한 밥을 먹으면서 물 한 모금 마시고, 팔을 베개로 삼아 누웠어도 즐거움이 그 가운데에 있도다. 불의한 것과 부귀한 것은 나에게 뜬구름과 같으니라(飯疏食飮水 曲肱而枕之 樂亦在其中矣 不義而富且貴 於我如浮雲)." 『논어』의 「술이述而」편에 나오는 이 말은 유학의 최고 덕목이라고 할 수 있는 안빈낙도安貧樂道를 나타내는 대표적인 표현이다. 유학을 정치이념으로 하면서 수신제가修身齊家를 중요하게 여겼던 조선시대의 사대부들은 누구나 이것을 가장 이상적인 삶의 지향점으로 설정하여 그것을 몸소 실천하려는 목표를 가지고 있었다. 그들의 이런 생각은 하나의 세계관을 형성하였으므로 정치적 이념으로 작용할 뿐만 아니라 생활 전체를 관통하게 되어 그들이 만들고 즐겼던 문학예술을 이루는 핵심적인 주제가 되기도 하였다. 따라서 조선시대 사대부들이 지은 시가문학에는 안빈낙도에 대한 것이 어떤 형태로든 녹아 있을 수밖에 없게 된다.

조선 전기의 문인이었던 불우헌 정극인(不憂軒 丁克仁, 1401~1481)은 영달을 탐하지 않으면서 후진 양성에 힘쓰고 안빈낙도를 몸소 실천한 인물로 높은 평가를 받았다. 불우헌이라는 호에서도 알 수 있듯이 그는 안빈낙도의 도를 실천함에 있어서 마음에 조금의 머뭇거림도 가지지 않았던 사람이었다. 우憂의 뜻이 '이렇게 하는 것이 좋을지 저렇게 하는 것이 좋을지에 대해 마음속에 결정을 하지 못하고 머뭇거림'을 뜻하는데, 이런 이유로 '우'는 근심이라는 의미로 쓰이게 된 글자이다. 정극인은 스스로 도를 행함에 있어서 어떤 머뭇거림도 없었기 때문에 자신의 호를 정함에 있어 부정의 뜻을 가지는 불不을 앞에 붙여서 근심이 없다고 한 것으로 생각된다. 그의 이런 생각을 잘 나타낸 작품으로 「불우헌곡不憂軒曲」이 있는데 모두 6장으로 되어 있다. 세조가 단종을 폐위하자 정극인은 벼슬을 버리고 향리인 태인에서 후진 양성에만 전념하였다. 이에 1472년 성종이 그 공을 인정하여 3품 교관敎官의 벼슬을 내리게 되고, 그러한 성은에 감동하여 지은 작품으로서 경기체가의 형식을 취하여 안빈낙도의 즐거움과 가르침에 대한 보람 그리고 임금에 대한 은총과 자신의 진퇴 등을 노래하고 있다. 「불우헌곡」보다 뒤에 지어진 것으로, 지은 연대는 정확하지 않지만 조선시대 첫 가사작품이라고 할 수 있는 「상춘곡」에서 안빈낙도에 대한

작가의 생각이 좀 더 분명하게 드러나고 있으므로 작품을 통해 살펴
보도록 하자.

홍진紅塵에 뭇친 분네 이내 생애生涯 엇더호고

녯 사룸 풍류風流를 마출가 못 미출가

천지간天地間 남자男子 몸이 날만호 이 하건마눈

산림山林에 뭇쳐 이셔 지락至樂을 무룰 것가

수간모옥數間茅屋을 벽계수碧溪水 앏픠 두고

송죽松竹 울울리鬱鬱裏예 풍월 주인風月主人 되여셔라

엇그제 겨을 지나 새봄이 도라오니

도화행화桃花杏花눈 석양리夕陽裏예 퓌여 잇고

녹양방초錄楊芳草눈 세우 중細雨中에 프르도다

칼로 물아 냇가 붓으로 그려 냇가

조화신공造化神功이 물물物物마다 헌스룹다

수풀에 우눈 새눈 춘기春氣룰 못내 계워 소리마다 교태嬌態로다

물아일체物我一體어니 흥興이이 다룰소냐

시비柴扉예 거러 보고 정자亭子애 안자 보니

소요음영逍遙吟詠호야 산일山日이 적적寂寂혼디

한중진미閒中眞味룰 알 니 업시 호재로다

이바 니웃드라 산수山水 구경 가쟈스라

답청踏靑으란 오눌 호고 욕기浴沂란 내일來日호새

아춤에 채산採山호고 나조히 조수釣水호새

ᄀ굿 괴여 닉은 술을 갈건葛巾으로 밧타 노코

곳나모 가지 것거 수노코 먹으리라

화풍和風이 건 듯 부러 녹수綠水롤 건너오니

청향淸香은 잔에 지고 낙홍落紅은 옷새 진다

준중樽中이 뷔엿거든 날도려 알외여라

소동小童 아히도려 주가酒家에 술을 믈어

얼운은 막대 집고 아히는 술을 메고

미음완보微吟緩步ᄒ야 시냇ᄀ의 호자 안자

명사明沙 조흔 믈에 잔 시어 부어 들고

청류淸流롤 굽어보니 ᄹ여오ᄂᆞ니 도화桃花] 로다

무릉武陵이 갓갑도다 져 ᄆᆡ이 긘 거인고

송간세로松間細路에 두견화杜鵑花롤 부치 들고

봉두峰頭에 급피 올나 구름 소긔 안자 보니

천촌만락千村萬落이 곳곳이 버려 잇ᄂᆡ

연하일휘煙霞日輝는 금수錦繡롤 재펏ᄂᆞᆫ 듯

엇그제 검은 들이 봄빗도 유여有餘ᄒᆞ샤

공명功名도 날 쯰우고 부귀富貴도 날 쯰우니

청풍명월淸風明月 외外예 엇던 벗이 잇ᄉᆞ올고

단표누항簞瓢陋巷에 훗튼 혜음 아니 ᄒᆞᄂᆡ

아모타 백년행락百年行樂이 이만흔들 엇지ᄒᆞ리

―「상춘곡」, 『불우헌집』에서

「상춘곡」의 소재는 주관적 질료로서 작가가 지니고 있는 안빈낙도의 정서와 객관적 질료인 원촌마을의 봄이다. 두 질료의 결합방식은 주관적 질료가 객관적 질료 속으로 스며들면서 작가의 정서를 효과적으로 전달하기 위한 소재로 되지만 객관적 질료인 봄의 풍광이 작가가 평소의 삶 속에서 가지고 있었던 도학의 정서를 촉발시키는 방식이 된다. 그러므로 이것은 작가의 정서를 가장 잘 표현해 낼 수 있는 것으로 믿어지는 사물현상을 선택하는 시조의 질료 결합방식과는 상당히 다른 것이라고 할 수 있다. 「상춘곡」은 우리 시가가 전통적으로 가지고 있는 삼단구성을 기본으로 하고 있다. 서사, 본사, 결사의 구성방식이 바로 그것인데, 이것은 향가나 시조가 가지고 있는 삼단구성방식과 일맥상통하는 것이라고 할 수 있다. 그러므로 「상춘곡」은 우리 시가의 기본적인 전통양식을 바탕으로 하여 성립했음을 알 수 있으며, 후대의 사대부 가사들 역시 이러한 전통을 고스란히 간직하고 있을 것이라는 사실을 짐작할 수 있게 한다. 삼단구성을 기본으로 하는 「상춘곡」을 비롯한 가사의 구조가 향가나 시조와 크게 다른 것은 본사에 해당하는 부분이 다시 네 개의 단락으로 나누어지는 점이라고 할 수 있다. 「상춘곡」의 본사는 첫째, 세상의 만물이 봄의 흥취를 함께 느끼는 동흥同興, 둘째, 이웃과 즐거움을 함께한다는 동락同樂, 셋째, 어른과 아이가 노소동락하여 산수자연에서 함께 노닌다는 동유同遊, 넷째, 자연의 아름다움을 함께 느낀다는 뜻을 지닌 동감同感의 네 부분으로 나누어진다. 이러한 표현방식은 이 작품의 영향을 직접적으로 받은 「면앙정가俛仰亭歌」와 「성산별곡星山別曲」, 「사미인곡」 등의 기본 골격을 형성하기 때문에 매우 중요한 특징이 된다. 다만 후대의 작품과 차이가 있다면 「상춘곡」에서는 사계절의 순환이라는 시간구조가 나타나지 않는다는 점을 들 수 있을 정도다.

「상춘곡」이 향가나 시조와 다른 구성적 특성으로 꼽을 수 있는 두 번째 것은 주인과 손님의 대립구도에서 출발하여 둘이 하나로 되는 화합의 상태로 끝을 맺는 방식이라고 할 수 있다. 「상춘곡」을 보면 주인인 화자가 속세에 사는 사람들에게 자신의 현상태를 자랑하는 것에서 시작하여, 마지막에는 속세의 사람들이 삶을 살아가는 누항陋巷에서 함께 살면서 안빈낙도를 지키며 하나가 되겠다는 뜻을 노래하고 있는 것에서 이러한 사실을 알 수 있다. 서사에 등장하는 '속세에 묻혀 지내는 사람들'은 화자와 너무나 멀리 떨어져 있는 다른 공간에 있는 데다가 화자가 추구하는 지극한 즐거움인 지락至樂을 알지 못하여 함께하기 어려운 존재들이다. 이렇듯 서사에서는 주인인 화자와 손님인 속세의 사람들이 서로 대립관계를 형성하고 있다.

본사에 들어가면서부터는 화자가 먼저 마음을 열어 바깥의 것을 받아들이기 시작하는데, 이것이 바로 봄의 흥취다. 꽃과 버들과 풀과 새 등 우주의 삼라만상은 모두 춘흥을 이기지 못해서 야단스러울 정도로 요란하다. 화자는 물아일체라는 한마디 표현을 통해 이러한 야단스러움 속에 스스로를 묻음으로써 자연과 이웃을 향해 서서히 마음을 열어 간다. 본사의 두 번째 단락에서 화자는 한중진미閒中眞味를 혼자 즐기려고 하지 않고 목소리를 높여 말을 건넴으로써 노골적으로 이웃을 유혹한다. 따라서 이 부분에서는 청유형請誘形의 표현이 등장한다. 모든 사람들이 함께 즐기자는 뜻을 가진 만인동락萬人同樂이 바로 이 부분이 된다. 본사의 세 번째 단락에서는 수직관계를 형성하는 인간관계를 대상으로 자연 속에 함께 노니는 것을 노래하고 있다. 아이와 어른이 술동이를 메고 자연 속에 함께 앉아서 놀이를 하는 동유가 바로 그것이다. 본사의 네 번째 단락에서 화자는 공간적으로 더 높은 산봉우리로 올라가서 수를 헤아릴 수 없을 정도로 많이 있는 마을인 천촌만락千村萬落의 사람들과 봄의 경치를 함께 느끼고자 하니 동감이 바로 그것이다. 이러한 구성을 가지고 있는 「상춘곡」의 본사에서 앞의 두 단락은 화자가 맺고 있는 자연과 사람의 수평관계를 중심으로 노래하고 있는 것으로 볼 수 있고, 뒤의 두 단락은 화자가 맺고 있는 사람과 자연의 수직관계를 노래한 것으로 볼 수 있다.

이제 결사에 이르면 화자는 수많은 사람들과 함께 누추하고 가난한 삶을 살아야 하는 누항에 자신이 있음을 받아들이면서도 헛되고 삿된 생각을 전혀 하지 않는 것이 진정한 안빈낙도라는 사실을 노래한다. 붉은 먼지가 가득한 세상이라고 하면서 홍진紅塵이라고 지칭했던 바로 그곳에서 많은 사람들과 함께 살면서 광주리에 담긴 찬밥과 표주박의 물(簞食瓢飮)을 마시면서도 자신의 이념인 안분지족安分知足을 지키겠다는 것이다. 그것이 진정한 선구자의 경지이니 인생이 이 정도가 되면 더 이상 바랄 것이 없다고 화자는 노래하고 있는 것이다. 이런 점으로 볼 때 「상춘곡」은 주관적 질료인 안빈낙도의 정서를 객관적 질료인 봄이라는 소재를 통해 효과적으로 표현해 낼 수 있는 구성방식을 취하면서 예술적 아름다움을 높이고 있는 것으로 평가할 수 있게 된다. 「상춘곡」이 지니고 있는 이러한 소재미학적인 측면은 이 작품의 영향을 받은 「면앙정가」나 「성산별곡」 등에도 그대로 이어지고 있음은 물론이다. 다음으로는 노계 박인로의 「누항사陋巷詞」를 살펴보도록 하자.

노계 박인로(蘆溪 朴仁老, 1561~1642)는 조선 중기의 무인으로 경상도 영천 출신이다. 비록 한미한 향반의 무인 집안에서 태어났으나 유학의 덕목을 따르고 실천함에 있어서는 내로라하는 문인사대부보다 더 철저했다. 조국의 위기 앞에는 과감하게 군사로 종군하기도 한 인물이면서 아홉 편의 가사와 70여 수의 시조를 남긴 대시인으로 송강 정철(松江 鄭澈, 1536~1593), 고산 윤선도(孤山 尹善道, 1587~1671)와 더불어 조선시대 삼대시인으로 꼽히기도 한다. 그의 창작활동은 생애의 중반을 넘기면서 시작된 것으로 보이는데, 38세의 나이로 수병이되어 좌병사左兵使인 성윤문成允文의 휘하에 있을 때인 1598년에 전쟁으로 지친 병사들을 위로하기 위해 지은 「태평사太平詞」가 바로 그것이다. 그 후 41세 때인 1601년에는 한음漢陰 이덕형李德馨을 만나 부모에 대한 그리움을 노래한 시조인 「조홍시가早紅柿歌」를 지었고, 45세가되던 해에는 통주사統舟師가 되어 부산으로 부임해 가면서 배 위에서무인다운 기개와 절절한 애국정신을 읊은 「선상탄船上嘆」을 짓기도 했다. 또한 51세가 되던 1611년에는 손님으로 다시 이덕형을 방문하여그가 은거하던 용진리龍津里의 풍광을 노래한 「사제곡莎堤曲」을 짓고, 요즘의 생활이 어떠냐고 묻는 주인의 물음에 대해 사는 것이 무척 곤궁하지만 안빈낙도의 즐거움을 버리지 않겠다는 뜻을 노래한 「누항사」를 짓기도 했다. 그 뒤로는 유학과 주자학에 더욱 심취한 생활을보내다가 75세가 되던 1635년에는 영남의 안절사按節使로 부임한 이근원李謹元의 덕치를 찬미하는 「영남가嶺南歌」를 지었으며, 76세 때에는말년을 보낼 택지를 노계에 마련하고 그곳의 풍광과 한가로운 생활을노래한 「노계가蘆溪歌」를 짓기도 했다. 세상에 남길 만한 이름은 효도, 우애, 청백이며, 가슴에 간직해야 할 것은 충과 효라는 것을 강조하며수기치인修己治人을 실천한 그의 생애의 전반부는 임진왜란이라는 전쟁을 맞아 싸움터에 나아간 무인으로서의 면모가 두드러지며, 후반부의 삶은 비록 곤궁한 생활이지만 유학의 덕목을 배우고 실천하는 사대부로서의 면모가 두드러진다. 「누항사」는 그의 사대부적 면모를 가장 잘 보여 주는 작품이라고 할 수 있다.

어리고 우활迂闊홀산 이 닉 우힉 더니 업다

길흉화복吉凶禍福을 하날긔 부쳐 두고

누항陋巷 깁푼 곳의 초막草幕을 지어 두고

풍조우석風朝雨夕에 석은 딥히 셥히 되야

셔 홉 밥 닷 홉 죽粥에 연기煙氣도 하도 할샤

언매 만히 바든 밥의 현순치자懸鶉稚子들은

장긔 버려 졸미덧 나아오니

인정천리人情天理예 춤아 혼자 먹을넌가

설 데인 숙냉熟冷애 빈 비 쇠일쑨이로다

생애生涯 이러ᄒ다 장부丈夫 쯧을 옴길넌가

안빈일넘安貧一念을 젹을 망정 품고 이셔

수의隨宜로 살려ᄒ니 날로조차 저어齟齬ᄒ다

ᄀ 올히 부족不足거든 봄이라 유여有餘ᄒ며

주머니 뷔엿거든 병甁의라 담겨시랴

다만 혼나 뷘독우힉 어론 털 도돈 늘근 쥐는

탐다무득貪多務得ᄒ야 자의양양恣意揚揚ᄒ니 백일白日아래 강도
強盜로다

아야러 어든 거슬다 교혈狡穴에 앗겨 주고

석서삼장碩鼠三章을 시시時時로 음영吟詠ᄒ며

탄식무언歎息無言ᄒ야 소백수소白首搔 쑨니로다

이 중中에 탐살은 다 내집의 뫼홧ᄂ다

빈곤貧困혼 인생人生이 천지간天地間의 나쑨이라

기한飢寒이 절신切身ᄒ다 일단심一丹心을 이질눈가

분의망신奮義忘身ᄒ야 죽어야 말녀 너겨

우탁우낭于橐于囊의 줌줌이 모와 너코

병과오재兵戈五載예 감사심敢死心을 가져 이셔

지시섭혈履尸涉血ᄒᆞ야 몃 백전百戰을 지ᄂᆞ연고

일신一身이 여가餘暇 잇사 일가一家를 도라보랴

일노장수一奴長鬚ᄂᆞᆫ 노주분奴主分을 이졋거든

고여춘급告余春及을 어ᄂᆞ 사이 싱각ᄒᆞ리

경단문노耕當問奴인ᄃᆞᆯ 눌ᄃᆞ려 물ᄅᆞᆯᄂᆞᆫ고

궁경가장躬耕稼穡이 ᄂᆡ 분分인 줄 알리로다

신야경수莘野耕叟와 농상경옹壟上耕翁을 천賤타 ᄒᆞ리 업것마ᄂᆞᆫ

아ᄆᆞ려 갈고전ᄃᆞᆯ 어늬 쇼로 갈로 손고

한기태심旱旣太甚ᄒᆞ야 시절時節이 다 느즌 제

서주西疇 놉흔 논에 잠ᄭᅡᆫ 긴 녈비예

도상道上 무원수無源水을 반만ᄭᅡᆫ ᄃᆡ혀 두고

쇼 ᄒᆞᆫ 적 듀마ᄒᆞ고 엄섬이 ᄒᆞᄂᆞᆫ 말삼

친절親切호라 너긴 집의 달 업슨 황혼黃昏의 허위허위 다라 가셔

구디 다든 문門 밧긔 어득히 혼자 서서

큰 기츰 아함이를 량구良久토록 ᄒᆞ온 후後에

어화 긔 뉘신고 염치廉恥 업산 ᄂᆡ옵노라

초경初更도 거읜ᄃᆡ 긔 엇지 와 겨신고

년년年年에 이러ᄒᆞ기 구차苟且ᄒᆞᆫ 줄 알건만ᄂᆞᆫ

쇼 업슨 궁가窮家애 혜염 만하 왓삽노라

공ᄒᆞ니나 갑시나 주엄즉도 ᄒᆞ다마ᄂᆞᆫ

다만 어제 밤의 건넨 집 져 사람이

목 불근 수기 치雉을 옥지읍玉脂泣게 ᄭᅮ어ᄂᆡ고

간 이근 삼해주三亥酒을 취醉토록 권勸ㅎ거든

이러호 은혜恩惠을 어이 아니 갑흘넌고

래일來日로 주마ㅎ고 큰 언약言約 ㅎ야거든

실약失約이 미편未便ㅎ니 사셜이 어려왜라

실위實爲 그러ㅎ면 혈마 어이 홀고

헌 먼덕 수기스고 측 업슨 집신에

설피설피 믈너오니

풍채風采 저근 형용形容애 기 즈칠 쑌이로다

와실蝸室에 드러간돌 잠이 와사 누어시랴

북창北窓을 비겨 안자 새배롤 기다리니

무정無情호 대승戴勝은 이 닉 한恨을 도우ᄂ다

종조終朝 추창惆愴ㅎ며 먼 들흘 바라보니

즐기ᄂ 농가農歌도 흥興 업서 들리ᄂ다

세졍世情 모론 한숨은 그칠 줄을 모르ᄂ다

술 고기 이시면 권당眷黨 벗도 하렷마ᄂ

두 주먹 뷔게 쥐고 세태世態 업슨 말솜애

양ᄌ 호나 못 고오니

흐ᄅ 아젹 블일 쇼도 못 비러 마랏거든

흐 몰며 동곽번간東郭墦間의 취醉홀 뜻을 가딜소냐

아ᄭ온 져 소뷔ᄂ 벗보임도 됴홀셰고

가시 엉긘 묵은 밧도 용이容易케 갈련마ᄂ

허당반벽虛堂半壁에 슬 듸 업시 걸려고야

출하리 첫 봄의 ᄑ라나 블일 거슬

이제야 풀녀 흔돌 알 니 잇사 사러오랴

춘경春耕도 거의거다 후러쳐 더뎌 두쟈

강호江湖 흔 꿈을 꾸언지도 오러려니

구복口腹이 위루爲累ㅎ야 어지버 이져셔다

첨피기욱瞻彼淇澳흔딕 녹죽綠竹도 하도할샤

유비군자有斐君子들아[62] 낙딕ㅎ나 빌려스라

노화蘆花 깁픈 곳애 명월청풍明月淸風 벗이 되야

님지 업슨 풍월강산風月江山애 절로절로 늘그리라

무심無心흔 백구白鷗야 오라 ㅎ며 말라 ㅎ랴

다토 리 업슬 손 다문인가 너기로라

이제야 쇼 비리 맹盟셰코 다시 마쟈

무상無狀흔 이 몸애 무슨 지취志趣 이스리마는

두세 이렁 밧논을 다 무겨 더뎌 두고

이시면 죽粥이오 업시면 굴믈망졍

남의 집 남의 거슨 전혀 부러 말렷노라

닉 빈천貧賤 슬히 너겨 손을 헤다 물너가며

남의 부귀富貴 불리 너겨 손을 치다 나아오랴

인간人間 어는 일이 명命밧긔 삼겨시리

가난타 이제 죽으며 가ᄋᆞ며다 백년百年 살냐

원헌原憲이는 몃 날 살고 석숭石崇이는 몃 히 산고

빈이貧而 무원無怨을 어렵다 ㅎ건마는

닉 생애生涯 이러호딕 설온 뜻은 업노왜라

단사표음簞食瓢飮을 이도 足히 너기로라

---

62 瞻彼淇奧, 綠竹猗猗. 有匪君子, 如切如磋, 如琢如磨. 『詩經』衛風, 淇奧.

평생平生 훈 뜻이 온포溫飽애는 업노왜라

태평천하太平天下애 충효忠孝를 일을 삼아

화형제和兄弟 신붕우信朋友 외다 ᄒ리 뉘 이시리

그 밧긔 남은 일이야 삼긴딕로 살렷노라

— 『노계집』 고필사본에서

　삼단구성으로 되어 있는 이 작품의 소재를 이루는 객관적 질료는 누항의 삶이고, 주관적 질료는 작가가 지니고 있는 안빈낙도의 정서이다. 앞에서 살펴본 「상춘곡」이 안빈낙도의 정서인 '봄'을 객관적 질료로 하는 소재로 삼았다면 여기서는 '가난'을 객관적 질료로 하고 있다. 따라서 이 작품은 처음부터 끝까지 가난한 삶 자체를 중심으로 전개되는 특징을 보여 주고 있다. 서사에서는 과거의 이념적이면서 실천을 강조했던 자신의 삶을 노래하고 있으며, 본사에서는 아무것도 할 수 없는 현실의 삶을 사실적으로 노래하고 있다. 또한 결사에서는 사느라고 힘들어서 잠시 잊었던 안빈낙도의 꿈을 다시 떠올려 유학의 덕목대로 살겠다는 미래의 삶을 노래하고 있어서 시간적인 완결구조를 갖추고 있는 것이 가장 중요한 특징이다. 서사는 유학의 관념을 중심으로 하고 있어서 다분히 이념적이다. 유학에서 가르치는 대로 길흉화복吉凶禍福을 하늘이 주관한다고 믿었으나 뜻대로 되는 것이 하나도 없었으니 가난에 찌든 생활만이 자신을 반길 뿐이었다. 그럼에도 불구하고 서사가 예술적 아름다움을 창조할 수 있었던 것은 이념을 행동으로 옮긴 시인의 실천적 행위에 있다. 전쟁에 직접 참여하여 조국과 민족을 위해 한 목숨을 바치려 했던 영웅적인 행위가 동반되지 못했다면 서사는 관념적 푸념의 단계를 벗어나지 못했을 것이다.

이처럼 과거의 자신을 회상한 서사에서는 비록 어렵고 힘든 가난이었을지라도 하늘을 믿고 한 애국적인 행동이라는 실천적 행위로 말미암아 상승작용을 일으켜 관념적 한계를 넘어서는 모습을 보인다. 그러나 자신이 처한 현실적 생활을 노래한 본사에서는 사실적인 표현을 통해 그러한 극복이 원초적으로 불가능하다는 점을 강조함으로써 서사와는 다른 차원의 예술적 아름다움이 깃들 수 있도록 하고 있음을 본다. 노비의 힘에 의존하던 본래의 농사일을 이제는 자신이 직접 해야 하는데, 모든 것이 경제논리에 의해 움직이기 때문에 소 한 마리를 빌리는 데에도 돈이 없으면 불가능한 것이 바로 화자가 처한 현실이다. 이러한 경제논리는 유학에서 최고의 정치논리로 내세우는 천명天命으로도 어찌할 수가 없는 최상위에 군림하는 생활덕목으로 화자로서는 아무런 대응책을 강구할 수도 없는 지극히 단순하면서도 참혹한 현실이다. 하늘의 명령인 천명으로도, 자신이 가지고 있는 보잘것없는 힘으로도 어쩌지 못하는 현실을 통해 화자는 문득 참된 자신을 발견하게 되니 이것을 가능하게 한 것은 바로 현실을 있는 그대로 노래한 사실적 표현이었던 것으로 생각된다. 즉, 참혹할 정도로 어려운 현실에 대한 사실적 표현을 통해 자신이 추구하던 본래 모습을 발견함으로써 다시 안빈낙도의 이상적 세계로 돌아갈 수 있도록 하는 힘과 용기를 불어넣고 있는 것이다.

이제 화자는 과거의 초심으로 돌아와 미래의 삶에 대한 자신의 의지를 더욱 굳게 천명한다. 경제논리가 지배하는 현실적 삶을 떠나 청풍명월로 벗을 삼고 임자 없는 풍월강산 속에서 다투지 않고 살아가면서 남의 것과 남의 일을 탐내지도 말고 부러워하지도 않으며 나라에 충성하고 부모에 효도하고, 형제간에 화목하며 친구 간에 신의가 있는 삶을 살면서 단사표음單食瓢飮에 만족하는 생활을 누리겠다는 것이다. 이쯤 되면 화자는 이제 현실을 완전히 초월한 신선의 경지에 들어왔다고 해도 과언이 아니다. 조선시대 사대부가 추구하는 완벽한 피은避隱이 이루어지는 순간이라고 하겠다.

제 4 장

사상과 미학

예술과 사상적 당파성

　우주내 현존재의 하나인 인간은 정신의 인식적認識的 활동에 의해 판단하고 생활적 필요에 의해 행동하면서 집단생활을 하는 사회적 동물이다. 따라서 인간의 모든 행동은 일정한 의식적 지향점을 기반으로 한 판단에 근거하고 있다는 사실을 부정할 수 없다. 여기서 말하는 의식적 지향점이란 인식적 활동에 의해 형성된 것으로 미래를 선점하여 실현시키려는 욕구를 불러일으킴으로써 육체를 일정한 방향으로 움직이게 하는 원동력이 되는 것을 가리킨다. 인간에게 있어서 인식적 활동에 근거한 의식적 지향점은 아주 오랜 과거에는 먹이에 대한 욕구를 불러일으키는 것이 중심을 이루었다. 우주내에 존재하는 모든 유기체가 그렇듯이 인간이라는 유기체는 기본적으로 일정한 양의 먹이를 먹어서 그것을 소비한 결과로 생기는 에너지를 바탕으로 활동하기 때문이다. 그러므로 초기의 인간에서 있어서 가장 기본적이고 핵심적인 인식적 활동은 먹이를 어떻게 하면 효과적으로 얻을 수 있느냐에 집중될 수밖에 없고, 이것이 의식적 지향점으로 작용할 수밖에 없었다. 이런 상황에서는 인간이 가지는 의식적 지향점이라는 것은 즉물적인 것에 충실한 감각적이고 단순하며, 추상적이고 복잡한 이론체계를 갖추지 못한 상태였음을 알 수 있다. 그러다가 인간의 두뇌가 발달하면서 생활 속에서 축적한 많은 경험적인 지식과 다양한 방면에 대한 끊임없는 관심을 통해 얻어진 우주에 대한 체계적이고 이론적인 지식이 쌓이면서 의식적 지향점은 점차로 복잡한 추상화과정을 거치게 되었고, 그 결과 앞 시대에 가지고 있었던 단순성을 벗어나서 체계적인 이론을 갖춘 것으로 점점 성장해 나갔다. 그리하여 인간의 인식적 활동은 엄청난 속도로 발전하면서 객관성과 논리성을 갖춘 체계화한 이론으로 정립되어 가는 성향을 띠게 되었다.

경험적이고 즉물적인 성향을 강하게 가지고 있었던 단순한 체계의 인식적 활동은 점차 인간의 능력이나 힘으로 알기 어렵거나 통제할 수 없는 것들에 대한 생각들을 정리하고 서술하는 방향으로 발달하였으니 그것이 바로 우주의 탄생과 하늘의 신비성 등에 대한 궁금증 같은 것을 풀어서 이야기나 노래로 엮어 내는 것이었다. 물론 노래는 노동과정에서 사용되는 신호음 같은 것에서 발생하였을 가능성[63]이 가장 크지만 그것이 점차 체계화하고 노래의 대상이 이야기를 꾸며 내는 중심이 되는 우주와 하늘, 신 등에 대한 것으로 확대되면서 그런 것들을 중심으로 한 노래를 통한 인식적 활동이 이루어지게 되기도 했던 것이다. 이때까지만 해도 이야기와 노래 등을 통해 표현되는 내용들은 철학적이라고 할 정도로 논리적이고 체계적이라고는 할 수 없을지 몰라도 최소한 공동체의 구성원들에게 우주나 신의 존재에 대한 일정한 지식을 가질 수 있도록 하는 교훈적인 구실 정도는 충실하게 해냈을 것으로 생각된다.

신과 우주에 대한 생각이 중심을 이루었던 인간의 인식적 활동이

제4장 수상과 미학

63   고정옥, 『조선민요연구』, 수선사, 1949, 12쪽.

비약적으로 발전한 것은 그것의 대상이 인간과 사회에 대한 것으로 옮겨 오면서부터였다. 신과 우주의 신성성과 신비성에 대해 말하면서 그것이 제시하는 길을 따라 삶을 살아가던 시대에는 사회에 대한 문제나 인간에 대한 탐구가 별로 필요하지 않았을 것[64]이다. 그러나 인간이 우주의 일부이기는 하지만 신의 피조물이 아니라 독립적으로 생각하고 행동하면서 독자적인 문명과 문화를 이룰 수 있다고 생각하는 순간부터 인간은 스스로의 본능에 충실한 인식적 활동을 할 수 있게 되었을 것이고 그 결과 인간이라는 존재가 매우 복잡하고 다양한 본질을 가지고 있으며, 모여서 함께 생활하는 공동체에서는 여러 가지 사회문제가 생겨날 수밖에 없었던 것이다. 이렇게 되자 인간의 인식적 활동은 우주와 신에 대한 것에서 인간과 사회에 대한 것으로 확대됨과 동시에 자연으로부터 인간이 분리되면서 자연과 인간이라는 대립구도에서 생길 수 있는 여러 가지 문제에 봉착하게 되었으며, 그 결과 인간이 자연 위에 군림해야 한다는 생각이 점차 우위를 점하게 되었다. 사람이 만물의 영장이라는 표현이 바로 이러한 인식적 활동을 잘 반영한 말이라고 할 수 있는데, 이때부터 인간은 수많은 문제에 대해 다양한 각도에서 고민하고 탐구하면서 논리적인 체계를 가지는 이론의 개발에 많은 힘을 쏟게 되었다.

자연에서 분리되어 만물의 영장으로 우뚝 서는 순간부터 인간은 우주와 인간, 자연과 사회에 대한 여러 문제들을 논리적으로 설명할 수

---

64   그래서 루카치는 『소설의 이론』(반성완 옮김, 심설당, 1988)에서 말하기를 "별이 빛나는 창공을 보고, 갈 수가 있고 또 가야만 하는 길의 지도를 읽을 수 있던 시대는 얼마나 행복했던가? 그리고 별빛이 그 길을 훤히 밝혀 주던 시대는 얼마나 행복했던가?"라고 하지 않았을까 생각된다.

있는 이론들을 개발해 내기 시작했으나 다른 한편에서는 인간과 인간 사이의 갈등도 심화되어서 주인과 노예라는 신분제가 대두되었고, 이것을 더욱 고착화시키고 세습적으로 이어 가기 위한 국가가 성립하기에 이르렀다. 신분의 분화와 국가의 성립은 긍정적인 측면도 강했지만 부정적인 측면도 상당한 비중을 차지했던 것으로 보인다. 긍정적인 측면은 언어의 시간적 한계를 뛰어넘는 문자의 발달과 더불어 우주와 인간, 자연과 사회에 대한 이론이 한층 체계화하면서 논리성과 과학성을 겸비하여 현대와 같은 문명사회를 만들 수 있는 기반을 마련했다는 점을 들 수 있다. 피지배층에 속했던 사람들이 무문자층無文字層으로 떨어지면서 비약적으로 발전하는 인간의 인식적 활동 영역에서 밀려나 육체적 노동을 해서 지배계급에 속하는 사람들의 물질적 기반을 만들어 주어야 하는 삶을 살게 된 것은 부정적인 측면이라고 할 수 있다. 이러한 방식의 사회구성체가 오랜 시간에 걸쳐 유지될 수 있었던 것은 절대군주를 중심으로 하는 권력의 독점 때문이었는데, 이들이 인류 역사에 기여한 것은 역시 활발하고 논리적이고 체계적인 질서를 갖춘 왕성한 인식적 활동을 통해 개발한 우주와 인간, 자연과 사회에 대한 수많은 이론들이라고 할 수 있다. 이러한 이론들은 시간의 한계를 뛰어넘는 문자라는 기록수단을 통해 축적되어 시공을 초월한 전승과 전파가 가능했던 관계로 인해 피지배계급에 속하는 사람들의 삶에도 일정한 영향을 미칠 수밖에 없었기 때문이다. 결과론적으로 볼 때 독점적이면서도 왕성한 이들의 인식적 활동이 인류 전체의 삶에 미친 영향이 매우 크다는 것이 된다.

이제 이러한 인식적 활동들은 집단적인 힘을 발휘하게 되었고, 시대와 환경에 따라 일정한 방향성을 지닌 이론으로 거듭나게 되었으니 그것이 바로 사상思想이었다. 일반적으로 사상은 어떤 사물현상에 대하여 가지고 있는 구체적인 사고나 생각으로 판단, 추리 등을 거쳐서 생긴 의식 내용이면서 논리적 정합성을 가진 통일된 판단 체계로 개념 정의를 하지만, 이것이 가지고 있는 가장 기본적이고 본질적인 성격은 일정한 지향성을 가진 인식적 활동의 결과로 그것을 주장하는 사람이 속해 있는 집단이나 계급의 이익을 대변할 수밖에 없다는 것이 된다. 결국 사상은 사회적 의식의 결과물 중에서 체계적이고 논리적이면서 견해, 관념, 개념 등의 형태를 취하기도 한다. 일정한 시대적 현실 속에 있는 개인이나 집단은 모두 자신이 처한 현실에 대처하는 정당한 행동을 하게 되는데, 여기에서 실천적인 규범으로 되는 것이 바로 사상이다. 이러한 사상은 그것이 발생하고 행해지던 각 시대의 개인이나 사회, 나아가서는 민족이나 인류 전체의 정신세계에 잠재하면서 현실을 움직이는 원동력이 되어 현실을 개혁하는 중심에 서 있는 것처럼 보이기 쉽다. 이 정도가 되면 사상은 일정한 틀을 갖춘 것이 되어 학설이나 주의, 종교와 같은 형태를 띠면서 선악과도 일정한 관련을 맺을 수밖에 없는 상태로까지 된다. 뿐만 아니라 문화예술에 있어서 미美와 추醜의 판단 기준이 되기도 하고, 신앙적인 가치를 지니는 것으로 올라서기도 한다. 그러나 사회적 의식은 기본적으로 사회적 존재에 의해 규정될 수밖에 없으므로 생산수단을 기반으로 하는 개인적인 소유욕에 기초할 수밖에 없다. 따라서 사상이 비록 현실에서 실천적 행동의 규범으로 작용한다고 하더라도 그것을 주장하고 실천하려는 개인이나 집단의 이익과 이상을 대변할 수밖에 없는 성격을 근본적으로 지닐 수밖에 없다.

사상이 가지고 있는 이러한 지향점 혹은 계급적 성격을 당파성이라고 한다. 사상이 당파성을 가질 수밖에 없는 이유는 인간의 인식적 활동의 초기부터 맹아적으로 존재해 왔다는 사실에 있다. 왜냐하면 초기 인간의 인식적 활동은 먹이를 효과적으로 얻기 위한 뚜렷한 목적을 지니고 있어서 자신들의 이익과 소유를 충족시켜 주는 방향으로 축적되는 과정을 밟아 왔기 때문이다. 즉, 인류 초기의 이러한 인식적 활동들이 성장하고 체계화하면서 논리성을 갖춘 사상으로 발전하였던 탓에 태생적으로 당파성을 가지고 있을 수밖에 없는 것이 된다. 이러한 성격을 지니는 당파성은 사회적인 문화현상에 속해 있으면서 아름다움을 담고 있는 감각적 형태를 통해 우리에게 예술적 감동을 선사하는 예술작품에도 어김없이 나타날 수밖에 없다. 예술작품을 창조하는 작가 자신이 사회적 의식인 정서를 규정하는 사회적 존재의 하나이기 때문이다.

인류의 역사에서 볼 때 예술은 작가의 입장에서 우주와 인간, 자연과 사회의 현실을 예술적으로 반영하면서 자신이 속한 집단의 이익과 사회적 요구 등을 표현하는 방향으로 형성되고 발전해 왔다. 사회문화적 형태의 하나인 예술은 계급적 신분사회에서 다양한 계급의 사상과 지향을 포함하므로 항상 일정한 계급과 집단의 이해관계와 시대적 요구를 반영하는 사상적 지향성인 계급성과 당파성을 가지게 된다. 계급적 신분사회에서 작가는 자의든 타의든 자신이 속해 있는 집단의 이해관계를 반영하거나 다른 계급 집단으로부터 요구를 받은 일정한 이념을 세계관의 기초로 하여 예술작품으로 형상화하였던 관계로 이러한 사회에서 형성된 예술작품은 그것의 핵심을 이루는 집단이나 개인이 속한 해당 시대의 당파성이 뚜렷하게 나타날 수밖에 없다. 우리 역사에서 볼 때도 각 왕조에 따라 그 시대를 관통하는 사상적 흐름들

제4장 사상과 미학

이 있었고, 그것이 문학을 비롯한 모든 예술 분야에 깊은 영향을 미쳤다는 것을 손쉽게 알 수 있을 정도다. 시대를 관통하는 사상적 흐름은 권력과 함께하면서 막강한 힘을 가지고 있기 때문에 사회 모든 분야에 걸쳐 영향력을 행사하게 된다. 그 흐름은 사회문화현상의 하나이면서 피지배층에 속하는 사람들을 권력의 휘하로 모여들게 하기 위한 강력한 무기가 될 수 있는 성격을 지닌 예술을 이용하지 않을 리가 없으므로 어느 왕조를 막론하고 문학을 비롯한 예술작품들은 해당 시대의 사상을 반영하면서 형상화하는 모습을 보여 주게 되었고, 이것이 바로 예술을 통해 드러나는 당파성이 되는 것이다. 예술작품이 만들어지는 시기에 해당하는 지배층이 지향하는 사상이 요구하는 것들을 예술의 기초로 하면서 창작의 전체 과정에서 그 범주를 벗어나지 않도록 해야 하기 때문에 예술작품은 그 시대의 이념인 당파성을 철저하고 확실하게 구현한 문화현상으로 된다. 그러므로 계급사회의 예술작품들은 지배층에 속하는 개인이나 집단의 훌륭한 풍모나 지도력, 고매하고 숭고할 정도로 깨끗한 덕성이나 신성성 등을 예술적 아름다움을 가진 작품으로 형상화시켜 표현하게 되는데, 여기에는 국가나 지배계급을 향한 충성, 성실성 등이 중요한 척도로 작용하게 된다.

이러한 기능과 성격을 가지는 예술작품들은 당시 사회의 지배계급이 살았던 현실생활에 대해 생동감 있는 진실성을 바탕으로 풍부하면서도 깊이 있게 형상화하여 그 사상적 지향을 정확하게 반영함으로써 개인이나 여러 집단들을 민족이나 국가라는 틀 안에 하나로 묶어세우는 데에도 결정적인 구실을 하는 수단[65]으로 되면서 강력한 당파성을

---

65 신라를 중심으로 하여 만들어지고 불린 향가와 같은 문학예술을 예로 들 수 있다. 당시 신라는 민족의 통합이 절실하게 필요하던 시기였는데, 사회구성원들

드러낸다. 이러한 구실을 하는 예술의 당파성이 한층 더 강력해진 모습으로 드러나는 것은 문학예술이라고 할 수 있고, 그중에서도 시가에 더 분명하고 강하게 드러나는 것으로 보인다. 시가는 시이면서 노래로 불리는 이중성을 가지고 있는 데다가 노래로 불린다는 성격으로 인해 다른 어떤 문학예술보다 전승과 전파력이 강하고, 언어가 본래부터 지니고 있는 주술력과 반복적 구조에 의해서 생기는 강조에 힘입어 사람의 정신을 세뇌시켜 동일한 방향으로 움직이도록 하는 데에도 커다란 힘을 발휘할 수 있기 때문이다. 불교설화를 중심으로 편찬되어 있는 『삼국유사』의 기록을 보면 "신라 사람들은 향가를 숭상한 자가 많았는데, 대개 시나 송頌의 부류였다. 그런 연고로 왕왕 천지귀신을 감동시킨 적이 한두 번이 아니었다."[66]는 내용이 보인다. 향가라는 노래가 천지귀신을 움직이기도 하니 사람이야 말할 필요도 없을 정도라는 뜻이 이 표현 속에 숨어 있다고 보아도 좋을 것이다. 이런 점이 바로 시가의 당파성이 되는데, 이것은 향가뿐 아니라 상대시가에도 나타나고, 후대시가인 속요나 경기체가, 악장, 시조, 가사 등에도 모두 어김없이 나타나는 것으로 파악된다.

을 민족이라는 공동체 아래 일치단결하여 힘을 모아 떨쳐 일어서서 정복전쟁을 수행해야 할 처지에 있을 때에 화랑도와 불교와 향가가 결정적인 구실을 한 것으로 파악되기 때문이다(손종흠, 「민족통합과 향가의 발생」, 『향가의 깊이와 아름다움』, 보고사, 2009, 43~79쪽 참조).

66　　羅人尙鄕歌者尙矣 盖詩頌之類歟 故往往能感動天地鬼神者非一(一然, 『三國遺事』, 卷五 感通, 月明師兜率歌).

4.2.
시가의 당파성

위에서 살펴본 바와 같이 시가는 그것이 본래부터 지니고 있는 주술성과 강력한 전승·전파력으로 인해 일정한 개인이나 집단이 요구하는 당파성을 강력하게 드러낼 수밖에 없는 예술작품이라는 사실을 확인할 수 있었다. 이러한 당파성은 모든 시가에 거의 공통적으로 나타나는 현상이므로 시가의 사상미학을 올바르게 분석하고 알기 위해서는 작품 속에서 어떤 모습으로 이것이 실현되는가를 살펴보지 않을 수 없다. 한 편의 시가 속에는 작가의 인식적 활동의 결과인 정서가 녹아들어 있는데, 이것은 삶의 물적토대가 되는 사회적 생산관계에 의해 규정되는 사회적 의식의 영향을 절대적으로 받을 수밖에 없기 때문이다. 작가가 속해 있는 신분 집단의 모든 조건과 역사적 과정 속에 있는 위치와 역할, 그리고 경제적·정치적·이념적 이해관계와 목표 등이 세계관과 도덕 등을 위시한 여타의 모든 의식 형태들을 규정하는 까닭에 이것들이 작품의 형성에도 영향을 미치게 된다. 그러므로 한 편의 시가 속에는 그것이 만들어진 당시의 사회적 의식이 작가의 정서라는 틀을 빌려서 녹아 있을 수밖에 없다.

시가가 가지고 있는 이러한 당파성은 정치적 혹은 종교적 이념을 기반으로 하면서 성립한 절대왕권국가 체제 아래에서 형성된 작품들에 특히 뚜렷이 나타나는데, 그보다 앞 시대의 작품들에는 사상이라고는 하기 어려운 집단적 사회의식이 특수한 지향점을 가지고 드러나는 것이 특징이다. 예를 들면 상대시가의 대표적인 작품이라고 할 수 있는 「구지가龜旨歌」를 보면 이러한 사실을 잘 알 수 있다. 「구지가」는 가야라는 국가가 성립하는 과정에서 신군神君을 요구하고 맞이하기 위해 불린 노래인데, 본능에 가까운 인간의 욕망이라고 할 수 있는 생명 탄생에 대한 집단적 욕구를 성적인 비유를 통해 구현하고 있다. 기록에 의하면 많은 사람들이 지니고 있는 집단적 욕구를 구체화하여 하늘에 요구한 결과 신적인 능력을 지닌 훌륭한 지도자가 빨리 강림하도록 하였다. 비록 사상이라고 할 정도로 체계화하지는 못하였지만 인간의 인식적 활동에 의해 생겨난 집단의식을 일정한 지향점에 맞추어서 표현했다는 것으로 볼 때 원시적인 모습의 당파성으로 보아도 큰 무리가 없을 것이다.

본능에 가까운 욕구를 집단적 의식의 형태로 표출시키던 시가의 당파성은 국가가 성립하고 절대왕권이 확립되면서 신분적 계급의 분화가 점차 진행되면서 정착되자 한층 구체성을 띠게 되었다. 우리 문학사에서는 고구려, 백제, 가야, 신라의 네 나라로 나누어져서 발달했던 사국시대四國時代가 이 시기에 해당한다. 그러나 유감스럽게도 이 시기의 시가는 내용까지 전해 오는 경우가 많지 않아서 구체적인 형태를 지닌 작품을 통해 당파성과 사상미학을 검토하기 위해서는 향가의 발생까지 기다려야 하는 아쉬움이 있다. 향가는 네 나라 중에서 가장 늦게 왕권국가의 체제를 갖춘 신라 지역에서 생겨나 발달했는데, 이것은 당시 신라가 당면한 최대의 과제인 해상왕국에서 육상왕국으로의 탈바꿈을 시도하는 과정에서 모든 구성원의 힘을 하나로 모으기 위해 반드시 성공해야 했던 민족통합의 필요성[67]에 의해서였다.

한반도와 만주벌판을 중심으로 활동했던 우리 민족이 세운 네 나라 중에서 가장 늦게 국가 체제를 갖추었던 신라는 건국 시조에 해당하는 존재가 셋일 정도로 초기에는 혼란스러운 상황을 연출하였다. 부족 연합의 형태를 유지하면서 독립적인 체제를 가지고 있던 성읍연맹체를 하나의 왕권 밑으로 복속시킨다는 것은 결코 쉬운 일이 아니었던 것이다. 이 과정이 대단히 험난하고 어려웠다는 것은 역사의 기록들이 증명해 주고 있는데, 이것을 성공으로 이끈 결정적인 것은 두 가지였던 것으로 보인다. 하나는 구성원들의 정신세계를 하나로 모을 수 있는 논리성과 합법칙성을 체계적으로 갖춘 사상이었고, 다른 하나는 정치적인 성격을 띠는 전투조직의 결성이었다. 논리성과 합법칙성을 갖춘 사상으로 채택된 것은 바로 불교였고, 정치적인 성격을 띠는 전투조직으로 결성된 것은 화랑도였다. 이 두 조직의 활약에 힘입어서 신라는 시기상으로 늦게 출발했다는 결점을 극복하고 가야를 복속하면서 고구려, 백제와 당당히 겨룰 수 있는 힘을 갖추게 되었던 것이다.

이와 같은 민족의 통합과정에서 승려이면서 화랑의 낭도에 속해 있는 특수한 집단이 탄생하게 되었으니 그들이 바로 국선지도國仙之徒로 이름 붙여진 낭승郞僧이었다. 낭승들은 한편으로는 선진적인 이론으로 무장하고 화랑의 정신적 스승으로 활동하였고, 다른 한편으로는 백성들에게 불교를 전파하는 일을 했던 것으로 보인다. 이 과정에서 이들은 화랑도에 속한 사람들의 정신세계를 하나로 만들어 나라와 민

---

67   손종흠, 「민족통합과 향가의 발생」, 『향가의 깊이와 아름다움』, 보고사, 2009, 55쪽.

족을 위해 목숨도 아끼지 않는 전사 집단으로 만들고, 일반 백성들에게는 불교를 쉽게 전파할 수 있도록 하는 방법으로 민간의 노래와 지배층의 가악歌樂을 혼합한 형태의 새로운 노래를 만들었으니 그것이 바로 향가[68]였다. 이런 점에서 볼 때 향가는 정복전쟁을 위해서는 절대적으로 필요한 민족통합이라는 국가적 과업을 수행하기 위한 도구로서의 기능과 불교 사상을 밑바탕으로 할 수밖에 없다는 태생적 성격을 가질 수밖에 없었고, 이것이 바로 사상적 지향점으로 향가가 지니고 있는 당파성이 된다.

향가의 이러한 당파성은 불교 국가라는 신라와 동일한 정체성을 가지고 있었던 고려시대에도 지속되었던 것으로 보인다. 변한 것이 있다면 불교적인 사상성과 민족통합을 위한 도구로서의 이념성의 결합으로 탄생할 수 있었던 향가의 당파성이 고려시대에 이르러서는 불교적인 것만 남게 되면서 신앙적 당파성이 강화되는 방향으로 나아가게 되었다는 점이었다. 그런 이유로 인해 고려 후기에 이르러 향가는 쇠퇴하게 되고, 속요와 경기체가 같은 작품들이 역사의 전면으로 부상하는 결과를 낳게 된다. 고려시대의 대표적 국문시가라고 할 수 있는 속요와 경기체가는 향가가 사라진 자리를 메우기 위해 지배층을 중심으로 향유된 것이었지만 속요는 민간노래인 민요의 속성을 강하게 가지고 있는 관계로 사상적 지향점이라고 할 수 있는 당파성도 매우 복잡한 모습을 지니는 것이 사실이다. 그러나 속요가 지배층을 중심으로 한 궁중에서 주로 사용되었다는 점을 고려한다면 그것이 지향하고 있는 이념적인 것이 무엇인지는 간단하게 지적할 수 있다.

---

68   손종흠, 앞의 글, 57쪽.

지금까지 속요 연구에서 늘 문제가 되었던 것은 궁중으로 들어오면서 어느 정도 변개과정을 거치기는 했지만 노래의 본질적 성격은 민요적인 것에서 찾아야 한다고 생각하는 것, 어떤 모습으로 변개되었는가 하는 점을 분명하게 밝혀내기가 어려웠다는 점 등이었다. 그러나 이 문제는 현존하는 작품의 형태와 그것이 사용된 향유 공간의 성격을 바탕으로 해야 한다는 뚜렷한 기준만 잡는다면 그렇게 복잡한 문제는 아니라는 것이 필자의 생각이다. 작품의 내용과 전개방식으로 볼 때 현전하는 속요는 원래 민요였던 수많은 작품 중에서 화자인 여성이 떠나간 남성을 사모하고 그리워하는 것만을 대상으로 골랐다는 것과 일정한 변개과정을 거쳐서 충신연군지사忠臣戀君之詞의 기능을 하는 작품으로 바꾸어서 궁중무악으로 사용하였다는 사실을 알 수 있기 때문이다. 따라서 현전하는 속요가 지니고 있는 사상적인 성격은 원래 노래의 내용과는 관계없이 군신관계의 설정에 기준이 되는 이념을 실천하는 방향으로 형성될 수밖에 없다는 것이 명백해진다. 즉, 무신정권과 몽고 지배라는 역사적 암흑기이면서 새로운 지배이념이 싹트기 시작하는 것과 맞물리는 시기에 남녀상열지사를 충신연군지사[69]로 바꾸는 절충적인 방법으로 향가가 사라진 문화적 공백을 극복해 나갔다는 것이 된다.

사실 정치적인 입장만 따진다면 민요적인 성격을 강하게 가지고 있으면서 남녀상열지사로 지탄받을 수 있는 속된 내용을 지닌 작품들을

---

69   이러한 점은 조선 초기에 편찬된 삼대 가집의 양상을 보면 좀 더 분명하게 알 수 있다. 『악학궤범』은 궁중음악에 대한 정통 이론서인데, 여기에는 男女相悅之詞 중에서 忠臣戀君之詞로 변환이 가능한 것을 중심으로 기록하고, 나머지 것들은 『악장가사』와 『시용향악보』 등에 수록한 사실이 이것을 증명하고 있다.

약간의 변개과정만을 거쳐 궁중무악으로 사용하지 않았을 것이다. 만약 정치적인 입장만을 강조한 나머지 그것에 맞추어서 창작한 것만을 사용했다면 속요가 지니고 있는 소재와 표현의 개방성, 정서의 직접적인 표출 등이 가지는 미적인 특성들도 모두 사라지게 되었을 것이다. 충신연군지사로서의 사상적 지향점을 강하게 가지고 있는 속요에서 당파성이 작품의 형성에 있어서 이념적이면서도 미적인 원리로 작용할 수 있었던 것은 그것이 비록 정치적 이념과 결부된 것이라 할지라도 정치적 입장에서가 아니라 작품이 지니고 있는 사회적 기능에서 찾아야 한다는 당위성을 성립시켜 주는 근거가 된다. 이런 점에서 볼 때 속요가 지니고 있는 당파성은 남녀상열지사의 내용이 당시의 새로운 지배이념과 적절히 조화를 이룬 상태로 형성된 충신연군지사라는 사실을 짐작할 수 있게 된다. 속요가 가진 이러한 당파성은 고려 말, 조선 초에 이르러서는 지배계급의 이념을 중심으로 하면서 조선왕조의 정당성과 위용, 그리고 송도와 송축을 사상적 지향점으로 하는 '악장樂章'과 경기체가 등에게 밀리면서 서서히 사라지게 된다.

조선왕조가 전성기를 맞이하기 시작한 시기는 대략 성종 때부터로 볼 수 있다. 앞 시대에 빈번하게 있었던 피비린내 나는 사건들이 정리되고 성리학의 지배이념이 뿌리를 내리면서 어느 정도 안정을 확립할 수 있었기 때문이다. 이 시기에 이르면 그때까지는 산발적으로 지어지고 향유되던 시조와 가사는 사대부가 짓고 즐기는 국문시가의 중심에 서게 되면서 폭넓은 작가층의 확보와 더불어 예술성이 높은 작품들이 지어지기 시작한다. 상대적으로 짧은 형태를 지니고 있는 시조는 사대부의 유흥공간을 중심으로 향유되면서 개인적인 정서를 담아내기에 적합한 시가였는데, 사대부와는 신분적 차이가 크게 벌어지는 기생들[70]이 시조의 작가층으로 참여하는 현상이 나타나기도 한다. 가사는 불교의 포교과정에서 발생한 것으로 알려져 있으나 조선의 성종대에 들어와 사대부들에 의해 지어지기 시작하면서 그들이 주요 작가로 활동하였고, 예술성 높은 작품들을 지어내기 시작하였다. 유흥공간에서 향유되면서 개인적인 정서를 노래하기에 적합한 시조와는 달리 가사는 강호라는 특수 공간에서 지어지고 향유되면서 생활 속에서도 낭송되었기 때문에 시조보다는 훨씬 개방적인 성격을 지니고 있었다. 그런 이유 때문에 가사의 작가는 조선 후기로 가면서 일반대중들에게까지 넓어지게 되고 발생 초기에 있었던 종교적인 성격을 가지는 작품까지 등장하는 현상이 나타나게 된다.

이러한 성격을 가지는 시조와 가사에서 예술성이 높은 작품들이 지어진 시기는 역시 조선 전기라고 할 수 있는데, 이때의 작품들에는 사대부들의 이념적 지향성과 미의식이 강력한 당파성을 형성하고 있는 특징을 보이고 있다. 자연과 인간에 대한 성찰을 기본으로 하는 심성의 수련, 조선조 지배이념을 이룬 성리학의 이론을 바탕으로 하는 교훈, 나라에 충성하고 임금의 덕을 칭송하는 충신연군 등이 사대부 시조와 가사의 핵심내용을 이루면서 성리학적 이념이 중심을 이루는 당파성을 가지게 되었던 것이다. 조선조 사대부들에게 있어서 성리학은 자연과 인간, 개인과 사회 등을 모두 관통하는 사상체계로 그들의 확고한 세계관으로 작용했기 때문에 이것이 모든 것을 지배하고 관리하는 사회를 만들어서 자신들이 가지고 있는 경제적·신분적 특권들을

70　기생은 신분상으로는 천민이었지만 詩書畵와 歌舞 등에 상당한 실력을 갖춘 조선조의 예술인으로, 사대부들과 어울리며 생활하는 시간이 많았기 때문에 자연스럽게 시조의 향유층으로 발돋움할 수 있었던 것으로 보인다.

잃어버리지 않도록 하는 것이 지상 최대의 과제였음은 이론의 여지가 없을 정도다. 따라서 시조와 가사가 지니고 있는 성리학적 당파성은 결국 사대부들이 지니고 있는 경제적 생산관계, 사회적 신분관계 등의 소속 집단의 이익을 대변하고 지켜야 한다는 방향으로 형성될 수밖에 없었던 것이다.

이상에서 살펴본 바에 의하면 우리 문학사에서 시가문학이 가지고 있는 당파성은 시대와 사회가 요구하는 사상적 지향점을 중심으로 하는 사회적 기능에 의해 형성되고 있음을 알 수 있었다. 지금부터는 시가의 이러한 당파성이 어떤 방식의 사상미학을 가지게 되는지에 대해 살펴보도록 하겠다.

4.3.
시가의 사상미학

1. 향가의 사상미학

사람의 일상생활은 식량을 얻기 위해 육체를 움직이는 노동과 노동 과정에서 소비된 노동력을 재생산하는 과정인 여가餘暇가 두 축을 이루면서 그것의 반복이 중심을 이룬다. 일을 할 때는 육체의 힘듦과 고통을 잊기 위해 노래를 부르게 되는데, 이때 불리는 것을 노동요라고 한다. 놀이를 할 때도 역시 즐거움을 더하기 위해 노래를 부르게 되는데, 이것을 여가요餘暇謠라고 한다. 이때, 생명체를 유지하기 위한 식량을 구하는 행위인 노동이 노동력을 재생산하는 여가보다 우선하기 때문에 노동과정에서 불리는 노래인 노동요가 더 오래되었다고 할 수 있다.

노동과정에서 노래를 부르는 이유로는 첫째, 노동의 고통을 잊고 즐겁게 일하기 위하여, 둘째, 노동의 대상을 즐겁게 함으로써 많은 생산물을 얻기 위하여, 셋째, 노래를 신호로 이용함으로써 행동의 통일을 기하기 위하여, 넷째, 공동체의식의 강화를 위하여 등을 꼽을 수 있다. 이러한 성격을 가지는 노동요 중에서 가장 오래된 것은 '밭매기 노래'와 '빨래 노래'일 것으로 추정된다. 농사보다는 사냥이 시대적으로 훨씬 앞서기는 하지만 이때는 신호음 정도가 중심을 이루었을 것으로 보이기 때문에 정착생활과 함께 시작된 것으로 보이는 밭농사를 위한 노동을 하는 과정에서 부르던 노래가 가장 앞설 것이라는 것이 설득력 있게 보인다. 옷의 역사 또한 오래되었을 것임은 말할 필요도 없는데, 옷을 깨끗하게 하기 위해 빨래하는 과정에서도 노래가 불렸음은 쉽게 짐작할 수 있다. 밭매기 노래와 빨래 노래가 서정과 서사 등이 분리되기 이전부터 불렸던 오래된 노래라는 사실은 민요 중에서 두 노래만이 신화적인 내용을 중심으로 하는 서사구조를 지니고 있는 것에서도 확인할 수 있다.

이러한 성격을 지니는 노동요를 부르던 사람들은 피지배계급에 속하면서 기록수단을 갖지 못했던 무문자층이 중심이었던 관계로 남아 전하는 자료가 거의 없다. 우리 역사에서도 한반도와 만주를 중심으로 한 고대국가가 출현하기 전까지 불렀던 노래들은 기록으로 남아 전하는 것이 많지 않다. 신라의 경우 국가 발생의 초기에 해당하는 기원 전후 시기인 유리왕 때에 길쌈 노래로 보이는 「회소곡會蘇曲」이 있었다고 하나 가사가 전하지 않기 때문에 정확한 내용을 알 수 없다. 후대로 오면서도 노동과 관련을 가지는 노래는 잘 보이지 않는데, 고려 때 일연이 지은 『삼국유사』에 노동요로 볼 수 있는 아주 특이한 향가 한 편이 실려 있어서 눈길을 끈다. 일반적으로 '풍요風謠'라고 부르는 것인데, 해당 작품의 명칭이라기보다는 당시에 불렸던 민요라는 뜻을 가진 노래로서 일을 하면서 부르는 것으로 노동요일 가능성이 매우 크다. 이는 작품의 구성방식이 노동요의 구조를 그대로 유지하고 있기 때문이다. 우선 『삼국유사』의 기록을 보자.

제4장 사상과 미학

승려인 良志는 조상이나 고향은 알 수 없고, 다만 그 행적이
선덕왕 때에 있었다. 錫杖 끝에 포대 하나를 걸어 놓으면 석장
이 저절로 날아가 보시하는 집에 가서 흔들어 소리를 내었는
데, 그 집에서 알고 齋에 쓸 비용을 담았다. 자루가 차면 석장
이 날아서 다시 돌아왔으므로 절 이름을 錫杖寺라고 하였다.
신통하고 기이하여 헤아리기 어려운 것들이 모두 이와 같았
다. 그 밖에도 여러 재주에 능통해서 신묘함이 비길 데가 없었
었으며, 또한 글 솜씨도 매우 좋았다. 영묘사 장륙존, 천왕상,
아울러 전탑의 기와와 천왕사 탑 아래의 팔부신장, 법림사의
주불삼존, 좌우 금강신 등은 모두 그가 조성한 것이다. 영묘사
와 법림사 두 절의 현판을 썼고, 또 일찍이 벽돌을 새겨서 작은
탑 하나를 만들고 아울러 삼천 불을 조성하여 절 안에 모셔 두
고 지극히 공경했다. 그가 영묘사의 丈六尊像을 만들 때에는
禪定에 들어 三昧의 경지를 받아 진흙을 다루는 의식을 행할
때 성안의 모든 백성들이 앞다투어 진흙을 날랐다. 그때 부른
노래는 다음과 같다.

오다 오다 오다

오다 셔럽다라

셔럽다 의내여

功德 닷ㄱ라 오다

지금까지도 그 지방 사람들은 방아를 찧을 때 모두 이 노래
를 부르는데, 그것을 대개 여기에서 시작된 것이다.[71]

---

71   釋良志 未詳祖考鄉邑 唯現迹於善德王朝 錫杖頭掛一布袋 錫自飛至檀越家
振拂而鳴 戶知之納齋費 俗滿則飛還 故名其所住曰 錫杖寺 其神異莫測皆類此 旁通

양지라는 승려가 신라의 황룡사 구층탑과 진평왕의 옥대玉帶 등과
더불어 세 가지 보물 중의 하나인 장륙존상을 만들 때 많은 진흙을 필
요로 하였는데, 그때 성안의 모든 사람들이 몸을 아끼지 않고 진흙을
나르면서 이 노래를 불렀다는 것이다. 이름을 알 수 없기 때문에 '풍
요'라고 하는 이 노래는 민요적인 구조에다 포교적인 내용과 표현을
담고 있어서 향가 중에서도 아주 독특한 작품이다. 이 노래의 가장 중
요한 특징은 반복법을 중심으로 하는 수사적 표현기법이다. 이 작품
에서 '오다'가 다섯 번이나 등장하는데, 현존하는 민요에도 이처럼 강
력한 반복법을 사용한 예가 흔하지 않을 정도다. 특히 처음과 마지막
이 '오다'로 되어 있는 점에 주목할 필요가 있다. 언어적 표현에 있어
서 화자의 생각을 가장 강하게 강조할 수 있는 곳이 바로 처음이나 끝
이 되는데, 여기서는 두 곳을 모두 '오다'라는 표현을 쓰고 있으니 얼
마나 강력한 강조가 되는지를 쉽게 알 수 있다. 또한 '오다'라는 말이
가지는 의미를 살펴보면 그것이 더욱 분명해짐을 알 수 있다. '오다'
의 뜻은 "어떤 사람이나 존재가 말하는 사람 혹은 기준이 되는 사람이
있는 쪽으로 움직여 위치를 옮기다."는 뜻을 가지는 데다가 이 작품에
서는 명령의 뜻을 함께 포함할 수 있는 단정적인 표현으로 쓰였기 때
문에 다른 어떤 표현보다 강력한 강조가 된다. 따라서 '풍요'의 표현
은 공덕을 닦으러 오라는 정도의 이끎이 아니라 오지 않고는 도저히
견뎌낼 수 없어서 이미 와 있다는 것까지를 의미함으로써 수많은 사

제4장 사상과 미학

雜譽 神妙絶比 又善筆札 靈廟丈六三尊 天王像 幷殿塔之瓦 天王寺塔下八部神將 法
林寺主佛三尊 左右金剛神等 皆所塑也 書靈廟 法林二寺額 又嘗彫磚造一小塔 竝造
三千佛 安其塔置於寺中 致敬焉 其塑靈廟之丈六也 自入定 以正受所對 爲揉式 故傾
城士女爭運泥土 風謠云 來如來如來如來如 來如哀反多羅 哀反多矣徒良 功德修叱如良
來如 至今土人春相役作皆用之 蓋始於此(『三國遺事』,卷四 良志使錫).

람들이 그곳에 모여드는 것을 형상적으로 나타낼 수 있게 되는 것이다.

두 번째로 지적할 수 있는 이 작품의 중요한 특징은 앞의 마지막 표현을 다음 행의 시작 표현으로 쓰는 점이다. 위와 같이 작품의 행을 네 개로 나눌 때, 첫째 행의 마지막 표현인 '오다'는 둘째 행의 첫 표현이 되고, 둘째 행의 마지막 표현인 '서럽다라'는 셋째 행의 첫 표현이 되는 방식이 그것이다. 이것은 여러 개의 장으로 나누어지는 형태의 노래에서 렴과 같은 구실을 하는 것으로 보이는데, 내용으로 앞과 뒤를 연결시키기보다는 동일한 소리로 연결하게 함으로써 쉽게 기억하고 쉽게 부를 수 있도록 하는 노래로 만드는 구실을 한다. 셋째 행과 넷째 행은 동일 표현으로 이어지지 않고 있는데, 그것은 공덕이라는 표현 때문인 것으로 보인다. 이에 대해서는 아래에서 살펴보도록 한다.

세 번째로 지적할 수 있는 특징은 작품의 구조에 있다. 여기서는 인간과 승려가 서로 마주 보는 형태를 취하고 있다. 인간은 서러움을 간직한 중생이 되고, 승려는 그 서러움을 없애서 부처의 앞으로 인도하는 스승이 된다. 서러움을 없앤 자리에는 불심이 들어가야 하는데, 그것은 부처께 바치는 선업인 공덕功德을 통해서만 가능하다는 것이다. 그러므로 서러움을 간직한 우리들은 모두 공덕을 닦아서 부처의 세계로 나아가야 한다는 것이다. 이런 이유 때문에 셋째 행과 넷째 행의 연결은 동일한 표현으로 이어갈 필요가 없게 된다. 왜냐하면 셋째 행까지의 우리들은 서러움을 간직한 중생에 불과했지만 공덕 닦음을 통해 부처의 세계로 들어옴으로써 앞의 세계를 넘어서서 새로운 경지로 들어갔기 때문에 굳이 동일 표현으로 연결시킬 필요가 없게 되는 것이다. 즉, 공덕을 닦으러 온 순간 이미 사바세계를 넘어섰다는 것을 강조하기 위한 표현구조가 바로 셋째 행과 넷째 행 사이에 존재하는 표현상의 단절이 되는 것이다.

이런 점에서 볼 때, '풍요'는 물질적인 먹이를 구하는 것을 기본으로 하는 일반적 노동을 영혼의 구함을 받아 피안의 세계에 이를 수 있는 신성한 노동으로 바꾸어 놓음으로써 수많은 중생을 제도하여 하나로 모을 수 있는 종교적인 마력을 발휘하는 노래로 볼 수 있게 된다. 따라서 '풍요'는 강력한 불교적 당파성을 지닌 사상미학을 기반으로 하고 있음을 알 수 있다.

2. 속요의 사상미학

'남자와 여자가 서로 기뻐하는 음탕한 내용의 노래가사'라는 뜻을 지닌 '남녀상열지사'라는 표현은 고려시대의 노래인 속요에 대해 조선시대의 사대부들이 내린 평이다. 음탕하고 외설스러운 내용을 가진 것이 고려시대의 노래가 지닌 일반적인 속성이라고 생각한 조선의 유학자들은 가사가 너무 저속하여 그 내용을 모두 실을 수 없다는 말을 덧붙여서 많은 작품들의 내용이 전해질 수 없게 할 정도로 다소 과민한 반응을 보였다. 이런 기록으로 볼 때 고려시대의 노래는 현재 전해지는 것 외에 상당한 수의 작품들이 있었을 것으로 보이는데, 조선시대의 사대부들은 수많은 작품 중에서 자신들의 정서에 어느 정도 부합하는 작품들만을 골라 궁중의 음악으로 사용하면서 기록에 남겼을 가능성을 배제할 수 없다. 그런데 여기서 문제가 되는 것은 사대부들이 과연 어떤 기준에 의해 기록으로 남기려는 노래들을 골랐느냐 하는 점이다. 그것은 조선시대 삼대 가집인 『악학궤범』, 『악장가사』, 『시용향악보』에 실려 있는 작품의 성격을 기반으로 하여 추측할 수밖에 없다. 여기에서 가장 쉽게 파악할 수 있는 특징은 기록된 거의 모든 노래는 여성이 남성을 사랑하고 그리워하는 내용으로 되어 있다는 점이다. 이성에 대한 감정은 남녀가 다를 바가 없을 것인데, 하필이면 여성이 남성을 사랑하고 그리워하는 내용으로 된 작품들만 기록의 대상이 된 것일까? 여기에 정치적 세계관과 연결된 조선조 사대부들의 의도와 재치가 숨어 있는 것으로 보인다.

조선조 사대부들은 하늘을 임금에 비유하고, 땅을 신하와 백성에 비유했다. 또한 남자는 생명의 근원을 가지고 있는 존재이기 때문에 하늘에 해당한다고 보고, 여자는 생명을 받아서 키워 내는 존재이기 때문에 땅에 해당한다고 보아 음양의 조화를 자연과 인간의 질서로 연결시켜 이해하려는 생각을 가지고 있었다. 그들이 가졌던 이러한 생각은 기본적으로 유학에 바탕을 둔 것으로 그들이 지향했던 정치이념과도 밀접한 관련을 가지고 있었기 때문에 조선시대의 문화에 미치는 영향이 매우 컸음은 두말할 필요가 없을 정도다. 즉, 이를 통해 여성과 남성의 관계를 신하와 임금의 관계로 치환시켜 생각할 수 있는 이론적인 근거를 확보할 수 있었으며, 이것을 근거로 하여 여성이 남성을 그리워하는 내용을 가진 작품은 충성스러운 신하가 자신의 주인인 임금을 그리워하는 것으로 곧바로 치환하여 이해하고 해석할 수 있는 바탕을 마련하게 되었던 것이다. 이러한 사정은 삼대 가집에 기록된 속요의 형태를 보면 쉽게 짐작할 수 있다. 「동동」과 「정석가」를 보면 작품의 첫째 장과 나머지 장의 내용에 관련성을 찾기 어려운 데다가 첫째 장의 내용이 군주와 관련된 것으로 해석될 수 있는 여지를 보여 주고 있기 때문이다. 「동동」과 「정석가」의 한 부분을 보자.

德으란 곰비예 받줍고
福으란 림비예 받줍고
德이여 福이라 호놀
나ᅀᅡ라오소이다
아으 動動다리

正月ㅅ 나릿 므른
아으 어져녹져 ㅎ논디
누릿 가온디 나곤
몸하 ㅎ올로 녈셔
아으 動動다리

二月ㅅ 보로매
아으 노피현 燈ㅅ블 다호라
萬人 비취실
즈ᅀᅵ샷다
아으 動動다리

三月나며 開ᄒᆞᆫ
아으 滿春 둘욋고지여
ᄂᆞ미 브롤 즈슬
디녀 나샷다

아으 動動다리

—「동동」, 제1, 2, 3, 4장

딩아 돌하 당금當今에 계샹이다
딩이 돌하 당금當今에 계샹이다
션왕셩딕先王聖代예 노니ᄋᆞ와 지이다

삭삭기 셰몰애 별헤 나ᄂᆞᆫ
삭삭기 셰몰애 별헤 나ᄂᆞᆫ
구은밤 닷되를 심고이다

그 바미 우미 도다 삭나거시아
그 바미 우미 도다 삭나거시아
유덕有德ᄒᆞ신 님믈 여히ᄋᆞ와 지이다

—「정석가」, 제1, 2, 3장

13개의 장으로 되어 있는 「동동」은 첫째 장을 제외한 나머지 열두 장은 정월부터 섣달까지를 달별로 나누어서 님에 대한 그리움을 담고 있다. '곰배'와 '림배'에 대한 해석을 정확하게 하지는 못하고 있는 상태라서 첫째 장의 의미를 정확하게는 알기 어렵지만 둘째 장 이하의 내용과 커다란 차이가 나고 있다는 것은 쉽게 알 수 있다. 왜냐하면 첫째 장의 전체적인 내용은 덕이라고 하는 것과 복이라고 하는 것을 누군가에게 바치러 오라는 것이어서 겉으로 보아서는 사랑하는 님에 대한 그리움을 적나라하게 노래한 둘째 장부터 마지막 장까지의 내용과 상당한 거리가 있는 것으로 볼 수 있기 때문이다. 이러한 상황은 「정석가」에도 동일하게 나타나고 있는 점으로 보아 일정한 의도 아래 속요를 개작한 흔적으로 볼 수 있도록 하는 단서가 된다. 12개의 장으로 되어 있는 「정석가」의 핵심을 이루는 내용은 사랑하는 님을 절대로 보낼 수 없다는 화자의 애끓는 심정을 표현한 것이라고 할 수 있다. 그런데 첫째 장은 옛날의 성군이 다스리던 때와 같은 지금의 태평성대에 함께 노닐고 싶다는 것을 노래하고 있어서 아무리 봐도 이 작품의 중심 되는 내용과는 상당한 거리가 있는 것으로 볼 수밖에 없다. 그렇다면 고려시대의 노래는 음탕한 내용과 저속한 표현을 지닌 '상열지사'가 많아서 그 내용을 실을 수가 없다고 하면서 아주 까다로운 태도를 견지했던 조선조의 사대부들이 본사의 내용과 상당한 거리가 있는 것으로 보이는 이런 것들을 끼워 넣으면서까지 기록으로 남겨야 했던 이유는 과연 무엇일까?

유학을 정치이념으로 하면서 그것을 실현시킬 수 있는 조선을 세우기 위해 이성계를 왕으로 추대한 중심세력이었던 사대부들은 고려왕조에서 과거시험을 통해 관직에 나갔고, 그때까지 현직에 종사하던 사람들이었다. 역성혁명을 통해 나라를 바꾸기는 했어도 475년이나 지속되었던 고려의 제도와 문화를 한순간에 없애고 새로운 것으로 대체하기는 어려웠던 것으로 보인다. 새로운 나라에 걸맞은 예악禮樂이 모두 만들어지거나 정비된 것이 아니어서 고려 때의 것을 한순간에 바꾼다는 것이 불가능하기도 했지만 너무 급격한 변화는 백성들로 하여금 반감을 유발할 가능성 또한 도외시할 수 없었기 때문이었을 것으로 풀이할 수 있다.

이런 이유로 조선 초기의 유학자들은 고려 때부터 궁중에서 사용하

제4장 사상과 미학

던 노래를 완전히 버리지는 못하고 사용할 수밖에 없었는데, 그들이 보기에 너무나 노골적인 표현이 중심을 이루는 속요를 그대로 사용한다는 것 또한 자신들의 정치이념으로는 용납하기 어려웠던 것이다. 따라서 상반되는 모순을 극복하기 위한 절충안을 내게 되는데 첫째, 여성이 남성을 그리워하는 내용과 표현이 중심을 이루는 노래를 선택하고, 둘째, 작품의 맨 앞이나 뒤에 송도나 송축의 내용으로 된 동일한 형태의 장을 삽입하고, 셋째, 그것을 충신연군지사로 해석하는 세 가지 원칙을 바탕으로 했던 것으로 보인다. 현존하는 상당수의 속요 작품이 이러한 변개과정을 거쳤을 가능성이 크다는 사실은 작품의 앞에 필요한 내용을 끼워 넣은 것으로 볼 수 있는 「동동」과 「정석가」 외에도 작품의 맨 뒤에 그런 내용을 끼워 넣은 것으로 보이는 「이상곡」, 「만전춘별사」를 비롯하여 후렴에 해당하는 부분을 통해 동일한 효과를 노렸던 것으로 보이는 「가시리」 등을 통해 확인할 수 있다.

3. 시조의 사상미학

조선의 정치이념은 유학(儒教)이었다. 공자에게서 시작된 유학은 인간의 모든 도덕을 관통하는 인(仁)을 최고의 이념으로 하면서 수신(修身), 제가(齊家), 치국(治國), 평천하(平天下)의 실현을 목표로 하는 윤리학이며, 정치학이라고 할 수 있다. 이러한 성격을 가지는 유학은 고려 말기에 새로운 지배세력으로 부상한 신흥사대부들에 의해 정치이념으로 채택되었고, 이를 바탕으로 세워진 조선에서는 사회의 모든 이념과 문화생활을 지배하는 사상이 되었다. 그러나 유학이 우리 민족의 삶에 뿌리를 내리기까지는 적잖은 어려움을 겪기도 했으니 그것은 그동안 우리 민족의 의식意識을 지배해 왔던 불교의 영향력이 엄청나게 큰 때문이었다. 이런 이유로 인해 조선 초기에는 불교에 대한 탄압이 대대적으로 이루어졌고, 숭유억불崇儒抑佛은 조선시대 전체에 걸쳐 강조되는 정책의 하나가 될 정도였다. 그러나 신라시대부터에서 고려시대에 이르기까지 천 년에 가까운 시간에 걸쳐 불교적 이념을 바탕으로 문화를 형성했던 터인지라 불교에 대한 생각을 하루아침에 바꾸기는 대단히 어려웠던 것으로 보인다. 따라서 유학의 이념을 중심으로 하는 생활과 문화를 형성하기 위해서는 조선을 이끌었던 사대부를 중심으로 한 통치자들의 각별한 노력과 다양한 시도를 필요로 하게 되었고, 국가적 행사나 궁중의 의전 등을 비롯하여 모든 사람들이 삶을 살아가면서 겪어야 하는 통과의례通過儀禮 등의 절차와 도학道學의 이념을 신도록 한 문이재도文以載道의 문학관에 이르기까지 모든 것들이 유학에서 정한 방식을 따르도록 했다.

삶의 바탕에 유학의 이념을 놓고 그것을 중심으로 모든 것이 만들어지고 진행되도록 하는 데 있어서 가장 중요한 것은 사람들의 생각을 바꾸어 놓는 것이었는데, 여기에서 강조된 것이 바로 백성을 가르친다는 뜻을 가진 훈민訓民이었다. 나라를 경영하는 지배층이 백성을 가르친다는 것은 크게 두 가지 의미를 지니고 있는 것으로 보인다. 하나는 우매하고 어리석기만 한 백성들이 자신들의 뜻을 제대로 펼쳐서 표현할 수 있도록 함으로써 조금이라도 편안하고 안락한 삶을 누릴 수 있도록 하는 것이고, 다른 하나는 통치자들이 백성들에게 전하고자 하는 것을 제대로 알아듣고 잘 따라올 수 있도록 그들의 의식과 문화를 형성해 나가려는 것으로 생각할 수 있다. 첫 번째 것은 '훈민정

제4장 사상과 미학

음'의 서문에서 명확하게 밝히고 있기도 하다. 우리나라의 말은 지배층 사람들이 주로 쓰는 중국의 말글과 달라서 우리말밖에 알지 못하는 일반 백성들이 자신의 뜻을 펼쳐서 주장하고 싶어도 대부분이 그렇게 할 수 없으므로 우리말의 소리에 가장 가깝도록 표기할 수 있는 새로운 글자를 만들어서 생활을 편하게 하도록 하겠다고 한 말이 바로 그것이다. 그렇기 때문에 한글의 이름도 백성을 가르치는 바른 소리란 뜻을 지닌 '훈민정음'이라고 했으니 백성을 잘 가르치겠다는 세종의 생각이 그대로 드러난 것으로 보아 크게 틀리지 않는다.

백성들의 생각과 생활문화를 통치이념과 잘 맞도록 바꾸려는 훈민의 두 번째 목적은 조선시대의 핵심적 통치이념인 유학의 원리를 생활의 일부가 될 수 있도록 강조하는 방향으로 진행되었다. 그러한 목적을 제대로 이루어 내기 위해서는 백성들에게는 어렵기만 한 한문이 아니라 쉽게 배우고 익힐 수 있는 한글을 사용하여 표기할 수 있도록 만들어졌으면서 노래로 불릴 수도 있는 성격을 지니고 있는 시조나 가사 등이 가장 적합한 수단이 되었을 것임을 쉽게 짐작할 수 있다. 짧은 형태를 가지고 있는 시조는 큰 주제를 여러 개의 작은 주제로 나누어서 표현하기에 가장 적합한 형태이고, 시조에 비해 긴 형태를 지니는 가사는 작가가 지향하는 이념적인 것들을 비교적 쉽고 상세하게 표현할 수 있는 장점을 지니고 있다. 시조와 가사의 형태로 지어진 이런 성격의 노래들을 훈민가訓民歌라고 하는데, 유학의 이념을 강조함으로써 백성들의 생활의식과 문화를 바꾸는 교화를 위한 것으로는 가사보다 시조가 더 선호되었던 것으로 보인다.

백성을 교화하는 것을 목적으로 하는 노래인 훈민가에서 작가층에 해당하는 사대부들이 가사보다 시조를 더 선호했던 이유는 다음의 두 가지로 생각해 볼 수 있다. 하나는 시조가 짧은 형태를 지니고 있는 점이며, 다른 하나는 하나의 주제를 독립적으로 표현하기 좋은 형태라는 점이 그것이다. 시조가 짧은 형태를 지니고 있다는 말은 압축적 표현과 절묘한 수사 등의 문학적 기교를 발휘하기에 매우 적합한 갈래라는 뜻을 지니고 있다. 한시漢詩를 통해 시가 지니고 있는 압축된 표현과 화려한 수사의 묘미를 잘 알고 있는 사대부들로서는 유학의 이념으로 백성을 무장시키기 위한 훈민가를 지음에 있어서도 자신들의 예술적 솜씨를 마음껏 발휘할 수 있는 시조를 더 선호할 수밖에 없었던 것이다. 또한 짧은 형태의 시조가 개인적인 정서를 실어서 표현하기에 적합한 갈래라는 점도 크게 작용했던 것으로 보인다. 유학의 이념을 노래함에 있어서 개인적인 정서를 곁들여서 표현하게 되면 그것을 보고 듣는 향유자들도 그 정서들을 각자 자신의 것으로 개별화하여 각자의 실생활에 연결시켜 적용하기에 적합할 것으로 보이기 때문이다. 신분적 특권과 경제적 안정을 바탕으로 노동과 풍류를 분리하는 것이 가능한 삶을 살았던 사대부와는 달리 일과 놀이가 분리될 수 없는 삶을 살았던 당시 백성들의 의식에 작용하도록 하기 위해서는 복잡한 주제와 구성을 지니고 있는 긴 형태의 가사보다는 특수한 주제를 독립적으로 노래할 수 있는 형태를 지닌 시조가 훨씬 효과적이라는 사실을 인지했을 것이기 때문에 백성을 교화하기 위한 노래로는 시조가 더 적합하다는 것을 쉽게 간파할 수 있었던 것이다.

따라서 훈민가 계열의 노래는 조선 초기부터 꾸준히 지어졌는데, 가장 먼저 훈민시조를 지은 사람은 15세기에서 16세기에 걸쳐 활동한 주세붕周世鵬이었다. 주세붕은 1551년에 황해도 관찰사가 되었는데, 백성들의 풍속이 무지함을 보고 오륜五倫과 학문에 대한 것을 내용으로 하는 시조 15편을 지어 사람의 큰 윤리를 밝혔다고 하였다. 또한 「어부가漁父歌」의 작가인 이현보의 아들인 이숙량은 부자, 형제, 친척 사이의 도리를 온전하게 하라고 권고한 내용을 가진 「분천강호가汾川江湖歌」라는 이름의 시조 6수를 짓기도 했다. 이러한 전통을 가진 훈민시조는 윤선도, 박인로와 더불어 조선시대 삼대시인으로 꼽히는 송강 정철에 의해 지어진 「훈민가」 16수에 이르러 절정기를 맞이한다. 그 외에도 박선장(朴善長, 1555~1616), 김상용(金尙容, 1561~1637), 박인로 등의 「오륜가」가 있으나 다분히 관념적인 성격을 지니고 있어서 문학적 측면에서 볼 때는 송강의 수준을 넘어서지 못한 것으로 평가된다. 아래에서 정철의 「훈민가」 몇 편을 살펴보도록 하자.

아바님 날 나ᄒ시고 어마님 날 기ᄅ시니
두 분곳 아니시면 이 몸이 사라실가
하ᄂᆞᆯ ᄀᆞᄐᆞᆫ ᄀᆞ업손 은덕을 어ᄃᆡ다혀 갑ᄉ오리

어버이 사라신 제 셤길 일란 다ᄒᆞ여라
디나간 後면 애ᄃᆞᆲ다 엇디ᄒᆞ리
평ᄉᆡᆼ애 고텨 못ᄒᆞᆯ 이리 이 ᄲᅮᆫ인가 ᄒᆞ노라

간나ᄒᆡ 가는 길흘 ᄉᆞ나ᄒᆡ 에도ᄃᆞ시
ᄉᆞ나ᄒᆡ 녜ᄂᆞᆫ 길흘 계집이 츼도ᄃᆞ시
제 남진 제 계집 아니어든 일홈 뭇디 마오려

오ᄂᆞᆯ도 다 새거다 호ᄆᆡ 메고 가쟈ᄉᆞ라

내 논 다 미여든 네 논 졈 미어 주마

올 길헤 뽕 ᄯᅡ다가 누에 머겨 보쟈ᄉᆞ라

이고 진 뎌 늘그니 짐 프러 나ᄅᆞᆯ 주오

나ᄂᆞᆫ 졈엇써니 돌히라 므거올가

늙기도 셜웨라커든 지믈 조차 지실가

이 작품들은 모두 유학에서 기본을 이루는 덕목인 삼강오상三綱五常을 중심으로 하여, 농사일을 독려하는 것에서부터 이웃 간에 서로 도우며, 도적질이나 밥 빌어먹는 것을 하지 말 것 등에 대해 노래함으로써 백성들의 실제 생활에 도움이 될 수 있는 내용으로 꾸며져 있다. 특히 화자가 모두 '나'로 설정되어 있어서 시조를 듣고 즐기는 사람들은 자신이 처한 상황과 마음속에 품고 있는 개인적인 정서를 작품과 연결시켜 개별화하여 내포의 극대화가 가능하게 함으로써 누구에게나 예술적 감동을 불러일으킬 수 있는 구조를 형성하고 있는 것으로 평가할 수 있기 때문에 훈민계열의 노래 중에서 최고로 평가할 수 있게 된다.

4. 가사의 사상미학

가사는 성리학을 세계관으로 하는 사대부의 사상미학을 가장 잘 드러낼 수 있는 갈래이다. 그중에서 「면앙정가」는 면앙정 송순宋純이 관직에서 물러나 고향인 전라도 담양의 제월봉霽月峰 아래에 면앙정이란 정자를 짓고, 주변의 경치와 계절의 변화에 따른 자신의 느낌을 노래한 가사다. 조선조 사대부에게 피난처나 다름없는 의미를 가진 강호로 돌아가 자연의 순리를 배우면서 심성을 수양하는 강호가도^{江湖歌道}는 가사의 중요한 흐름을 형성하였는데, 「면앙정가」가 이런 강호가도를 잘 보여 주고 있다. 이 작품은 우리말 표현을 아름답게 하고 있는 점과 반복법, 점층법, 대구법 등의 수사법을 아주 적절히 사용하면서 주변 경치를 잘 묘사한 작품으로 평가받고 있다. 또 정극인이 지은 「상춘곡」의 맥을 잇는 호남권 가사문학의 원류를 이루어 정철이 지은 「성산별곡」이나 「관동별곡」에 절대적인 영향을 미친 작품으로 문학사적 가치 또한 크다. 따라서 조선 후기 비평가인 홍만종^{洪萬宗}은 『순오지^{旬五志}』에서 말하기를, "호연지기를 유감없이 발휘했으며, 말의 짜임이 맑고 아름다우며, 유창하다."고 평하기도 하였던 것이다. 송순의 「면앙정가」를 보자.

无等山 호 활기 뫼희 동다히로 버더 이셔

멀리 셰쳐 와 霽月峯의 되여거늘

無邊大野의 므슴 짐쟉 호노라

일곱 구비 홀머움쳐 므득므득 버려는 둣

가온대 구비는 굼긔 든 늘근 뇽이

선줌을 곳 씨야 머리를 알쳐시니

너르바회 우히

松竹을 헤혀고 亭子를 안쳐시니

구름 튼 靑鶴이 千里를 가리라

두 노릐 버렷는 둣

玉泉山 龍泉山 누린 믈히

亭子 압 너븐 들히 올올히 펴진 드시

넙거든 기노라 프료거든 희지마니

雙龍이 뒤트는 돗 긴 깁을 치 펏는 돗

어드리로 가노라 므슴 일 비얏바

닷는 돗 ᄯᅩ로는 돗 밤낫즈로 흐르는 돗

므소친 沙汀은 눈ᄀᆞ치 펴졋거든

이즈러온 기럭기는 므스거슬 어로노라

안즈락 ᄂᆞ리락 모드락 흐트락

蘆花을 ᄉᆞ이 두고 우러곰 좃니는고

너브 길 밧기요 긴 하ᄂᆞᆯ 아러

두로고 ᄭᅩᄌᆞᆫ 거슨 모힌가 屛風인가 그림가 아닌가

노픈 돗 ᄂᆞᆺ즌 돗 긋는 돗 닛는 돗

숨거니 뵈거니 가거니 머물거니

이ᄎᆞ러온 가온ᄃᆡ 일홈 ᄂᆞᆫ 양ᄒᆞ야 하ᄂᆞᆯ도 젓치 아녀

웃득이 셧는 거시 秋月山 머리 짓고

龍歸山 鳳旋山 佛臺山 漁燈山

涌珍山 錦城山이 虛空의 버러거든

遠近 蒼崖의 머믄 것도 하도 할샤

흰구름 브흰 煙霞 프ᄅᆞ니는 山嵐이라

千巖 萬壑을 제 집으로 사마 두고

나명셩 들명셩 일히도 구는지고

오르거니 ᄂᆞ리거니

長空의 ᄯᅥ나거니 廣野로 거너거니

프르락 블그락 여트락 지트락

斜陽과 서거리어 細雨조초 쑤리는다

藍輿롤 비야 투고 솔 아릐 구븐 길로

오며 가며 ㅎ는 적의

綠陽의 우는 黃鶯 嬌態 겨워 ㅎ는괴야

나모 새 즈즈지여 樹陰이 얼린 적의

百尺 欄干의 기 조으름 내여 펴니

水面 涼風야 긋칠 줄 모로는가

즌 서리 쌔진 후의 산 빗치 錦繡로다

黃雲은 쏘 엇지 萬頃에 편거그요

漁笛도 흥을 계워 돌롤쓰라 노니는다

草木 다 진 후의 江山이 미몰커놀

造物이 헌스ㅎ야 氷雪로 쑤며 내니

瓊宮瑤臺와 玉海銀山이 眼底에 버러셰라

乾坤도 가음 열샤 간 대마다 경이로다

人間을 써나와도 내 몸이 겨를 업다

니것도 보려 ㅎ고 져것도 드르려코

ㅂ롬도 혀려 ㅎ고 돌도 마즈려코

봄으란 언제 줍고 고기란 언제 낙고

柴扉란 뉘 다드며 딘 곳츠란 뉘 쓸려료

아춤이 낫보거니 나조히라 슬흘소냐

오놀리 不足커니 來日리라 有餘 ㅎ랴

이 뫼ㅎ 안자 보고 져 뫼ㅎ 거러 보니

煩勞ㅎ 모음의 ㅂ릴 일리 아조 업다

쉴 사이 업거든 길히나 젼ᄒ리야

다만 ᄒᆞᆫ 靑藜杖이 다 믜듸어 가노미라

술리 닉어거니 벗지라 업슬소냐

블ᄂᆞ며 ᄐᆞ이며 혀이며 이야며

온가지 소리로 醉興을 ᄇᆡ야거니

근심이라 이시며 시름이라 브터시랴

누으락 안즈락 구브락 져츠락

을프락 ᄑᆞ람ᄒᆞ락 노혜로 소긔니

天地도 넙고넙고 日月 ᄒᆞᆫ가ᄒᆞ다

義皇을 모올너니 니적이야 긔로고야

神仙이 엇더턴지 이 몸이야 긔로고야

江山風月 거놀리고 내 百年을 다 누리면

岳陽樓 샹의 李太白이 사라오다,

浩蕩 情懷야 이예서 더ᄒᆞᆯ소냐

이 몸이 이렁 굼도 亦君恩이샷다

—「면앙정가」

이 작품은 「성산별곡」과는 달리 본사에 비해 서사와 결사가 훨씬 긴 형태이다. 그러나 사계절이란 순환적 시간이 선계仙界에 이르는 중요한 도구가 되는 방식은 동일하므로 두 작품은 강호가도를 추구하는 같은 계열의 노래이며, 「성산별곡」이 바로 「면앙정가」의 영향을 받았다는 것을 쉽게 알 수 있다. 서사는 면앙정이 있는 자리가 무등산에 뿌리를 둔 제월봉의 모양이 천 리를 가려고 날개를 편 형국이며, 그런 학의 머리에 해당하는 곳이란 점을 강조함으로써 작가 자신이 이미학을 탄 신선의 경지에 올라가 있음을 암묵적으로 나타내고 있다. 그와 더불어 면앙정에서 바라보는 풍광에 대한 역동적인 묘사를 통해 자신이 머물고 있는 공간이 속세를 떠나 있음을 더욱 강조하고 있다. 어떤 신선도 부럽지 않을 정도의 생활을 할 수 있는 준비를 다 갖추었음을 나타낸 것이 바로 서사의 내용이다. 사계절에 대한 묘사가 중심을 이루는 본사는 내용은 비록 짧지만 시간의 순환을 통해 선계에 대한 지향의식을 분명하게 보여 주고 있다. 봄의 하늘을 장식한 구름과 비는 땅에게 생명을 주어 만물을 키워 내는 여름으로 이어 주니 푸름을 동반한 한가함 속에 아름답고 풍요로운 가을을 약속하게 된다. 가을의 풍족함은 곧바로 강산이 사라지는 겨울로 이어지지만 이러한 죽음은 진정한 선계를 만들기 위한 준비과정이 된다. 면앙정 아래 펼쳐진 겨울의 풍광은 바로 신선이 사는 곳을 보여 주는 경궁요대瓊宮瑤臺와 옥해은산玉海銀山의 세상이 되어 있기 때문이다. 이것은 날개를 펼친 학을 타고 하늘나라에 오르고 싶은 작가의 생각을 그대로 드러낸 것으로 결사에서 신선의 생활을 노래하기 위한 매개체가 된다. 이제 결사에 이르면 화자의 삶은 신선의 생활 그 자체가 되고 어떤 것과도 바꿀 수 없는 상태가 된다. 자신의 마음이 시키는 대로 놀고 행동해도 아무것도 거리낄 것이 없게 되었기 때문이다. 이미 화자는 선계의 중앙에 들어와 있는 상태가 된 것이다.

위에서 보는 것처럼 「면앙정가」는 강호가도의 원류를 이루는 작품답게 시간과 공간의 문제가 대단히 중요한 구실을 함을 알 수 있다. 서사의 시간과 결사의 시간은 동일한 현재이기는 하지만, 서사에는 정자가 존재하는 지리적 특징을 묘사하기 위해 과거의 시간이 개입하고 있으며, 결사에는 신선과 다름없는 강호의 생활을 노래하기 위해 미래의 시간이 개입하고 있다. 그렇기 때문에 과거의 시간에서 미래의 시간으로 가기 위한 장치가 필요하게 되고, 이에 따라 본사의 시간은 사계절을 노래하는 순환의 시간에 근거를 둘 수밖에 없는 구조를 가지게 된다. 화자가 머물고 있는 면앙정은 이미 하계下界인 속세를 떠나 선계의 입구에 들어와 있는 상태를 나타내는 것으로서의 공간이라는 점이 다른 작품과 차이를 보이고 있다. 즉, 면앙정이 있는 공간은 이미 선계의 영역에 들어와 있는 상태가 되기 때문이 작품 속에 묘사되는 사계절의 시간은 하계에서 선계로 공간의 이동을 위한 도구가 아니라 선계의 입구가 되는 정자가 있는 공간의 의미를 한 단계 높은 차원으로 끌어올려 선계의 가운데로 가져다 놓는 도구 정도로 되어 시간적 순환성의 의미가 약화되는 양상을 보여 준다는 것이다. 자연을 사랑하고, 그곳의 생활을 즐기는 작가 자신의 삶은 선계와 맞닿아 있다고 생각하는 강호에 대한 사대부의 이러한 의식은 한층 심화되어 자연과 합일을 이루려는 시도를 통해 원래의 모습인 나누어지지 않은 상태를 노래하는 것으로 귀결하게 된다.

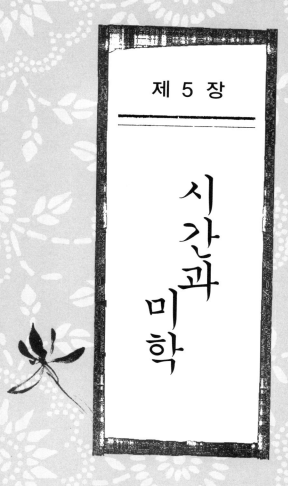

제 5 장

시
간
과
미
학

5.1.
시간과 시가의 관계

1. 시간의 본질적 성격

(1) 사실적 자명성

우주내에 살고 있는 어느 누구도 "시간이란 무엇인가?"라는 질문에 대해 정확한 답변을 내놓을 수 없다. 인간은 오감을 통해 사물현상을 감지하여 있고 없음을 판단하는데, 시간은 만질 수도 없고 들을 수도 없으며, 볼 수도 없는 존재이기 때문이다. 좀 더 정확하게 표현하자면 시간이 무엇인지 알지 못할 뿐 아니라 그것이 존재하는지조차도 알 수가 없어서 시간에 대한 논의 자체가 불가능하다고 할 수 있다. 그럼에도 불구하고 우리는 시간이 존재한다고 믿으면서 아주 오랜 옛날부터 시간에 대해 말하고, 그것을 중심으로 수많은 문명의 도구와 문화들을 창조해 왔다. 우리가 창조하고 발전시켜 나가는 사회구성체에는 시간이란 존재를 믿고 인정하지 않았다면 불가능했을 것들이 한두 가지가 아니라는 점을 생각할 때 시간의 존재 유무에 대한 문제는 간단한 것이 아니라는 것을 쉽게 짐작할 수 있다.

시간이 무엇인지 모르지만 그것이 사물현상에 직접적으로 관여한다고 믿는데, 그 이유는 우주내에 존재하는 모든 사물현상이 생성과 소멸의 과정을 통해 일정한 변화를 보여 주고 있고, 이것을 설명할 수 있는 것이 바로 시간이라고 생각하기 때문이다. 그러나 오감에 의해 감지되는 이런 현상들을 통해 시간의 유무를 알 수 있다고 하더라도 이것이 바로 시간에 대한 정확한 개념이라고 규정하기는 어렵다. 이 것은 시간이 무엇인지에 대해 말하는 것이 아니라 우주내의 사물현상 이 생성되고 소멸하는 것을 설명하기 위한 하나의 방법에 불과하기 때문이다. 따라서 이런 정도로는 시간의 본질적 성격에 대해 설명하 는 것이 불가능하게 된다. 시간의 본질에 접근하기 위해서는 그것에 대한 상식적인 수준의 생각을 바꿀 필요가 있다. 즉, 시간은 인간의 능 력으로는 어떤 경우에도 파악할 수 없는 관념적인 것으로 사물현상의 변화를 통해서만 모습을 드러낼 수 있는 존재라는 사실을 인정하는 것 이다.

인간의 오감으로는 감지할 수 없는 형태가 없는 존재지만 우주내의 모든 현존재가 발생하고 변화하며, 소멸하는 모든 과정을 주관하기 때문에 시간은 신의 다른 관념이라고 할 수 있다. 관념적인 존재이면 서도 객관적인 형태를 가지고 있는 현존재의 모든 과정을 지배하며 우주내에 있는 모든 것들에게 한 치의 오차와 치우침도 없이 균등하 게 관여하는 존재는 신과 시간밖에 없는 것으로 파악되기 때문이다. 현존재를 통해서만 모습을 드러내며 존재가치를 알린다는 점에서 볼 때 시간자체는 기본적으로 현존재와는 아무런 관련을 가지지 않으면 서 스스로 존재하는 자명성을 지닌 것으로 볼 수 있다. 그러나 현실적 으로 존재하는 사물현상을 통해서만 그 모습을 드러내기 때문에 한편 으로는 사실적인 존재이기도 하다. 따라서 시간은 사실적인 자명성을 본질적 성격으로 한다는 것을 알 수 있게 된다. 시간이 반드시 사실적이어야 하는 이유는 절대적이라고 할 수 있는 자명성만으로는 그것의 실체를 드러낼 수 없기 때문이다. 즉, 자명성만으로는 자신 이외의 어떤 것과도 관계를 맺지 않기 때문에 절대적 존재인 자신을 드러낼 수 없게 되는 것이다. 절대적인 자명성만을 대상으로 할 때 우리는 이것을 시간자체라고 부를 수 있게 된다. 시간자체는 스스로 명확하게 존재하는 것이기는 하지만 스스로와의 관계만을 맺고 있기 때문에 자신을 드러낼 수 없게 된다. 따라서 시간자체는 자신을 외부로 드러내서 존재성을 감지할 수 있도록 하는 무엇인가를 필요로 하게 되는데, 그것이 바로 현존재가 된다. 현존재[72]는 오감을 통해 인지할 수 있는 것인데, 이것이 변화라는 현상을 통해 시간과 관계를 맺게 된다는 것이다. 그리하여 시간은 사실적 자명성을 본질적 성격으로 한다는 것을 명확하게 알 수 있게 되고, 시간이 바로 현존재의 모태가 됨을 감지할 수 있게 된다.

(2) 현존재의 토대

우주내의 모든 현존재는 표면상으로 보아서는 공간을 바탕으로 존립하는 것처럼 생각되기 쉽다. 공간이 없으면 우주내의 모든 사물현상은 그 위치가 규정될 수 없고, 그렇게 되면 존재의 기반이 사라지는 것으로 보이기 때문이다. 이런 점에서 볼 때, 우주내에 있는 모든 사

---

72   五感을 통해 알기 어려운 현존재도 있지만 능력의 개발과 기술의 발달로 인해 새롭게 감지되는 것들도 있다. 그러므로 오감에 의해 감지되지 않는 것이라고 해서 현존재가 아니라고 할 수는 없다는 사실을 알 수 있다.

물현상은 생성되어 현현하는 순간부터 완전하게 소멸되어 사라지는 순간까지 공간이 절대적으로 필요하다는 것을 알 수 있다. 그런데 사물현상의 존재에 절대적으로 필요한 공간이 바로 우주내의 현존재에 의해 만들어진다는 사실 또한 흥미롭다. 현존재가 없는 상태에서는 공간이라는 개념 자체가 성립할 수가 없기 때문이다. 즉, 공간은 사물과 사물이 붙어 있는 간격과 떨어져 있는 거리에 의해 형성될 수밖에 없는 성격을 지니고 있다는 것이다. 따라서 공간은 붙어 있는 간격에 의해 만들어지는 공간과 떨어져 있는 거리에 의해 만들어지는 공간으로 나눌 수 있게 된다.

사물현상이 떨어져 있는 거리에 의해 생기는 공간은 무한하게 큰 것으로 파악되는데, 이것은 메크로(macro) 공간이 되고, 사물현상이 붙어 있는 간격에 의해 생기는 공간은 무한하게 작은 것으로 파악되며, 이것은 마이크로(micro) 공간이 된다. 사물현상이 떨어져 있는 거리에 의해 만들어지는 메크로 공간은 우주의 사물현상을 발생시킬 수 있는 모든 요소들을 녹아 있는 상태로 보존하는 구실을 하는 발생적 공의 상태를 형성하고, 사물현상이 붙어 있는 간격에 의해 이루어지는 마이크로 공간은 우주내 현존재의 형태를 만들어 내는 완성적허의 상태를 형성한다. 이처럼 우주내의 현존재가 존립하기 위해서는 반드시 필요한 것이 공간이라는 것은 분명한 사실이지만 이것만으로 사물현상의 존립요건을 규정하게 되면 여러 가지 문제가 생기게 된다. 왜냐하면 공간만을 사물현상의 존립근거로 한다면 일단 한번 생겨난 현존재는 언제나 동일한 형태를 유지하면서 주어진 공간을 영원히 점유하고 있을 것이기 때문이다. 이렇게 되면 우주내에는 어떤 변화도 불가능할 것이기 때문에 새로운 현존재의 탄생 역시 불가능하게 되어 완전히 정체된 우주가 되어 버리고 말 것이다. 따라서 우주내 현존재의 존립에는 공간과 더불어 반드시 필요한 다른 어떤 것이 있어야 함을 알 수 있게 되는데, 시간이 바로 그것이다.

위에서 이미 살펴본 바와 같이 시간은 사실적 자명성을 가지고 있으므로 한편으로는 스스로 존재할 수 있는 능력을 가지고 있으면서 다른 한편으로는 형태를 지닌 현존재를 통해서만 자신의 존재를 드러낼 수밖에 없는 성격을 지니고 있다. 바꾸어 말하면 시간은 그 자체로는 존재 자체를 인정받을 수 없고, 반드시 일정한 형태를 지니고 있는 사물현상의 발생과 소멸이라는 변화과정에 관여하는 방식을 통해서만 자신을 드러낼 수 있게 된다는 것이다. 그런데 여기에서 한 가지 반드시 짚고 넘어가야 할 것이 있으니 그것은 바로 시간이 모든 현존재에게 치우침이 전혀 없이 동일하게 적용된다는 사실이다. 이것은 시간이 지니고 있는 자명성이라는 본질적 성격에서 오는 것으로 파악된다. 시간이 모든 사물현상에게 동일하게 적용되기 위해서는 시간자체가 공간을 넘어선 초월적인 존재라는 것을 의미한다. 시간자체는 홀로 존재하면서 스스로 명확하기 때문에 이것은 자명성을 가진 영원[73]으로 부를 수 있게 된다. 영원이 모든 사물현상과 동일하게 적용되기 위해서는 원의 중앙에 영원이 있고, 우주내의 모든 현존재는 순환적

---

[73]　시간을 모태로 하는 영원이 스스로의 존재가치를 인정받기 위해서는 우주내의 모든 사물현상에게 치우침이 없는 상태에서 골고루 적용되도록 작용해야 하는데, 이것은 공간적인 측면만을 고려할 때는 불가능하게 된다. 이것이 가능하기 위해서는 어디에서 와서 어디로 가는지 모르지만 끝없이 흘러가는 직선개념으로 파악되는 시간과 함께 일정한 주기로 반복되는 순환적 시간이 있어야 한다. 이에 대한 상세한 고찰은 손종흠, 「성산별곡의 구조 연구」(『애산학보』, 28집, 2003)를 참조 바람.

인 성격을 띠는 원의 선을 따라서 움직이는 방식이 되어야 한다. 그렇게 할 때 비로소 우주내의 모든 현존재는 일정한 질서에 맞추어서 한 치의 착오도 없이 발생, 변화, 소멸의 과정을 수행하게 되고, 우주는 질서정연하게 움직일 수 있게 되는 것이다. 따라서 공간과 시간은 서로가 상대를 필요로 하는 존재가 되어 뗄려야 뗄 수 없는 관계를 형성할 수밖에 없다. 이런 점에서 볼 때, 우리가 살고 있는 지구를 비롯한 우주는 현존재 발생의 모태가 되는 시간과 존립의 근거가 되는 공간이 결합할 때 비로소 완벽한 질서를 기본으로 하는 형태를 갖출 수 있게 되는 것을 알 수 있다. 시간을 모태로 하여 사물현상이 일단 생겨나기만 하면 그때부터는 시간과 공간의 절묘한 결합에 의해 소멸할 때까지의 존재과정을 거치게 되는데, 이것이 바로 시간이 변화에 관여하는 방식이다.

(3) 변화의 주체

변화는 우주내의 현존재라면 빠짐없이 겪어야 하는 것 중의 하나다. 우주내의 현존재는 발생하는 순간부터 사라지는 순간까지 변화의 소용돌이를 피할 수 없다. 즉, 우주내의 모든 현존재는 변화를 타고 발생하며, 변화를 통해 성장하며, 변화를 거쳐 소멸하는 과정을 반드시 통과해야 한다는 것이다. 또한 변화는 모든 현존재를 정해진 궤도 상에서 일정한 법칙 아래 움직이도록 하기 때문에 이것을 통해 우주내의 모든 현존재가 어떠한 오차도 없이 관계 속에서 움직일 수 있도록 하는 힘을 가지게 된다. 이것은 모든 현존재에게 일정한 질서를 부여하는 것이 되고 이런 점에서 볼 때 우주내의 모든 현존재는 변화하는 것을 보편적으로 가지고 있을 수밖에 없게 된다. 그러므로 우주내의 현존재라면 그것이 살아 있는 존재인 생물에서부터 죽어 있는 존재인 무생물에 이르기까지 변화의 소용돌이를 피해 갈 수 있는 것은 아무것도 없게 된다. 따라서 변화는 우주내의 모든 현존재가 가지고 있는 속성의 하나가 되기도 하면서 그것을 바꾸는 원동력이 되기도 한다. 삶은 죽음이 변화한 것이며, 죽음은 삶이 변화한 것[74]이라는 사실을 안다면 우주내의 모든 현존재가 왜 아주 작은 어긋남도 없이 질서정연하게 운행할 수 있는지를 짐작할 수 있게 된다. 그렇다면 이러한 성격을 가지는 변화는 과연 무엇에 의해 주도되고 실현되는 것일까? 변화를 주도하고 실제적인 현상으로 나타날 수 있도록 해 주는 존재가 바로 시간이기 때문에 시간은 변화의 주체가 된다.

우주내의 모든 현존재가 일정한 질서를 유지하면서 끊임없이 변화하는 과정 속에 있다는 말은 시간이 모든 현존재에게 시간적 순서를 정해 준다는 것을 의미한다. 앞과 뒤라는 시간적 순서를 정해 줌으로써 하나의 사물현상이 다른 사물현상으로 바뀌도록 하는 과정을 통해 우주의 전체 질서가 유지될 수 있도록 한다는 것이다. 하나의 예를 들어 보자. 땅속에 있는 것 중에서 필요로 하는 성분을 빨아들여 성장의 영양분으로 삼는 식물은 일정한 형태로 존재하는 사물현상을 직접적으로 소비하지는 못한다. 일정한 형태를 지니고 있는 모든 현존재는

---

74   어떤 현존재가 일정한 형태로 존재하는 것을 삶의 상태라고 한다면 그것은 발생적공의 상태에서 미세입자로 존재하던 것들이 일정한 결합방식에 의해 형태를 갖추면서 발생한 것이다. 더 이상 그것이 아닌 것으로 되는 것을 죽음의 상태라고 한다면 이것은 완성적허의 상태에 있던 현존재의 형태가 변형되어 더 이상 그것으로서의 구실을 할 수 없는 것으로 된 것을 의미한다. 그러므로 삶은 죽음이 변화한 것이며, 죽음은 삶이 변화한 것이라는 명제가 가능하게 된다.

썩거나 분해되는 과정을 거쳐서 땅속으로 녹아들었을 때만 식물의 양분으로 된다는 사실이 좋을 예가 된다. 즉, 지구상에 존재하는 모든 사물현상들은 썩거나 분해되는 과정을 통해 마이크로의 상태가 됨으로써만 식물의 양분으로 될 수 있다는 것이다. 이처럼 일정한 절차를 거쳐서 다른 무엇으로 되는 과정이 변화가 되는데, 이것은 시간에 의해서만 가능하기 때문에 공간을 점유하고 있는 우주내의 현존재는 시간의 절대적 신봉자가 된다. 한편, 시간은 형태를 가지는 현존재를 통할 때 비로소 자신의 존재를 드러낼 수 있기 때문에 시간과 현존재의 변화는 불가분의 관계를 형성하게 되고, 시간은 변화의 주체가 될 수밖에 없게 된다.

시간이 변화의 전정한 주체라는 것은 첫째, 모든 현존재에게 동일한 방식과 현상으로 적용된다. 둘째, 절대로 반복되지 않는다. 셋째, 변화를 통해 현존재를 지배한다는 사실에서 확인할 수 있다. 좀 더 구체적으로 말하면 절대로 반복되지 않으면서도 모든 현존재에게 동일한 방식으로 적용되는 것이 시간이기 때문에 현존재는 언제나 변화를 지속할 수 있으며, 한순간도 동일한 상태로 머물러 있지 않게 되는 것이다. 시간이 없으면 변화가 없고, 변화가 없으면 현존재의 질서에 의해 움직이고 존립하는 우주도 없다는 것을 생각하면 시간이 바로 변화의 주체가 된다는 것을 쉽게 알 수 있다. 이러한 성격을 가지는 시간은 우주내의 모든 현존재의 형태를 창조하게 해 주는 형식과 아주 밀접한 관계를 가진다는 점에서 시가의 형식에서 차지하는 시간의 비중 역시 크다고 하겠다.

2. 시간과 형식

시간은 우주내 현존재의 발생과 변화, 소멸의 전체 과정에 직접적으로 관여하지만 형태를 만들어 내는 발생의 과정에서 핵심적인 구실을 하는 형식의 구성에 개입하는 비중이 다른 과정보다 훨씬 큰 것으로 보인다. 좀 더 구체적으로 말하자면 크다고 하기보다는 절대적이라고 하는 편이 훨씬 정확한 표현이라고 할 수 있다. 그렇다면 현존재의 발생에서부터 소멸에 이르는 전 과정에 관여하는 시간이 형식의 형성에 관여하는 비중이 특별하게 큰 이유는 무엇일까? 그것은 형식이 시간적 순서에 의해 모든 구실과 의미가 결정되는 성격을 가지고 있기 때문이다.

형식의 본질적 성격은 첫째, 표현방식, 둘째, 형태 창조의 원리, 셋째, 상대적 자립체, 넷째, 의미창조의 주역, 다섯째, 추상적 실체, 여섯째, 반복구조[75] 등으로 정리할 수 있다. 이 중에서 표현방식과 의미창조의 주역이라는 성격이 시간의 절대적 지배를 받는 것으로 파악된다. 우주내의 모든 현존재는 형태를 형성하는 순간 각자가 드러낼 수 있는 존재의 의미를 창조하게 되는데, 이것을 가능하게 하는 것이 바로 표현의 방식이 되고 이 과정에 절대적으로 관여하는 것이 바로 시간이 되기 때문이다. 표현방식이란 현존재를 이루는 내용을 형성하는 소재로서의 알맹이들이 결합하는 법칙을 가리키는데, 결합이라는 것은 둘 이상의 사물현상이 서로 관계를 맺어서 하나로 되는 것을 가리키며, 이 말 속에는 소재가 되는 알맹이들이 시간적 선후에 따라 정해

---

75   손종흠, 앞의 책, 95~104쪽.

진 순서에 의해 합쳐져서 새로운 것을 만들어 낸다는 의미를 포함하고 있는 것으로 볼 수 있다. 즉, 알맹이들의 결합 법칙을 가리키는 표현방식을 본질로 하는 형식은 기본적으로 시간의 개입이 없으면 성립할 수 없는 성격을 가지고 있는 것이 된다.

표현방식을 본질적 성격으로 하는 형식은 소재로 작용하는 알맹이들이 일정한 의미를 가질 수 있도록 하는 형태를 형성하기 위해 그것들의 자리를 정해 주는 법칙이다. 사물현상을 이루는 알맹이들은 형식에 의해 정해진 위치에 자리를 잡고 다른 알맹이들과 일정한 관계를 맺으면서 결합하게 되는데, 정해진 순서에 맞추어서 자리를 잡아야 하기 때문에 시간의 개입이 절대적으로 필요하게 된다. 시간은 어디에서 와 어디로 가는지 모르지만 직선개념으로 파악되며, 반복되지 않는 것으로 어떤 경우에도 앞과 뒤라는 순서가 정해지기 때문이다. 따라서 사물현상을 이루는 알맹이들이 결합하는 양상은 철저하게 시간적 순서를 따를 수밖에 없다.

하나의 예를 들어 보자. 우리말에서 화자가 나타내려고 하는 뜻을 상대에게 정확하게 전달하기 위해서는 문장의 형식이라고 할 수 있는 문법에서 정하고 있는 어순을 따라야만 한다. "나는 학교에 갔다."는 문장의 어순을 보면 주어＋주격조사＋목적어＋목적격조사＋술어의 순이 된다. 만약 어떤 화자가 이 순서를 무시하고 주격조사를 술어의 뒤에 놓는다든지, 아니면 목적어와 목적격조사의 순서를 바꾸어 놓는다든지 해서는 자신이 표현하려고 하는 바를 상대에게 효과적으로 전달할 수가 없게 될 것이다. 그런데 이 문장을 성립시키는 형식인 문법적 규범으로 보면 앞과 뒤라는 시간적 순서를 철저하게 따르고 있기 때문에 여기에 시간이 관여하는 정도는 거의 절대적임을 알 수 있게 된다. 이처럼 시간은 우주내의 모든 현존재를 창조하는 표현방식인 형식에 관여하는 정도가 절대적이라고 할 수 있다. 따라서 우주내 현존재의 하나인 문학 역시 시간과의 관계를 절대로 벗어날 수 없음을 쉽게 짐작할 수 있다.

3. 문학과 시간성

작가가 처한 현실을 예술적으로 굴절시켜 아름답게 드러내는 반영 反映이 언어라는 표현수단을 매개체로 하여 실현되는 문학은 인류가 만들어 낸 수많은 예술 중에서 소리예술의 범주에 들어간다. 노동과 정에서 단순한 감탄사나 동작 통일을 위한 신호음 등의 형태를 지니면서 불린 노래[76]와 노동행위에서 소모된 노동력을 재생산하기 위해 휴식을 취하는 여가과정에서 심심풀이로 했던 이야기 같은 것에서 유래했을 것으로 보이는 문학은 수많은 시간 속에서 무수한 종류의 작품들을 만들어 내면서 인류의 삶을 윤택하게 하는 데에 커다란 공헌을 했다. 이런 성격을 지니는 문학은 문자가 발명되기 전까지는 입에서 입으로 전해지는 방식을 취했던 구전문학이나 문자의 발달에 힘입어 시간적 한계를 극복한 형태로 등장한 기록문학을 막론하고 그것이 소리예술의 범주를 벗어날 수 없다는 것은 명백하다. 왜냐하면 구전문학이든 기록문학이든 소리를 매개수단으로 하는 언어를 표현수단으로 하기 때문이다. 그런데 소리는 시간의 지배를 절대로 벗어날 수

---

76   고정옥, 『조선민요의 연구』, 수선사, 1946, 14쪽.

없으므로, 언어를 표현수단으로 하는 이상 문학은 시간과 맺는 관계가 밀접할 수밖에 없는 태생적 성격을 지니게 되는 것도 사실이다.

물리적인 형태를 가지지 않는 소리는 우주내의 일반적인 사물현상처럼 일정한 공간을 점유하지 않지만 일정한 길이의 시간을 점유하는 특성을 지닌다. 긴 소리는 점유하는 시간의 길이가 상대적으로 긴 것을 가리키고, 짧은 소리는 점유하는 시간의 길이가 짧은 것을 가리키지만 시간의 세분화에 따라 소리는 얼마든지 달라질 수 있는 성질을 가지고 있다. 그러므로 소리는 기본적으로 시간을 배경으로 하지 않으면 성립할 수 없는 것이 된다. 이처럼 소리가 시간적 점유를 필수적 요건으로 하기 때문에 시간은 소리를 매개로 하는 언어를 표현수단으로 하는 문학을 존재하게 하는 근본 바탕이 될 수밖에 없다. 이런 점에서 볼 때 문학은 소리聲의 장단과 선후관계에 의해 의미체계와 아름다움이 결정되는 예술이 되어 시간의 절대적인 지배 아래 형성되고 향유되는 성격을 지니고 있는 존재가 됨을 알 수 있게 된다. 소리를 매개수단으로 하는 언어를 특수한 결합방식에 의해 관계를 맺도록 하여 새로운 의미를 창조하고 예술적 아름다움을 담는 문학이 시간과 관련을 맺는 양상은 다음의 몇 단계로 나눌 수 있다. 첫째, 음성언어의 성립, 둘째, 기호언어의 성립, 셋째, 이야기에 있어서 구성의 성립, 넷째, 시가에 있어서 형태의 성립[77] 등을 들 수 있다.

음성언어는 일정한 소리로 발음되는 음운과 글자들을 시간적 선후관계에 의해 배열함으로써 약속된 의미를 가지게 되는 성질을 가지고 있다. 그러므로 음성언어는 약속에 의해 미리 정해져 있는 발화의 순

---

[77]   손종흠, 「鄕歌의 時間性에 대한 연구」, 『논문집』 42집, 한국방송통신대학교, 2006, 34쪽.

제5장 시간과 미학

서를 지키지 않으면 의미의 전달을 하는 것이 불가능하게 된다. 미리 정해진 순서에 맞도록 발화해야 한다는 말은 음성언어의 성립에 관여하는 시간의 힘이 거의 절대적이고 필수적이라는 것을 의미한다. 왜냐하면 모든 음성언어는 사람과 사람 사이의 약속에 의해 성립한 의미를 담고 전달할 수 있어야 제 구실을 다한다고 할 수 있는데, 그러기 위해서는 시간적 배열의 순서가 절대적으로 지켜져야 하기 때문이다. 이처럼 시간의 절대적 지배 아래에 있는 음성언어[78]는 일회성으로 끝난다는 치명적인 단점을 가지고 있어 오랫동안 보존되기 어려운 한계를 지니고 있다. 음성언어가 지니고 있는 이러한 한계를 극복하고 개인별로 터득한 지식을 공동체 구성원이 공유함과 동시에 후대의 자손들에게도 물려줄 수 있도록 하기 위해 개발된 것이 바로 기호언어인 문자였다.

문자를 통해 기록되고 전달되는 기호언어는 음성언어가 지니고 있는 일회성이라는 한계를 넘어서는 데에는 성공했다. 나타나는 순간 사라지고 마는 음성언어에 비해 장구한 시간 동안 형태를 남길 수 있는 관계로 해독 여부에 따라 만들어질 당시의 의미를 수많은 시간이 흐른 뒤에도 사람들에게 전달할 수 있게 되었기 때문이다. 그러나 기호언어는 기본적으로 음성언어를 약속된 기호인 문자로 만든 것에 불과하므로 음성언어의 성립과정에서 필수적으로 따라와야 하는 시간에서 결코 자유로울 수 없다. 왜냐하면 다양한 의미를 형성하는 문장을 이루는 문자의 배열 자체가 시간적 선후관계에 의해 성립할 수밖에 없기 때문이다. 더구나 시간적 선후관계가 바뀌면 기호문자의 의

---

78   시간 속에 현현되는 그 순간에 시간 속으로 사라지는 특징을 가진 것이 음성언어이다.

미 또한 바뀔 수 있다는 점에서 시간이 기호언어에 관여하는 정도 역시 거의 절대적이라고 할 수 있다.

노래나 시가처럼 정해진 형성의 법칙이 있지는 않지만 시작과 끝이 있으며, 일정한 구조를 가지고 만들어지면서 갈등구조를 기본으로 하는 이야기문학은 서술과 묘사의 교차적 진행방식에 의해 표현되는 서사문학이다. 그러므로 이야기문학의 성공 여부는 등장인물들의 다양한 관계 속에서 만들어 내는 갈등구조가 얼마나 치밀하고 견고하여 향유자로 하여금 얼마만큼의 긴장감을 유발할 수 있느냐의 문제, 가장 많은 사람들이 공감대를 형성할 수 있는 일반적 소재와 보편적인 주제를 가지고 있느냐의 문제, 문장을 통한 표현기술이 얼마나 뛰어난가 하는 문제 등에 달려 있다고 할 수 있다. 소재나 주제가 너무 편협하거나 구성이 치밀하지 못하여 팽팽한 긴장감을 이끌어 내지 못하거나 또는 문장의 짜임이 엉성하여 의미 전달이 제대로 안 될 정도가 되면 팽팽한 긴장의 급작스러운 해소에서 오는 카타르시스를 유발하는 데에 실패하여 예술성이 높은 작품으로 평가받기 어려울 것이기 때문이다. 이러한 성격을 가지는 이야기문학은 시간의 선후관계에 의해 짜인 이야기의 구성을 향유자가 자신의 머릿속에서 또다시 재구성함으로써 감동을 유발하는 방식으로 즐기기 때문에 시간과 절대적인 관계를 맺고 있음을 확인할 수 있다.

노래에 바탕을 두고 있는 시가는 소리의 고저장단을 특수하게 배합하여 인간의 청각기관에 작용시킴으로써 예술적 감동을 유발하는 것으로 이야기문학에서는 볼 수 없는 특수한 형태를 만들어 내는 반복구조를 중심으로 하는 형식을 바탕으로 형성되는 예술적 아름다움을 통해 청자에게 감동을 느끼게 하는 문학이다. 작품이 지니고 있는 수

제5장 시간과 미학

많은 반복구조로 인해 생기는 소리의 율동과 그것을 근거로 해서 의미와 연결되는 형식적 요소인 율격을 통해 일정한 모양을 지닌 형태를 형성하여 예술적 작품을 완성하는 것이 시가의 가장 중요한 특징이라고 할 수 있다. 이런 점에서 볼 때 시가가 지니고 있는 다양한 반복구조는 형식적인 부분뿐만 아니라 내용면에서도 일상언어를 뛰어넘는 새로운 차원의 의미를 형성하는 핵심적인 요소가 됨을 알 수 있다. 시가에서 쓰이는 반복에는 운 반복, 어휘 반복, 명과 구 반복, 행 반복, 장 반복, 렴 반복, 조흥구나 감탄사의 반복 등이 있는 것으로 파악되는데, 이 요소들이 형식의 중심을 이루면서 창조적인 예술세계를 형성하는 것으로 생각된다. 특히 이야기문학에서는 별다른 의미를 지니지 못하는 행과 장의 반복은 형식적인 부문에서 시가를 시가답게 하는 중심적인 구성요소임과 동시에 예술적 아름다움을 가진 의미체계를 완성하는 데에도 결정적인 구실을 하는 것으로 보이기 때문에 그 중요성이 더욱 커진다.

　그런데 시가에서 쓰이는 다양한 반복구조는 언어의 발화 순서를 완전히 무시할 수 없으므로 일상언어가 태생적으로 지니고 있는 시간의 지배 범위를 벗어날 수 없다. 이것은 시가가 일상언어를 기본바탕으로 하여 성립하기 때문에 어쩌면 당연한 현상이라고 넘겨 버릴 수 있다. 그러나 여기서 중요한 것은 이러한 반복구조들이 시가가 태생적으로 가지고 있는 시간적 한계를 넘어서서 새로운 차원의 예술적 세계를 창조하도록 하는 데에 결정적인 구실을 한다는 점이다. 즉, 어휘의 반복, 명과 구의 반복, 행의 반복 등은 모두 일정한 시간적 순서에 의해 이루어지지만 그것을 통해서 화자가 표현하려는 바를 강조하기도 하고, 소리와 의미의 어울림을 통해 전혀 새로운 차원의 울림을 형성하기도 하며, 일상언어로는 표현할 수 없는 창조적인 의미를 형성하기도 한다는 것이다. 시간의 지배 아래에 있으면서도 그것을 넘어서는 예술적 아름다움을 창조하는 것이야말로 시가만이 가질 수 있는 특성이라 하겠다.

시간의 절대적인 지배 아래 형성되는 언어를 매개수단으로 하는 시가를 비롯한 문학이 시간의 지배 속에 있다는 것은 전혀 새삼스러운 것이 아니다. 그러나 다양한 반복구조를 바탕으로 형성되는 형식적 구성요소를 통해서 시간의 한계를 넘어설 수 있는 새로운 차원의 예술적 세계를 만들어 낸다는 점에서 시가는 다른 것에 비해 고차원적으로 시간을 활용하는 대표적인 문학 갈래로 생각할 수 있다.

제5장 시간과 미학

5.2.
시가와 순환적 시간성

사실적 자명성을 지니고 있는 시간은 우주내의 현존재를 통해서만 현현하기 때문에 시간자체가 어떤 모습인지는 도저히 알 수 없다. 다만 현존재의 변화가 끊임없이 계속되면서 한 번 바뀐 것은 두 번 다시 동일한 성격을 지닌 것으로 되지 못한다는 점으로 미루어 보아 시간은 직선개념으로 파악되기도 한다. 따라서 시간은 어디에서 와 어디로 가는지 알 수 없지만 끊임없이 흘러가는 선과 같은 것으로 인식할 수밖에 없게 된다. 그런데 시간이 현현되어 드러나는 결과로 우주내의 현존재를 통해 형성되는 현상들은 일정한 주기로 반복하는 성향을 가지고 있어서 시간의 문제를 일직선으로만 파악하는 데에 한계가 있음을 보여 준다. 즉, 시간은 우주내의 현존재를 통해 현현되기는 하지만 그것의 변화나 존재양상과는 아무런 관련이 없이 흘러가는 것으로 파악할 수 있는 시간과, 일정한 주기를 가지고 있으면서 반복적인 순환구조를 가진 것으로 파악할 수 있는 시간으로 나누어 생각하는 것이다. 순환구조를 가진 시간은 자연과 인간이 주기적으로 반복되는 변화와 인위적으로 나누어서 순환시키는 과정에서 만들어 낸 것이지만 직선개념으로 파악되는 시간보다 순환개념으로 파악되는 시간이 우리의 삶에 미치는 영향력이 훨씬 크다는 점에서 순환적 시간성은 대단히 중요한 의미를 지닌다.

　자연적으로 이루어지는 시간의 순환은 하루와 일 년의 반복이 가장 대표적이다. 인간은 이것을 바탕으로 하여 달[月], 시간, 분, 초 등 매우 다양한 모습으로 순환적인 시간을 만들어서 활용하는 문화를 형성하고 있다. 만약 인위적으로 만들어진 순환적 시간이 없었다면 현대처럼 복잡하게 분화하고 발달한 문명과 문화를 만들어 내지 못했을 것이다. 이처럼 순환적 시간은 자연이나 인간에 의해 만들어진 것에 불과하지만 그것으로 인해 자연과 인간사회의 규칙과 질서가 형성되고 유지되는 것으로 보이기 때문에 우주내의 현존재에게 있어서 이것이 가지는 비중은 매우 크다고 할 수밖에 없다. 우리는 낮과 밤의 순환구조에 맞춰서 잠듦과 깨어 있음을 반복하는 삶을 살며, 일 년의 주기를 활용하여 새로운 것들을 시도하기도 하고 만들어 내기도 한다. 그것에 만족하지 않고 달, 열흘, 주일 등의 더욱 세분화된 단위로 순환적 시간을 설정한 다음 그것을 근거로 하여 많은 행동들을 하기 때문에 순환적 시간의 구조가 인간의 삶에 미치는 영향은 헤아리기 어려울 정도가 된다. 인간에 의해 재구조화한 순환적 시간의 구조는 삶의 거의 모든 분야에 지대한 영향을 미치므로 삶을 바탕으로 하여 형성되며, 그것의 일부를 이루는 문학이라는 예술 갈래 역시 이것의 범주를 벗어날 수 없다. 이것을 순환적 시간성이라고 할 때, 이것이 강력하게 개입하는 언어예술에는 시가를 대표적으로 들 수 있다.

　시가에서 표현방식인 형식을 통한 형태를 완성함에 있어 순환적 시간구조가 관여하는 정도가 매우 크다는 것은 이미 위에서 살펴본 바가 있다. 이러한 시간구조는 언어를 매개수단으로 하면서 특수한 형식을 기본으로 지니고 있는 시가가 성립하기 위한 필수적인 요소가 될 수밖에 없지만 사회의 발달에 맞추어 다양한 갈래로 분화한 상태에서는 훨씬 정교하고 특수한 시간의 순환구조를 보여 주고 있어서 눈길을 끈다. 민족문학의 발달과정에서 볼 때 남북국시대 문학의 중심을 이루었던 것으로 파악되는 향가를 시작으로 하여 고려시대의 노래인 속요, 조선시대 국문시가의 양대 산맥을 이루었던 시조와 가사 등에 이르기까지 순환적 시간구조가 작품의 형성과 예술적 아름다움의 완성에 적지 않은 영향을 미치고 있기 때문이다.

순환적 시간구조가 작품의 형성에 관여하는 상황을 좀 더 구체적으로 살펴보면, 향가에서는 「모죽지랑가」, 「원왕생가」, 「제망매가」 같은 작품을 꼽을 수 있다. 그리고 속요에서는 「정석가」, 「동동」 같은 작품이 대표적이다. 특히 조선조 전 시기에 걸쳐 창작되었던 시조와 가사 중 사시가 계통의 시조와 양반사대부들이 지은 강호가사 등에는 순환적 시간의 관여 정도가 유난히 큰 것으로 보인다. 이 중에서도 순환적 시간성의 개입이 가장 뚜렷하게 드러나는 것은 작가의 생활과 자연의 순환을 연결시켜 지어낸 사시가 계통과 월령체가 계통의 작품, 그리고 강호의 삶을 자연의 이치와 연결시켜서 노래한 강호가사 등을 들 수 있다. 인간의 능력으로는 인식하기조차 힘들었던 시간자체인 영원[79]을 언어로 된 표현을 통해 현존재와 관계를 맺도록 함으로써 예술적 아름다움을 지닌 작품으로 구체화한 것이 바로 순환적 시간성인

---

79   시간은 永遠한 것이기도 하기 때문에 우주내에 존재하는 모든 현존재에게 똑같은 형태로 관계를 가진다. 바꾸어 말하면 시간은 우주내에 있는 수많은 현존재 모두에게 동시에 같은 방식으로 적용된다는 것이다. 시간을 넘어서서 있는 어떤 것을 영원이라고 할 때 시간이 모든 현존재에게 동시에 적용된다는 것은 바로 시간이 영원적이란 사실을 보여 주는 증거이기도 하다. 그러나 시간이 직선개념으로 파악되는 한 시간이 아무리 영원적이라 해도 우주내의 모든 현존재와 같은 방식으로 관

계를 가질 수 없다. 시간을 초월해서 시간 너머 어딘가에 존재하는 영원이 직선으로 표시된 시간 위에 있는 현존재에 똑같은 방식으로 적용될 수는 없기 때문이다.

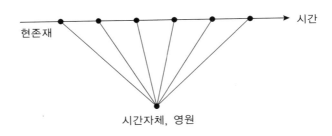

영원 혹은 시간자체는 변할 수 없는 것이므로 영원이 똑같은 방식으로 현존재와 관계를 맺기 위해서는 시간의 개념이 바뀌어야 한다는 것을 우리는 여기서 알 수 있게 된다. 시간을 넘어서서 있는 영원 혹은 시간자체는 시간 속에 있는 현존재와 똑같은 방식으로 관계를 맺는 것은 시간이 직선개념이 아니라 원의 개념으로 될 때만 가능하게 된다. 영원을 중심으로 시간을 원으로 표시하면 원의 중간에 영원이 있고 끝없이 돌아가는 원 위에 수많은 현존재가 있게 되는데, 이렇게 될 때 비로소 시간을 넘어서서 있는 영원은 시간 속에 있는 현존재와 똑같은 방식으로 관계하게 된다.

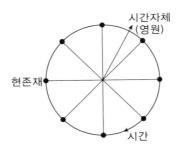

시간이 원으로 표시될 때 비로소 시간은 직선개념이 아니라 순환개념으로 치환되는 것이다. 이렇게 될 때 비로소 영원은 시간 속에 顯現하게 되고 현존재는 개념을 통해 시간적인 한계를 극복하고 영원성을 얻게 되는 것이다. 이와 같이 시간적 순환성이 형성되는데, 시간적 순환성은 우리에게 많은 것을 가능하도록 해 준다. 우리의 능력으로는 인식조차 할 수 없었던 영원을 우리의 눈앞에 가져다줄 뿐만 아니라 개념을 통해 수많은 새로운 현존재들을 개별적으로 창조할 수 있게 되는 것이다. 그러므로 시간을 순환성으로 파악하는 것은 엄청난 발상의 전환을 의미하는 것일 뿐만 아니라, 한 걸음 더 나아가 수없이 많은 새로운 것들을 만들어 낼 수 있도록 데, 이것이 가장 구체적으로 드러나는 것이 위에서 예로 든 사시가 계통과 월령체가 계통, 그리고 강호가사에 속하는 작품들이기 때문이다.

일 년 열두 달을 주기로 하여 반복되는 사계절의 순환을 작품의 핵심적인 틀로 하면서 계절의 변화에 따른 자연의 변화와 작가의 정서를 연결시켜 노래한 작품[80]이 바로 사시가 계통의 시가인데, 여기에 속하는 것들은 하나의 장이 한 편의 작품이 되는 것이 아니라 여러 장이 연첩되어 있는 형태를 띠는 것 또한 중요한 특징 중의 하나이다. 또한 월령체가 계통[81]의 시가는 아예 일 년 열두 달의 시간적 흐름에 맞추어서 작품의 구조를 형성하는 양상을 보이고 있다. 시간적 순환성이 작품의 형성에서 특히 중요한 구실을 하는 것은 사시가 계통의 시가라고 할 수 있다. 사시가 계통의 시가는 인간의 인식 차원에서는 영원히 그 모습 그대로 머물러 있을 것 같은 자연현상과 변하기 쉽고

하는 계기를 마련하기도 한다. 이러한 순환적 시간은 문학작품의 형성에 커다란 영향을 미치게 된다(손종흠, 「時間과 詩歌文學」, 『논문집』 37집, 한국방송통신대학교, 2004, 37쪽).

80　　사시가 계통의 작품은 속요에서 보이는 월령체가의 전통을 이어받은 것으로 보이는데, 조선 초기의 인물인 맹사성의 「江湖四時歌」에서 시작한 것으로 보이는 이 작품군들은 조선 후기의 윤선도에 이르러 새로운 모습으로 탈바꿈하는 양상을 띤다. 「강호사시가」는 네 편으로 이루어졌으며, 각 편이 봄, 여름, 가을, 겨울의 네 계절을 노래하면서 작가의 심정을 표현하고 있다. 그리고 모든 작품은 강호로 시작하고 있으며, 마지막에는 '亦君恩이샷다'는 구절이 나타나는 특징을 지니고 있다. 윤선도의 「어부사시사」는 네 계절로 나누어져 있는 점에서는 「강호사시가」와 같으나 각 계절에 10편씩의 작품을 배정하고 있으며, 10편의 작품이 시간적으로는 하루의 순환을 드러내고 있는 점이 특징이다. 후렴이나 중렴도 모두 의성어로 되어 있어서 「강호사시가」와는 상당히 다르다.

81　　월령체가 계통의 시가는 뚜렷한 목적 아래 만들어지는 경우가 많기 때문에 사시가 계통의 시가에 비해서 현상에 대한 묘사와 사실의 전달에 역점을 두는 것이 특징이다.

늘 움직이는 것으로 생각되는 인간의 정서를 연결시켜 노래하는 특성을 지니고 있다. 이 작품들에서는 순환적 시간성을 작품의 구조와 내용이라는 양 측면에서 이중적으로 활용하고 있는데, 변하기 쉽고 일회적인 인간의 정서들을 영원성을 담보할 수 있는 예술적 정서로 바꾸어 놓는 데에 결정적인 구실을 하는 것이 바로 순환적 시간성이라는 점이 특이하다. 작품의 구조에서는 순간의 시간 속에서 영원을 포착하고 이것을 가장 효율적으로 나타내기 위해 필요했던 것이 순환적 시간성이었다면 이제는 내용과 연결되면서 작가의 정서들이 한층 확대된 의미를 가지게 됨으로써 진정한 의미의 예술적 영원성을 확보하게 되니 순환적 시간성이 사시가 계통의 작품에 기여하는 바는 대단히 크다 하겠다.

1. 시가와 역행의 시간구조

차곡차곡 쌓이면서 우주내의 현존재를 변화시키는 방식으로 드러나는 시간은 우주내의 모든 현존재에게 동일한 방식으로 적용된다는 점에서 순환적인 성격을 가지는 것으로 파악되기도 하지만 기본적으로는 한번 지나가면 다시 돌아오거나 반복하지 않는 성질을 가지고 있는 것으로 인식된다. 따라서 시간은 인간의 능력으로는 거슬러서 과거로 돌아가거나 미래를 앞당겨서 미리 가 볼 수는 없는 성질을 가진 것으로 간주된다. 그러나 인간은 아주 오랜 옛날부터 과거로 거슬러 가거나 미래를 선점해 보려는 시도를 끊임없이 해 왔는데, 그런 노력의 결과가 환생을 기본으로 설정하면서 과거로 거슬러 가서 전생을 보는 술법과 미래를 미리 점쳐 보는 예언적인 술법들이 하나의 문화를 형성하기도 했다. 이것은 문화현상의 하나이기도 한 문학에도 깊은 영향을 미쳤다. 신화를 비롯한 여러 서사문학에 등장하는 전생이나 사후세계를 그리고 있는 초월적인 세계에 대한 서술을 비롯하여 시간의 역행구조를 통해 화자의 정서를 한층 더 예술적으로 표현하는 방법을 쓰고 있는 시가의 표현수법 등이 그것이다.

우리 문화에서 순환적 시간을 바탕으로 하면서 현재의 시간을 넘어 초월적인 시간의 세계를 표현하는 문학적 수법에 가장 큰 영향을 끼친 것은 불교라고 할 수 있다. 세상은 여러 개의 우주가 있으며 그것이 서로 번갈아 가면서 나타나고 사라지는 관계 속에 모든 것이 존재한다는 윤회사상을 기본적인 축으로 하는 불교는 우주내의 모든 현존재가 전생과 후생 등으로 이어지면서 끊임없이 돌고 도는 것을 본질적인 성질로 한다고 주장함으로써 시간을 순환적인 것으로 바꾸어 놓는 데 성공한 종교이다. 정복전쟁을 효과적으로 수행하기 위해서 민족의 통합이 절실하게 필요했던 신라사회는 성읍 체제를 유지하면서 중앙정부의 세력권 밖에 있는 여러 부족들을 하나로 묶어세우기 위해서는 그들의 정신세계를 지배할 수 있는 불교에서 지향하고 있는 체계적이고 논리적인 이념들이 절대적으로 필요[82]하게 되었다. 이러한 이유로 인해 신라는 불교를 국교로 공인하면서 강력한 절대왕권국가의 체제를 갖추어 나갈 수 있게 되었다.

이 과정에서 불교의 공인과 더불어 정치적으로 중요한 구실을 하는 조직이 또 하나 탄생했으니 그것은 다름 아닌 화랑도[83]였다. 귀족 청

---

82   손종흠, 「민족통합과 향가의 발생」, 『논문집』 45집, 한국방송통신대학교, 2008, 30쪽.

년 집단의 핵심세력으로 성장한 화랑도는 민족공동체의 결속을 다지고, 정복전쟁을 효과적으로 수행하기 위한 전위조직으로서의 역할을 충실하게 해냈다. 이 속에는 승려 신분으로 화랑의 이념적 스승이기도 했던 국선지도가 있었으며, 여기에 속했던 낭승들이 만들어 낸 향가[84]는 민족시가의 발달에 지대한 영향을 미치게 된다. 피지배층에 속하는 일반 백성들에 의해 생활공간에서 일상적으로 불리던 민요 형식의 노래들이 나라의 종교로 인정을 받은 불교의 이념과 결합하면서 새로운 형식을 지닌 노래로 거듭난 것이 바로 향가인데, 매우 다양한 내용과 표현방식을 갖추고 있다. 향가 시대에 이르러 비로소 시가에 관여하는 시간의 모습이 구체화하여 드러나고 있으므로 그 중요성은 더욱 커진다.

일반적 인식의 차원에서 볼 때 시간은 영원히 흘러가는 직선개념이지만 우주내의 모든 현존재에게 있어서 시간은 영원히 돌아가는 수레바퀴와 같이 돌고 돈다고 생각하는 것이 불교의 시간관이다. 따라서 우주내의 모든 현존재는 어떤 것도 결코 완전히 사라지거나 없어질 수 없으며, 단지 모습만을 바꾸어서 우주내에서 영원히 다시 태어난다고 보는 것이다. 우주내의 모든 현존재는 돌고 도는 윤회를 영원히 거듭한다는 불교적 시간관은 신라인들의 삶을 크게 변화시켰다. 불교가 공인되어 신라의 국교로 인정되면서 서서히 생활의 중심으로 침투하게 되면서 당시 신라인들의 삶은 불교적인 이념을 중심으로 하는 것이 되었으며, 그 결과 이를 바탕으로 한 문화가 형성되었기 때문이다. 현재까지 전해 오는 신라시대의 유적과 유물은 거의 대부분이 불

제5장 시간과 미학

---

83   손종흠, 앞의 논문, 41쪽.
84   손종흠, 위의 논문, 42쪽.

교와 관련을 가지고 있는 점에서 이러한 사실을 확인할 수 있다. 사회적 문화현상의 한 부분인 문학 역시 이 범주를 벗어날 수 없음은 자명하기 때문에 신라 때 형성된 문학, 특히 설화와 향가 등에는 불교 사상의 영향이 클 수밖에 없었다. 불교적 세계관을 중심으로 하는 수많은 설화들이 속속 만들어지고 이를 바탕으로 하면서 민간노래와 지배층의 노래[85]를 통합한 형태인 향가도 대량으로 만들어지고 불리는 시대를 맞이하게 된 것이다.

불교와 관련을 가지는 여러 종류의 설화들은 승려들의 신기한 행적이나, 불법의 감화로 일어난 여러 종류의 기이한 사건들을 중심으로 만들어졌는데, 이것은 어떤 면에서는 노래 이상으로 파급효과가 컸을 것으로 생각된다. 왜냐하면 노래의 전파속도보다 이야기의 전파속도가 결코 느리지 않는 데다가 가창력이 없으면 부르기 어려운 노래와는 달리 평범한 사람이라도 누구나 참여하여 즐길 수 있는 것이 바로 이야기이기 때문이다. 또한 증거물을 바탕으로 하는 전설일 경우[86] 노래보다 생명력이 길었으므로 설화를 통한 포교적인 효과 역시 대단했을 것으로 생각된다. 『삼국유사』에는 160여 편에 달하는 설화가 실려 전하고 있는데, 이것은 겨우 14편밖에 되지 않는 향가에 비하면 엄청난 양이라고 할 수 있다.

『삼국유사』에 실려서 전하는 설화들을 살펴보면 불교의 순환적 시간관이 얼마나 큰 영향을 미쳤는지 직감할 수 있다. 여기에 실려 있는

85 　嗟辭詞腦格을 가진 歌樂을 가리킨다.
86 　증거물이 사라지지 않는 한 전설은 강력한 힘을 가지고 많은 사람들에게 전승되는 특성을 지니고 있다. 증거물이 사라진 뒤에도 민담으로 전이하여 생명력을 이어 가기도 한다.

것 중에 불교와 관련이 있는 설화들을 보면 거의 모두가 순환적 시간
성에 근거를 두고 있는 것을 알 수 있기 때문이다. 대표적인 설화로
'南白月二聖努肹夫得恒恒朴朴'을 들 수 있는데, 부득夫得과 박박朴朴
은 속세인이었으나 출가하여 불도를 닦던 중 관음보살의 도움으로 각
각 미륵존불과 무량수불이 되었다고 하였다. 인간이 지닌 유한한 생
명의 한계를 극복하고 시간을 되돌려 중생 속에 영원히 살아 있는 부
처가 되었다는 것이 이 설화의 핵심 요지라고 할 수 있다. 불교에서
말하는 연기적 순환론이 아니고서는 불가능한 설정이 아닐 수 없다.
유한한 육체를 지닌 인간의 삶을 마감하는 순간이 바로 성불의 시간
이 되는데, 이것이 다시 중생의 시간 속으로 순환하는 것이 바로 설화
에 나타나는 불교의 시간관인 셈이다. 이러한 불교의 시간관은 『삼국
유사』에 실려 있는 설화 전반에 나타나는 현상이기 때문에 그것이 얼
마나 큰 위력을 가졌는가도 쉽게 알 수 있다. 설화가 지닌 이러한 시간
관은 향가에도 깊은 영향을 미친 것으로 보이는데, 기록으로 남아 전
하는 14편의 작품 중에서 「찬기파랑가」와 「모죽지랑가」는 불교적인
성격을 바탕으로 하는 순환적 시간성이 작품에 관여하는 정도가 매우
큰 것으로 파악된다.

2. 시간과 시가의 미학

인간의 능력으로는 시간의 정체를 정확하게 알 수 있는 방법이 없
다. 하지만 그것은 우주내 현존재의 변화를 통해 발현되기 때문에 시
간의 본질은 변화에 담겨 있다고 보아야 한다. 변화는 일정한 형태를

제5장 시간과 미학

지닌 우주내 현존재나 현상들의 본질적 성격이 바뀌어서 달라진다는 것을 의미한다. 그러므로 변화는 우주내의 모든 현존재가 동일한 사물현상으로 존재하지 않도록 하는 주체가 된다. 우주내의 모든 현존재는 시간의 개입 아래 발현되는 변화를 통해 새롭게 생겨나기도 하고, 사라져 가기도 한다. 이러한 모든 것을 가능하게 하고, 총괄하는 주체가 바로 시간이므로 시간의 본질은 변화에 있을 수밖에 없게 되는 것이다. 바꾸어 말하면 시간은 변화를 통해서만 그 모습을 드러낼 수 있다는 것이 된다. 그런데 우주내 현존재를 이루는 사물현상이 변화한다는 것은 그때까지 그것이 지니고 있었던 형태가 바뀌는 것을 의미하고, 형태가 바뀐다는 것은 내용을 담는 그릇인 형식에도 일정한 변화가 일어난다는 것을 나타낸다. 형식은 기본적으로 내용의 지배를 받지만 새로운 형식이 정착하여 안정적으로 되면 그것에 담아내는 의미체계를 새롭게 할 수 있기 때문에 형식에 의한 내용의 변화 또한 가능하게 된다. 즉, 시간의 발현으로 인해 일정한 형태를 지닌 사물현상으로 태어날 수 있었던 우주내의 현존재는 바로 그 시간의 개입에 의해 변화하면서 형식과 내용의 달라진 결합을 통해 언제나 형태를 바꾸는 변화의 소용돌이 속에 있게 된다는 것이다.

이처럼 우주내의 현존재에 개입하는 시간으로 인해 일어나는 내용과 형식의 변화는 필연적으로 형태의 변화를 촉발하면서 그것이 애초부터 지니고 있었던 본질적 성격을 바꾸어 놓는다. 이러한 현상은 우주내의 모든 현존재에게 일어나기 때문에 가장 광범위한 보편성을 확보하고 있다. 언어예술의 한 갈래에 속하는 시가 역시 우주내의 현존재라는 사실과 시간의 개입에 의해 이루어지는 내용과 형식[87]의 변화로 인해 생기는 것으로 형태의 변화에서 결코 자유로울 수 없음은 확실하다. 앞에서도 언급한 바와 같이 형태의 변화는 그것이 지니고 있는 본질적 성격을 바꾸어 놓는 것이기 때문에 기존의 작품이 지니고 있는 예술적 성격이나 아름다움과는 성격이 다른 어떤 것으로 변화할 수밖에 없게 된다. 이것은 시가의 본질적 성격을 보면 더욱 분명하게 알 수 있다.

첫 번째로 지적할 수 있는 시가의 본질적 성격은 운문韻文이다. 운문은 산문에 상대되는 개념으로 운韻이 있는 문장이란 뜻이다. 운이 없는 산문에 비해 일정한 체계를 갖춘 운을 지니고 있는 형태의 문장이 바로 운문이라는 말이 되는 것이다. 이런 점에서 볼 때, 핵심이 되는 시가의 본질이 바로 운에 있다는 사실을 알 수 있게 된다. 운은 소리를 나타내는 성聲과 음音을 바탕으로 하여 성립하는 개념으로 화和와 상대되는 개념이다. 즉, 같은 소리聲가 일정한 위치에서 마주 보면서 서로 응하는 것을 운(同聲相應爲之韻)이라 하고, 성질이나 의미가 다른 소리音가 서로 따르는 것을 '화'라고 한다는 것이다. 여기에서 보아 알 수 있는 첫 번째 사실은 운은 일정한 의미를 지니는 것으로 재구조화하여 사회적 약속에 의해 쓰이는 소리를 대상으로 하는 것이 아니라 의미를 가지기 전단계의 소리가 어떤 방식으로 서로 응하느냐 하는 것에 대한 개념이라는 것이다. 다음으로 알 수 있는 사실은 동일한 성질을 가지는 소리聲가 일정한 위치에서 서로 마주 보면서 응한다고 했으니 동일한 성질을 가진 둘 이상의 소리가 반복적으로 쓰이는

87　　시가의 형성과 구성의 과정에서 시간의 구체적인 개입 아래 형성되는 것은 말할 것도 없이 형식이다. 그렇지만 형식의 변화는 곧 내용이 담아낼 수 있는 의미를 달라지게 하기 때문에 내용과 형식이 함께 시간의 강력한 영향력 아래 있음을 알 수 있다.

주기적 구조를 갖추고 있음을 가리키는 개념이라는 것이다. 위의 내용을 통해 세 번째로 알 수 있는 것은 의미를 중심으로 하지 않으면서 주기적으로 반복되는 구조를 지닌다고 했으니 소리와 소리의 어울림을 통한 율동이 만들어진다는 사실을 나타낸다는 것이다. 이상의 세 가지 사실에 비추어 볼 때, 운이라고 하는 것은 산문으로서는 도저히 만들어 낼 수 없는 성격을 지닌 소리의 율동을 바탕으로 법칙화한 율격을 형성함으로써 그것을 수용하는 감상자가 청각적 효과를 통해 느끼는 예술적 아름다움을 담을 수 있도록 하는 특수한 형식적 장치라는 것을 알 수 있다.

이러한 성격을 지니고 있는 운은 실제로 작품의 형성에 들어오게 되면 다른 형식적 요소들과 결합하는 과정을 통해 훨씬 복잡한 양상으로 전개되면서 시가의 형식적 구성요소로서의 기능을 완성한다. 왜냐하면 시가를 이루는 형식적 요소에는 운이라는 것 하나만 있지 않은 데다가 다양한 요소들이 유기적인 관계 속에 결합할 때 비로소 내용과 형식을 아우르면서 예술적 아름다움을 담아낼 수 있는 작품의 형태가 완성되기 때문이다. 앞에서도 살펴본 바와 같이 시가를 이루는 형식적 요소에는 운, 음절, 명, 구, 행, 장, 렴, 수사법 등 다양한 것들이 존재하는데, 이 요소들은 서로가 서로를 필요로 하는 유기적 관계 속에서만 제 구실을 할 수 있도록 되어 있다. 즉, 운은 소리의 율동을 만드는 것이기는 하지만 언어의 범주에 있어야 하므로 음절을 기반으로 하지 않으면 안 되고, 음절은 음수를 전제로 하고, 음수는 음보를 전제로 한 개념이며, 음보는 행을 전제로 한 개념이기 때문에 한편으로는 대립하면서도 한편으로는 서로를 필요로 하면서 한 단계 높은 차원의 형식을 구성해 나가는 변증법적 관계를 형성한다는 것이다.

특히 행은 운, 음절, 명, 구 등이 모두 전제로 하는 형식적 구성요소로 각 요소들의 기능을 통합하여 완성함으로써 작품의 형태를 결정짓는 핵심이 되는 단위이다. 이런 점에서 볼 때 행은 시가에서 가장 상위의 형식적 단위가 된다. 그러나 일정한 수의 행이 중첩되는 형태를 통해 만들어지는 분장分章의 작품도 있기 때문에 상위 단위인 장을 만드는 출발점이 되기도 한다. 행과 장을 기준으로 하여 작품의 형태가 달라질 수 있으므로 두 요소는 연결되어 있으면서도 독자적이라는 관계를 가지는데, 여기에서 결정적인 구실을 하는 것이 바로 렴이다. 렴은 장을 전제로 하고, 장은 렴을 필요로 하는 관계를 형성하고 있는데, 일정한 단위로 행을 잘라서 동일한 형태를 가지도록 함으로써 장과 장의 연결과 끊어짐을 주도하고 있는 것이 바로 렴이기 때문이다. 또한 수사법은 음수와 명과 구, 행 등의 요소들을 바탕으로 하면서 내용을 형식에 맞물리도록 하는 마지막 단계에서 형태를 완성하는 구실을 하기 때문에 작품을 형성하는 모든 구성요소들의 완성도를 결정짓는 형식적 요소가 된다는 점에서 매우 중요하다. 시가의 본질적 성격이 운을 중심으로 하여 구성되는 형식적 요소들이 만들어 내는 운문이라는 말 속에는 소리의 율동을 바탕으로 하여 형성되는 율격이 미적가치를 형성하는 중심에 서 있다는 것을 의미하며, 낭송이나 노래로 불릴 수 있는 성격을 포함하고 있는 것으로 볼 수 있다.

두 번째로 살펴볼 수 있는 시가의 본질적 성격은 시이면서 노래이고 노래이면서 시라는 양면성이다. 민족에 따라 독자적인 문화를 형성하는 사회구성체의 성격으로 볼 때 시가 지니고 있는 형식적 특성은 작품을 만들고 즐기는 사람들의 정서와 문화를 언어를 통해 가장 잘 표현할 수 있는 모습으로 구성되기 때문에 다양한 형식적 특성을 가질 수밖에 없다. 그러므로 시의 형식에 있어서는 시어로 작용하는 언어와의 관계 속에서 만들어지는 문화적 특성에 따라 각각 다른 모습을 가지게 된다는 사실을 알 수 있다. 따라서 하나의 민족이 만들고 즐기는 시가의 문학적 형태와 성격은 언어와 문화적 특성을 바탕으로 하는 독자성을 가지고 있으며, 이에 대한 분석도 언어적 특성을 고려한 이론을 근거로 해야 함을 알 수 있다. 한편, 과거에는 시라는 문학적 형태를 기본으로 하는 세계 모든 민족의 시가는 노래로 불리거나 낭송된다는 공통점을 가지고 있었다. 고대사회로 올라갈수록 세계 모든 민족의 시는 서사시의 형태를 지니면서 노래로 불렸다는 것이 기정사실로 받아들여지고 있으며, 중국 같은 경우는 공자가 산정刪定한 『시경詩經』의 작품들이 모두 노래로 불린 것이었다는 점에서도 이러한 사실을 잘 알 수 있다. 이러한 사정은 우리 민족이라고 예외일 수 없었으니 『삼국유사』나 『삼국사기』 등에 수록된 시가들이 모두 노래로 불렸다는 기록에서 이러한 사실을 확인할 수 있다. 서사시로 불리든 서정시로 불리든, 시가가 노래로 불렸다는 것은 그렇게 향유될 수 있는 특징을 가지고 있어야 한다는 것을 가리킨다. 그것은 바로 운을 기본으로 하면서 형성되는 소리의 율동을 중심으로 하여 만들어지는 언어적 특성을 바탕으로 만들어지는 율격에 있는 것으로 보인다. 율격은 운문을 운문답게 해 주는 핵심이기 때문에 작품을 형성하는 형식적 요소들의 유기적 결합을 통해 시가가 노래로 불릴 수 있도록 하는 자질을 충분히 확보할 수 있도록 하는 데에 중심적인 구실을 한다.

세 번째로 살펴볼 수 있는 시가의 본질적 성격은 사상, 정서, 상상력을 포함하는 작가의 사회생활을 언어를 통해 형상적으로 반영한다는 것이다. 형상이라고 하는 것은 작가가 지니고 있는 세계관과 정치적 견해, 미학적 이상 등에 견주어서 현실생활을 분석하고 평가하여 일반화한 다음 언어를 통해 표현하는 것을 가리킨다. 그러므로 형상은 문학예술에 있어서 매우 중요한 것인데, 각각의 갈래마다 고유한 형상수단[88]이 존재한다. 시가는 말을 기본적인 매개체로 하여 표현하는 문학이기 때문에 언어가 중심적인 형상수단이라는 점은 두말할 필요가 없다. 그런데 시가는 운문이라는 것을 본질적인 성격으로 하므로 이러한 특성을 잘 살려내면서 예술적 아름다움을 효과적으로 담고 드러낼 수 있는 여러 가지 보조적인 형상수단을 필요로 한다. 여기서 사용되는 보조적인 형상수단이 바로 형식을 이루는 중요한 요소들이 되는데, 그 이유는 예술적 현실에서 취해 오는 객관적 질로, 작가의 정서와 사상 등이 중심이 되는 내용을 내용답게 하여 예술성을 담보할 수 있도록 해 주는 주체가 바로 이 보조적 형상수단이 되고, 이것이 형식의 중심적인 구성요소가 되기 때문이다. 따라서 작품에 반영되는 사상, 정서, 상상력 등이 포함되는 작가의 사회생활을 효과적으로 형상화하여 반영하기 위해서는 보조적 형상수단인 형식적 구성요소들의 유기적 결합이 필수적일 수밖에 없다. 이런 점에서 볼 때 시가의 본질적 성격 중의 하나인 사회생활의 형상적 반영이란 것은 내용과 형식의 유기적 결합에 의한 예술적 의미의 창조가 된다는 사실을 가리킨다는 것을 알 수 있다.

이상에서 살펴본 바로 볼 때, 시가는 언어를 형상수단으로 하기 때문에 시간의 절대적인 지배 아래에 있다는 자명한 사실 외에도 내용과 형식의 유기적 결합으로 완성되어 예술적 아름다움을 창조하는 작

---

88   문학은 언어, 음악은 리듬, 무용은 율동, 그림은 선과 색채, 연극은 대사를 핵심적인 형상수단으로 한다.

제5장 시가의 미학

품 형성의 전체 과정 또한 시간과 밀접한 관계를 가질 수밖에 없다는 사실을 알 수 있다. 소리나 글자로 표현되는 기호가 일정한 의미를 지닐 수 있는 것은 시간의 관여 아래에서만 가능하다는 것은 너무나 분명한 사실이다. 그것은 시가를 형성하는 구성요소 전체가 유기적인 관계를 가지고 결합하면서 예술적 의미를 형성하는 과정 전체가 순차적이고 순환적인 시간성에 의할 때 비로소 가능하기 때문이다. 작품의 내용을 구성하는 중심이 되는 소재, 정서, 사상 등이 시간과 맺는 관계를 보도록 하자.

우주내의 현존재는 어떤 것이든 작품의 소재로 될 수 있는데, 그것으로 쓰이기 전까지는 작가나 작품과는 아무런 관련이 없는 사물현상에 불과하다. 그러나 작가에 의해 선택되어 작품의 소재로 들어오는 순간 그것은 자연상관물이 됨과 동시에 시간적 순서에 의해 일정한 뜻을 가지는 언어로 표현되기 위해 의미의 재구조화가 일어난다. 그런 과정을 거치면서 자연상관물은 작가의 예술적 의도에 의해 행해지는 추상화과정을 거치면서 그것을 통해 작가가 전달하고자 하는 의미망으로 재구조화되어 작품 속으로 들어오게 된다. 따라서 소재로 쓰이는 자연상관물이 작품의 내용으로 만들어지면서 창조되는 의미는 시간과의 관계 속에서만 올바르게 자리매김을 할 수 있게 된다. 외부와의 접촉을 통해서나 스스로의 감흥에 의해 일어나는 정서, 사상, 상상력 등은 일정한 의미로 기호화한 언어라는 감각적인 사물현상으로 대상화하기 전까지는 무한한 가능성을 지닌 상태로 자유롭게 열려 있는 개방성을 지니고 있으나 언어나 문자를 통해 표현되는 순간부터 이것 역시 시간의 지배 아래에 놓일 수밖에 없다. 왜냐하면 시간의 절대적인 지배 아래 존재하는 속성을 가지고 있는 언어를 표현수단으로 하고 있기 때문이다.

　다음으로 살펴보아야 할 것은 형식적 구성요소인 운, 명, 구, 행, 장, 렴, 조홍구, 감탄사, 수사법의 성격과 결합방식에 대한 것인데, 이것들에 대한 것은 이미 위에서 고찰한 바가 있기 때문에 여기서는 미학과 관련된 부분을 집중적으로 살펴보도록 한다. 시간의 절대적 지배를 받는 언어를 형상수단으로 한다는 점에서 시가는 태생적으로 시간의 영향을 벗어날 수 없다는 사실은 새삼스러운 것이 아니다. 그러나 내용을 이루는 소재, 사상, 상상력 등도 언어로 표현되는 한에 있어서는 예외일 수 없기 때문에 순차적 시간성의 영향 아래에 있는 것이 된다. 그런데 내용을 이루는 알맹이에 해당하는 요소들이 작품으로 새롭게 태어나기 위해서는 순환적 시간성의 영향 아래에서 재구조화의 과정을 거쳐야만 예술적 아름다움을 가진 것으로 된다는 점이 미학과 시간의 관계를 고찰할 수 있는 실마리가 된다. 즉, 한 편의 시가가 예술성을 가진 작품으로 탄생하기 위해서는 소재, 사상, 상상력 등을 중심으로 하는 알맹이가 순차적 시간성을 바탕으로 하는 구조화과정을 일차적으로 반드시 거쳐야 하며, 다음으로는 운, 명, 구 등의 다양한 형식적 요소들이 순환적 시간성을 바탕으로 하는 재구조화과정을 거쳐야 한다는 것이다. 순차적 시간성과 순환적 시간성의 결합은 내용과 형식의 결합이 가지는 실제적인 의미와 미학적 가치를 보여 주는 것이기 때문에 시간과 미학의 관계를 살필 수 있는 근거가 될 수 있는 것이다. 그렇다면 순차적 시간성에 의해 형성되는 아름다움은 어떤 것이며, 순환적 시간성에 의해 형성되는 아름다움은 어떤 것일까?

　먼저 순차적 시간성에 의해 형성되는 아름다움을 살펴보도록 하자. 순차적 시간성에 의해 만들어지는 예술적 아름다움은 작품의 내용이나 주제가 될 수 있는 언어적 의미가 된다. 즉, 감상자의 마음을 움직일 수 있는 감동적인 사연이나 소재와 정서, 상상력의 결합에 의해 만들어지는 것이지만 누구에게나 절묘하다고 인정될 수 있을 만한 의미를 만들어 낼 수 있는 내용이 그것이다. 그러므로 여기에는 정서를 표현하기에 적합한 소재의 선택, 상상력을 바탕으로 하는 기발하고 절묘한 내용들, 일상적인 언어가 표현할 수 있는 정도의 의미를 만들어낼 수 있는 문장표현 등이 중심을 이루게 된다. 소재는 대구對句, 비유 등의 수사법과 같은 형식적 요소와 결합하여 예술적 아름다움을 가진 것으로 거듭나는데, 기발하고 절묘한 내용들 역시 이런 과정을 거쳐서 완성된다. 그 외에 일상적인 언어가 표현할 수 있는 정도의 의미가 이 과정에서 만들어지면서 예술적 아름다움을 창조할 수 있는 일차적인 미적바탕을 갖추게 된다. 내용을 이루는 소재로서 순차적 시간성에 의해 형성된 일차적인 미적바탕은 순환적 시간성을 기본적인 표현방법으로 하는 형식적인 요소들에 의해 결합하면서 예술적 작품이 가지는 아름다움을 완성하게 된다.

시가의 형식적 요소를 통해 작품의 아름다움을 형성하는 데에 관여하는 순환적 시간성의 가장 중요한 특징은 작가에 의해 인위적으로 재구조화한 시간성이라는 점이다. 시간이 인위적으로 재구조화한 것이라는 말은 시간의 흐름에 따라 변화와 반복을 거듭하는 자연적인 순환적 시간성이 아니라 작가에 의해 의도된 바대로 구조화한 단위로 시간이 반복된다는 의미가 되는데, 여기에 대해서는 좀 더 상세한 고찰을 필요로 한다. 시간을 인위적으로 재구조화하는 첫 번째 단위는 말할 것도 없이 일상언어에서 만들어지는 문장의 구절이 된다. 왜냐하면 구절과 구절이 인위적으로 정해진 시간적 순서에 의해 일정한 의미를 형성하기 때문이다. 그런데 시가는 이것을 바탕으로 하여 새로운 방식의 구조화를 다시 시도하기 때문에 어떤 면에서는 재재구조화라고 할 수 있다. 그도 그럴 것이 일상언어에서 일차적으로 형성된 의미를 가지는 문장에 인위적으로 힘을 가하여 형태를 바꿈으로써 예술적인 의미를 창조할 수 있도록 하기 때문이다. 여기에서 가장 기본적인 구실을 하는 요소는 운이다. 운은 일정한 위치에서 주기적으로 사용되어 소리의 율동을 형성하기 때문에 그것의 반복을 통해 일정하게 구조화한 단위를 만들어 내는 까닭이다.

다음으로는 명을 들 수 있다. 구를 전제로 하는 명은 하나의 구를 형성하는 정형화한 단위로 개개의 음절이 점유하는 시간을 차별화함과 동시에 그것을 일정한 구조단위로 반복하게 함으로써 순환적 시간의 구조를 만들어 내는 특성을 가지고 있다. 한편, 행을 전제로 하는 개념인 구는 명보다 한 단계 높은 단위에서 명에 의해 차별화한 음절이 점유하는 시간을 다시 동일한 점유 시간으로 만드는 구실을 하는 구조적 단위임과 동시에 이 단위가 주기적으로 반복하도록 함으로써 순환적 시간의 구조를 형성한다. 행은 형식적 단위의 가장 위에 있는 것으로 형식을 이룰 수 있는 모든 요소들을 포함하고 있는데, 일상언어에 강제적으로 휴지를 형성하게 하여 구조적 단위를 만듦과 동시에 가장 큰 단위의 주기적 반복구조를 형성하도록 함으로써 순환적 시간의 구조를 만들어 낸다. 장은 행의 반복이 더 큰 단위에서 렴을 거느리면서 반복되도록 하는 구조단위인데, 분장의 형태를 가지는 시가에서는 행보다 더 큰 단위가 된다. 이것 역시 행과 마찬가지로 주기적인 반복구조를 가지므로 순환적 시간의 구조를 가지는 것이 명백하다. 또한 행 단위에서 완성되는 성격을 가지는 수사법은 소재로서의 내용과 표현방식으로서의 형식이 만나는 접점에 위치한 것으로 시가의 예술성을 완성하는 성격을 지닌다. 이러한 성격을 가지는 수사법 역시 순환적 시간성의 단위 안[89]에서 완성되므로 순환적 시간성과 일정한 관계를 맺을 수밖에 없다.

이상에서 살펴본 바와 같이 시가의 아름다움을 형성하는 데에 있어서 소재나 주제로서의 내용에서부터 어떻게 표현하느냐를 보여 주는 형식에 이르기까지 시간의 지배력은 건재함을 알 수 있다. 그러므로 이로 인해 만들어지는 시가의 예술적 아름다움 역시 순차적 시간성과 순환적 시간성의 관여가 없으면 불가능하다는 것을 분명하게 지적할 수 있다.

---

89   주기적으로 반복되는 행 단위를 기반으로 하여 성립하기 때문이다.

시간과 시가의 미학

1. 향가와 시간성의 미학

(1) 향가의 시간성

현재 남아 전하는 신라 때의 향가는 14편뿐이지만 시가의 발달과정
에서 볼 때 집단적 정서에서 개인적 정서로 옮아가는 과정을 잘 보여
주는 작품이기 때문에 문학사적으로 매우 중요한 의미를 지닌다. 향
가의 맹아적 모습은 신라 초기[90]부터 나타나고 있는 것으로 보아 국가
의 형성과정에서 나타난 신분제의 발생에서 만들어진 지배계급의 정
서를 노래하는 시가의 본격적인 발달이 향가에서부터 시작되었음을
짐작할 수 있다. 신분의 분화가 뚜렷하지 않았던 절대왕정 이전의 사
회에서 만들어지고 불리던 노래는 주로 집단정서가 중심[91]을 이루고
있는데, 향가에 이르러 비로소 개인정서를 서정적으로 노래하기에 이

90　유리왕 때에 지어진 「도솔가」에 대한 기록에 嗟辭詞腦格이란 표현이 등장
하는데, 향가의 별칭을 사뇌가라고도 한 기록이 있는 점으로 보아 어떤 형태로든
향가와 관련을 가지는 것으로 볼 수 있다.

91　「구지가」나 「황조가」와 같은 상대시가와 민요계 향가 등이 집단정서를 바
탕으로 하고 있다는 점에서 이러한 사실을 확인할 수 있다.

르렀기 때문이다. 지금까지 논의된 향가의 발생과정에 대한 학계의 견해를 보면 민간의 노래인 민요에 근거를 둔 것이면서 불교의 교리를 일반대중에게 널리 알리기 위한 수단의 하나인 포교가로 거듭나면서 비약적인 발달을 한 것으로 보고 있다. 시가의 기반이 바로 민요라는 점은 자명한 사실이므로 향가가 민요에 바탕을 두고 있다는 것 또한 지극히 당연하다. 그러나 여기서 한 가지 덧붙이고 넘어가야 할 것은 지배계층의 노래로 가악과 깊은 관련을 가지고 있는 차사사뇌격과도 일정한 관계가 있는 것으로 보아야 할 것이라는 점이다. 왜냐하면 「혜성가」 같은 작품은 사뇌가계 향가이면서도 향가의 발생기라고 할 수 있는 초기의 작품으로 보이기 때문이다. 사뇌가계 향가가 발생 초기에 해당하는 시대에 왕실의 중요한 행사에 동원될 정도였다는 점에서 볼 때 그것의 발생은 민요에 바탕을 둔 포교가에만 초점을 맞출 것이 아니라 지배계층의 노래이면서 일반 백성들과도 일정한 관계를 가지고 있는 것으로 보이는 차사사뇌격이라는 노래와의 관련성도 염두에 두어야 할 것으로 생각된다.

이러한 여러 가지 문제점에도 불구하고 현존하는 자료로 볼 때 향가가 불교와 밀접한 관련을 가지면서 발생하고 발달해 왔다는 것은 부정하기 어려우므로 향가의 발생에 불교가 깊숙이 개입했을 것이라는 전제에서 논의를 진행할 수밖에 없다. 신라사회에서 불교는 왕실에서 시작되어 귀족사회를 거쳐 일반 백성들에게 전파되면서 민족종교로 승화하는 모습을 보이는데, 이 과정에서 향가의 발달에 결정적인 영향력을 행사하게 된 것으로 보인다. 절대왕정을 기반으로 하는 국가 체제의 발생과 신분제의 확립 등은 민간의 노래와 구별되는 사뇌가 계통이라는 새로운 노래 형식을 발달시키는 데에 결정적인 계기를 마련한 것으로 보인다. 우주와 인간에 대한 체계적인 논리를 갖추고 있었던 불교의 전파는 신라사회 전체의 의식 수준을 엄청나게 높여 주는 기회가 되었던 것이다. 이 과정에서 사뇌가 계통의 노래와 불교의 이념이 결합하여 만들어진 것이 바로 사뇌가계 향가인데, 이것이 지니고 있는 가장 핵심적인 특성은 순환성을 기본으로 하는 시간의 개념이 향가의 작품 수준을 끌어 올리는 데 커다란 기여를 하고 있다는 점이다. 무한히 흘러가는 시간을 직선개념으로만 생각하지 않고 끊임없이 돌면서 윤회를 거듭하는 순환성으로 파악한 것은 불교가 단연 으뜸인 데다가 이러한 시간개념이 불교를 통해 신라에 처음 전해졌을 가능성을 배제할 수 없으며,[92] 그것이 향가의 표현기법 중 하나로 사용되었다는 점에서 이러한 사실을 확인할 수 있기 때문이다.

돌고 도는 시간 속에 우주내 현존재가 영원한 윤회를 거듭한다는 불교식의 순환적 시간론이 신라사회에 던진 충격은 엄청났을 것이고, 이것이 신라의 전체 문화를 지배했던 것으로 보인다. 불교를 받아들여서 국교로 인정하고 민족적 종교로 키워 가는 과정에서 불국토佛國 土 건설을 최대의 목표로 삼았던 신라였기 때문에 지금 우리가 소중하고 여기고 있는 당시의 모든 문화유적이 불교적인 것에 중심을 두고 있는 것에서 이러한 사실을 쉽게 확인할 수 있다. 노래에 바탕을 두고 있는 것이면서 사회적 문화현상의 하나인 시가도 문화현상의 일부인 것은 틀림없는 사실이므로 이 범주를 벗어날 수 없음 또한 자명하다. 향가 같은 시가가 불교적 세계관을 바탕으로 한 것이 중심을 이루는

---

92   향가 이전의 시가나 다른 기록 등에서도 순환적 개념으로 시간을 파악한 것이 보이지 않는데, 불교의 절대적 영향 아래 있었던 신라사회에서 만들어지고 불린 향가에 이러한 시간개념이 들어가 있는 점에서 이런 사실을 확인할 수 있다.

이유가 바로 여기에 있다. 이러한 시가들은 불교설화와 결합하면서 그 위력을 배가시키기도 했는데, 『삼국유사』에 남아 전하는 향가를 보면 설화와 시가가 얼마나 긴밀한 관계를 유지했는지를 알 수 있다. 불교를 널리 알리기 위해 만들어지고 유포된 불교설화는 승려들의 신이神異한 행적, 불탑과 불법이 가진 힘의 위대함, 기도의 효력 등이 중심을 이루면서 만들어졌는데, 그것이 가진 파급효과는 대단했을 것으로 생각된다. 가창력이 없으면 부르거나 접근하기가 어려운 노래에 비해 누구나 쉽게 참여하고 즐길 수 있는 성격을 가지고 있기 때문에 설화의 전파력과 파급효과는 노래보다도 강력할 수도 있었기 때문이다. 『삼국유사』에 실려 있는 설화들을 보면 순환적 시간관이 대단히 중요한 구실을 했다는 것을 쉽게 알 수 있다. 160여 편에 이르는 설화들의 근간을 이루는 시간개념에 모두 순환적 시간관이 들어가 있으며 불교적인 순환적 시간관이 개입되지 않을 경우 이야기의 구성 자체가 불가능할 정도이다. 따라서 불교적 시간관이 당시 신라사회에 얼마나 큰 위력을 가지고 있었는지를 실감할 수 있다. 이러한 시간관은 향가에도 깊은 영향을 끼쳤는데, 「찬기파랑가」와 「모죽지랑가」에서 순환적 시간관이 어떻게 드러나고 있는가를 알아보기로 한다.

(2) 모죽지랑가와 역행의 시간성

「모죽지랑가」의 배경을 이루는 설화부터 먼저 살펴보도록 하자.

第三十二 효소왕 때 화랑인 竹曼郎의 무리에 得烏 級干이란
이가 있었다. 그는 風流黃卷에 이름을 올리고 날마다 벼슬길

로 나아가더니 갑자기 열흘 동안이나 보이지 않았다. 죽만랑이 득오의 어머니를 불러서 물어보았다. "당신의 아들은 어디에 있는가?" 하니 그 어머니는 대답했다. "幢典 牟梁 益善 阿干이 우리 아들을 富山城 창고지기를 시켜서 급히 달려가느라고 郎께 미처 인사를 드리지 못하였던 것입니다."고 하면서 竹慢郎에게 알려 주었다. 이에 죽만랑은 "당신의 아들이 만약 사사로운 일로 그곳으로 갔다면 찾아갈 것이 없겠지만, 이제 공무로 떠났다 하니 마땅히 가서 찾아 돌아와 먹이이라." 하고는 곧 舌餅 한 합과 술 한 항아리를 가지고 左人들을 데리고 갈 때에 낭의 무리 서른일곱 명도 역시 儀仗을 갖추고 뒤를 따라 부산성에 이르러 문지기에게 물었다. "득오의 간 곳을 알 수 없는데 어디 있느냐?" 하니 문지기가 대답했다. "지금 益善의 밭에 있답니다. 관례에 따라 赴役하러 간 것입니다."고 하였다. 득오가 밭으로부터 돌아오자 죽만랑은 가지고 온 술과 떡을 그에게 먹이고 익선에게 말미를 청하여 함께 돌아오고자 했다. 그러나 익선이 굳이 허락하지 않았다. 이때 이곳에 파견되어 온 아전 侃珍이 推火郡의 세를 거두어서 조세 서른 섬을 묶어 城中으로 실어 보내고 있는 중이었다. 그러다가 죽만랑이 선비를 사랑하는 그 風味를 아름답게 여기고 꽉 막히고 융통성 없는 익선을 야비하게 여겨서 그가 管領한 조세 서른 섬을 익선에게 주면서 죽지랑을 도와주기를 거듭 청하였으나 역시 허락하지 않는 것이었다. 또 珍節舍知의 말과 안장을 주었더니 그때서야 허락하는 것이었다.

朝廷의 花主가 이 말을 듣고 부하를 보내서 익선을 잡아다가 장차 그 더러운 때를 씻어 주려 하였다. 익선이 미리 알고 도망쳐서 어디론가 숨었으므로 그 맏아들을 대신 잡아왔다. 때마침 2월이어서 몹시 추운 날씨였는데, 성내 못 가운데 목욕을 시켰더니 얼어 죽고 말았다. 대왕이 그 말을 듣고 칙령을 내려 모량리 사람 중에 벼슬길에 오른 자들을 모두 쫓아 버리고 다시금 公署 나들이를 못하게 금하고 검은 옷을 입지 못하게 하며, 만일 승려가 되었다 하더라도 鍾鼓寺 중에는 들어오지 못하게 하였다. 또 칙서를 내려 아전 간진의 자손을 枰定戶孫으로 삼아 남다르게 대우하였다. 이때 圓測法師는 곧 海東의 高德임에도 불구하고 모량리의 출신이므로 僧職에 제수되지 못했다.

처음 述宗公이 朔州都督使가 되어 장차 任所로 부임해 갈 때 마침 三韓의 변란이 일어났으므로 騎兵 3천 명으로 호송하게 되었다. 竹旨嶺에 이르렀을 때 한 居士가 고갯길을 평평하게 닦고 있는 것을 보았는데, 술종공이 그를 보고 歎美하였더니 거사 역시 공의 위세가 당당함을 아름답게 여겨 서로 마음으로 느낀 바 있었다. 공이 임지에 이른 지 한 달이 되었을 때 꿈에 거사가 자신의 방으로 들어왔고, 가족 또한 같은 꿈을 꾸었다. 놀라고 매우 괴이하게 여겨 이튿날 심부름꾼을 보내 거사의 안부를 물었더니 사람들이 말하기를, "거사가 죽은 지 며칠이나 되었답니다."고 하는 것이었다. 심부름하는 이가 돌아와 그가 죽었음을 고하니 꿈에서 보았던 날과 같았다. 공이 말하기를, "아마 거사가 우리 집에 다시 태어나려는가 보다."고 하면서 다시 군졸을 보내 죽지령 위 북녘 봉우리에 장사를 치르고 돌미륵 하나를 만들어 무덤 앞에 세워 주었다. 그 아내가 꿈꾸던 날부터 태기가 있어 아들을 낳았는데, 이름을 '竹旨'라 하였더니 자라나 벼슬길에 올라 유신공과 더불어 副帥가 되어 삼한을 통일하고, 진덕·태종·문무·신문왕 四代에 걸쳐 계속 총재가 되어 그 나라를 안정시켰다. 처음에 득오곡이 죽지랑을 연모하여 노래를 지었다.[93] (卷二 '紀異' 第二, 孝昭王竹旨郎)

이 설화는 서로 다른 두 개의 에피소드가 합쳐진 양상을 보이고 있다. 하나는 득오와 죽지랑의 친분과 향가에 대한 것이고, 다른 하나는 죽지랑의 출생담에 대한 것이다. 중심을 이루는 것은 죽지랑과 득오

216

제5장 시간과 미학

93　　第三十二 孝昭王代 竹曼郎之徒 有得烏[一云谷] 級干 隷名於風流黃卷 追日仕進 隔旬日不見 郎喚其母 問爾子何在 母曰幢典牟梁益宣阿干 以我子差富山城倉直 馳去行急 未暇告辭於郎 郎曰子若私事適彼 則不須尋訪, 今以公事適去 須歸享矣 乃以舌餅一合酒一缸 率左人[鄕云皆叱知, 言奴僕也]而行 郎徒百三十七人 亦具儀侍從 到富山城, 問閽人 得烏失奚在 人曰今在益宣田 隨例赴役 郎歸田 以所將酒餅饗之 請暇於益宣 將欲偕還 益宣固禁不許 時有使吏侃珍 管收推火郡 能節租三十石 輸送城中 美郎之重士風 鄙宣暗塞不通 乃以所領三十石 贈益宣助請 猶不許 又以珍節舍知騎馬鞍具貼之 乃許 朝廷花主聞之 遣使取益宣 將洗浴其垢醜 宣逃隱 掠其長子而去 時仲冬極寒之日 浴洗於城內池中 仍令凍死 大王聞之 勅牟梁里人從官者 並合黜遣, 更不接公署, 不著黑衣, 若爲僧者, 不合入鐘, 鼓寺中, 勅史上侃珍子孫, 爲枰定戶孫, 標異之. 時圓測法師, 是海東高德 以牟梁里人 故不授僧職. 初 述宗公爲朔州都督使 將歸理所 時三韓兵亂 以騎兵三千護送之 行至竹至旨嶺 有一居士 平理其領路 公見之歡美 居士亦善公之威勢赫甚, 相感於心, 公赴州理, 隔一朔, 夢見居士入于房中, 室家同夢, 驚怪尤甚, 翌日使人問其居士安否 人曰居士死有日矣 使來還告 其死與夢同日矣 公曰殆居士誕於吾家爾 更發卒修葬於嶺上北峯 造石彌勒一軀, 安於塚前 妻氏自夢之日有娠 旣誕 因名竹旨 壯而出仕 與庾信公爲副帥 統三韓 眞德大宗文武神文 四代爲家宰 安定厥邦 初得烏谷慕郎而作歌曰 去隱春皆理米 毛冬居叱沙 哭屋尸以憂音 阿冬音乃叱好支賜烏隱 兒史年數就音墮支行齊 目煙廻於尸七史伊衣 逢烏支惡知作乎下是 郎也慕理尸心未 行乎尸道尸 蓬次叱巷中 宿尸夜音有叱下是.

에 대한 이야기지만 전체적으로는 죽지랑의 인물 됨됨이가 매우 뛰어남을 강조하고 있다. 죽지랑의 출생담이 되는 뒤의 에피소드는 전형적인 순환적 시간구조를 가지고 있는데, 조선시대에 나타난 영웅소설에서 보이는 주인공 출생담의 원형적인 모습을 가진 것으로 볼 수 있다. 죽지랑 탄생설화의 기본을 이루는 것이 현재는 과거의 인연에 매어 있고, 과거는 현재를 통해 미래의 인연으로 거듭나는 시간적 순환성을 바탕으로 하는데, 이러한 양상이 고스란히 영웅소설 주인공의 출생담을 이루고 있기 때문이다. 죽지랑이 훌륭한 사람이라는 증거가 되는 이 이야기는 부처로 환생하는 모습을 보여 주는 '努肹夫得怛怛 朴朴'이나 '광덕엄장廣德嚴莊'의 이야기와 달리 영웅적 인물로 태어난다는 점에 차이가 있다. 불도를 닦던 거사가 화랑으로 환생하는 방식의 구성을 가지는 것은 당시의 사회적인 상황과 밀접한 관계가 있을 것으로 보인다. 고구려, 백제, 가야, 신라라는 한반도의 네 나라 중에서 가장 약체였던 신라가 고구려와 백제의 벽을 넘어 중국과 직접 통하기 위해서는 정복전쟁도 불사할 정도의 훌륭한 지도력을 가진 인물과 강력한 국력을 필요로 하였다. 이 과정에서 생겨난 것이 바로 화랑제도였고, 이것이 불교와 접합하면서 죽지랑 탄생설화 같은 것을 낳은 것으로 볼 수 있기 때문이다. 구성원들이 가지고 있는 모든 역량을 백제와 고구려라는 초강대국들과 겨루기 위해 필요한 강력한 국력 배양으로 모으기 위해서는 수단과 방법을 가릴 여유가 없었을 것인데, 여기에 불교에서 말하는 종교적 순환시간이 애국과 애족을 바탕으로 하는 세속적 순환시간으로 대체되었던 것이다. 이처럼 세속화한 순환적 시간관은 득오에 의해 지어진 「모죽지랑가」를 통해 완성되는 모습을 보이고 있다. 먼저 작품을 보도록 하자.

간봄 그리매
모든것사 우리 시름
아롬 나토샤온
즈싀 살쯈 디니져
눈 돌칠 수이예
맛보옵디 지소리
郞여 그릴ᄆᅀᅡ미 녀올길
다봇굴허혜 잘밤 이시리
―양주동 풀이

내용상으로 볼 때 「모죽지랑가」는 네 단락으로 나누어진다. 첫 단락은 과거에 대한 그리움을 노래하는 부분이고, 둘째 단락은 늙은 죽지랑의 현재 모습을 슬퍼하는 부분이다. 셋째 단락은 만나고 싶은 화자의 현재 마음을 노래한 부분이고, 마지막 단락은 미래를 앞당겨서 죽지랑에 대한 간절한 사모의 정을 표현한 부분이다. 각 단락은 두 개의 행으로 이루어져 있는데, 현재를 기점으로 하여 과거에로의 시간적 역행과 미래에 대한 선점이라는 두 개의 장치를 통해 사모의 정을 극대화하는 구성법을 취하고 있는 것이 특징이다. 이 작품에 개입하는 시간은 과거로의 시간적 역행과 미래에 대한 선점으로서의 시간적 순행이 함께 맞물리면서 대상에 대한 화자의 그리움과 사모의 정을 그려내는 장치로 작용하였다.

우선 시간의 역행을 보자. 화자가 처한 현재의 상황은 흠모하고 사랑하는 대상인 죽지랑과 상당히 오랫동안 만나지 못한 상태인 것으로 보인다. 너무나 오래 헤어져 있어서 사랑하는 이에 대한 그리움이 극

218

제5장 시간과 미학

에 달한 상태이다. 그럼에도 불구하고 화자는 이 그리움을 직접적으로 표현하지 않는다. 그리움에 대한 화자의 마음을 더욱 애절하게 노래하는 것이 바로 과거로의 회귀를 통한 시간의 역행구조가 된다. '간봄'은 현실적으로는 돌이킬 수 없는 시간을 거꾸로 돌려서 화자가 가장 행복했던 순간을 불러옴으로써 현재 화자가 가지고 있는 그리움의 정서를 극대화한다. 또한 현재의 모든 것이 우리들의 '시름'이라고 표현함으로써 행복했던 과거의 순간을 돋보이게 함과 동시에 시간의 역행을 통해 불러낸 그리움의 정서를 더욱 절실하게 만드는 효과를 거둔다. 이제 시간의 역행을 통해 과거에서 불러낸 행복의 순간을 현재의 상태와 연결시킴으로써 그리움의 정서에 안타까움을 더하는 것으로 나아간다. '아름 나토샤온'과 '살쯈'은 시간적으로 대비되는 두 상태를 대비시켜 표현함으로써 과거를 현재로 가져와 과거에 대한 그리움의 정서를 바탕으로 하면서도 안타까움과 결합시켜 한층 승화된 그리움과 사모의 정서를 노래하고 있으니 절묘한 방법이 아닐 수 없다. 이러한 구조의 첫 단락과 둘째 단락은 큰 틀 안에서 시간적 역행의 구조를 통해 그리움의 길이만큼 시간의 길이를 길게 하는 구성방식을 취하면서 이중의 역행구조를 만들어 내고 있기 때문에 의미가 더욱 큰 것으로 보인다.

과거로의 역행을 통해 그리움의 정서를 극대화하면서 시작한 화자는 여기에서 멈추지 않는다. 그 정도로는 죽지랑에 대한 그리움과 사모의 정서를 제대로 표현하지 못했다고 생각하기 때문이다. 이제 화자는 세 번째 단락과 네 번째 단락의 표현을 통해 현재에서 미래로 옮겨 가는 방식으로 사랑하는 사람에 대한 사모의 정서를 표출시키는 수법을 사용한다. 현재가 흘러가면 미래가 된다는 것은 자명한 이치지만 한시라도 빨리 보고 싶은 화자의 마음을 이번에는 물리적 시간을 단축시켜 짧게 만드는 수법으로 그 정서를 극대화하여 표현하려 한다. 이것은 앞에서 역행의 구조를 통해 시간의 길이를 늘림으로써 그리움의 정서를 크게 하려는 수법과 대조를 이루는 방식이라고 할 수 있다. 이러한 방식에 가장 적절한 표현은 '눈 돌칠 소이'와 '맛보옵디', 그리고 '그릴ㅁ사미'와 '잘밤 이시리'라고 할 수 있다. 세 번째 단락에서 나타나는 '눈 돌칠 소이'와 '맛보옵디'는 미래에 일어날 수 있는 두 사람의 만남을 앞당겨서 선점하기 위한 표현이다. 일정한 대상에 대해 인간이 가지고 있는 욕구는 원하는 것이 이루어지는 방향으로 주체를 움직이게 함으로써 미래를 현재로 앞당기게 하는 방식을 취하는데, 여기에서 이런 구실을 하는 것이 바로 '눈 돌칠 소이'와 '맛보옵디'가 되는 것이다. 죽지랑과 헤어져 있는 상태인 화자는 그리움과 사모의 정이 너무나 크기 때문에 한순간이라도 빨리 만나려는 마음을 가지게 되는데, 이것이 바로 이 표현을 통해 구체화하고 있는 것이다. 두 사람이 헤어져 있는 물리적인 거리가 얼마인지는 알 수 없지만 그것과 관계없이 만나러 가는 데에 소요되는 물리적인 시간을 화자는 견딜 수 없는 것이다. '눈 돌칠 소이'가 바로 화자의 이런 심리상태를 가장 적절하게 드러낸 것이 된다. 공간적으로 떨어져 있는 이상에는 어떤 경우에도 눈 깜작할 사이에 만날 수는 없지만 그리움을 채워 줄 수 있는 만남이라는 욕구로 가득 찬 화자의 심리상태가 이런 표현을 가능하게 한 것이다. '눈 돌칠 소이'와 같은 짧은 시간 안에 사랑하는 사람을 만나보고 싶은 화자는 이제 죽지랑을 만나기 위해 길을 떠난다. 마음은 바쁘지만 물리적 거리에 비례하는 물리적 시간자체는 압축하거나 줄일 수 없기 때문에 이 과정에서 걸리는 물리적 시간은 화자의 마음을 초조하게 만든다. 그런 이유 때문에 화자는 거리에 비례하는 시간을 아끼는 방법으로 물리적 시간을 줄일 수밖에 없다는 것을 알게 된다. 화자의 그런 자각이 마지막 단락에서 '그릴ㅁ△미'와 '잘밤 이시리'로 표현되고 있다. 그리운 마음이 너무나 간절하여 거리가 아무리 멀더라도 한숨에 달려갈 것이며, 잠시라도 쉬지 않고 달려가겠다는 것이다. 화자의 그런 마음이 압축되어 나타난 것이 바로 '잘밤 이시리'라고 할 수 있다.

「모죽지랑가」는 현재를 기점으로 설정하여 과거에로의 시간적 역행을 길게 하여 그리움의 정서를 확대하고, 미래에로의 시간적 순행을 짧게 하여 그리움과 사모의 정서를 극대화하는 방법을 쓰고 있는 작품으로 이중의 이중이라는 겹구조로 된 시간구조로 노래하고 있는 것이 특징이다. 「모죽지랑가」가 지니고 있는 이러한 특성은 작품의 예술적 아름다움을 형성함에 있어서 시간구조가 얼마나 중요한 의미를 가지는지 잘 알 수 있게 해 준다.

(3) 찬기파랑가의 시간성

화랑에 대한 노래이기는 하지만 그리움과 사모의 정서를 노래한 「모죽지랑가」와는 다른 성격을 지니는 것으로 「찬기파랑가」를 들 수 있다. 이 작품은 경덕왕 때 '충담사'에 의해 지어졌는데, 배경설화를 보면 이미 당대에 높은 평가를 받았던 것으로 보인다. 먼저 배경설화를 살펴보도록 한다.

대왕이 예를 갖추어 도덕경 등을 받았다. 왕이 즉위한 지 24

년에는 五岳과 三山의 神 등이 가끔 現身하여 대궐 뜨락에서 모시기도 했다. 3월 3일에 왕이 歸正門 樓上에 앉아 좌우에게 물었다. "누가 능히 길에 나가서 榮服僧 한 사람을 데려 오겠는가?" 그런데 마침 위엄과 의례를 갖춘 선명하고 조촐한 한 大德이 길을 가는 것이었다. 좌우가 그것을 보고 그를 데려다가 대왕께 보였다. 왕이 말하기를 "내가 말한 榮僧이 아니다." 하고는 그를 물리쳤다. 또 한 중이 가사를 입고, 櫻筒을 지고 남쪽으로부터 오는 것이 보였다. 왕이 기뻐하며 누상으로 맞이하고 그 통속을 보니 차 끓이는 도구만 담겨 있을 뿐이었다. 왕이 물었다. "그대는 누구인가?" 승려가 대답하기를 "忠談이라 하옵니다." "그럼 어디로부터 돌아오는 길인가?" 충담이 말씀드렸다. "승려들은 삼월 삼일과 구월 구일을 귀중하게 여겨서 이때가 되면 늘 차를 달여서 南山 三花嶺에 있는 彌勒世尊께 드린답니다. 오늘도 그곳에서 차를 드리고 돌아오는 길이옵니다." 왕이 말하였다. "과인에게도 한 그릇 차를 마실 연분이 있겠는가?" 충담이 곧 차를 달여 드렸는데, 그 차의 느낌과 맛이 이상하고 차 도구 속에 이상한 향기가 나는 것이었다.

왕이 또 물었다. "짐이 일찍이 들으니, '禪師께서 지은 「讚耆婆郎詞腦歌」가 그 뜻이 심히 높다'고 하던데 과연 그러한가?" 충담이 대답하였다. "그러하옵니다." 왕이 다시 말했다. "그럼 짐을 위하여 백성을 편안하게 하는 노래를 지어 주시오." 하니 이에 충담이 명을 받들어 노래를 지어 바쳤다. 왕이 아름답게 여겨 왕의 스승으로 봉했으나 충담은 굳이 사양하고 받지 않았다. (「安民歌」와 「讚耆婆郎歌」 생략)

제5장 시간과 미학

왕의 옥경은 길이가 여덟 치나 되었는데, 아들이 없으므로 왕비를 폐한 후 '沙梁夫人'으로 봉하였다. 후비로 들어온 滿月夫人의 시호는 景垂太后니 依忠 각간의 딸이었다. 왕이 어느 날 表訓大德에게 명을 내려서 말하기를 "짐이 복이 없어 후사를 얻지 못하였으니 원컨대 대덕은 上帝께 청하여 아들을 얻게 해 주시오." 하였다. 표훈이 곧 天帝께 고하고 돌아와서 왕께 여쭈었다. "천제께서 말씀하시기를 '딸을 구한다면 가능하지만 아들은 안 된다'고 하십니다." 왕이 말하였다. "딸을 아들로 바꾸어 태어나게 하여 주심이 소원이라고 해 주시오." 표훈이 다시금 하늘에 올라가 청하였더니 천제가 말하기를 "그렇게 하지 못하는 것은 아니지만 아들이 되면 나라가 위태해질 것이다." 하였다. 표훈이 즉시 돌아오려 할 때에 천제가 다시금 불러 말하였다. "하늘과 사람 사이는 어지럽게 해서는 안 될 것인데, 이제 선사가 이웃 동네 나들이하듯 하여 天機를 漏洩하니 이제부터는 당연히 다니지 못하게 할 것이다." 표훈이 돌아와 천제의 말씀으로써 왕을 깨우쳐 주었다. 그러나 왕이 말하기를 "나라가 비록 위태하더라도 아들을 두어 후사를 잇는다면 족할 것이다."고 하는 것이었다.

그 후 달이 차서 왕후가 태자를 낳으니 왕이 매우 기뻐하였다. 겨우 여덟 살에 왕이 돌아가자 태자가 즉위하였는데 그가 곧 惠恭大王이었다. 나이가 어렸으므로 태후가 攝政하였다. 그러나 나라가 제대로 다스려지지 못해서 도적이 벌떼처럼 일어나 방어하기에 겨를이 없었으니 표훈의 말이 그대로 들어맞았다. 어린 왕은 여자가 남자로 변한 사람이므로 돌 때부터 왕

위에 오르기까지 늘 여자가 하는 놀이만을 좋아해서 비단주머
니 차기를 즐겨하고, 도사 같은 사람들과 놀기를 좋아했다. 그
러므로 나라에 큰 난리가 일어났고, 그 뒤에 마침내 宣德과 金
良敬 등에게 죽임을 당했다. "표훈 이후로 신라에는 성인이 태
어나지 않았다."고 한다.[94] (卷二 '紀異' 第二, 景德王·忠談師·表
訓大德)

『삼국유사』에 의하면 경덕왕은 기울어져 가는 신라를 다시 일으켜
세우기 위해 부단한 노력을 기울인 통치자였던 것으로 보인다. 정책

제5장 시간과 미학

94   德經等 大王備禮受之 王御國二十四年 五岳三山神等 詩或現侍於殿庭 三月
三日 王御歸正門樓上 謂左右曰 誰能途中得一員榮服僧來 於是適有一大德 威儀鮮
潔 而行 左右望而引見之 王曰 非吾所謂榮僧也 退之 便有一僧 被衲衣 負櫻筒(一作
荷)從南而來 王喜見之 邀致樓上 視其筒中 盛茶具已 曰 汝爲誰耶 僧曰忠談 曰何所
歸來 僧曰 僧每重三重九之日 烹茶饗南山三花嶺彌勒世尊 今玆旣獻而還矣 王曰 寡
人亦一 茶有分乎 僧乃煎茶獻之 茶之氣味異常 中異香郁烈 王曰 朕嘗聞師讚耆婆郎
詞腦歌 其意甚高 是其果乎 對曰然 王曰 然則爲朕作理安民歌 僧應時奉勅歌呈之 王
佳之 封王師焉 僧再拜固辭不受 安民歌曰 君隱父也 臣隱愛賜尸母史也 民焉狂尸 恨
阿孩古爲賜尸知古如 窟理叱大 生以支所音物生此 口食惡支治良羅 此地
捨遺只於冬是去於丁 爲尸知國惡支持以 支知古如後句 君如臣多支民隱如 爲內尸等
焉國惡太平恨音叱如 耆婆郎歌曰 咽嗚爾處米 露曉邪隱月羅理 白雲音逐于浮去隱安
下 沙是八陵隱汀理也中 耆郎矣史是史수邪 逸烏川理叱石責惡希郎也持以 如賜烏隱
心未際叱 逐內良齊 阿耶 栢史叱枝次高 好 雪是毛冬乃乎尸花判也 王玉莖長八寸 無
子 廢之 封沙梁夫人 後妃滿月夫人 謚景垂太后 依忠角干之女也 王一日詔表訓大德
曰 朕無示右不護其嗣 願大德請於上帝而有之 訓上告於天帝 還來奏云 帝有言 求女
卽可 男卽不宜 王曰 願轉女成男 訓再上天請之 帝曰 可則可矣 然爲男則國殆矣 訓欲
下時 帝又召曰 天與人不可亂 今師往來如隣里 漏洩天機 今後宜更不通 訓來以天語
諭之 王曰 國雖殆 得男而爲嗣足矣 於是滿月王后生太子 王喜甚 至八歲王崩 太子卽
位 是爲惠恭大王 幼沖故 太后臨朝 政條不理 盜賊蜂起 不遑備禦 訓師之說驗矣 小帝
旣女爲男 故自期 至於登位 常爲婦女之戲 好佩錦囊 與道流爲戲 故國有大亂 修爲宣
德與金良敬所弑 自表訓後 聖人不生於新羅云.

으로 다스리기 어려운 것에 대해서는 '충담사'와 같은 낭승에게 노래를 지어 달라고 할 정도로 적극적이었다. 그럼에도 불구하고 신라는 그 힘을 점점 잃어 가고 있었으니 이것은 모두 왕을 비롯한 지배계급에 속하는 사람들의 통치력이 부족했기 때문이다. 이 이야기가 가지고 있는 가장 중요한 특징은 미래의 시간이 현재를 향해 거슬러 올라와서 미리 보이는 양상을 띠는 것이다. 여기에는 불교의 순환적 시간이 아니라 고승의 술법을 통한 공간의 이동을 통해 시간적 역행을 가능하게 하는 수법을 쓰고 있다. 이야기의 주인공인 충담사라는 인물의 훌륭함을 부각시키는 것에 초점을 맞추고 있는 「안민가」와 「찬기파랑가」의 배경설화는 시간적 역행이 공간의 이동을 통해 일어나는 점이 특이하다. 미래의 시간이 공간의 이동을 매개로 하여 현재로 역행하는 이러한 양상은 「찬기파랑가」와 완전히 일치하는 모습을 보이고 있다.

열치매

나토얀 드리

힌구름 조초 뻐가는 안디하

새파른 나리여히

耆郎이 즈싀 이슈라

일로 나리ㅅ 지벽히

郎이 디니다샤온

ᄆᅀᆞ미 ᄀᆞ홀 좇누아져

아으 잣ㅅ가지 노파

서리 몰누올 花判여

　　　　　　　—양주동 풀이

작품의 구조로 볼 때 이 작품은 네 개의 단락으로 나눌 수 있다. 첫 번째 단락은 처음의 두 행으로 "열치매 나토얀 드리 힌구름 조초 떠가눈 안디하"이다. 둘째 단락은 "새파론 나리여희 耆郞이 즈싀 이슈라"이다. 세 번째 단락은 "일로 나리ㅅ 지벽히 郞이 디니다샤온 ᄆᆞᅀᆞ미 ᄀᆞ홀 좇누아져"이며, 네 번째 단락은 차사가 쓰인 곳으로 "아으 잣ㅅ 가지 노파 서리 몯누올 花判여"이다. 이러한 모습을 가지고 있는 「찬기파랑가」의 중요한 특성은 공간의 이동과 대비를 통해 시간이 개입하는 구조를 가지고 있는 점이다. 즉, 공간은 하늘과 땅의 결합과 대비로 설정되고, 이것을 통해 영원성을 가진 화랑의 기상을 현재의 시간으로 옮겨 오는 구조를 가진다는 것이다. 그렇기 때문에 이 작품에서는 '기파랑'이란 화랑이 지니고 있는 높은 기상과 훌륭한 인품에 대한 찬양이 중심을 이루게 된다. 여기에 하나의 장치가 더 들어가게 되는데, 색채를 통한 이미지의 창조가 그것이다. 푸른색과 흰색의 대비를 통해 화랑의 기상과 그것을 시기하는 사람의 마음을 이미지화하여 나타냄으로써 공간의 이동을 통해 시간을 역행시켜 영원성으로 고양시키는 데에 크게 기여하고 있는 것이다.

첫 번째 단락에서 핵심이 되는 것은 '나토얀 드리'와 '힌구름'의 대비다. '달'은 밝음과 영원성을 나타내고, '힌구름'은 어둠과 순간성을 나타내기 때문에 앞의 것은 기파랑의 기상이나 모습을 이미지화한 것으로 되며, 뒤의 것은 기파랑을 시기하여 그것을 흐리게 하려는 사람의 모습을 이미지화한 것으로 볼 수 있다. 머물러 있지 못하는 성질을 가진 존재를 통해서 드러나는 순간적 시간성을 움직이지 않는 성질을 지닌 존재를 통해 영원적 시간성으로 바꿈에 있어서 하늘에 있는 달과 구름이라는 공간적 존재를 매개로 하고 있다는 점을 중요한 특성으로 지적할 수 있다. 하늘에 존재하는 사물현상과 그것이 가지고 있는 색채적 이미지를 통해 영원성을 획득한 화자는 그 정도에서 만족하지 않는다. 왜냐하면 땅이 없는 하늘은 존재의미가 약화되거나 사라질 수도 있기 때문이다. 그러므로 화자는 대상의 영원성을 좀 더 완벽하게 획득하기 위해서는 땅으로 공간을 옮길 수밖에 없게 된다. 따라서 둘째 단락에서 땅에 있는 사물현상을 통해 화랑의 영원성을 노래하기에 이르는데, '새파론'과 '나리여히'가 바로 그것이다. 높은 곳에서 나와 항상 낮은 곳으로만 흘러가는 물은 한순간도 머물러 있지 못하는 성질을 가지고 있기 때문에 하늘에 있는 구름과 같은 존재이다. 언제나 변하는 물이지만 그 속에 있는 푸름은 물이 있는 한 언제나 존재할 수밖에 없는 영원성을 가지고 있다. 그리하여 땅 위에 있는 물과 푸름이란 존재를 통해 기파랑의 영원성을 이미지화하여 표현하고 있는 것이다. 이러한 표현기법은 앞에서 노래한 것과 마찬가지인데, 한순간도 머물러 있지 못하는 현재의 시간을 공간적으로 존재하는 물과 푸름이라는 색채를 통해 영원성을 지닌 시간으로 옮겨 놓음으로써 화랑의 기상과 인품을 최대한으로 끌어올릴 수 있도록 하고 있다. 하늘과 땅이라는 공간, 순간과 영원을 나타내는 이미지로서의 사물현상 등을 통해 영원의 시간을 현재로 옮겨 놓는 데에 성공한 화자는 이제부터는 화랑의 기상과 인품의 훌륭함에 대해 직접적인 표현을 통해 노래하는 방식을 취한다.

　세 번째 단락은 조약돌을 뜻하는 '지벽히'와 기상의 본질을 간직하고 있는 것이라고 할 수 있는 'ㅁ슈미 곷'을 통해 화랑의 인품이 훌륭하다는 것을 노래하고 있다. 길지 않는 생을 살아가는 화자의 감각으로 볼 때 영원하게 변하지 않는 존재로 인식되는 조약돌은 찬양의 대상이 지니고 있는 영원성을 노래하기에 가장 적합한 것으로 생각할 수 있다. 끊임없이 변하는 물에 씻기면서도 언제까지나 변함없는 모습을 가지고 있는 조약돌에 화랑의 기상이나 인품을 투영시킴으로써 순간을 영원으로 바꾸게 되고 그 결과 영원성을 획득할 수 있다고 보는 것이다. '무수미 ᄀᆞᆺ'은 조약돌과 같이 한결같은 모습을 지닌 화랑의 기상이 승화된 것으로 내포의 극대화, 혹은 개념화하여 화자의 마음속에 영원히 살아 있을 수 있도록 한다. 이것 역시 일정한 공간에 있는 사물현상을 통해 순간의 시간을 영원의 시간으로 옮겨 감으로써 영원성을 획득하는 수법의 하나라고 할 수 있다. 이제 화랑을 향한 찬양의 정서를 하늘과 땅을 잇는 사물현상을 이미지화한 것으로 승화시켜 마무리를 하게 된다.

네 번째 단락은 감탄적 느낌을 주는 차사의 사용과 더불어 '잣ㅅ가지'와 '서리'를 대비시켜 기파랑의 뛰어난 기상을 노래하는 방법을 취한다. 서리는 푸름을 해치는 것이지만 짧은 시간 동안만 나타났다가 곧 사라지는 존재이다. 그러므로 이것이 가진 기본적인 성질은 순간성이다. 이에 비해 곧고 높게 자라는 잣나무는 사시사철 푸른 모습을 간직하고 있다. 한순간에 나타났다가 사라지는 서리에 비해 볼 때, 잣나무는 영원한 존재라고 할 수 있다. 더구나 서리의 침범을 늠름하게 막아 내면서 그것이 범접할 수 없도록 하고 있는 데다가 땅과 하늘을 이어 주고 있으니 이보다 더 훌륭한 존재는 없다고 할 만하다. 영원성보다는 순간성을 중시하면서 늘 변화의 소용돌이 속에 있는 땅에서 나왔지만 그곳에서 올라온 서리를 물리치고 영원성의 근원이 되는 하늘에 닿아 있는 푸른 잣나무만큼 화랑의 높고 높은 기상과 인품을 나타내기에 적합한 존재는 찾기 어려울 것이다.

이처럼 「찬기파랑가」는 미래의 시간을 화자가 있는 공간으로 옮겨와 현실이 가지고 있는 시간의 순간성을 영원성으로 바꾸어 놓는 구조와 색채어를 바탕으로 하여 이미지화하는 수법을 통해 화자가 찬양하고자 하는 대상인 화랑의 인품과 기상을 숭고하고 장엄하게 노래함으로써 기파랑이란 존재에게 영원성을 불어넣은 작품으로 평가할 수 있게 된다.

2. 속요와 시간성의 미학

『악학궤범』에 한글로 실려 전하는 「동동」은 『조선왕조실록』 성종 12년(1481)의 기록으로 볼 때 고구려시대부터 불리면서 구전되어 내려온 노래인 것으로 파악된다. 『왕조실록』에는 중국에서 온 사신을 접대하는 자리에서 동동춤[動動舞]을 보여 주었는데, 사신이 감탄을 하자 성종께서 설명하는 중에 고구려시대부터 내려온 것이라는 표현이 있다. 「동동」이란 말의 뜻을 정확하게 알 수는 없으나 18세기의 실학자인 이익李瀷이 지은 『성호사설星湖僿說』에 의하면 북소리를 나타내는 둥둥鼕鼕을 가리키는 것으로 보고 있다. 이 노래는 고려시대부터 조선시대에 이르기까지 궁중의 연중나례年中儺禮 뒤에 아박무牙拍舞라는 무용과 함께 불리기도 했는데, 님의 부재로 인한 화자의 심정을 노래하고 있으며 속요 중에는 유일하게 달거리[月令體] 방식을 취하고 있는 점이 특이하다.

德으란 곰비예 받줍고

福으란 림비예 받줍고
德이여 福이라 호놀
나ᅀᅡ라오소이다
아으 動動다리

正月ㅅ 나릿 므른
아으 어져녹져 ᄒᆞ논듸
누릿 가온듸 나곤
몸하 ᄒᆞ올로 녈셔
아으 動動다리

二月ㅅ 보로매
아으 노피현 燈ㅅ블 다호라
萬人 비취실
즈싀샷다
아으 動動다리

三月나며 開ᄒᆞᆫ
아으 滿春 ᄃᆞᆯ욋고지여
ᄂᆞᆷ이 브롤즈슬
디녀 나샷다
아으 動動다리

四月 아니 니저

제5장 시간과 미학

아으 오실서 곳고리 새여
므슴다 祿事니믄
녯 나룰 닛고신뎌
아으 動動다리

五月 五日애
아으 수릿날 아춤 藥은
즈믄힐 長存ᄒᆞ샬 藥이라
받줍노이다
아으 動動다리

六月ㅅ 보로매
아으 별해 ᄇᆞ룐 빗 다호라
도라보실 니믈
적곰 좃니노이다
아으 動動다리

七月ㅅ 보로매
아으 百種 排ᄒᆞ야 두고
니믈 ᄒᆞᆫ딕 녀가져
願을 비ᅀᆞᆸ노이다
아으 動動다리

八月ㅅ 보로ᄆᆞᆫ

아으 嘉俳 나리마론
니믈 뫼셔 녀곤
오늘낤 嘉俳샷다
아으 動動다리

九月 九日애
아으 藥이라 먹논 黃花
고지 안해 드니
새서 가만ᄒᆞ얘라
아으 動動다리

十月애
아으 져미연 ᄇᆞ룻다호라
것거 ᄇᆞ리신 後에
디니 실 ᄒᆞ부니 업스샷다
아으 動動다리

十一月ㅅ 봉당자리예
아으 汗衫 두퍼 누워
슬홀 ᄉᆞ라온뎌
고우닐 스싀옴 녈셔
아으 動動다리

十二月ㅅ 분디남ㄱ로 갓곤

아으 나술 盤잇 저다호라
니믜 알퓌 드러 얼이노니
소니 가재다 므르 숩노이다
아으 動動다리

달거리 형식을 띠고 있으나 「동동」은 총 13장으로 이루어져 있다. 그 까닭은 조선조 선비들이 보기에 「동동」의 가사가 남녀상열지사로 되어 있기 때문에 이것을 충성스러운 신하가 임금을 그리워하는 내용인 충신연군지사로 바꾸기 위해 맨 앞의 장을 끼워 넣은 것으로 보인다. 그러므로 '동동'이란 이름을 가진 원래 노래는 맨 앞의 것을 제외한 12장이었을 것이다. 아직까지 의미를 잘 알 수 없는 표현들이 여럿 있어서 완전한 해석은 하지 못하고 있는 상태이지만 1월부터 12월까지 사랑하는 님의 부재에서 오는 외로움과 슬픔, 원망 등으로 인해 화자가 마음으로부터 간직하고 있는 정서를 계절의 변화에 맞추어서 구구절절하게 노래한 작품이라는 것은 분명하다.

계절의 변화에 맞추어서 님에 대한 그리움을 노래하고 있다는 말은 작품의 소재와 내용이 계절의 상황과 그것이 가지는 의미와 맞짝이 되도록 꾸며지면서 진행된다는 것을 의미한다. 1월부터 3월까지는 봄의 정서를 바탕으로 하면서 희망의 현실을 노래하고 있으며, 4월부터 6월까지는 여름의 정서를 바탕으로 하면서 고독의 현실을 노래하고 있다. 그리고 7월부터 9월까지는 가을의 정서를 바탕으로 하면서 바람의 현실을 노래하고 있으며, 10월부터 12월까지는 겨울의 정서를 바탕으로 하면서 좌절의 현실을 노래하고 있다. 1월은 얼기도 하고 녹기도 하는 초봄의 물과 자신의 외로움을 대비시켜서 일말의 희망을 드러내고 있는데, 그런 정서는 2월과 3월로 가면서 등불과 진달래꽃을 님과 연결시킨 것으로 대상화한다. 그런 님이었기 때문에 홀로 남은 화자가 가슴속에 품은 그리움의 정서는 더욱 커져만 갔을 것으로 보인다. 봄에 가져 보는 화자의 이러한 희망은 푸른 녹음이 꽃보다 좋은 때(綠陰芳草勝花時)라는 여름으로 가면 냉혹한 고독의 현실로 이어진다. 꾀꼬리처럼 돌아오지 않는 님을 위해 오래 사시라는 의미로 약을 드려 보지만 낭떠러지에 버려진 빗과 같은 자신의 상태에는 아무런 변화가 없다. 가을에 튼튼한 열매를 맺기 위해 만물이 무성하게 자라나는 여름과 대비되어 화자의 고독은 더욱 짙게 드리워진다. 그럼에도 불구하고 화자는 봄에 가졌던 희망적인 현실을 멈추려고 하지 않으니 가을의 풍성함에 기대어 기원을 하는 마음이 바로 그것이다. 7월에는 온갖 곡식을 벌여 놓고 하늘에 제를 올리면서 풍년을 기약하는 행사인 백중百中에 님과 함께할 수 있기를 기원하면서 8월의 한가위에는 님을 모시고 살아가는 꿈을 꾸어 보기도 한다. 그럼에도 불구하고 이러한 바람은 역시 바람으로 끝이 나고, 9월이 되어 국화꽃이 노랗게 피었어도 초가집은 조용하기만 하다. 그러는 사이 겨울이 오면서 화자의 그리움은 좌절을 향해 치닫게 된다. 10월이 되면서는 잘게 깎은 보리수나무처럼 자신은 망가져서 보잘것없게 되어 가고, 11월의 추운 날씨에도 화자는 방도 아닌 봉당에 여름에나 입는 얇은 삼베옷을 덮고 홀로 누워 쓸쓸함을 견디고 있을 뿐이다. 마지막 12월에는 상 위에 놓인 가지런한 수저처럼 님과의 사랑을 위해 곱게 단장을 해 보지만 엉뚱한 손님이 화자를 채 가는 바람에 사랑에 대한 시도 역시 좌절을 당하고 만다.

일 년의 반이 되는 시점인 6월에 나타나는 낭떠러지에 버려진 빗과

제5장 시간과 미학

같은 화자가 처한 고독함과 쓸쓸함은 끝내 극복되지 못한 채 12월에 등장하는 상에 놓인 수저와 같은 화자가 다른 사람의 손에 넘어가게 됨으로써 사랑의 좌절을 노래하고 있는 것이다. 사랑하는 사람에 대한 그리움의 대가치고는 너무나 가혹한 결말이 아닐 수 없다. 6월과 12월의 가사 내용이 서로 맞물리고 있는 점으로 보아 나머지 가사도 이것과 마찬가지로 대응관계를 이루며 짜여 있는 것으로 볼 수 있다. 1월의 물을 보고 가지는 화자의 희망은 7월의 기원과 대응하고 있으며, 2월의 등불과 같은 님의 훌륭함은 8월에서 노래하는 가상의 만남과 대응하고 있다. 또한 3월에 노래하고 있는 늦봄의 진달래꽃 같은 님의 모습은 9월의 쓸쓸하게 피어난 노란 국화꽃과 대응하고 있다. 그리고 4월에서 노래하는 계절을 잊지 않고 찾아온 화려한 꾀꼬리는 10월의 잘게 깎아진 보리수 가지와 같은 화자의 모습과 대응하고 있으며, 5월에 등장하는 장수하는 효능이 있다는 약은 파국 혹은 죽음을 앞둔 11월에서 노래하는 한삼을 덮은 봉당 자리와 대응을 이루고 있다. 이런 점에서 볼 때, 「동동」은 첫째, 전편과 후편으로 나누어지면서 서로 맞대응을 이루는 구조, 둘째, 봄, 여름, 가을, 겨울이라는 네 단락으로 나누어지는 분단, 셋째, 봄에 나타나는 희망의 현실은 가을에 나타나는 바람의 현실과 마주 보고 있으며, 여름에 나타나는 쓸쓸함의 현실은 겨울에 나타나는 좌절의 현실과 마주 보고 있는 구조, 넷째, 님의 부재에서 오는 그리움을 핵심 정서로 하는 작품으로서 매우 치밀하게 짜인 구조를 가진 시가라는 것을 알 수 있게 된다. 사랑하는 사람에 대한 지독한 그리움의 정서는 조선시대에도 그대로 이어졌으니 천민 신분으로 선비들의 노리개가 되어야 했던 기생들의 작품에 그대로 배어나게 된다.

3. 시조와 시간성의 미학

　전라도 부안扶安의 기생이었던 매창梅窓은 선조 6년(1573)인 계유년
癸酉年에 태어났다고 하여 계생桂生이라고도 하고 계랑桂娘이라고도 하
는데, 시문詩文과 거문고에 뛰어난 재주를 지녀 당대의 문사였던 유희
경劉希慶, 허균許筠, 이귀李貴 등과 교류를 하였던 시기詩技로 널리 알려
진 인물이다. 광해군光海君 2년(1610)에 37세의 나이로 세상을 떠난 그
녀는 평생을 부안에서 기생으로서의 삶을 살았는데, 시 짓는 솜씨가
얼마나 뛰어났던지 부안 사람들이 그녀의 작품을 외울 정도였다고 하
였다. 그녀가 세상을 떠난 뒤 58년이 지난 1668년(현종 9) 12월에는 부
안현의 아전들이 외우고 있던 시 수백 편 중에서 58수를 모아 시집을
만들 정도였으니 그녀가 얼마나 많은 사람들에게 사랑을 받았는지 짐
작할 만하다.

　그녀의 시집은 『매창집』이란 이름으로 변산에 있는 개암사開巖寺에
서 발간하였는데, 후기인 발문에 시집을 발간하게 된 사연을 상세하
게 적고 있다. 부안을 중심으로 한 변산반도 등에는 그녀와 관련을 가
지는 유적들이 지금도 그대로 보존되어 있는데, 가장 주목할 것은 그
녀의 무덤이라고 할 수 있다. 조선시대에는 기생들은 무덤을 따로 만
들지 못하고 주로 공동묘지에 묻혔다. 그녀도 부안 시내의 남쪽 5리
정도에 있는 봉덕리 공동묘지에 묻히게 되었고, 그로 인하여 그곳을
'매창이뜸'이라고 부르게 되었다. 그렇게 내려오던 '매창이뜸'은 20
세기 말기에 택지개발지로 되어 사라질 위기에 처했으나 부안 군민들
의 노력으로 보존이 결정되었고, 그녀의 묘소와 함께 지금은 '매창공
원'으로 거듭나서 군민들의 휴식처가 되고 있다. 엄격한 신분사회였

던 조선시대에 천민인 기생의 몸이었지만 시집이 발간될 정도로 사랑을 받았으며, 현대에 이르러서는 문화유산의 하나로 묘소까지 잘 보존되고 있으니 황진이, 홍랑 등과 더불어 조선시대 최고의 기생으로 꼽을 수 있다.

시와 거문고에는 뛰어났던 그녀였지만 기생이라는 신분적 굴레에서 겪어야 하는 여성의 인고忍苦와 사랑에 대한 그리움은 매우 커서 그녀의 작품 곳곳에 배어나고 있으니 어려웠던 삶을 짐작하게 해 주기도 한다. 그런 그녀가 평생에 몸과 마음을 바쳐 사랑한 사람이 하나 있었으니 촌은寸隱 유희경이 바로 그 사람이다. 유희경(1545~1636)은 자세한 가계를 알 수 없지만 허균의 『성수시화惺叟詩話』에서 천인이기는 하지만 한시에 능통한 사람으로 꼽았던 것을 보아 신분이 미천했던 것으로 여겨진다. 천민이었지만 시재詩才가 워낙 뛰어났기 때문인지 삼당시파의 스승이기도 했던 박순朴淳으로부터 당시唐詩를 배웠는데, 특히 상례喪禮에 밝아서 국상이나 사대부의 상喪에 집례執禮하는 것으로 이름이 높았다. 그런 공로를 인정받아 나중에는 종2품의 품계에 해당하는 가의대부嘉義大夫까지 올라갔고, 세상을 떠난 후에는 정2품에 해당하는 자헌대부한성판윤資憲大夫漢城判尹으로까지 추증되었으니 신분의 벽을 실력으로 뚫은 대표적인 인물이라고 할 수 있다.

『촌은집』에 실려 있는 행장行狀에는 매창과 만났던 순간을 기록한 곳에, "그가 젊은 시절에 부안에 놀러 갔는데, 이름난 기생에 계생이란 사람이 있었다. 그가 서울에서 이름난 시인이란 말을 들은 매창이 묻기를 '유희경과 백대붕 가운데 어느 분입니까?'라고 했다. 유희경과 백대붕의 이름이 이처럼 먼 곳까지도 알려져 있었던 것이다. 유희경은 일찍이 기생을 가까이 한 적이 없었으나 이에 이르러 계율을 깨

버리고 서로 풍류를 즐겼다."고 하였다. 유희경은 매창을 만난 자리에서 시를 한 수 지었으니, "일찍부터 남쪽의 계랑이란 이름이 유명해서, 시 짓는 재주와 노래 솜씨가 서울에까지 울렸더라. 오늘에야 서로 보아 참모습을 대하니, 하늘에서 내려온 선녀인 것 같구나(曾聞南國桂娘名 詩韻歌詞動落城 今日相看眞面目 却疑神女下三淸)."라고 하였다. 아마도 이 시에서 선녀 같다고 한 것은 외모를 말한 것이 아니라 시와 거문고 솜씨를 두고 한 것으로 이해하는 것이 옳을 것으로 보인다. 왜냐하면 매창의 정신적인 연인이었던 허균이 그녀에 대해 남긴 글에서는 용모는 별로 아름답지 않다고 했는데, 그도 시와 거문고 솜씨만은 인정을 하고 있기 때문이다.

두 사람이 처음 만난 것은 임진왜란이 일어나기 직전인 1591년경으로 추측된다. 매창과 유희경이 만난 사실에 대한 기록은 그의 문집인 『촌은집』에만 등장하는데, 연도를 밝히지 않고 막연히 젊은 시절이라고만 하고 있기 때문에 정확한 시기를 알기 어려운 것이다. 그러나 사귄 시간이 오래지 않아서 임진왜란이 일어났고, 유희경은 나라를 지키기 위해 의병에 가담하겠다며 서울로 가는 바람에 이별하게 된 사실로 볼 때, 두 사람이 만나서 사랑을 나누게 된 시기는 1591년 후반부로 보는 것이 가장 타당할 것으로 생각된다. 전체 인생에서 볼 때는 비록 짧은 시간이었을지 모르지만 여자를 가까이 하지 않는다는 스스로의 계율을 깨고 매창과 사랑에 빠졌다는 점을 상기해 볼 때 두 사람의 사랑이 가지는 의미는 결코 작다 할 수 없을 것이다. 헤어진 뒤로 전쟁이 끝날 때까지, 혹은 매창이 세상을 떠나기 전까지 만나지 못했던 것으로 보이기 때문에 임진왜란으로 인한 이별은 이승에서 마지막이 되는 셈이었다. 최경창과 홍랑처럼 헤어질 때의 상황을 알려 주는 정보가 전혀 없었으므로 저간의 사정은 알 수 없지만 연인과 이별을 한 후 가을바람이 소슬하게 부는 날 그리움으로 몸부림치던 그녀는 시조 한 수를 지은 것으로 보인다. 이것이 저 유명한 '이화우 흩날릴 제'로 시작하는 작품이다.

梨花雨 훗쑤릴 제 울며 잡고 離別훈 님
秋風 落葉에 져도 날 싱각는가
千里에 외로온 쑴만 오락가락 ᄒ노매

우리에게 너무나 익숙한 이 시조는 형식적 특성으로는 시간의 역행 구조를 보이고 있으며, 내용적인 특성으로는 이별의 슬픔을 그리움으로 연결하여 예술적 아름다움으로 승화시키고 있는 점을 지적할 수 있다. 먼저 시간의 역행구조를 보자. 배꽃이 비처럼 흩날리는 계절인 봄은 우주의 무수한 생명체가 새롭게 태어나면서 수많은 만남이 이루 어지는 시간이다. 그런 만남의 시간에 화자인 매창과 그녀의 연인인 유희경은 차마 떨어지지 않는 소매를 부여잡고 울면서 이별을 한다. 우주의 시간은 만남의 시간이지만 화자가 맞이하는 현실의 시간은 이 별의 시간이 되어 절묘한 대비를 이루고 있다. 생명이 탄생하는 시간 을 사랑의 죽음이라는 시간으로 치환하여 노래함으로써 이별의 슬픔 을 더욱 고조시키는 수법이 바로 시간의 역행구조이다. 이러한 시간 의 역행구조는 다음 행으로 이어지면서 새로운 희망을 싹틔우고 있 다. 가을을 나타내는 추풍세우秋風細雨는 가을비에 내리는 가랑비로 나무에서 잎을 떨어뜨리는 죽음의 시간이다. 자연의 시간은 죽음의 시간이지만 화자의 시간은 이것과 반대의 시간이다. '저도 날 생각는가'라고 했으니 비록 멀리 떨어져 있으나 서로가 그리워하고 있으며, 사랑의 끈이 끊어지지 않았음을 노래하고 있기 때문이다. 초장에서는 생명의 탄생과 만남의 시간에 사랑의 죽음과 이별을 노래하여 이별의 슬픔을 승화시키고, 중장에서는 생명의 죽음과 이별의 시간에 연인에 대한 그리움과 만남에 대한 희망을 통해 사랑을 부활시키고 있는 것이다. 이처럼 절묘한 시간의 역행구조는 종장으로 이어지면서 한층 고조된 정서를 풀어내고 있다. '천리에 외로운 꿈만 오락가락한다'고 했으니 현실적으로는 만나지 못해서 외롭지만 그런 꿈이라도 오락가락할 수 있는 것은 앞에서 보여 준 시간의 역행구조를 통해 승화시킨 이별의 슬픔과 사랑의 부활 때문이라고 할 수 있다. 이러한 구조는 종장에서는 공간적 한계를 극복하는 디딤돌이 되니 천 리나 되는 거리를 두고 떨어져 있는 두 사람 사이에 오가는 꿈은 영원한 사랑의 꿈으로 거듭날 수 있게 되었던 것이다.

시조라는 짧은 형태의 작품 속에서 시간의 역행을 통해 이별의 슬픔을 그리움으로 연결하여 공간적인 한계를 극복함으로써 사랑의 부활을 꿈꾸는 이러한 표현방법이야말로 매창이 아니고서는 생각하기 어려운 수법이라고 할 수 있다. 한편, 조선시대 사대부가 지은 가사에서는 시간적 순환성을 통해 자신의 이루고 싶어 했던 상상의 세계를 현실화하는 작품들이 등장하기도 한다.

4. 가사와 시간성의 미학

가사는 시조와 더불어 조선시대 시가문학의 양대 산맥을 이룬 작품이다. 놀이공간에서 주로 향유되었던 시조가 작가 개인의 정서를 노래하기에 알맞은 갈래였다면, 가사는 정치적 이념과 교훈적인 내용들을 중심으로 노래하면서 그 속에 작가의 이념과 정서를 담을 수 있는 갈래라고 할 수 있다. 조선조의 가사문학은 불우헌 정극인이 지은 「상춘곡」에서 시작한 것으로 본다. 물론 가사의 효시는 고려 말의 나옹화상懶翁和尙이 지었다는 「서왕가西往歌」나 「승원가僧元歌」라고 할 수 있으나 가사가 조선조 사대부들이 중심 되는 한글문학 갈래였음을 생각할 때, 본격적인 출발은 정극인의 「상춘곡」을 그 시발점으로 잡을 수 있기 때문이다. 그 후 조선조 사회가 끝날 때까지 가사는 상당히 많은 수의 작가들이 참여하여 다양하면서도 엄청난 양의 작품들을 지어내는데, 조선조 후기에 가서는 영남지방을 중심으로 한 부녀자들의 내방가사內房歌辭까지 등장하여 그 폭을 더욱 넓혀 주게 된다. 이러한 발달과정에서 조선 초기에 사대부들이 지은 작품은 순환적 시간이 개입하는 구조로 되어 있어서 매우 특이한 성격을 보여 주고 있다. 가사에서 시간이 작품에 관여하는 방식은 크게 두 가지로 구분된다. 하나는 인간세상인 하계에서 신선의 세계인 선계로 가는 과정에 순환적 시간이 관여하는 방식이고, 다른 하나는 선계에서 하계로 오는 과정에 순환적 시간이 개입하는 방식이 그것이다.

하계에서 선계로 들어가기 위하여 시간적 순환성을 개입시키는 작품은 서사, 본사, 결사라는 삼단구성을 가지는 것이 특징인데, 다음과 같은 내용으로 되어 있다. 서사는 작품의 시작 부분으로 작가가 지향하는 선계의 시공時空으로 가기 위한 도입 부분이다. 이때의 시간과 공간은 일치하는 것이 특징이다. 즉, 시간은 작가가 처한 현재의 시간으로 인간세상에서의 삶이 녹아 있는 직선적이고 순간적인 것으로 한

번 흘러가면 다시는 돌아오지 않는다. 음모와 모략이 소용돌이치는 시간이며, 생로병사가 지배하는 시간인 것이다. 그러므로 서사의 시간은 바로 인간의 시간이 된다. 영원성도 없고, 순수함도 없으며, 모든 것이 상대적이고 순간적인 상태가 바로 서사에서 보이는 시간의 의미다. 서사에서 노래하는 시간은 이처럼 세속적인 의미 안에서 파악되는 것이지만 공간은 약간 다른 성격을 가지는 것으로 보인다. 왜냐하면 이러한 유형으로 분류될 수 있는 작품들은 모두 세속적인 공간의 끝이며 선계적인 공간의 시작점이 될 수 있는 곳을 소재로 하고 있기 때문이다.「면앙정가」의 소재가 되는 면앙정이 그렇고,「성산별곡」의 무대가 되는 식영정息影亭이 그렇다. 작품의 소재가 되는 이 공간들은 현실 안에 있으면서도 세상의 끝에 있는 것으로서 일정한 장치를 통해 언제든지 선계의 공간으로 들어갈 수 있는 상태를 간직하고 있다. 따라서 바로 뒤에 오는 본사에서는 하계에서 선계로 옮겨 갈 수 있는 장치를 가질 것을 필연적으로 요구하게 된다.

선계의 공간은 하계의 그것과 구별되는 신성성과 순수성을 간직한 공간이며, 시간의 구속을 받지 않는 공간이다. 조선시대의 사대부가 추구하는 이상적 세계관을 실현할 수 있는 곳이 바로 선계의 공간이 되는 것이다. 그렇다면 가사의 작가는 어떤 수단을 통해 하계의 공간에서 선계의 공간으로 들어가게 되는 것일까? 하계의 공간에서 선계의 공간으로 들어가는 매개체로 작용하는 것이 바로 시간인데, 이때의 시간은 하계의 시간이면서 동시에 선계의 시간으로 갈 수 있는 장치를 함유한 것이어야 한다. 위에서 정의한 것처럼 인류가 인지하고 있는 시간은 어디에서 와서 어디로 가는지는 알 수 없지만 돌아오지도 않으며 순환되지도 않는 직선으로 이루어진 존재이다. 그러므로 이 시간은 절대 반복될 수 없어서 영원성을 가질 수 없게 된다. 다만 시간이라는 것 자체만이 영원할 뿐이다. 따라서 인간의 능력으로 파악되는 하계의 시간은 비반복적인 순간의 연속일 뿐이지 그것 자체가 영원성을 가질 수는 없게 되는 것이다. 그러나 선계의 공간과 시간은 영원성을 가진 것으로 설정되기 때문에 하계의 순간적 시간으로는 영원성을 기본으로 하는 선계의 시간과 공간으로 들어갈 수 없다. 이처럼 일회적 성격을 가지는 하계의 시간만으로는 어떠한 변화도 꾀할 수 없으므로 일회적 시간을 반복적이고 순환적인 시간으로 바꾸는 것이 가능할 때만 영원성을 간직한 선계의 시간과 공간으로 들어갈 수 있게 된다. 즉, 회귀하지 않는 단선적인 시간을 일정한 주기로 돌아오는 순환적인 시간으로 바꿀 때만 선계의 시공으로 들어갈 수 있게 된다는 것이다. 여기에 활용되는 것이 바로 사계의 순환이다. 봄, 여름, 가을, 겨울은 일 년을 주기로 언제나 반복되는데 이러한 자연현상을 작품의 구성요소로 끌어들임으로써 작가는 일회적 시간을 순환적 시간으로 돌려놓게 된다. 그렇게 함으로써 이제 시간은 순간적으로 흘러가는 존재가 아니라 순환하는 존재로 바뀌게 되고 영원성을 획득하게 되는 것이다. 따라서 작품을 통해 표현되는 작가의 정서는 시간을 넘어서서 사계절이란 순환적 시간에 실려 영원성과 순수성을 가진 선계의 시공으로 옮아가게 되는 것이다.

이렇게 하여 선계의 시공으로 옮아 온 작가는 작품의 결사 부분에서 자신의 이상을 드러내어 표현하게 된다. 영원성을 얻은 선계의 시간과 공간은 작가에게 무한한 가능성을 열어서 보여 주게 된다. 이제 결사에서의 시간은 영원성이라는 속에서 정지한 것이나 다름없는 것이 되고, 공간은 모든 번민과 고통에서 벗어난 순수의 공간이 되는 것이다. 따라서 작가는 신선이 되며 주변의 모든 환경 또한 그렇게 설정된다. 결사에서 보여 주는 시간은 서사에서 보여 주는 시간과 마찬가지로 현재의 시간이지만 순간적 시간이 아닌 영원한 시간이 되어 질적으로 전혀 다른 현재가 된다. 이에 따라 공간의 개념 역시 크게 바뀌게 되는데, 하계의 질서에 영향을 받는 공간에서 선계의 질서에 부응하는 공간으로 바뀌게 되는 것이다. 좀 더 구체적으로 말하면 작품의 소재가 되는 공간의 시간들이 사계의 시간을 통해 순환성으로 파악되면서 영원성과 관계를 가지게 되고, 그것이 선계에 대한 표현과 맞물리면서 선계의 시간으로 지양止揚되는 양상을 띠게 된다는 것이다. 「성산별곡」을 보자.

「성산별곡」은 크게 세 부분으로 나누어진다. 앞부분의 서사, 중간 부분의 본사인 사계절 부분, 그리고 결사에 해당되는 부분이 그것이다. 본사 부분을 제외하고 보면 시간성으로 보아서는 서사와 결사 부분은 작가가 처한 현재의 시간인 것으로 보인다. 그런데 현재라는 시간은 같지만 작가가 보는 시간의 질은 다르다. 앞의 것은 「성산별곡」의 소재가 되는 성산이라는 공간적인 문을 통해 자신이 바라는 시간 혹은 공간으로 들어가기 전의 현실적인 현재이지만 결사의 시간은 자신이 바라던 곳에서 느끼는 현재의 시간이기 때문에 그렇다. 좀 더 구체적으로 말하면 앞의 시간은 속세의 시간이고, 뒤의 시간은 선계의 시간인 것이다. 공간으로 말하자면 현실의 공간과 선계의 공간이다. 따라서 서사에 해당되는 부분은 선계의 시간으로 들어가기 위한 하나의 입구가 되는 셈이다. 그렇다면 작가는 어떤 방법으로 자신이 원하는 시간인 선계의 시간으로 가는 것일까? 이것에 대한 해답은 본사에 해당되는 사계의 시간에 있는 것으로 보인다.

춘하추동의 사계절은 자연에 의해서 주기적으로 반복되는 시간이며 인간들에 의해서 순환성으로 파악되는 시간이다. 그러므로 사계절의 순환성은 영원성으로 이어진다. 시간자체가 순환성으로 이해될 때 우리는 여기에 영원성을 부여할 수 있게 되고, 영원적인 시간이 끼어들 수 있는 여지를 마련하게 된다. 그러므로 사계절의 순환적 시간 속에 진행되는 본사에서는 작가가 지향하는 선계에 대한 것들이 중간중간에 끼어들게 되면서 미래를 지향하는 시간들이 나타나게 된다. 「성산별곡」에는 사계절의 순환장치와 함께 또 하나의 순환이 있는데 그것이 바로 하루의 순환이다. 이 작품에서 보이는 하루는 밤과 낮의 단순한 나눔이 아니라 사계절과 맞대응하는 시간으로 나누어서 순환시키고 있어서 매우 특이하다는 느낌을 준다. 사계절의 순환을 아침, 낮, 밤, 새벽으로 대응시켜 함께 돌아가도록 함으로써 이중의 순환구조를 가지도록 만든 것이다.

따라서 서사에서 보이는 소재적 측면이 강한 성산의 경물과 사계절의 시간은 작품의 체體를 형성하면서 기본적인 구조를 만들게 되고, 이것이 하루의 순환과 맞물리게 됨으로써 선계로 들어가는 더욱 강한 기법으로 활용하게 되는 것이다. 이런 점에서 볼 때 「성산별곡」은 순환성으로 이해된 자연적이고 단선적 시간을 작가가 지향하는 초월적 시간성과 결합시켜 나타냄으로써 예술적 완성도를 높인 작품이라고 할 수 있다. 이제 작품을 통해 이러한 사실들을 하나하나 확인해 보도록 하겠다.

엇던 디날 손이 성산星山의 머믈며셔
서하당棲霞堂 식영뎡息景亭 쥬인主人아 내 말 듯소

인싱人生 셰간世間의 됴흔일 하건마는
엇디 호강산江山을 가디록 나이녀겨
젹막산중寂寞山中의 들고아니 나시는고
숑근松根을 다시쓸고 듁상竹床의 자리보와
져근덧 올라안자 엇던고 다시보니
텬변天邊의 썻눈구름 셔셕瑞石을 집을사마
나는둧 드는양이 쥬인主人과 엇더흔고
창계滄溪 흰물결이 정자亭子알픠 둘러시니
텬손운금天孫雲錦을 뉘라서 버혀 내여
닛는둧 펴티는둧 헌수토 헌수홀샤
산듕山中의 칙력冊曆업서 스시四時롤 모로더니
눈 아래 헤틴 경景이 쳘쳘이 절로 나니
듯거니 보거니 일마다 선간仙間이라

　　지나가는 길손이 성산의 식영정 주인에게 말을 건네는 것으로 시작
하는 이 작품은 서사에서는 식영정의 시간과 공간이 세상의 끝임과
동시에 선계의 시작이라는 사실을 암시적으로 보여 주면서 노래하고
있다. 식영정 주변의 경물은 과객인 송강이 머물렀던 정치적 음모가
판치는 세상과는 다른 어떤 곳이며, 시간의 흐름이 자연의 섭리 속에
있으면서도 선계와 맞닿아 있고, 공간 역시 세상을 떠나 있다는 사실
을 노래하고 있다. 식영정이란 이름에서 이미 선계의 도리를 깨우친
의미를 느낄 수 있으니 과객인 송강이 감탄하고도 남음이 있다. 식영
은 『장자莊子』의 「어부」편에 나오는 말로 세상의 모든 명리名利에서 떠
나 일은逸隱의 경지에 올라 있다는 뜻을 가지고 있다.

어떤 사람이 자신의 그림자를 두려워하고 스스로의 발자취를 싫어하여 그로부터 멀리 달아나기로 했다. 그런데 발을 움직이는 횟수가 많아질수록 자취도 많아지고, 빨리 달려 달아날수록 그림자가 몸에서 떨어지지 않는 것이었다. 달음질이 더뎌서 그런 줄로 알고 쉬지 않고 계속해서 달아나다가 힘이 다해 마침내 죽게 되었다. 그늘에 서면 그림자가 생기지 않고, 움직이지 않으면 흔적이 없게 되는 것을 알지 못했으니 어리석기 그지없다.[95]

세상의 모든 명리로부터 떠나겠다는 의지가 담긴 이름이 바로 식영이니 이 말 속에 이미 선계에 이를 수 있는 가능성이 맹아의 형태로 자리하고 있으며, 주인의 품격 역시 그런 상태에 이른 것을 나타냈다고 볼 수 있다. 일회성을 가지면서 순간적이고 단선적으로 지나가는 자연의 시간이 아니라 움직임을 멈추어서 시간을 뛰어넘는 선계의 시간 상태를 추구하는 것이 바로 '식息'이요, 양지에 서지 않고 그늘에 자리함으로써 속세와 관련이 있는 어떤 그림자도 만들지 않는 상태가 바로 '영影'인 것이다. 이처럼 식영정의 주인은 선계의 시공에 이르러 있지만 작가인 송강은 아직 하계의 시공에 속해 있다. 이러한 상태를 노래한 부분이 바로 서사이다.

조선조의 사대부라면 모두가 그렇듯이 송강의 욕망 역시 식영정의 주인과 같은 경지에 오르기를 원한다. 그래서 송강은 다음으로 이어지는 본사에서 자연의 일회적 시간을 순환적 시간으로 치환하는 기법

---

95   人有畏影惡迹而去之走者擧足愈數而迹愈多走愈疾而影不離身自以爲尙遲疾走不休絶力而死不知處陰以休影處靜以息迹愚亦甚矣(『莊子』,「漁父」篇)

을 쓰게 된다. 「성산별곡」의 본사에 해당되는 이 부분은 표면상으로는 식영정과 성산의 사계를 노래한 것이라 이해할 수 있는데 이 과정에서 식영정의 시간은 선계의 시간으로 옮아가고 그에 따라 공간 역시 선계의 공간으로 거듭나게 된다.

> 미창梅窓 아젹 볏히 향긔香氣예 줌을 세니
> 산옹山翁의 히욜 일이 곳 업도 아니ᄒ다
> 울 밋 양디陽地 편의 외씨롤 세허 두고
> 미거니 도도거니 빗김의 달화 내니
> 청문고ᄉ靑門故事롤 이제도 잇다 홀다
> 망혀芒鞋롤 비야 신고 듁댱竹杖을 훗더디니
> 도화桃花 픤 시내 길히 방초쥬芳草洲의 니어셰라
> 닷봇근 명경明鏡 듕中 절로 그린 셕병풍石屛風
> 그림재 벗을 삼고 새와로 홈ᄭᅴ 가니
> 도원桃源은 여긔로다 무릉武陵은 어드매오

춘사春詞에서 표면상으로 보이는 시간은 분명히 일회성의 성격을 지닌 하계의 시간이다. 그 시간은 잠을 자고 난 후 눈뜨는 시간이며 울 밑의 양지쪽에 외를 심어 키우는 일상적인 행위를 하는 시간이다. 그러므로 그 시간은 만물이 소생하는 봄의 시간이며 일반적으로 인식되는 시간이고 한곳으로 흘러가서 여름으로 가는 그런 시간이다. 그러므로 화자는 물론 산옹山翁도 이 시간을 멈출 수는 없다. 이 세상에 존재하는 모든 현존재는 이 시간의 지배를 받게 되기 때문이다. 시간의 성격이 이러하므로 산옹과 화자가 함께 있는 것으로 추정되는 공간 역시 하계의 공간을 벗어나지 못한다. 이런 상태에서 이 공간은 유한한 존재가 한정된 삶을 영위하는 지극히 제한된 의미로서의 공간이된다. 유한한 존재로 언젠가는 죽음을 맞이해야 하는 인간은 자신이없으면 공간도 없는 것으로 지각하기 때문에 자신이 살아 있는 동안만 의미를 가지는 공간이 되는 것이다. 그러므로 이 상태의 공간은 흘러가 버리고 마는 일회성의 시간에 절대적으로 구애를 받게 된다. 왜냐하면 시간 속에 나타나고 시간 속에서 변화하며, 시간 속으로 사라지는 존재인 인간은 시간에서 느끼는 변화를 공간에 투영시켜 이해함으로써 시간의 흐름에 따라 공간의 의미를 바꾸기 때문이다. 이 말 속에는 인간이 절대적으로 시간의 지배를 받고 있는 존재라는 사실도함께 포함하고 있다. 이처럼 시간의 절대적 지배 아래 있는 인간에게있어서 공간은 시간의 변화에 따라 그 의미를 달리할 수밖에 없게 되는 것이다. 시간의 성격에 따라 공간의 의미가 결정되는 이런 형태의현실은 화자의 삶이 하계의 시간에 머물러 있는 한 그것을 벗어날 수없게 만든다. 따라서 화자는 이러한 한계를 극복하고 선계의 시간으로 들어가기 위한 수단을 필요로 하게 된다.

춘사에서 표현되는 표면적 시간과 공간은 하계의 것이지만 작자가느끼고 바라보는 시공은 이미 그것을 넘어서고 있다는 점을 주목할필요가 있다. 화자는 분명 하계의 시간 속에서 잠이 들었지만 잠을 깰때는 이미 그 시간은 선계의 것으로 옮아간 상태다. 매화 향기, 청문고사에 버금가는 삶, 망혜와 죽장, 도화 핀 시내, 그림자와 새로 벗을삼는 도원桃源 등의 표현들은 한결같이 하계의 시간을 거슬러 영원성을 통해 선계로 나가는 매개체가 된다. 이제 봄은 한순간의 지나가는시간이 아니라 영원성을 얻은 봄이 된다. 추위 속에 피는 매화 향기에서 시작한 식영정에서의 봄은 청문고사와 도화 핀 방초주를 길라잡이로 하여 시간을 거슬러 이미 도원의 영원한 봄으로 실현된 것이다. 따라서 이제 무릉이란 공간은 화자의 공간 개념에서 제외된다. 이미 선계의 시간 속에 들어와 있는 화자에게 무릉은 속세의 공간일 뿐이므로 화자는 '무릉은 어디메오'라고 반문하고 있는 것이다. 무릉과 엄청난 거리가 있는 도원에 화자와 산옹이 있으며, 이것은 변화하지 않는 영원한 봄을 간직한 선계의 봄으로 탈바꿈한다.

남풍南風이 건듯 부러 녹음綠陰을 헤텨 내니
절節 아는 괴꼬리는 어딕로셔 오돗던고
희황羲皇 벼개 우희 풋줌을 얼픗 셰니
공중空中 저즌 난간欄干 블 우희 셔 잇고야
마의麻衣룰 니믜 츠고 갈건葛巾을 기우 쓰고
구브락 비기락 보는거시 고기로다
ᄒᆞᄅ밤 비 긔운의 홍빅년紅白蓮이 섯거 픠니
ᄇᆞ람긔 업시셔 만산萬山이 향긔로다
념계廉溪룰 마조보아 태극太極을 뭇줍는 듯
태을진인太乙眞人이 옥ᄌᆞ玉字룰 헤혓는 듯
노ᄌᆞ암鸕鷀巖 건너보며 ᄌᆞ미탄紫微灘 겨퇴 두고
댱숑長松을 챠일遮日사마 셕경石逕의 안자ᄒᆞ니
인간人間 뉴월六月이 여긔는 삼츄三秋로다
쳥강淸江 섯는 올히 빅사白沙의 올마 안자
빅구白鷗룰 벗을 삼고 줌 길 줄 모르나니
무심無心코 한가閑暇ᄒᆞ미 쥬인主人과 엇더ᄒᆞ니

하사夏詞의 소재가 되는 시간은 자연적인 현상 중의 하나인 여름의 시간이지만 이미 이 여름은 일방적으로 흘러가는 그런 여름이 아니다. 모든 시간이 정지한 상태의 여름이며, 희황羲皇과 주염계朱濂溪, 그리고 태을진인太乙眞人과 함께하는 시간으로서의 여름인 것이다. 우주의 원리를 궁구하고 무심함과 한가로움이 함께하는 시간들이 바로 하사에서 노래하는 시간이다. 꾀꼬리, 홍백련, 오리, 백구 등은 모두 화자와 산옹이 형상적으로 투영된 것이기 때문에 더 이상 자연물도 아니며 유한한 존재도 아니다. 그들은 화자와 산옹과 함께 선계의 시간 속으로 들어왔으며 변하지 않는 공간점유자가 되어 영원성을 얻게 된 것이다.

그러나 화자는 여기에 머무르지 않는다. 왜냐하면 위에서 얻어진 영원성은 다른 영원성과 관계를 가질 때만 그 상태가 유지되며 진정한 영원성을 얻을 수 있기 때문이다. 따라서 화자는 인간세상과 선계의 세상을 대비시켜 표현함으로써 다음 계절인 가을로 넘어갈 준비를 하게 된다. "인간 뉵월이 여긔는 삼츄로다"라고 노래함으로써 화자가 처한 시간이 인간세상의 시간을 훨씬 넘어서고 있음을 보여 주고 있다. 이렇게 함으로써 하사는 영원성을 얻음과 동시에 추사秋詞로 이행할 수 있는 여지를 확보하게 된다. 인간 속세의 변화를 통해 영원성을 얻으며, 변하지 않는 영원성 속에서 변화의 실마리를 찾아내는 이러한 표현기법은 「성산별곡」이 가지고 있는 매우 중요한 특징이라고 할 수 있을 것이다.

오동梧桐 서리둘이 亽경四更의 도다 오니
천암만학千巖萬壑이 낫인둘 그러홀가

호쥐湖洲 슈정궁水晶宮을 뉘라서 옴겨 온고

은하銀河롤 씌여 건너 광한뎐廣寒殿의 올랏는 듯

쫙 마존 늘근 솔란 죠디釣臺예 셰여 두고

그 아래 비롤 씌워 갈 대로 더져 두니

홍뇨화紅蓼花 빅빈쥐白蘋洲 어느 스이 디나관디

환벽당環碧堂 뇽뇽龍의 소히 비욻펴 다핫느니

청강淸江 녹초변綠草邊의 쇼 머기는 아히들이

어위롤 계워 단젹短笛을 빗기 부니

믈 아래 줌긴 뇽龍이 줌 씨야 니러날 듯

닉씌에 나온 학鶴이 제 기슬 브리고 반공半空의 소소 쁠 듯

소션蘇仙 젹벽赤壁은 츄칠월秋七月이 됴타 호디

팔월八月 십오야十五夜롤 모다 엇디 과ᄒ 는고

셤운纖雲이 스권四捲ᄒ고 믈결이 채 잔 적의

하늘의 도단 돌이 솔 우히 올라시니

잡다가 쌔딘 줄이 뎍션謫仙이 헌亽홀샤

추사에서 보여지는 시간은 춘사나 하사의 그것에 비해 좀 더 구체
성을 띤 선계의 시간으로 나타난다. 수정궁, 은하, 광한루, 용, 학, 소
선蘇仙과 이적선李謫仙 등은 모두 하계의 시간을 넘어 선계의 시간에서
영원히 살아 있는 존재들이다. 그러므로 이 존재들에 대한 구체적인
묘사를 통해서 화자는 이미 하계의 시공에서 벗어나 선계의 시공으로
들어가 있음을 보여 주고 있으며 자신이 가진 도학적 세계관을 좀 더
적극적으로 표현할 수 있게 된다.

시간의 영원성을 강조하기 위한 수법으로 쓰이는 이러한 시어들은

그것이 지향하는 의미가 점차 선계의 존재들에 가까워지면서 강렬해 지고 있음도 간과해서는 안 될 것으로 보인다. 춘사의 매화 향기, 청 문고사, 무릉도원 등이 하사의 희황과 주염계, 그리고 태을진인으로 이어지면서 좀 더 강도를 높이더니 추사에서는 수정궁, 은하, 광한루, 용, 학 등으로 더욱 구체화되면서 선계의 시간 속에 들어왔음을 강조 해서 나타내고 있는 것이다. 이러한 기법은 시어가 가진 용사적用事的 성격에 의해서 가능하게 된다는 점에서 일반적인 점층법과는 구별되 는 수사법이라고 할 수 있을 것이다.

> 공산空山의 싸힌 닙흘 삭풍朔風이 거두 부러
> 셰구름 거ᄂ리고 눈조차 모라오니
> 텬공天公이 호소로와 옥玉으로 고즐 지여
> 만슈천림萬樹千林을 ᄭ며곰 ᄂᆯ셰이고
> 압 여흘 ᄀ리 어러 독목교獨木橋 빗겻ᄂ더
> 막대 멘 늘근 즁이 어ᄂ 뎔로 간닷 말고
> 산옹山翁의 이 부귀富貴롤 ᄂ음ᄃ려 헌ᄉ마오
> 경요굴瓊瑤屈 은셰계隱世界롤 ᄎᄌ리 이실셰라

이제 동사冬詞에서는 사계절의 흐름과 순환을 마무리하면서 시간 적으로나 공간적으로나 모두 선계에 이르고 있음을 보여 준다. 눈과 옥의 대비를 통하여 선계의 시간과 공간이 완전히 확립되었음을 보 여 주면서 막대 멘 늙은 중을 통하여 화자와 산옹이 있는 세계가 인 간세상과는 완전히 분리된 세계라는 사실을 좀 더 극명하게 보여 준 다. 이제 여기서는 시간이 별로 의미를 가지지 못한다. 시간은 멈추어서 영원히 고여 있고 경요굴 은세계라는 공간만이 그 의미를 가질 뿐이다. 그렇기 때문에 동사에서는 시간에 대한 언급이 거의 없다. 독목교로 비유되는 인간세상으로 통하는 시간의 끈이 가는 실처럼 남아 있을 뿐 화자와 산옹이 있는 경요굴 은세계는 이제 시간의 지배를 받지 않는다.

위에서 살펴본 바와 같이 본사의 춘사, 하사, 추사, 동사는 사계절에 대한 묘사를 통해 하계의 시간과 공간을 선계의 시간과 공간으로 옮겨 놓는 구실을 한다. 그런데 여기서 우리가 놓치지 말아야 할 것이 하나 더 있다. 그것은 다름 아닌 사계절의 순환과 더불어 하루의 순환이 맞물려 표현되고 있다는 사실이다. 결론부터 말하자면 시간으로 보아 춘사는 아침을 노래하였고, 하사에서는 낮을 노래하였으며, 추사에서는 밤을 노래하고 있으며, 또한 동사에서는 새벽을 노래하고 있는 것으로 이해된다는 것이다. 일 년 중 봄은 만물이 소생하여 기지개를 펴는 시기이며 하루 중 아침 역시 모든 것들이 시작되는 시간이기도 하다. 그리고 여름은 만물이 길러지는 시기이며 한낮은 세상의 모든 것들이 스스로를 드러내는 그런 시간이다. 이에 비해 가을은 죽음의 계절이며 거두어들이는 시기이니 하루에 있어서는 달이 해를 대신하는 저녁이나 밤에 해당된다. 달이 밝은 밤은 선계에 이르는 새로운 길을 열어 주는 시간이 되는 것이다. 겨울은 만물이 땅속으로 들어가서 새봄을 기다리는 시기이다. 하루 중에는 아무런 움직임과 소리가 없는 새벽에 해당된다고 볼 수 있다. 새벽은 조용히 아침을 기다리면서 새로운 세계에 대한 준비를 하는 시간이니 공간상으로는 인간세계와 완전히 떨어진 선계를 표현하기에 가장 적합한 것이 된다.

「성산별곡」이 선계의 시공을 예술적으로 추구하는 화자의 여정이라고 볼 때[96] 순환적 시간을 매개로 하여 화자가 보여 주는 순환성은 사계절의 순환에 그치지 않고 낮과 밤이라는 매개체를 통해 하루의 순환도 함께 보여 주고 있다. 여기에서 일 년과 하루의 맞물린 이중적 순환이 상승작용을 일으켜 이 작품이 갖는 예술적 아름다움을 더욱 높여 주고 있음을 발견할 수 있다.

산듕山中의 벗이 업서 황권黃卷를 쌔하 두고
만고萬古 인믈人物을 거스리 혜여ᄒ니
셩현聖賢은 만ᄏ니와 호걸豪傑도 하도 할샤
하ᄂᆯ 삼기실 제 곳 무심無心홀가마는
엇디훈 시운時運이 일락배락 ᄒ얏ᄂ고
모롤 일도 하거니와 애ᄃ올옴도 그지업다
긔산箕山의 늘근 고불 귀는 엇디 싯돗던고
일표一瓢를 썰틴 후後의 조장이 더옥 놉다
인심人心이 ᄂᆺ ᄀᆺᄐ야 보도록 새롭거ᄂᆞᆯ
셰ᄉ世事는 구롬이라 머흐도 머흘시고
엇그제 비즌 술이 어도록 니건ᄂᆞ니
잡거니 밀거니 슬ᄏ장 거후로니
ᄆᆞ옴의 미친 시롬 져그나 ᄒᆞ리ᄂᆞ다
거믄고 시옭 언저 풍입숑風入松 이야고야

96　표면적으로 보아서는 「성산별곡」은 식영정과 성산의 아름다움을 노래하고, 그 주인을 찬양하는 것으로 되어 있으나, 그 속에 담고 있는 이면적 내용은 작가가 가진 이념과 세계관이 중심을 이루는 것으로 보아야 한다. 이렇게 볼 때 「성산별곡」은 송강 정철이 추구하는 도가적 삶과 이상향을 노래한 것으로 볼 수 있다.

손인동 쥬인主ㅅ인동 다 니저 보려셰라

댱공長空의 썻는 학鶴이 이 골의 진션眞仙이라

요디瑤臺 월하月下의 힝혀 아니 만나신가

손이셔 쥬인主ㅅ두려 닐오디 그디 권가 ᄒ노라

　결사에서는 선계의 시간과 공간에 화자와 주인이 함께 있는 상태를
노래하고 있다. 하계의 시공에서 계절과 하루의 순환이라는 두 매개
체를 통해 영원성의 세계에 들어온 화자는 이제 결사에서 자신이 추
구하는 이념을 직접적으로 드러내게 된다. 술을 마시면서 시름을 잊
어버리고 손과 주인의 구별이 없어질 정도로 화자는 하계의 시간을
넘어 선계의 시공에 와 있는 것이다. 기산箕山의 성자를 따르고 싶었
으나 자신의 고향이나 다름없는 험하고 험한 세상과의 인연도 어쩔
수 없는 상태가 바로 화자의 현실인데, 그것을 잊게 해 주어 선계의 공
간에 함께할 수 있도록 하는 것이 바로 술과 학과 주인이라는 것이다.
이렇게 함으로써 화자인 작가는 당쟁과 정치적 음모가 소용돌이치는
인간세상인 하계의 공간을 벗어나 시간의 구속을 받지 않는 선계의
공간으로 들어올 수 있었고 이것이 예술적으로 형상화되면서 「성산
별곡」이라는 가사작품을 완성하게 되었던 것이다. 이상에서 논의한
내용들을 하나의 표로 제시하면 다음과 같다.

　서사는 화자와 주인이 아직 하나로 합일되지 않은 상태를 나타낸
다. 따라서 서사는 하계의 시간과 공간에 머물러 있는 상태를 노래한
것이다. 그러므로 지나가는 길손인 화자가 주인에게 말을 건네는 것
으로 시작한다. 아직까지 화자와 주인은 시간상으로나 공간상으로나
엄청나게 먼 거리에 있다. 따라서 서사에서는 주인이 화자의 물음에

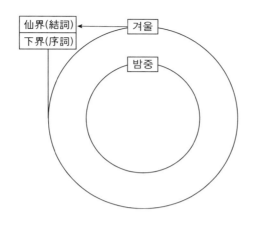

대답하지 않는다. 시공이 서로 다른 상태에 있기 때문에 선계의 주인은 하계의 화자에게 어떤 말도 할 수 없는 것이다. 결국 서사에서는 화자의 일방적인 독백의 방식으로 작품이 이어져 나간다. 서사에서 화자는 아직 길손일 뿐이다.

본사로 이어지면서 화자는 주인이 머물고 있는 공간에 좀 더 가까이 가게 된다. 봄, 여름, 가을, 겨울로 나누어 구성된 본사는 사계절의 순환을 통하여 일회성으로 지나가는 시간을 계속해서 순환하는 시간으로 돌려놓는 데 성공한다. 직선의 시간을 곡선의 시간으로 돌려놓음으로써 화자는 비로소 선계의 시공으로 들어갈 수 있는 가능성을 발견하게 되는 것이다. 그러나 송강은 사계절의 순환만으로 본사를 구성하지 않고 각각의 계절에 하루의 순환을 맞대응시켜 노래하여 이중적 순환의 시간성을 담을 수 있게 됨으로써 작품의 예술적 완성도를 높여 주고 있다. 봄-아침, 여름-낮, 가을-밤, 겨울-새벽이 대응되는 이중적 순환은 하계의 일회적 순간성에서 선계의 순환적 영원성으로 들어가는 데 더욱 강력한 매개로 작용할 수 있게 되며, 작가의 이념을 예술적으로 실현하는 데 중요한 몫을 담당하게 되는 것이다.

본사의 순환적 시간성에 힘입어 선계의 시공으로 들어온 화자는 이제 주인과 마주하여 술을 마시면서 대화를 주고받을 수 있게 된다. 이에 따라 결사에서 주인이 화자에게 질문을 하는 방식으로 진행된다. 손과 주인의 구분이 없어진 상태가 되자 서사에서는 어떤 반응도 없던 주인이 이제는 화자에게 신선을 보았느냐고 물을 정도가 된 것이다. 선계의 인물인 주인과 하계의 인물인 화자가 완벽한 일치를 보이면서 선계의 시간 속에 함께하는 것으로 이 작품은 마무리되니 작가가 지닌 언어의 탁월한 조탁능력과 함께 순환적 시간성을 바탕으로 한 구조적 특성에서 오는 예술적 아름다움은 가사문학의 백미白眉라 해도 과언이 아닐 정도로 최고의 경지에 올라가게 되는 것이다.

「사미인곡思美人曲」은 송강 정철이 전라도 창평으로 귀양을 가서 송강정에 머물 때에 지은 가사이다. 이 작품은 「속미인곡續美人曲」, 「관동별곡關東別曲」 등과 함께 조선시대 최고의 충신연군지사로 꼽힌다. 조선 후기의 김만중金萬重은 『서포만필西浦漫筆』에서 세 작품을 동방의 이소離騷라고 극찬한 바 있으며, 홍만종은 『순오지』에서 「사미인곡」을 중국 삼국시대의 충신인 제갈공명諸葛孔明이 지은 「출사표出師表」에 견줄 만하다고 할 정도로 뛰어난 가사로 평가받는다. 중국 초나라의 충신이었던 굴원屈原이 지었다는 「이소」와 유비劉備의 책사였던 공명이 지었다는 「출사표」는 충성스러운 내용과 함께 문체가 가장 아름다운 글로 손꼽히는데, 송강의 가사를 이것에 견줄 만하다고 했으니 최고의 찬사가 아닐 수 없다. 작품을 보자.

이 몸 삼기실 제 님을 조차 삼기시니
훈 싱 연분緣分이며 하놀 모랄 일이런가

나 ᄒ나 졈어 잇고 님 ᄒ나 날 괴시니

이 ᄆᄋᆞᆷ 이 ᄉᆞ랑 견졸 ᄃᆡ 노여 업다

평생平生애 원願하요ᄃᆡ 한ᄃᆡ 녜쟈 ᄒᆞ얏더니

늙거야 므ᄉ 일로 외오 두고 그리ᄂᆞᆫ고

엇그제 님을 뫼셔 광한뎐廣寒殿의 올낫더니

그 더ᄃᆡ 엇디ᄒᆞ야 하계下界예 ᄂᆞ려오니

올 져긔 비슨머리 헛틀언디 삼년三年일ᄉᆡ

연지분脂粉 잇ᄂᆡ마ᄂᆞᆫ 눌 위ᄒᆞ야 고이 할고

마음의 ᄆᆡ친 시름 텹텹疊疊이 ᄡᅡ혀 이셔

짓ᄂᆞ니 ᄒᆞᆫ숨이오 디ᄂᆞ니 눈믈이라

인생人生은 유한有限한ᄃᆡ 시름도 그지업다

무심無心한 세월歲月은 믈흐ᄅᆞ듯 ᄒᆞᄂᆞᆫ고야

염냥炎凉이 ᄯᆡ를 아라 가는 닷 고텨 오니

듯거니 보거니 늣길 일도 하도 할샤

동풍東風이 건듯 부러 젹셜積雪을 헤텨내니

창窓 밧긔 심근 매화梅花 두세 가지 피여셰라

갓득 냉담冷淡한대 암향暗香은 므사일고

황혼黃昏의 달이 조차 벼마태 빗최니

늣기ᄂᆞᆫ 듯 반기ᄂᆞᆫ 듯, 님이신가 아니신가

뎌 매화梅花 것거내여 님 겨신ᄃᆡ 보내오져

님이 너를 보고 엇더타 너기실고

곳 디고 새닙 나니 녹음綠陰이 실렷ᄂᆞᆫᄃᆡ

나위 적막寂寞ᄒ고 슈막繡幕이 뷔여 잇다

부용芙蓉을 거더 노코 공쟉孔雀을 둘러 두니

갓득 넝담 한대 날은 엇디 기돗던고

원앙금鴛鴦錦 버혀 노코 오색션五色線 플텨내여

금자히 견화이서 님의 옷 지어내니

슈품手品은 크니와 졔도制度도 ᄀ 줄시고

산호슈珊瑚樹 지게우희 백옥함白玉函의 다마 두고

님의게 보내오려 님 겨신 ᄃᆡ ᄇᆞ라보니

산山인가 구룸인가 머흐도 머흘시고

천리千里 만리萬里 길히 뉘라서 ᄎ자 갈고

니거든 여러 두고 날인가 반기실가

ᄒᆞᄅᆞ밤 서리김의 기러기 우러녈 제

위루危樓에 혼자 올나 슈졍념水晶簾을 거든말이

동산東山의 달이 나고 븍극北極의 별이 뵈니

님이신가 반기니 눈믈이 졀로 난다

청광淸光을 띄워내여 봉황누鳳凰樓의 븟티고져

누樓 우희 거러 두고 팔황八荒의 다 비최여

심산深山 궁곡窮谷 졈 낫ᄀ티 밍그쇼셔

건곤乾坤이 폐색閉塞ᄒᆞ야 백셜이 ᄒᆞᆫ비친 제

사람은 크니와 놀새도 긋쳐 잇다

쇼샹瀟湘 남반南畔도 치오미 이러커든

옥누고쳐玉樓高處야 더옥 닐너 므삼 ᄒᆞ리

양츈陽春을 부처내여 님 겨신 더 쏘이고져

모첨茅簷 비쵠 히롤 옥누玉樓의 올리고져

홍샹紅裳을 니믜초고 취슈翠袖랄 반半만 거더

일모슈듁日暮脩竹의 헴가림도 하도 할샤

댜론 히 수이 디여 긴 밤을 고초 안자

쳥등靑燈 거른 겻티 뎐공후 노하두고

꿈의나 님을 보려 툭밧고 비겨시니

앙금鴦衾도 초도 초샤 이 밤은 언제 샐고

ᄒ ᄅ도 열두 ᄣᅵ 혼돌도 셜흔 날

져근덧 생각 마라 이 시롬 닛쟈 ᄒ니

ᄆ 옴의 미쳐 이셔 골슈骨髓의 째텨시니

편쟉扁鵲이 열히 오나, 이 병을 엇디 ᄒ리

어와 내 병이야 이 님의 타시로다

출하리 싀어디여 범나비 되오리라

곳나모 가지마다 간 디 족족 ᄃᆞᆫ니다가

향 므틴 ᄂᆞᆯ애로 님의 오시 올므리라

님이야 날인 줄 모ᄅᆞ셔도 내 님 조ᄎᆞ려 ᄒ노라

「사미인곡」도 앞의 「성산별곡」과 마찬가지로 서사, 본사, 결사의 형태를 지니고 있으며, 봄, 여름, 가을, 겨울이라는 사계절의 순환을 통해 공간의 이동을 가능하게 하는 구조를 가지고 있다. 다만 「성산별곡」에서는 하계에서 선계로 올라가는 상승의 구조인 데 반해, 「사미인곡」은 선계에서 하계로 내려오는 하강의 구조라는 점이 다르다. 이러한 특징은 작가인 송강이 임금의 곁을 떠나 전라도 창평으로 귀양을 가서 지은 작품이라는 점에 기인한 것으로 보인다. 하늘의 선녀가 죄를 짓고 인간세계로 내려오는 구조를 통해 원래 자신이 있던 서울을 선계로 설정하고, 귀양 와 있는 창평을 하계로 설정하여 임금에 대한 그리움과 충성을 곡진하게 노래하고 있는 작품이 바로「사미인곡」이기 때문이다.

이 작품에서 중심이 되는 시간은 현재다. 서사의 시간도 현재고, 본사의 시간도 현재며, 결사의 시간도 현재다. 그런데 서사의 현재는 과거로 향하는 역행의 시간이고, 결사의 현재는 미래를 향하는 순행의 시간이다. 또한 본사의 현재는 돌고 도는 사계절이 가지는 순환적 시간이다. 그러나 서사의 현재와 결사의 현재는 본질적으로 다른 성격을 지닌다. 과거 지향적인 현재에서 출발하였지만 사계절의 순환적 시간을 거치면서 미래 지향적인 현재로 거듭났기 때문이다. 그럼에도 불구하고 여기서는「성산별곡」에서처럼 공간의 이동이 일어나지 않는다. 왜냐하면 귀양이 아직 풀리지 않은 상태이기 때문이다. 공간적 이동이 불가능한 귀양이라는 현실을 바탕으로 할 수밖에 없다는 것에 작가의 슬픔이 담겨 있고, 애절한 그리움과 안타까움이 담겨 있다. 작품의 구조가 가지는 의미를 보자.

「사미인곡」처럼 선계에서 하계로 진행하는 구조를 가지는 작품의 시간은「성산별곡」의 구조와 마찬가지로 현재에서 현재로 진행하며, 본사를 이루는 시간 역시 사계의 시간과 맞물려서 표현되고 있다는 점에서는 현재와 사계절이라는 두 개의 순환이 맞물리는 양상을 띤다. 사계의 순환은 영원성을 얻기 위한 장치이기는 하지만 영원의 시간 속에 있는 선계에서 순간의 시간이 지배하는 하계로 진행하도록 하는 것이기 때문에 역행의 구조를 형성하게 된다. 이것은 작가가 처한 현실과 그것에서 느끼는 복잡한 심경이 빚어낸 결과라고 할 수 있다. 서사에서 보이는 시간은 현재이지만 동시에 과거의 시간이 끼어든다. 이러한 현상은 바로 「사미인곡」 계통의 작품이 이별한 군주를 그리워하는 내용으로 되어 있다는 사실을 생각하면 쉽게 이해할 수 있다. 과거의 선계에서 현재의 하계로 내려온 작가에게 있어서 사계절의 순환은 하강하는 장치의 시간으로 작용할 수밖에 없는 것이다. 그러므로 여기서는 마지막 부분인 결사가 죽음으로 이어지게 되는 구조를 가지게 되는 것도 필연적인 결과라고 할 수 있다. 죽지 않고는 잃어버린 영원성을 되찾을 방법이 없기 때문이다. 영원성과 순수성을 가졌던 선계의 시공에서 그것의 역행이라고 할 수밖에 없는 순간성과 비순수성을 가진 시공으로의 이동이 그러한 결과를 낳게 만든 것이다. 「사미인곡」은 서사에서는 현재의 시간에서 과거의 시간으로 맞물리면서 진행되고, 그것이 사계의 시간으로 이어지면서 순환성을 통한 영원성을 얻지만 그것은 선계로의 상승이 아니기 때문에 우려와 걱정, 그리고 기원 같은 것으로 나타난다. 그리고 그것은 결사로 이어지면서 현재의 시간에 미래의 시간이 개입하여 화자의 바람을 노래하는 기원으로 끝맺는 양상을 보인다. 「성산별곡」에서와 같은 공간의 이동을 불가능하게 하는 귀양이라는 현실에 바탕을 두고 있다는 사실이 바로 이러한 미래 지향적인 기원을 낳은 것으로 생각된다. 이러한 기원에도 불구하고 귀양의 현실은 끝날 줄을 몰랐으니 이 작품의 속편인 「속미인곡」이 지어지게 되는 직접적인 계기가 되기도 한다. 송강에 의해 지어진 양 미인곡의 영향력은 실로 막강하여 후대로 가면서 이것을 이어받은 작품이 쏟아져 나오게 되니, 미인계 작품의 한 흐름을 형성하기도 하였다. 김춘택金春澤의 「별사미인곡別思美人曲」, 이진유李眞儒의 「속사미인곡續思美人曲」, 양사언楊士彦의 「미인별곡美人別曲」 등은 모두 「사미인곡」을 본받아서 지은 것들이다.

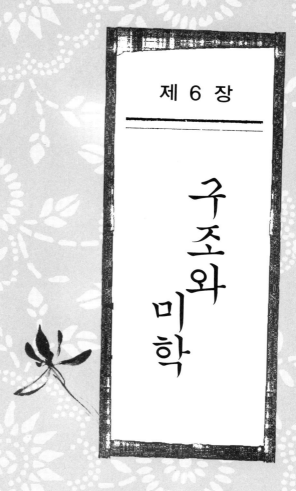

제 6 장

구조와 미학

6.1.
구조란 무엇인가

1. 관계와 체계

우주내에 존재하는 사물현상은 무엇에 의해 형성되고 발전하며, 소멸하는 변화과정을 겪는 것일까? 그것은 균질성均質性[97]을 가지는 시간을 매개로 하여 물질과 물질, 물질과 사물, 사물과 사물 상호 간에 형성되는 관계가 바뀌는 것에 의해서라고 할 수 있다. 우주내의 모든 물질과 사물현상은 어떤 형태로든 서로 간에 맺어지는 관계[98]를 통해 성립하고, 그것이 바뀌는 것을 바탕으로 하여 발생하고, 발전하며 소멸하는 변화의 과정을 겪기 때문이다. 관계가 바뀌면 체계가 바뀌고, 체

---

[97] 우주내의 모든 사물현상에 동일한 방식으로 작용하는데 이것을 시간의 균질성이라고 한다. 시간자체가 우주내의 모든 사물현상에게 동일하게 작용할 수 있는 것은 순환적 시간 때문이고, 이것을 통해 나타나는 감각적인 현상들을 통해 시간이 자신의 존재를 드러내는 것으로 본다.

[98] 여기에는 유기체가 안팎의 受容器에 주어지는 자극에 대해 중추신경 계통의 매개를 거쳐서 합법칙적으로 반응하는 과정에서 형성되는 반사관계, 하나의 체계를 이루는 구성요소들이 그것들의 배열이나 물질 체계의 과정들의 진행이라는 특정한 관계에서 볼 때 서로 구별되지 않음을 가리키는 대칭관계, 동일한 연관성을 가지는 二項의 관계를 바탕으로 이항에서 뽑아낸 두 요소가 동일한 관계를 형성한 것으로 보는 추이관계 등이 있다.

계가 바뀌면 구조가 바뀐다. 그리고 구조가 바뀌면 형태가 바뀌게 되어 더 이상 동질성을 인정하기 어려운 다른 사물현상으로 되거나 소멸해 버리고 마는 과정을 밟는 것이 바로 우주내의 현존재이다. 이런 점에서 볼 때 우주내의 물질과 사물현상 상호 간에 형성되는 관계라는 것은 일정한 대상들이 지니고 있는 일정한 성질들을 기초로 하여 그 대상들의 사이에 존재하거나 끌어낼 수 있는 관련성들을 총망라하여 가리키는 말이 된다는 사실을 알 수 있다. 이러한 성질을 가지는 관계의 변화는 결국 우주내의 모든 사물현상을 움직이게 하는 주된 계기, 즉 힘으로 작용하게 된다. 그런데 이러한 관계를 성립시키고 변화시킴으로써 우주내 사물현상의 탄생과 발전과 소멸에 관여하는 핵심이 바로 시간이라는 것을 잊어서는 안 된다. 즉, 우주내 모든 사물현상의 관계는 시간 속에서 발생하고, 발전하며, 소멸한다는 것이다. 좀 더 구체적으로 말하면 시간이란 직선개념으로 파악되면서 끊임없이 흘러가는 존재라고 생각되는 것으로 영원이라고 할 수 있는 것과, 사물현상에 있어서 구성요소들이 맺는 관계의 형성과 변화에 직접적으로 관여하면서 균질성을 기반으로 하는 순환성을 가진 것이 물질과 물질, 물질과 사물, 사물과 사물 사이의 관계를 통해 끊임없는 생성과 발전과 소멸을 반복한다는 것이다. 그러므로 우주내 사물현상을 이루는 구성요소들 사이에 형성되는 관계는 기본적으로 시간을 전제로 한다는 사실을 알 수 있다.

사실적인 자명성自明性을 가지고 있으면서 현존재를 형성하는 주체가 되는 시간은 영원성과 균질성을 바탕으로 하면서 사물현상의 구성요소들이 맺는 관계를 지속적으로 바꾸게 함으로써 변화의 주체로 작용하는 성격을 지니고 있다. 이 말은 시간의 본질적 성격을 아주 잘

제6장 구조와 미학

보여 주는 것이 되기도 한다. 즉, 시간은 그것이 실제로 존재하는 실체인지 아닌지를 정확하게 인지하기 불가능할 정도로 추상적인 것이며, 우주내 사물현상의 변화를 통해서만 자신의 존재를 증명할 수밖에 없다는 말이 된다는 것이다. 이 말을 뒤집으면 감각적이고 물리적인 실체가 없어서 육체의 움직임을 통해서만 존재의 유무를 보여 줄수 있는 인간의 정신과 마찬가지로 우주내 사물현상의 변화를 통해서만 시간의 존재를 확인할 수 있다는 것이 된다. 그러나 한 가지 분명한 것은 물질과 물질, 물질과 사물, 사물과 사물 사이에 형성되는 구성요소들의 관계가 한순간도 동일한 것으로 머물러 있지 않다는 것을 설명하기 위해서는 반드시 시간의 개입이 있어야 한다는 점이다. 이처럼 시간의 지배를 받으면서 형성되고 변화하며, 소멸하는 우주내 현존재의 구성요소들이 맺는 관계는 물리적인 사물현상의 존재방식인 형태를 통해 드러나므로 기본적으로 객관적이다. 왜냐하면 관계를 규명해야 할 대상과 그 대상이 지니고 있는 속성은 인간의 의식이나 인식과는 완전하게 분리 독립되어 있는 것이어서 그것이 형성하는 다양한 관계 역시 객관적일 수밖에 없기 때문이다. 물론 관계에는 인간의 인식을 통해 형성되는 것으로 보이는 관념적 관계가 없는 것은 아니다. 관념적 관계는 의식과 의식의 관계를 통해 형성되는 것으로 실체가 존재하지 않는 것이기 때문에 본질적 성격이 관념적이라고 생각하기 쉬우나 그렇지 않다. 관념적 관계 역시 기본적으로 일정한 물질적 관계의 반영이라는 범주를 벗어날 수 없기 때문이다. 예를 들어 어떤 공동체 전체에 통하는 도덕윤리는 관념적 관계라고 할 수 있는데, 이것이 구성원의 삶을 통제하므로 이러한 관계가 일차적이고 근본적이라고 하는 주장에는 무리가 따른다는 것이다. 도덕윤리라는 것은 인간과 인간이 사회생활 속에서 만들어 내는 물질적이고 객관적인 관계를 원활하게 하기 위해 일정한 약속을 정한 것으로 이것 자체가 물리적으로 절대적인 힘을 가지는 관계를 형성하지는 못하는 까닭이다. 그러므로 이러한 관계는 경제구조나 사회구조가 바뀌게 되면 자연히 변화할 수밖에 없는 성격을 가지고 있는 것도 사실이라는 점에서 볼 때, 관념적 관계는 기본적으로 물질적 관계의 반영일 수밖에 없다.

시간의 실체가 드러날 수 있도록 하는 매개체라는 성격을 가지면서 우주내 사물현상이 만들어 내는 복잡다단한 관계들 중, 의사전달과 신호수단 등의 구실을 하면서 인간의 인식체계와 깊은 연관을 맺고 있는 언어를 이루는 소리의 구성요소들이 상호 간에 만들어 내는 관계 또한 매우 중요한 의미를 지닌다. 소리와 소리의 관계를 통해 형성되는 언어가 인간을 여타의 동물들과 구별하게 하는 핵심적인 특징으로 됨과 동시에 만물의 영장이 되게 하는 매우 중요한 삶의 요소로 작용하기 때문이다. 만약 인간에게 언어가 없었다면 현재와 같은 문명과 문화를 창조하고 향유하는 것 자체가 불가능[99]하였을 것이므로 언어가 인류의 삶에 미치는 영향과 구실은 지대하다고 할 수밖에 없다. 이러한 성격을 지니는 언어는 소리를 바탕으로 한다는 점에서 기본적으로 시간의 지배 아래 있다는 사실은 위에서 이미 살펴본 바 있다. 그런데 언어는 소리와 소리, 기호와 기호의 관계를 기본으로 하는 일정한 체계를 바탕으로 하는 구조를 갖춘 형태를 지니기 때문에 시간과 맺는 관계가 매우 광범위하고 복잡하다. 즉, 사회적 약속에 의해

제6장 구조와 미학

---

99   소리로 된 음성언어와 기호로 된 문자언어를 모두 지칭하는데, 이것을 통해 인간은 지식과 정보를 공유하고 시간의 한계를 넘어 전해지게 함으로써 이러한 과정들의 반복을 통해 현재와 같은 문명과 문화를 이룩했다고 보아야 하기 때문이다.

일정한 의미를 가지면서 인간의 입이나 손을 통해 실현되어 의사전달의 수단이 되는 언어에서 가장 중요한 것은 그것의 구성요소가 되는 소리나 기호가 사회적 약속에 의해 정해진 위치에 반드시 놓여야 하기 때문이다. 시간의 절대적 지배를 받고 있는 소리의 기호가 자리해야 하는 곳이 사회적 약속에 의해 정해진다는 것은 시간적 순서에 의해 그것이 담아낼 수 있는 뜻이 결정된다는 것을 의미하므로 시간이 언어의 발화나 표기과정에 개입하는 정도는 더욱 강하고 복잡할 수밖에 없는 것이다. 결국 언어는 소리나 기호의 위치에 따라 형성되는 시간적 선후관계에 의해 형성되는 의미를 중심으로 하기 때문에 수평관계를 기반으로 하는 체계에 의해 모든 과정이 이루어진다는 것을 알 수 있다.

언어가 시간적 순서에 의해 이루어지는 소리와 소리, 기호와 기호의 사이에서 만들어지는 수평관계와, 그것에 의해 형성되는 체계를 바탕으로 하고 있는 데다가 그것을 핵심적인 표현수단으로 하여 성립할 수밖에 없는 성격을 지니고 있는 시가가 언어의 범주를 벗어날 수 없음은 자명하다. 언어가 없으면 시가 자체가 성립할 수 없기 때문이다. 그러나 시가는 이보다 훨씬 더 복잡한 관계와 체계를 바탕으로 하는 구조를 가지고 있다는 점에서 일상의 언어와는 커다란 차이가 있음을 지적하지 않을 수 없다. 일상의 언어는 소리를 기반으로 하는 기호를 일정한 자리에 위치시키는 수평적 관계만으로 의사를 전달할 수 있는 의미를 형성하고, 그것을 전달하는 것으로 자신의 소임을 다하는 것으로 볼 수 있다. 그러나 시가의 언어는 일상의 언어가 가지는 의미를 크게 확장시킴과 동시에 새로운 의미가 더해지면서 예술적 창조를 가능하게 하는 수직적 관계를 함께 가지고 있기 때문에 일상의 언어와 엄청난 차이가 나게 되는 것이다. 언어에 의해 만들어지는 수평적 관계와 형식적 요소에 의해 만들어지는 수직적 관계가 유기적으로 얽혀 있는 구조를 바탕으로 성립하는 시가는 형태를 가지는 하나의 체계를 형성하면서 완성된 작품으로 거듭난다.

물질과 물질, 사물과 사물이 일정한 원리에 따라 짜임새 있게 결합함으로써 이루어지는 통일된 전체를 가리키는 체계는 그것을 이루는 구성요소들이 관계에 의해 만들어 내는 구조를 바탕으로 성립한다. 그러므로 객관적으로 실재하는 우주내의 모든 현존재는 일정한 체계를 지니게 된다. 이것을 객관적 실재의 체계, 혹은 객관적 체계라고 할 수 있다. 한편으로는 객관적 실재의 반영이기도 하면서 다른 한편으로는 인식적 활동의 대응으로 생기는 관념적 형성물의 체계는 관념적 체계라고 할 수 있다. 객관적으로 실재하는 객체에 대한 객관적 체계는 물질적인 요소들로 메워져 있는 집합이며, 이것들이 일정한 관계를 맺으면서 형성하는 구조에 의해 만들어지는 객체들의 영역이다. 객관적 체계는 체계의 요소, 부분체계, 체계 등으로 나눌 수 있는데, 이것의 구분은 다분히 상대적이다. 즉, 어떤 체계의 요소가 되는 것도 다른 범주의 체계에서는 부분적인 체계로서의 성격을 가질 수 있기 때문이다. 그러므로 우주내에 실재하는 모든 현존재는 물질과 물질의 결합에 의해 형성된 체계와 체계가 결합하여 형성된 체계의 체계라는 구조적 특성을 가질 수밖에 없다는 사실을 알 수 있게 된다.

체계의 체계라는 구조적 성격은 시가에 있어서도 마찬가지로 적용되는데, 한 편의 작품은 수많은 단계로 나눌 수 있는 체계의 체계로 구성되어 있다고 할 수 있다. 객관적 실재의 반영에 의해 만들어지는 관념적 형성물, 개념, 명제, 논리 등은 의식영역의 체계로서 관념적 체계가 되는데, 이것은 객관적 체계가 진화한 형태로 나타난 것이라고 할 수 있다. 인간에게 있어서 모든 심리적 활동은 관념적 체계를 형성하는데, 우리는 이것을 의식이라고 부른다. 객관적 실재의 관념적 반영에서 출발하는 인간의 의식은 다양한 체계들을 형성하고, 이것의 일부를 대상화하여 수평적 구조와 수직적 구조의 결합을 통해 객관적 구조물로 드러낸 것이 바로 시가가 된다. 그러므로 시가는 작가 혹은 화자가 지니고 있는 심리적 활동의 결과로 형성된 관념적 체계가 언어를 바탕으로 하는 특수한 표현방식인 형식에 의해 객관적 실재로 나타난 것이라고 할 수 있게 된다. 시가는 관념적 체계를 바탕으로 하면서 언어를 매개수단으로 하는 체계들의 체계로 성격을 규정할 수 있게 된다. 따라서 체계를 바탕으로 하는 구조미학에서는 각각의 구성요소들이 가지는 구체적이고 개별적인 성질이나 아름다움은 드러나지 않게 된다. 즉, 개별적인 성질을 나타내는 단항술어보다는 관계를 나타내는 다항술어가 만들어 내는 체계를 바탕으로 하여 그러한 체계들이 만들어 내는 구조적 미학이 중심을 이루게 된다는 말이 된다. 이렇게 하여 구조를 바탕으로 하는 체계가 완성되면 비로소 형태가 드러나게 되고, 한 편의 작품으로 태어나게 된다.

2. 시가와 구조

시가는 화자의 정서를 언어라는 매개수단을 통해 표현하는 것으로 형식적 특수성이 중요한 의미를 지니는 문학의 한 갈래이다. 형식적 특수성이 중요한 구실을 한다는 것은 시가의 예술적 아름다움이 형식적 특수성에 의해 좌우된다는 말과 같은 의미를 지닌다. 시가가 지닌 형식적 특수성은 일상의 언어에다 일정한 변형을 가하여 새로운 형태를 만들어 내는 바탕이 되는 것인데, 주기적으로 반복되는 요소들과 그것들이 상호 간에 맺는 관계들에 의해 유기적으로 결합하면서 만들어지는 체계들의 관계에 의해 구조를 형성하는 성격을 지니고 있다. 따라서 형식은 체계의 체계를 구성하는 방식이 되어 구조를 형성하는 주체가 된다는 사실을 알 수 있다. 시가의 구조를 이루는 주체가 되는 형식은 한편으로는 일상의 언어를 넘어서는 특수성을 가지지만, 다른 한편으로는 시가의 표현수단이 되는 해당 언어의 범주를 절대로 벗어날 수 없다는 성격도 지니고 있다. 그러므로 형식을 이루는 요소들이 만들어 내는 체계는 기본적으로 언어의 범주 안에 있어야 함은 자명한 사실이 된다. 따라서 시가의 구조를 이루는 형식적 특수성을 밝힘에 있어서 그것의 바탕이 되는 언어적 특성을 도외시할 수 없음 또한 분명하다. 형식에서 중심을 이루는 것은 소리의 율동을 바탕으로 형성되면서 주기적 반복의 구조를 가지는 율격이 되는데, 이것은 언어의 범주를 벗어날 수 없으며, 그것의 본질적 성격을 규명함에 있어서도 우리 언어를 바탕으로 하지 않으면 안 된다. 따라서 시가와 구조의 관계를 살펴보기 위해서는 먼저 민족언어의 특성과 율격의 본질적 성격을 고찰하는 것을 우선으로 할 수밖에 없게 된다.

향가가 발생했던 신라시대로부터 속요와 경기체가가 성행하던 고려시대까지는 불교적 세계관이 중심을 이루는 시기였다. 강대한 육상왕국을 실현하기 위해서는 반드시 겪어야 하는 정복전쟁을 성공적으로 이끌기 위해 절대적으로 필요한 민족통합을 달성하려고 신라 왕실은 두 가지 계책을 마련하였다. 하나는 정신적인 통합을 위한 불교의 공인(6세기 중반)이었고, 다른 하나는 인재 발굴을 통한 제도적인 통합을 위한 화랑도(6세기 후반)의 설치가 그것이었다. 이 과정에서 생겨난 것으로 보이는 향가는 가야와 고구려와 백제가 멸망한 후에는 새로운 방식으로 진행되었던 민족통합을 위한 수단으로 백성과 함께 호흡하면서 성행하였는데, 그 여파는 고려시대까지 이어졌던 것으로 보인다.[100] 이런 점에서 볼 때 향가는 신라뿐만 아니라 고려시대에도 상당한 위력을 가지고 있었던 시가였을 가능성이 크다. 이러한 향가의 형식적 특수성이 바로 '삼구육명'이었다는 것인데, 이것은 비단 향가에만 국한된 것이 아니라 신라에서 고려에 이르는 민족시가의 형식적 특성을 가장 정확하게 지적한 내용일 가능성에 주목할 필요가 있다. 왜냐하면 '삼구육명'은 민족시가의 하나인 향가의 형식적 특성을 지적한 표현으로 해석할 경우 속요나 경기체가에도 그대로 적용될 수 있기 때문이다. 불교적 세계관을 나라의 기본 사상으로 했던 신라와 고려가 여러 면에서 닮아 있었음은 주지하는 바와 같다. 여기에 발맞추어서 '삼구육명'의 시형식이 중심을 이루었다는 점 또한 대단히 흥미로운 일이 아닐 수 없다. 이러한 민족시가의 형식은 불교적 세계관이 중심을 이루던 사회에서 유교적 세계관이 중심으로 이루었던 조선으로 옮겨 가면서 함께 변하게 되었으니 그것이 바로 '사구팔명'의 구조를 기반으로 하는 시형식이었다.

'사구팔명'은 시가에서 한 행의 구성이 네 개의 구로 이루어지는 형식을 말하는데, 조선조 국문시가의 양대 산맥을 이루었던 시조와 가사가 이러한 형식을 갖추고 있는 것으로 파악된다. 시조와 가사의 발

100   『삼국유사』의 편찬이 충렬왕 7년인 1281년이었다는 점 하나만으로도 충분한 증거가 된다.

생 시기는 정확하게 밝혀진 바가 없지만 현재로서는 고려 후반기로 보는 것이 일반적이라고 할 수 있다. 그러다가 가사는 조선 초기에 정 극인이 지은 「상춘곡」에 이르러 사대부 가사로의 전환이 이루어지면 서 비약적인 발전을 하게 되고, 시조는 고려 말과 조선 초부터 신흥사 대부를 중심으로 하는 귀족계급에 의해 지어지기 시작하면서 그 형식 을 확립했던 것으로 보인다. 이런 과정을 거쳐 형성된 시조와 가사는 조선시대 전체에 걸쳐 국문시가의 핵심을 이루게 되는데, 그 형식적 특성으로는 한 행이 네 개의 구로 구성되어 있다는 것이다. 위에서 지 적한 바와 같이 신앙을 바탕으로 하는 불교가 세계관으로 작용했던 신라와 고려사회는 기본적으로 신과 인간의 관계가 전면으로 부각되 고, 인간과 자연의 관계가 후면에 배치되는 성향을 띠고 있었다. 그러 나 유학을 정치이념으로 하면서 그것을 민족 전체의 세계관으로 확립 하기 시작한 조선시대는 인간과 신의 관계가 후면으로 물러나고 자연 과 인간의 관계가 전면으로 부각되는 현실로 바뀌었으니 이러한 사회 문화의 흐름에 따라 시가의 형식도 바뀔 수밖에 없었음은 지극히 당 연한 일이라고 할 수 있다.

이러한 현상은 황진이의 시조와 정철의 가사 같은 것을 통해서 확 인할 수 있다. 황진이 시조의 첫 행을 보면 "청산리 벽계수야 수이감 을 자랑마라"로 되어 있는데, 이것은 형태상 "청산리 벽계수야"와 "수이감을 자랑마라"의 두 단위로 나눌 수 있다. 그리고 각 단위는 두 개의 구로 나눌 수 있으며, 각 구는 두 개의 명으로 나눌 수 있다. 또한 「성산별곡」도 마찬가지 구조로 되어 있으니, "엇던 디날손이 셩산에 머믈며서"는 시조와 마찬가지 단위로 나눌 수 있다. 여기에서 보아 알 수 있듯이 시조와 가사는 하나의 행이 네 개의 구와 여덟 개의 명이 순차적으로 배열되어 있는 형식을 취하고 있으며, 시조는 그러한 행이 세 개로 완성되며, 가사는 수십 행 이상의 행들이 배열되어 있는 형식을 취하고 있다는 것을 확인할 수 있다. 민족시가의 형식적 특성이 '삼구육명'에서 '사구팔명'으로 바뀐 이유에 대해서는 좀 더 면밀한 고찰이 필요하겠지만 신과 인간의 관계가 중심을 이루던 사회에서 자연과 인간의 관계가 중심을 이루었던 사회로 이행한 것과 무관하지 않을 것으로 생각된다. 따라서 민족시가가 가지는 구조미학은 삼구육명을 중심으로 하는 것과 사구팔명을 중심으로 하는 것으로 대별하여 살펴볼 수 있게 된다.

시가의 구조미학

1. 향가의 구조미학

　인간이 창조하고 향유하는 모든 문명과 문화는 생활 속에서 생기는 일정한 필요에 의해 만들어지고 전승되는데, 그중 노래는 노동과정과 밀접한 관련[101]을 가지고 있는 것으로 파악되고 있다. 즉, 노래는 노동 과정에서 신호음으로 작용할 수 있는 외침이나 기운을 북돋우어서 힘을 내기 위한 율동을 만드는 과정에서 발생했을 가능성이 가장 크다는 말이 된다. 그러므로 노래의 역사는 노동의 역사와 그 맥을 같이한다고 볼 수 있으며, 노동의 역사가 인류의 역사와 그 맥을 같이하는 것으로 보이기 때문에 노래의 역사는 인류의 역사와도 그 맥을 같이하는 것이 된다. 이러한 현상은 세계 어느 민족에게서나 공통적인데, 대륙의 만주와 한반도를 중심으로 삶을 영위했던 우리 민족의 생활 역시 이러한 범주를 벗어나지 않는다. 이러한 역사를 가지고 있는 노래는 부족국가 시대를 지나 절대왕권국가로 이행하면서 커다란 변화를 겪게 된다. 왕권국가가 성립하면서 지배계급과 피지배계급으로 나누

101　고정옥, 『조선민요연구』, 수선사, 1949, 15쪽.

어지는 신분제가 성립한다. 이에 노래는 생활 속에서 누구나 부를 수 있는 상태의 노래(謠)에만 머물지 않고 일정한 악기의 반주를 수반하면서 훈련된 전문 가창자가 부르는 노래(歌)와 일정한 율조에 맞추어 악기의 연주로 진행되는 곡曲 등으로 분화하면서 여러 가지 다양한 형태의 소리문화를 만들어 나갔다.

이러한 노래문화가 더욱 발전된 형태로 나타난 것이 바로 신라의 민족 통합과정에서 매우 중요한 구실을 한 것으로 보이는 향가였다. 4세기를 지나 6세기에 이르러서야 안정된 고대국가 체제를 갖출 수 있었던 신라는 민족의 통합을 위해 불교를 수용하게 된다. 이 과정에서 불교는 신라사회의 구성원들을 민족이라는 공통분모 속에 묶어세우는 통치이념의 하나로 변모하면서 성장해 갔다. 불교를 통한 정신적 민족공동체가 어느 정도 형성되었다고 판단되는 순간 이제는 그것을 하나로 묶어세우는 정치적 지도력이 필요하게 되었고, 이 과정에서 생겨난 것이 바로 젊은 청년들의 수련 집단인 화랑도였다. 6세기 후반에 해당하는 진흥왕 재위 37년인 서기 576년에 시작된 원화源花[102]는 오래지 않아서 화랑花郞으로 바뀌게 되었고, 화랑도는 나라를 이끄는 귀족 청년 집단의 핵심세력으로 성장하였다. 삼국의 경쟁이 격화되면서 시작된 신라와 고구려, 그리고 신라와 백제 사이의 민족통합을 위한 전쟁과정에서 중추적인 역할을 해낸 사람들이 바로 화랑 출신들이었다고 하니, 이들이 당시 신라사회에서 가졌던 비중이 얼마나 컸는지를 짐작할 수 있다. 그러나 화랑제도에는 하나의 문제점이 있었던

---

102   源花는 처음에는 여성이 이끄는 조직이었으나 두 우두머리가 서로 시기하여 싸우다가 한 사람이 다른 우두머리를 죽이는 사건이 발생하면서 남자가 이끄는 조직으로 탈바꿈하였고, 이름도 화랑이라 고쳤다.

것으로 보이는데, 이것을 극복하지 않고는 나라를 위해 몸 바쳐 싸우는 전사 집단으로서의 구실을 제대로 해내기는 어려웠던 것으로 생각된다. 제도적 장치로서의 화랑이란 조직은 백성들을 앞에서 이끄는 지도자로서의 성품과 자격을 갖추는 데는 성공했다. 그러나 골품제 등을 통해 태어날 때부터 신분의 구별이 분명하게 정해져 있었던 당시 신라사회의 형편으로 볼 때 모든 백성들에게 화랑의 뒤를 따라 나라와 민족을 위해 몸 바쳐 나설 것을 독려하는 것은 별다른 성과를 기대하기가 어려웠기 때문이다. 결국 신라의 통치자들은 귀족이 중심을 이루어 운영하는 화랑제와 정신적 민족공동체 형성에 중심적 구실을 하는 불교를 매개시킬 때라야 엄청난 위력을 발휘할 수 있다는 사실을 깨닫게 되었다. 이 과정에서 만들어 낸 것이 한편으로는 화랑의 무리에 속하면서 다른 한편으로는 승려의 무리에 속하기도 하는 국선지도[103]였다.

낭승으로도 불리는 국선지도는 화랑도에 속하면서도 그것과는 성격이 좀 다른 집단이었던 것으로 파악된다. 『삼국사기』와 『삼국유사』[104] 등의 기록을 토대로 할 때 이들은 화랑의 지휘를 받는 낭도郎徒의 일부를 이루기도 하면서 미륵신앙을 숭상하는 승려이기도 했던 것으로 보이기 때문이다. 국교로 공인된 불교가 지배계층은 물론 피지배계층에까지 확산되는 상황에서 볼 때, 국선지도에 속하는 사람들은 사회구성원들을 정신적 통합체로 묶어세우는 데에 중심적인 구실을 하는 불교와 정치의 중심을 이루는 귀족들의 집단인 화랑의 중간쯤에

---

103   손종흠, 앞의 책, 61쪽.
104   『삼국유사』에서는 월명사, 융천사 외에도 화랑과 관련을 가진 인물들에 대해 국선지도, 혹은 국선이라는 호칭을 사용하고 있다.

있는 사람들로 이루어진 조직이면서 지배층과 피지배층을 연결하는 매개체 구실을 하는 집단이었던 것으로 생각된다. 이들은 위로는 왕실을 중심으로 하는 정치조직에 직접적으로 맞닿아 있었고, 아래로는 불교라는 신앙을 통해 일반 백성에게도 쉽게 접근할 수 있는 성격을 가지고 있었다. 따라서 그들이 하는 일은 멀고 어렵게만 느껴지는 나라의 일을 쉬운 것으로 풀어서 백성들에게 전함으로써 그들의 마음을 움직이는 일과 백성들이 마음에 품고 있는 민의를 나라에서 알 수 있도록 하는 민심 반영 등이 활동의 중심을 이루었던 것으로 생각된다. 정통 화랑도도 아니고, 그렇다고 정통 승려도 아닌 이들은 어디에도 얽매이지 않는 집단[105]으로 기록되어 있는데, 그들의 활동에서 매우 큰 비중을 차지하는 것이 바로 사설과 율동을 중심으로 하면서 사람의 마음을 움직이는 데에 결정적인 구실을 할 수 있는 노래였을 가능성이 매우 크다.

281

부락공동체나 부족연맹체, 그리고 고대국가의 초기 형태 등에서는 피지배계층의 요謠와 지배계층의 가歌나 곡曲은 분리되어 있는 상태에서 독자적으로 발생하고 존속하면서 소통이 쉽지 않았을 것으로 보인다. 그러다가 6세기에 이르러서는 불교가 공인되고 부족연맹체가 민족공동체로 이행하면서 일차적인 민족통합이 이루어지고, 지배층과 피지배층을 민족 혹은 국가라는 하나의 공동체 아래 묶어세울 필요성이 대두되자 두 계급을 소통시킬 조직으로 국선지도라는 특수한 형태의 집단이 생겨났고, 이들은 노래를 통해 그것을 실현시켜 나갔으니[106]

---

105   『삼국유사』 월명사도솔가조에, "臣僧은 국선지도에 속하므로 다만 향가만 알 뿐 梵聲은 익숙하지 못합니다."라고 한 것에서 이러한 사실을 확인할 수 있다.
106   손종흠, 앞의 책, 74쪽.

그것이 바로 향가의 발생이었다. 이러한 과정을 거쳐 발생한 향가는 민족시가로 성장하면서 그것이 지닌 형식적 특성이 바로 민족시가의 형식으로 자리매김을 하게 된다. 민족시가 형식의 특성을 가장 잘 보여 주는 작품으로는 초기의 사뇌가계 향가인 「혜성가」를 꼽을 수 있다.

현전하는 기록으로 볼 때 융천사融天師가 「혜성가」를 지은 시기는 진평왕 재위 16년인 594년 정도로 추정[107]할 수 있다. 융천사가 이 노래를 불러서 혜성을 없앰으로써 네 화랑의 금강산 유람을 가능하게 했을 뿐만 아니라 침략해 왔던 왜병도 물러나게 했으니 이로 인해 나라 전체가 평안해졌다는 것이 이 작품과 관련된 사연이다. 노래를 통해 하늘의 변괴를 없앴고, 왜적의 침입을 물리쳤으니 융천사라는 인물이 지닌 신통력과 노래가 가진 주술적인 힘이 얼마나 강한지를 알 수 있다. 노래를 통해 하늘과 땅이 융화하고 지배계급과 피지배계급이 하나로 될 수 있다면 나라와 민족을 위해 그것만큼 바람직한 일은 없을 것이다. 이처럼 나라와 민족을 위해 큰일을 하는 사람들이 바로 국선지도였고, 이들의 활동에 매우 중요한 구실을 하는 것이 향가였으니 융천사와 같은 국선지도와 향가가 당시의 신라사회에서 얼마나 중요한 구실을 했는지를 충분히 짐작할 수 있다.

그러나 신라사회는 이러한 향가가 나타나기 전에도 매우 다양한 종류의 노래가 존재했던 것으로 파악된다. 유리왕 때 지어진 것으로 가악의 시초로 기록되어 있는 「도솔가」와 「회소곡」 같은 작품이 있었고, 3세기경에는 개인적인 창작 노래로 물계자勿稽子가 지은 「물계자가」와 같은 노래가 있었으며, 5세기 전반인 눌지왕 때에는 다른 나라

제6장 구조와 미학

---

107   이때에 혜성이 나타났다는 기록을 근거로 하여 「혜성가」의 창작 시기를 이렇게 잡는 것이 일반적인 통설이다.

에 볼모로 잡혀 갔던 왕자가 돌아온 것을 기뻐하면서 왕이 지었다는 「우식곡憂息曲」 등 다양한 형태의 노래들이 있었다는 기록이 있기 때문이다. 지배계층의 이런 노래들에 비해 백성들에 의해 불리는 노래들은 '요'의 수준에 머물러 있었기 때문에 문자로 기록될 수는 없었을 것인데, 백성들의 노래가 기록되지 못했다는 것은 지배층과 피지배층의 소통이 그만큼 원활하게 이루어지지 못했다는 증거가 되기도 한다. 그러므로 향가가 등장하기 전까지 불렸던 노래들은 특정한 계급에 한정되거나 통치적 차원에서 활용되는 정도였으므로 상하를 아우르면서 민족 차원의 노래로까지 올라서는 데에는 일정한 한계를 지니고 있을 수밖에 없었다.

각각의 계급이 가지는 필요성에 충실히 복무하던 노래가 그 벽을 허물면서 소통하기 시작한 시기가 바로 불교의 융성과 절대왕권국가의 확립에 따른 민족통합의 요구가 절실하게 요구되는 7세기경이었으니 국선지도가 그 역할을 담당하게 되면서 피지배계급의 노래인 '요'와 지배계급의 '가'를 아우를 수 있는 노래인 향가가 만들어지고, 국선지도가 그것을 담당하는 계층으로 자리를 잡아갔던 것이다. 특히 현존 향가 중에서 비교적 빠른 시기에 지어진 「혜성가」와 관련된 기록을 보면 융천사는 국선지도에 속하기는 하지만 화랑도에도 속했거나 가까운 인물일 것으로 보이는 데다가 「혜성가」 역시 지배층인 화랑을 위한 노래였던 것으로 보이기 때문에 이전까지는 향가가 맹아적인 형태에 머물렀던 것으로 보는 것이 타당할 것[108]이다. 그렇다면 향

108　여기에서 문제가 될 수 있는 것이 「혜성가」의 창작 연대일 것이다. 앞에서 언급한 바와 같이 594년에 혜성이 나타났다는 기록을 근거로 「혜성가」의 창작 시기를 이때로 잡는 것이 일반적이지만, 이것을 작품의 창작 연대를 추정하는 결정적

가의 발생 시기는 7세기 초 정도로 잡는 것이 가장 합당할 것[109]이고, 이 시기에 중요한 구실을 했던 존재가 바로 융천사와 같은 인물이었을 것으로 본다. 그러므로 융천사는 하늘과 땅, 지배층과 피지배층, 불교와 화랑 등을 모두 아우르면서 소통시킬 수 있는 능력을 가진 존재로 향가 발생 초기에 차사사뇌격 계통의 노래를 사뇌가계 향가로 재창조하는 데에 결정적인 기여를 한 인물로 성격을 규정지을 수 있을 것이다.

현대사회처럼 과학과 문명이 발달하지 못했던 과거에는 하늘의 변화는 땅의 변화와 일정한 관계를 가진다고 믿었기 때문에 하늘에서 일어나는 변화들을 굉장히 소중하게 여겼다. 특히 하늘에서 나타나는 좋지 않은 현상은 땅에서 일어날 어떤 나쁜 사건을 미리 보여 주는 징조라고 믿어서 하늘의 징조에 뒤이어 곧 땅에도 나타난다고 생각했으므로 사람들은 이것에 민감할 수밖에 없었다. 옛 기록들을 살펴보면 하늘에 해가 둘 나타났다거나 혜성이 나타났다거나 하는 기사들이 종종 보이는데, 이런 현상들을 나라에 큰 변괴가 생길 징조로 연결시켜 생각하는 바람에 엄청난 소동이 일어나기도 하고, 때로는 하나의 왕조가 망하고 새로운 왕조가 탄생하는 계기가 되기도 했던 것을 쉽게 확인할 수 있다. 이민족의 나라인 당唐과 손을 잡고 동족인 고구려와 백제를 멸망시킴으로써 남북국시대라는 분단국가의 상황을 만들었던 신라는 이미 위에서 살펴본 바와 같이 6~7세기에 이르러서는 성읍체제로 흩어져 있던 힘을 하나로 모으는 민족통합에 결정적인 구실을 할 수 있었던 불교와 목숨을 아끼지 않고 나라를 위해 헌신하는 화랑

제6장 구조와 미학

인 단서로 보기에는 무리가 있는 것으로 생각된다.
109　손종흠, 앞의 책, 76쪽.

도라는 조직을 활용하여 활발한 정복전쟁을 전개하였다. 불국토 건설이라는 종교적 이념을 통해 지방의 호족세력들을 중앙에 귀속시키지 못했다면 민족통합 자체가 불가능했을 것이고, 그렇게 되면 백성의 힘이 하나로 모아지지 못했을 것이기 때문에 다른 나라와 전쟁을 해야겠다는 생각조차 할 수 없었을 것이다. 또한 병사들의 전투능력을 엄청나게 증가시킬 수 있는 애국수련 단체인 화랑도가 없었다면 중국의 동쪽 지역과 일본 등에 걸쳐 거대한 세력을 형성하고 있었던 백제와 요동을 중심으로 하는 만주 등에서 동북아 최강자로 군림하고 있었던 고구려를 상대로 한 전쟁에서 결코 승리할 수 없었을 것이기에 불교와 화랑도라는 두 조직은 당시 신라에 없어서는 안 될 매우 중요한 존재였다.

이런 연고로 6~7세기의 신라사회는 화랑과 승려가 이끄는 집단들이 국가의 발전에 핵심적인 동력으로 작용할 수 있는 애국적 조직으로 성장하면서 서로 손을 잡고 나라를 이끌어 가는 형국이 되었다. 한 사람의 화랑이 수천 명의 낭도를 거느린 단체인 화랑도는 승려 조직까지 아우르게 되었다. 이때 승려이면서 화랑도에 참여한 사람들은 국선지도에 들어가 화랑의 후원자가 되어 불교의 융성과 전파에 일조를 하였고, 정신 수련과 새로운 이론의 전수자로서 화랑과 낭도의 스승이면서 책사로서의 구실을 하는 전략적 관계를 유지하고 있었다. 그러므로 화랑은 승려를 보호하고, 승려는 자신의 능력을 최대한으로 발휘하여 화랑을 도왔는데, 하늘에 변괴가 나타나거나 외적의 침입이 있거나 하여 종교의 힘을 바탕으로 하는 초능력이 필요할 때는 서슴 없이 자신이 가진 능력을 십분 발휘하곤 했던 것이다. 화랑과 국선지도의 이러한 관계를 가장 잘 보여 주는 것이 바로 「혜성가」를 기록하고 있는 『삼국유사』의 내용이다.

　신라 제26대 眞平王 때의 일이다. 화랑 중에 第五 居烈郎과 第六 實處郎과 第七 寶同郎 등 세 화랑의 무리가 금강산(楓岳)으로 수련을 떠나고자 했는데, 마침 혜성이 心大星을 범하는지라 화랑의 무리가 의심하여 떠나지 않으려 하였다. 이때 융천사가 노래를 지어 불렀더니 곧 혜성이 사라지고 일본 군대도 모두 물러가 버려서 오히려 나라의 경사가 되었다. 대왕이 기뻐하여 화랑의 무리를 풍악으로 보내어 유람하게 하였으니 그 노래는 다음과 같다.

제6장 구조와 미학

　　네 시ㅅ믌ᄀ 乾達婆이

　　노론 잣홀란 ᄇ라고

　　예ㅅ軍두 옷 다

　　燒술얀 ᄀ 이슈라

　　三花 이 오롬보샤올 듣고

　　돌두 ᄇ즈리 혀럴바애

　　길 쓸 별 ᄇ라고

　　彗星여 술ᄫ여 사ᄅ미 잇다

　　아으 돌 아래 ᄠ갯더라

　　이 어우 므슴ㅅ 彗ㅅ기 이실꼬

　　第五居烈郎 第六實處郎(一作突處郎) 第七寶同郎等 三花之徒
欲遊楓岳 有彗星犯心大星 郎徒疑之 欲罷其行 時天師作歌歌之
星怪卽滅 日本兵還國 反成福慶 大王歡喜 遣郎遊岳焉 歌曰 舊

理東尸汀叱 乾達婆矣 遊烏隱城叱肹良望良古 倭理叱軍置來叱

多 烽燒邪隱邊也藪耶 三花矣岳音見賜烏尸聞古 月置八切爾數

於將來尸波衣 道尸掃尸星利望良古 彗星也白反也人是有叱多

後句 達阿羅浮去伊叱等邪 此也友物北所音叱彗叱只有叱故[110]

인간사회에 나쁜 영향을 미치는 대표적 요성妖星인 혜성은 병란과 홍수를 미리 보여 주는 징조로 여겼기 때문에 하늘에 이것이 나타난 다는 것은 예로부터 심각한 일이 아닐 수 없었다. 그러나 병란이나 홍수 등은 기존의 것을 없애 버리고 새로운 질서를 가진 사회를 만드는 계기가 되기도 하므로 쓸어 내어서 깨끗하게 하는 도구인 빗자루를 의미하는 소성掃星으로 이해되기도 했다. 이처럼 좋지 않은 의미를 지닌 혜성이 28수宿 중에서 북쪽에 위치하는 세 개의 별이 모여서 된 심수心宿 중 가장 밝은 별인 심대성心大星 부근에 나타났으니 이를 본 일반 사람들은 놀랄 수밖에 없었다. 특히 나라를 지키고 이끌어 가는 핵심 지배세력의 한 축이었던 화랑으로서는 왕실을 위태롭게 하는 징조일 수도 있는 혜성의 출현을 보고 마음 편하게 금강산으로 유람을 떠날 수 없다고 한 것은 당연한 결정이 될 수밖에 없다. 그런데 이러한 현상에 대해 긍정적인 측면을 강조하여 좋게 해석함으로써 흉조를 길조로 바꾸는 사람이 있었으니 하늘을 융화시킨다는 뜻을 이름으로 가진 융천融天이었다. 혜성을 바라보는 그의 시각은 향가인 「혜성가」에 아주 잘 나타나 있다. 병란이나 홍수 등의 징조를 보여 주는 대표적 요성인 혜성에 대해 오히려 지저분한 것을 쓸어서 깨끗하게 만드는

---

110   一然, 『三國遺事』, 紀異第二, 融天師彗星歌, 민족문화추진회, 1984.

기능을 가지고 있는 존재라는 긍정적인 측면을 부각시킴으로써 화랑의 유람을 축복하기 위해 길을 쓸어서 길을 인도하려고 나타난 별로 노래하고 있기 때문이다. 또한 혜성을 불교의 악신樂神인 간다르바의 흔적으로 보아 상서로운 징조임을 거듭 강조함으로써 쳐들어왔던 왜군까지도 물리쳤으니 융천이 보여 준 긍정의 힘은 실로 대단한 것이라고 할 수 있게 되는 것이다.

이 노래는 세 개의 요소를 기본으로 하여 구성되었다는 특징을 지니고 있다. 하나는 불교의 신성성이요, 다른 하나는 하늘의 변괴요, 나머지 하나는 인간세상의 축복이다. 이 세 구성요소가 놓이는 순서는 불교의 신성성, 하늘의 변괴, 인간세상의 축복이다. 그리고 이것이 결합하는 방식은 첫 번째로 두 개의 구절이 마주 보면서 맞짝을 이루는 대구의 표현방식을 취하고, 두 번째로는 앞의 두 구절이 세 번째 구성요소인 인간세상의 축복을 노래하는 부분과 마주 보는 형태로 개괄되면서 마무리를 하는 특수한 구조를 이루고 있다. 첫 번째 구절은 간다르바가 놀던 옛 성을 보고 왜군이 왔다고 아뢴 변방이 있다고 한 것이고, 두 번째 구절은 화랑을 위해 길 쓰는 별을 보고 혜성이라고 한 사람이 있다고 한 부분이 그것이다. 불교의 신성한 장소를 보고서는 적군이라고 우기는 것이 얼마나 어리석은 행동인가에 대해 먼저 노래하여 그것이 크게 잘못되었다는 점을 지적함으로써 길쓸별을 보고 혜성이라고 말하는 바로 뒤의 내용에 나타나는 행동이야말로 더욱 어리석다는 것을 자연스럽게 강조하는 효과를 거두고 있는 것이다. 따라서 융천이 강조한 불교의 신성성으로 인해 왜적의 위협은 이미 사라졌으니 나라의 경사가 되었고, 그에 따라 혜성이라는 흉조도 사라지고 길쓸별만 남아 있는 상태로 되었기 때문에 이제 화자는 어떤 거리

제6장 구조의 미학

낌도 없는 상황에서 마음 놓고 다음의 표현을 할 수 있게 된다. 혜성이 이미 길을 쓸어서 깨끗하게 해 놓았으니 마지막인 세 번째 구절에서는 길을 밝히는 것에 대해 노래하면 되게 된다. 지저분한 것을 미리 쓸어낸 혜성은 왜군과 함께 벌써 사라져 버리고 길을 밝혀 주는 달만이 떠 있을 뿐 혜성의 기운조차 없다고 노래함으로써 하늘에서 일어난 좋지 않은 흉조를 인간세상에 축복을 가져다주는 길조로 바꾸어 버릴 수 있게 된 것이다. 혜성의 변괴를 경사스러운 축복으로 바꾸는 힘은 불교의 신성한 유적과 하늘의 흉조를 맞짝이 되도록 놓아 그것을 불교의 신성성 속에 수렴함으로써 흉조로 여겨지는 혜성을 신성한 유적과 같은 수준으로 격상시킨 것에 있다고 할 수 있다.

「혜성가」가 가지는 이러한 삼단구조는 우리 문학사에서 민족시가의 전통적인 형식과 맞물리는 것으로 매우 중요한 의미를 지닌다. 즉, 「혜성가」는 세 개의 단락을 기본구조로 하면서 동일한 표현방식[111]으로 된 것을 앞의 두 단락에서 놓아 서로 마주 보면서 맞짝을 이루도록 하고, 세 번째 단락구조에서는 앞에서 노래한 두 구조단위를 종합하여 수렴함으로써 작품을 마무리하는 방식으로 전개되는데, 이것이 후대시가의 형식에 절대적인 영향을 끼친 것으로 확인되기 때문이다. 향가의 전통을 이으면서 고려시대에 등장한 속요의 구조적 단위들이 만들어 낸 형식적 특성[112]을 보면 이러한 사실을 확인할 수 있다. 또한 속요와는 차이가 있지만 반복적 구조단위를 통한 추상과 렴을 통한 개괄이라는 특수한 구조[113]를 가지는 경기체가 역시 같은 표현방식을

---

111   여기서 말하는 표현방식은 시가의 형식적 측면을 지칭한다.
112   손종흠, 『속요형식론』, 박문사, 2010, 304쪽.
113   손종흠, 「한림별곡 연구」, 『논문집』, 제14집, 한국방송통신대학교, 1992, 39쪽.

갖추고 있는 점도 이를 뒷받침하는 증거가 된다. 그리고 조선시대 국문시가의 중심을 이루었던 시조의 경우도 마찬가지 구조를 지니고 있다는 것에서도 이러한 사실이 입증된다. 시조의 바탕이 되는 표현방식이 동일한 구조를 통한 반복과 그것을 받아서 전환[114]하여 마무리를 하는 구조를 가지고 있기 때문이다. 이런 점에서 볼 때, 「혜성가」에서 보이는 마주 보는 대구의 방식과 그것을 수렴하여 종합하면서 형성되는 추상과 개괄을 기본으로 하는 삼단의 구조는 우리 시가 전체를 관통하는 중요한 형식적 특성으로 보는 데에 무리가 없을 것이다.

2. 경기체가의 구조미학

문학작품에 있어서 형식은 내용이 예술적 의미를 가질 수 있도록 해 주는 표현방식이기 때문에 그것이 가지는 중요성은 매우 크다. 따라서 작품이 가지는 아름다움을 총체적으로 밝혀내기 위해서는 내용에 대한 논의와 더불어 형식에 대한 논의가 항상 이루어져야 한다. 그 중에서 시가는 주어진 형식이 맞추어서 작가의 정서를 담아내는 경우가 많으므로 시가에 있어서 형식이 가지는 의미는 더욱 크다고 할 수 있다. 이러한 점을 경기체가의 효시 작품인 「한림별곡」을 보면 더욱 분명하게 알 수 있다. 작품을 보자.

元淳文 仁老詩 公老四六

---

114   성기옥·손종흠, 『고전시가론』, 한국방송통신대학교출판부, 2006, 288쪽.

李正言 陳翰林 雙韻走筆

沖基對策 光鈞經義 良鏡詩賦

위 試場ㅅ 景 긔 엇더ᄒ니잇고

(葉)琴學士의 玉笋門生 琴學士의 玉笋門生

위 날조차 몃부니잇고

唐漢書 莊老子 韓柳文集

李杜集 蘭臺集 白樂天集

毛詩尙書 周易春秋 周戴禮記

위 註조쳐 내 외옩 景 긔 엇더ᄒ니잇고

(葉)太平廣記 四百餘卷 太平廣記 四百餘卷

위 歷覽ㅅ 景 긔 엇더ᄒ니잇고

眞卿書 飛白書 行書草書

篆籀書 蝌蚪書 虞書南書

羊鬚筆 鼠鬚筆 빗기드러

위 딕논 景 긔 엇더ᄒ니잇고

吳生劉生 兩先生의 吳生劉生 兩先生의

위 走筆ㅅ 景 긔 엇더ᄒ니잇고

黃金酒 柏子酒 松酒醴酒

竹葉酒 梨花酒 五加皮酒

鸚鵡盞 琥珀盃예 ᄀ득브어

위 勸上ㅅ 景 긔 엇더ᄒ니잇고

(葉)劉伶陶潛 兩仙翁의 劉伶陶潛 兩仙翁의
위 醉혼ㅅ 景 긔 엇더ㅎ니잇고

紅牧丹 白牧丹 丁紅牧丹
紅芍藥 白芍藥 丁紅芍藥
御柳玉梅 黃紫薔薇 芷芝冬柏
위 間發ㅅ 景 긔 엇더ㅎ니잇고
(葉)合竹桃花 고온 두분 合竹桃花 고온 두분
위 相映ㅅ 景 긔 엇더ㅎ니잇고

阿陽琴 文卓笛 宗武中琴
帶御香 玉肌香 雙伽倻ㅅ고
金善琵琶 宗智稽琴 薛原杖鼓
위 過夜ㅅ 景 긔 엇더ㅎ니잇고
(葉) 一枝紅의 빗근 笛吹 一枝紅의 빗근 笛吹
위 듣고아 좀드러지라

蓬萊山 方丈山 瀛洲三山
此三山 紅縷閣 婥妁仙子
綠髮額子 錦繡帳裏 珠簾半捲
위 登望五湖ㅅ 景 긔 엇더ㅎ니잇고
(葉)綠楊綠竹 栽亭畔애 綠楊綠竹 栽亭畔애
위 囀黃鸎 반갑두셰라
唐唐唐 唐楸子 皂莢남긔

紅실로 紅글위 미요이다

혀고시라 밀오시라 鄭少年하

위 내 가논디 눔 갈셰라

(葉) 削玉纖纖 雙手ㅅ 길혜 削玉纖纖 雙手ㅅ길혜

위 携手同遊ㅅ 景 긔 엇더ᄒ니잇고

—「한림별곡」

「한림별곡」이 경기체가라는 독립된 장르로 분류되게 하는 데에 결정적인 인자로 작용한 "위 ○○○ 景 긔 엇더ᄒ니잇고"가 들어 있는 반복구에 대한 분석은「한림별곡」의 형식을 살펴보는 데 있어서 가장 중요한 부분이라고 할 수 있다. 지금까지 연구된 결과에 의하면 이 구절은 앞에서 노래한 개별적인 내용을 받아 뒤의 내용으로 이어 주면서 노래를 포괄화하는 구실을 하고, 또 작품의 예술성을 높이는 데 결정적인 구실을 한 것으로 평가되었다. 좀 더 구체적으로 말하면 경기체가는 사물을 나열하는 개별화의 원리와 그것을 합쳐 주는 포괄화의 원리가 함께 존재하면서 작품을 성립시키는 특성을 가지고 있다는 것이다. 그러므로「한림별곡」류의 시가는 독립된 갈래로 인정해야 한다는 것이다.[115]

그런데「한림별곡」을 자세히 살펴보면 '(葉)'의 앞에 있는 반복구와 (葉)의 뒤에 있는 반복구가 가지는 기능이 서로 다름을 알 수 있다. 앞에 있는 구절이 앞의 내용을 받는 일단계의 종합 기능을 가진 것이라면 두 번째 반복구는 앞의 내용 전체를 받아서 하나의 장을 마무리

115   조동일,「한림별곡의 장르적 성격」, 김학성·권두환 편,『고전시가론』, 새문사, 1984.

하는 기능을 하면서 작가의 감정을 집약적으로 나타내는 기능을 하고 있음을 알 수 있기 때문이다. 좀 더 구체적으로 말하면, 맨 앞에서 나열하듯이 벌여 놓은 사물이나 사실들을 작가의 의식세계 안으로 끌어오는 매개체의 구실을 하는 것이 앞에 있는 반복구가 하는 기능이고, 앞의 전체를 다시 받아서 작가의 의식세계 속으로 완전히 끌어들이면서 자신의 생각을 표현하는 수단으로 사용하는 것이 뒤의 반복구가 하는 기능이라고 할 수 있다는 것이다.

따라서 「한림별곡」의 개개의 장은 소재로 쓰일 외부의 사물이나 사실들을 묘사하는 부분과 그것을 작가의 의식세계 안으로 끌어들이기 위한 매개체 구실을 하는 부분, 그리고 앞의 것을 바탕으로 작가의 생각을 나타내는 부분, 그리고 다시 그것을 마무리하는 부분의 넷으로 나누어짐을 알 수 있게 된다. 바꾸어 말하면 「한림별곡」의 각 장은 이단구성의 이중구조를 취하고 있는데, 두 번째 단의 맨 앞에는 감탄적인 의미를 지니는 '위'라는 어휘가 반드시 들어간다. 구체적으로 말하면 「한림별곡」의 각 장은 (葉)의 앞부분과 (葉)의 뒷부분으로 크게 나누어지는데, 앞부분이나 뒷부분이나 모두 이단구성을 취하고 있다. 앞부분에서는 대상 세계를 묘사하여 그것을 작가의 정서와 연결시키기 위한 준비를 하고, 뒷부분에서는 앞의 것을 받아서 작가의 정서를 나타내는 구성법을 취하고 있다는 것이다. 즉, 이중의 이단구성을 취하고 있는 것이 「한림별곡」의 각 장이 가지는 형식상의 특성이 된다는 것이다.

노래의 각 장이 이단구성을 취하고 있는 이러한 현상은 비단 「한림별곡」에만 나타나는 것은 물론 아니다. 같은 고려시대의 시가인 속요의 경우를 보면 대부분의 노래들의 여음을 기준으로 하여 이단으로 나누어지는 양상을 보이고 있기 때문이다. 속요의 여음은 악기의 소리를 흉내 낸 의미 없는 소리로 해석되고 있으나 여음이 작품 속에서 가지는 구실은 매우 크다고 할 수 있다. 속요에서 여음은 앞의 내용을 마무리하면서 정서를 전환시키는 구실을 할 뿐만 아니라 장과 장의 시작과 끝을 알려 주는 구실도 하고 집단창에 맞는 형식을 구비할 수 있도록 하는 구실을 한다. 따라서 속요에서 여음이 가지는 구실은 매우 중요하며 그것이 노래의 형식적 특성을 결정짓는 중요한 실체로 작용한다.

「한림별곡」에서는 속요의 여음에 해당하는 구실을 하는 것을 '위' 이하의 반복구라고 볼 수 있으므로 '위' 이하의 반복구절이 가지는 구실은 속요의 여음이 가지는 구실보다 더 크다고 할 수 있다. 왜냐하면 「한림별곡」은 '위' 이하의 반복구절이 없으면 노래 자체가 성립하지 않는 데다가 이 반복구는 앞의 것을 종합하여 작자의 정서를 집약적으로 나타내도록 해 주는 구실을 하고 있기 때문이다. 바꾸어 말하면 앞의 것은 묘사의 대상을 추상화하는 부분이며, 뒷부분은 추상화한 대상을 개괄화하여 하나로 묶어 주면서 종합하는 구실을 하고 있는 것이다. 추상화는 대상을 개별적으로 나열하는 개별화와는 질적으로 다른 것으로 인간이 대상을 파악하여 자신이 이용할 수 있도록 하기 위하여 대상을 분석하는 과정이다. 인간의 사유는 반드시 추상화과정을 거쳐서 하나의 개념을 형성하는데, 「한림별곡」에서 취하고 있는 작시원리가 바로 인간의 이러한 사유원리와 일치하고 있는 것이다. 그런데 이러한 원리가 각 장의 앞부분과 뒷부분에서 똑같이 적용되고 있어서 이것이 또한 이중성을 띠게 되는 것이 특이하다. 이 점이야말로 「한림별곡」만이 가질 수 있는 중요한 특성의 하나라고 할 수 있다.

위에서 살펴본 대로「한림별곡」은 이단구성이 이중으로 되어 있는 구조를 가지고 있다. 그런데 우리의 시가에서 이와 같은 구성을 가진 시가는「한림별곡」이 속해 있는 경기체가뿐이기 때문에 이것은 매우 중요한 특징이라고 할 수 있다.「한림별곡」의 각 장은 이중의 추상화와 이중의 개괄화라는 구조를 가지면서 (葉)의 앞부분과 뒷부분이 다시 추상화와 개괄화하는 관계를 가지도록 꾸며져 있기 때문에 우리 시가문학에서 특이한 위치를 차지하게 된다. 앞부분의 대상에 대한 추상화를 뒷부분의 개괄화가 받으면서 그것을 마무리하고, 작자의 정서와 연결시킴으로써 어떤 사실에 대한 작자의 감정을 훨씬 더 효율적으로 표현할 수 있도록 하고 있는 것이다. 이러한 과정을 통하여 작자는 사물이나 현상을 가리키고 지시하는 것처럼 보이기 쉬운 이 작품을 하나의 훌륭한 서정시로 완성시키고 있는 것이다.

다음으로 살펴보아야 할「한림별곡」의 형식적 특징은 반복법이다. 위에서도 말한 바 있지만 반복법은 작품의 내용을 강조할 필요가 있을 때나 많은 사람들이 쉽게 부를 수 있도록 하기 위한 필요가 있을 때 사용되는 수단이다.「한림별곡」은 분장의 형태를 취하고 있으므로 여러 사람이 함께 부르는 모양을 갖춘 것이란 사실은 쉽게 짐작할 수 있다. 그리고「한림별곡」이 낭만적인 성향을 띠고는 있지만 그 당시 사대부들에 대한 교육적인 기능도 어느 정도까지는 담당했을 것으로 보이기 때문에 여러 사람이 함께 부를 수 있는 모양과 표현법을 사용할 수밖에 없었을 것이다. 즉, 많은 사람들이 부르도록 하기 위해서는 작가가 표현하고자 하는 내용을 강조하여 사람들이 쉽게 기억하고, 쉽게 부를 수 있도록 하기 위한 방법이 필요했을 것인데, 여기에 가장 적합한 수단으로 사용되었던 것이 반복법이다.「한림별곡」의 반복법은 어구의 반복과 후렴구의 반복을 중요한 특징으로 지적할 수 있다. 어구의 반복은 다시 의미상의 반복과 형태상의 반복으로 나누어지는데, 이 작품에서는 의미상의 반복보다는 형태상의 반복을 즐겨 사용하고 있다. 따라서 나열식의 이러한 반복법이 여러 논자들에게 사물을 열거하는 것 정도의 의미만 가지는 것으로 해석되어졌던 것이 아닌가 하는 생각이 든다. 그러나 위에서도 밝힌 바와 같이 「한림별곡」은 일정한 의도 아래 매우 치밀하게 짜인 구조를 가지고 있는 작품이기 때문에 어느 한 부분만을 가지고 그것이 작품의 본질인 것처럼 해석해서는 매우 불만족스러운 결과를 낳을 수밖에 없다는 사실을 지적해 두고 싶다. 작품이 가지는 의미를 총체적으로 파악할 때만이 「한림별곡」의 참다운 문학성을 드러낼 수 있을 것이기 때문이다.

「한림별곡」은 이와 같이 내용적으로 뿐만 아니라 형식적으로도 매우 치밀하고 복잡한 구조를 가지고 있는 작품임을 알 수 있다. 특히 「한림별곡」이 아니면 가질 수 없을 것으로 보이는 상승적 지향과 하강적 지향, 그리고 이중의 이단구성 등은 이 작품이 가진 중요한 문학적 특성이면서도 너무나 치밀하게 짜였기 때문에 오히려 놓치기 쉬운 성격의 하나가 아니었나 하는 생각을 해 본다.

3. 시조의 구조미학

세 개의 행으로 이루어져 있는 짧은 형태의 시조는 형식적 구성요소 사이의 관계를 바탕으로 한 체계의 체계에 의해 형성되는 매우 특이한 구조를 지니고 있다. 가장 먼저 지적할 수 있는 것은 완전한 정형을 이루고 있는 세 개의 행으로 작품이 형성된다는 점이다. 초장, 중장, 종장으로 불리는 세 개의 행은 내용적인 의미로 보나 형식적인 구성요소로 보나 완전히 동일한 기능을 가진 작품의 구성단위이기 때문이다. 이러한 점은 초·중·종장을 이루는 각 행이 모두 네 개의 구로 이루어져 있다는 사실에서 확인할 수 있다. 작품을 예로 들어 보자.

> 청산리 벽계수야 수이감을 자랑마라
> 일도 창해ᄒ면 다시오기 어려오니
> 명월이 만공산ᄒ니 쉬여간들 엇더리

황진이가 지은 이 작품은 각 행이 동일한 구실을 하는 일정한 단위의 구가 반복되는 방식으로 이루어져 있다. 의미 단락의 경계를 설정하는 단위인 구에 대해서는 우리말 사전에서 정의하기를, "둘 이상의 단어가 모여 절이나 문장의 일부분을 이루는 토막으로 된 것인데, 종류에 따라 명사구, 동사구, 형용사구, 관형사구, 부사구 따위로 구분한다."[116]고 하였다. 이것에 따를 때 위 작품에서 하나의 행은 동일한 구실과 형태를 가지는 네 개의 구가 주기적으로 반복되는 구조를 형성하고 있음을 알 수 있게 되는 것이다. 첫 행은 "청산리/벽계수야/수이감을/자랑마라"로 나눌 수 있는데, /로 구분한 각 단위가 하나의 구를 형성한다. 둘째와 셋째 행도 마찬가지 방식으로 나누는 것이 가능한데, "일도/창해ᄒ면/다시오기/어려오니"와 "명월이/만공산ᄒ니/쉬여간들/엇더리"로 된다. 둘째 행에서 '일도'와 '창해ᄒ면'을 두 개의 구

---

116   국립국어원 편, 『표준국어대사전』, 2003.

로 나누는 이유는 '일도'는 '일도하면'의 생략형으로 보아야 하기 때문이다 즉, '일도하여/창해하면/다시 오기/어려오니'로 이해할 수 있게 되는 것이다. 첫 구에서 생략된 '하여'는 율독과정에서 장음으로 실현된다.[117] 구는 둘 이상의 단어가 모여서 이루어진다고 했으니 하나의 구는 최소한 두 개의 구조단위로 나눌 수 있다는 것을 의미하기도 한다.

교착어인 한국어는 명사를 중심으로 하는 실사와 조사, 어간과 어미의 결합을 일정한 단위로 하여 하나의 완성된 표현이 이루어지며, 어미가 활용한다는 점을 가장 기본적이며 중요한 특성으로 꼽을 수 있다. 격변화를 하지 않으면서 문법적인 성이 없는 명사는 다양한 형태의 조사를 취하면서 여러 종류의 표현을 만들어 내는 성질을 지니고 있다. 또한 복잡한 활용을 하며, 문장 속에서 술어가 되는 형용사와 동사는 어간에 결합하는 어미가 놀라울 정도로 많은 데다가 그것이 매우 중요한 문법적 기능을 담당한다. 술어에서 쓰이는 어미는 시제를 결정할 뿐만 아니라, 문장의 성분을 결정하기도 하며, 존대법도 거의가 이것에 의해 결정되는 성격을 지니고 있다. 어미는 그 외에도 문장 중에서 더 많은 기능을 하는 것으로 파악되는데, 영어의 접속어에 해당하는 것이나 관계대명사 등도 모두 이것 하나로 나타내기도 한다. 뿐만 아니라 한국어에서 미묘한 느낌의 차이를 주는 거의 모든 표현들은 어미에 의해 결정된다고 해도 과언이 아닐 정도다. 즉, 한국어는 명사와 어간에 해당하는 부분과 조사와 어미에 해당하는 두 개의 구조화한 단위가 각각 독자적으로 활동하면서 앞의 것은 고정되어

---

117   이것은 율격에 대한 문제이기 때문에 여기서는 상론을 생략하도록 한다.

있는 형태를 취하고, 뒤의 것은 고정되어 있지 않으면서 언제나 변화할 수 있는 형태를 취하고 있는 구성방식으로 이루어져 있다는 것이 된다. 이것이 바로 구를 형성하기 때문에 시가에서 구는 두 개의 단위로 나눌 수 있게 된다. '구'를 이루는 두 개의 단위는 문법적인 성이 없으면서 활용을 하지 않는 구조단위와 그것에 붙어서 다양한 활용을 통해 복잡한 표현을 만들어 내는 구조단위로 나눌 수 있게 되는데, 시가에서 이것은 '명'이라는 이름으로 사용하는 것이 가장 바람직하다. 우리 시가가 '명'과 '구'를 가장 중요한 형식적 구성요소로 하고 있기 때문이다.[118]

명사와 어간에 해당하는 부분과 조사와 어미에 해당하는 부분인 두 개의 구조화한 단위가 각각 '명'이라는 구조적 단위를 형성하고, 두 개의 '명'이 결합하여 '구'라는 상위의 구조적 단위를 형성하며, 세 개 혹은 네 개의 '구'가 시간적 순서에 의해 결합함으로써 형태적 구조단위인 '행'을 형성하는 방식을 취하는 것이 우리 시가의 구조적 특성이 된다. 『균여전』에서 최행귀가 지적했듯이 향가는 '삼구육명'이 하나의 행을 이루는 방식을 취하는데, 이것은 고려시대의 시가인 속요까지 지속되었던 것으로 본다. 그러다가 조선조의 시가인 시조와 가사에 이르러서는 '사구팔명'으로 전환하게 되는데, 이것은 작가와 향유층의 세계관이 바뀐 것에 기인한 것으로 추정한다.[119] 이런 점에서 볼

제6장 구조와 미학

118　'명'과 '구'를 향가의 형식적 특성을 이루는 핵심적 구성요소로 규정하고, 이에 대해 언급한 최초의 사람은 고려 중기의 문인이었던 崔行歸였다. 그는 고려 전기의 고승이었던 均如(923~973)가 지은 향가를 한시로 번역한 사람인데, 작품에 대한 논평을 하는 부분에서 향가의 형식적 특성으로 '三句六名'을 언급했다.
119　민족시가의 형식적 특성이 '三句六名'에서 '四句八名'으로 바뀐 이유에 대해서는 좀 더 면밀한 고찰이 필요하겠지만 신과 인간의 관계가 중심을 이루던 사회

때, 조선조 국문시가의 중심에 있었던 시조는 '사구팔명'이 하나의 행을 이루며, '3행'이 한 편의 작품을 이루면서 서정성을 예술적으로 펼쳐내는 구조를 가진 시가라는 점을 지적할 수 있게 된다. 이러한 구조미학을 가지는 시조에는 후대로 가면서는 기존의 구조를 바탕으로 하면서도 시간을 가미한 특이한 구조를 가진 작품도 등장하게 되는데, 사시가 계통의 연시조가 바로 그것이다. 여기서는 윤선도의 「어부사시사」를 중심으로 구조미학을 살펴보도록 한다.

작품의 제목에서 알 수 있듯이 「어부사시사」는 일 년 사계절의 변화에 따른 어부의 생활을 작가의 정서와 연결시켜서 노래한 작품이다. 농암 이현보의 「어부가」가 고려시대의 '어부가'를 보완하여 지은 것이고, 윤선도의 「어부사시사」는 농암의 「어부가」를 다시 손질하여 우리말로 지은 작품이다. 농암의 「어부가」가 고려의 어부가를 손질하여 한문 투로 노래한 것인데 비하여, 고산의 「어부사시사」는 후렴이나 본문의 표현이 모두 우리말로 바뀌었다는 점에서만 보더라도 상당히 진보한 작품임을 알 수 있다. 고산의 「어부사시사」는 춘·하·추·동의 4부로 나누어져 있고, 한 부는 각각 10편의 시조로 짜여 있어서 「어부사시사」는 40편의 작품이 모여서 이루어진 연시조인 것을 알 수 있다.

작품의 큰 틀이 춘·하·추·동으로 되었다는 것은 「어부사시사」가 기본적으로 일 년이라는 시간적 순환성을 큰 축으로 해서 형성된 작품이란 사실을 말해 준다. 그리고 각 계절에 10편씩의 시조를 배열하고 있는데, 이 작품들을 보면 하루를 주기로 반복하는 시간적 순환성

에서 자연과 인간의 관계가 중심을 이루었던 사회로 이행한 것과 무관하지 않을 것으로 생각된다.

을 중심 구성 축으로 하고 있는 것을 알 수 있다. 결국 「어부사시사」는 하루라는 작은 단위의 시간적 순환성과 일 년이라는 큰 단위의 시간적 순환성을 축으로 하여 형성된 작품이란 사실을 알 수 있다. 즉, 「어부사시사」는 하루와 일 년이라는 두 개의 시간적 순환성이 중심축으로 작용하여 형성된 매우 특이한 구조의 시가라는 것이다.

　그런데 이 두 개의 시간적 순환성은 각각 큰 틀과 작은 틀을 이루면서 맞물려 있어야 하나의 작품을 완성시킬 수 있기 때문에 이것들은 어떤 형태로든 연결성을 가져야 한다. 일 년과 하루의 시간적 순환성을 각각 원으로 표시해 보면, 일 년을 나타내는 것을 큰 원으로 표시할 수 있다면 하루를 나타내는 원은 작은 원으로 나타낼 수 있다. 네 계절의 순환을 나타내는 큰 원과 하루의 순환을 나타내는 작은 원이 어떤 형태로든 연결되어 있지 않으면 안 되는데, 계절과 하루의 순환을 나타내는 원이 연결되도록 하는 방법은 계절의 순환을 나타내는 큰 원 위에 작은 모양의 원이 네 개가 있는 모양으로 표시할 때만 가능하다. 이때 네 계절의 순환을 나타내는 큰 원이 큰 주기로 순환을 하고, 사이사이에 있는 작은 원은 그 자체에서 순환을 하도록 표시된다. 그렇게 하면 작은 원에는 각각 10편씩의 작품이 배정되어서 하루의 순환 속에서 시인이 경험하는 자연과 그 속에서 느끼는 정서들을 시적으로 표현하고, 나아가 주기적 순환을 통해 영원성을 가지게 된다. 그리고 큰 원은 일 년의 순환성을 나타내는 것으로 작품 전체가 시간적 한계를 넘어 영원성을 획득할 수 있도록 한다. 그런데 네 개의 작은 원은 같은 구조를 가지므로 나머지 세 개를 생략하고 하나만 남겨 두어도 같은 효과를 낼 수 있다. 이것을 도표로 제시하면 다음과 같이 표시할 수 있다.

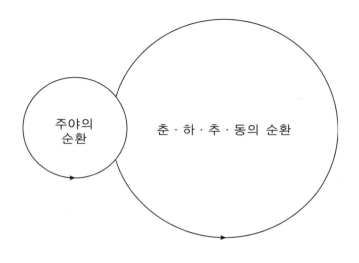

위의 그림에서 큰 원의 순환은 일 년의 순환을 나타내고, 작은 원의 순환은 하루의 순환을 나타낸다. 일 년의 순환은 우주의 사물현상이 겪어야 하는 가장 큰 시간 단위의 순환이다. 일 년을 단위로 시간은 영원히 순환하고 있는 것이다. 바로 이러한 점에 바탕을 두고 「어부사시사」가 형성되었다는 것이 중요한 특징이다. 즉, 「어부사시사」는 가장 큰 순환 단위인 사계절의 순환을 작품의 큰 틀로 삼고 있는데, 이것은 우주내에 존재하는 자연현상이 만들어 내는 가장 경이로운 현상이라고 할 수 있다. 왜냐하면 우주내의 모든 현존재는 이 사계절의 순환성에 맞추어서 생겨나고 변화하며 소멸하는 과정을 거의 영원적으로 반복하기 때문이다.

한 계절에 속해 있는 10편의 작품은 해당되는 계절에서 일어나는 어부의 생활과 정서를 노래하고 있는데, 아침부터 저녁까지의 시간 속에서 일어나는 일을 소재로 하여 이루어진다. 하루를 대상으로 하여 10편의 작품이 묶여지는데, 이 10편이 매일매일 주기적으로 일어나는 시간적 순환성을 통해 한 계절을 노래하는 것으로 되는 것이다. 10편씩 배열된 묶음이 네 개가 합쳐져서 이루어진 「어부사시사」는 자연현상과 시인의 정서를 개념화시켜 표현함으로써 영원과 관계를 맺을 수 있도록 함과 동시에 계절의 순환성을 작품의 틀로 설정하여 개념화된 자연현상과 시인의 정서를 영원성으로 고양시키고 있는 것이다. 그리고 「어부사시사」만이 갖는 또 하나의 특징은 각 계절 속에 들어 있는 작품들이 하루라는 시간의 주기적 순환성을 바탕으로 하고 있기 때문에 개별 작품에서 노래하는 시인의 정서를 작은 규모의 영원성으로의 또 다른 고양이 일어나고 있다는 점이다. 위의 그림에서 볼 때 하루의 시간적 순환을 나타내는 작은 원은 일 년에 속하는 날의 숫자만큼 있을 수 있고, 그것이 다시 춘·하·추·동의 네 집단으로 나누어질 수 있을 것이다. 이런 사실들을 고려하면서 아래에서 작품을 구체적으로 살펴보도록 하겠다.

제6장 구조와 미학

압 개예 안개 것고 뒷 뫼희 히 비췬다(비떠라 비떠라)
밤물은 거의 디고 낟물이 미러 온다(至匊悤 至匊悤 於思臥)
江村 온갓 고지 먼 빗치 더옥 됴타

날이 덥도다 물우희 고기 떳다(닫드러라 닫드러라)
굴며기 둘식셋식 오락가락 ᄒ 눈고야(至匊悤 至匊悤 於思臥)
아희야 낙디는 쥐여잇다 濁酒甁 시럿ᄂ냐

東風이 건 듯 부니 믉결이 고이 닌다(돋ᄃ라라 돋ᄃ라라)
東湖ᄅ롤 도라 보며 西湖로 가쟈스라(至匊悤 至匊悤 於思臥)

두어라 압 뫼히 지나 가고 뒷 뫼히 나아온다

우는 거시 벅구기가 프른 거시 버들숩가(이어라 이어라)
漁村 두어 집이 닛 속의 나락 들락(至匊悤 至匊悤 於思臥)
말가훈 기픈 소희 온갓 고기 쒸노누다

고은 볏티 쬐얀눈딘 믉결이 기름 궂다(이어라 이어라)
그믈을 주어 두랴 낙시를 노흘일싸 (至匊悤 至匊悤 於思臥)
죠홰라 濯纓歌의 興이 나니 고기좃차 니즐노다

夕陽이 빗겨시니 그만호야 도라 가쟈(돈디여라 돈디여라)
岸柳 汀花눈 고븨고븨 새롭고야(至匊悤 至匊悤 於思臥)
엇더타 三公을 불을소냐 萬事를 싱각호랴

芳草룰 볼와 보며 蘭芝도 뜨더 보쟈(비셰여라 비셰여라)
一葉偏舟에 시른 거시 므스 것고(至匊悤 至匊悤 於思臥)
갈 제눈 닉 쑨이오 올 제눈 돌이로다

醉호야 누얻다가 여흘 아래 누리려다(딛디여라 딛디여라)
落紅이 흘러 오니 桃源이 갓갑도다(至匊悤 至匊悤 於思臥)
아희야 人世 紅塵이 언미나 ᄀ렷누니

낙시줄 거더 노코 蓬窓의 돌을 보쟈(닫디여라 닫디여라)
ᄒᄆ 밤들거냐 子規소리 몱게눈다(至匊悤 至匊悤 於思臥)

두어라 나믄 興이 無窮ᄒ니 갈길흘 니젓쏘다

來日이 또 업스랴 봄밤이 멷덛새리(비브텨라 비브텨라)
낫디로 막대 삼고 柴扉를 추쟈 보쟈(至匊悤 至匊悤 於思臥)
두어라 漁父 生涯ᄂ 이렁구러 지낼로라.[120]

　위에서 인용한 작품은 「어부사시사」 중 10편이다. 춘사의 시작인
첫째 편에서는 봄날이 새면서 해가 돋아서 자연의 경물이 드러나는
장면을 노래하고 있다. 하루의 시작임과 동시에 시인의 정서가 열리
는 것을 이렇게 노래하고 있는 것이다. 하루라는 시간적 순환성의 시
작을 통하여 시인의 정서가 영원성을 획득하는 첫 단계가 바로 춘사
의 첫 번째 작품인 것이다. 이렇게 시작한 시인의 정서는 다음 작품에
서는 자연의 여러 모습들인 날짐승, 물고기, 물결, 어촌, 낚시, 석양,
방초, 도화, 야월, 춘야 등에 대한 묘사와 각각에 맞는 시인의 정서를
노래하는 것으로 이어지면서 하루라는 순환성을 마무리하고 있다. 마
지막인 열 번째 작품에서는 하루의 주기적 순환성을 분명히 밝히고
있다. "來日이 또 없스랴 봄밤이 멷덛새리"라고 한 춘사의 마지막 구
절에서 알 수 있듯이 봄날은 오늘로 그치는 것이 아니라 순환적으로
계속될 것이라는 사실을 노래함으로써 봄날의 흥취를 노래한 춘사 역
시 계속되는 봄날과 함께 영원성을 얻었다는 것을 보여 주고 있는 것
이다. 우주 속에서 끝없이 흘러가서 다시 오지 않는 일회성을 가진 시
간을 하루라는 주기적 순환성과 연결시킴으로써 일회적인 성격을 가

120　　『孤山遺稿』,『韓國文集叢刊』, 91, 民族文化推進會, 1992.

지는 시간에다 순환성을 부여하여 영원성을 가지도록 하고, 영원성을 얻은 시간의 주기적 순환성을 작품과 연결시켜 그것에 시인의 정서를 담아서 노래함으로써 일회성으로 그칠 수도 있는 봄날에 느꼈던 예술적 정서를 10편의 작품을 통하여 영원성을 얻은 춘사로 고양시키고 있는 것이다.

순환성과 관련이 있는 것으로 다음으로 지적할 수 있는 「어부사시사」의 특징은 렴이다. 렴은 작품 속에 있는 위치에 따라 전렴, 중렴, 후렴으로 구분할 수 있는데,[121] 「어부사시사」에서 쓰인 렴은 전렴과 중렴이다. 위에서 예로 든 춘사를 보면 10편 모두 첫째 행과 둘째 행의 끝에 반복적 구조를 가지는 렴을 쓰고 있다. 그런데 이것은 단순한 렴이 아니라 시간적 순환성과 깊은 관련이 있어서 눈길을 끈다. "지국총 지국총 어사와"는 모든 작품에 공통적으로 쓰인 렴으로 노 젓는 소리의 의성어로 생각되는데, 10편의 작품에서 첫째 행에 쓰인 렴은 집을 떠나서 바다로 나갔다가 돌아오는 과정과 밀접한 관련을 가지고 있어서 특별한 의미가 생성되는 것이다. 첫 번째 작품에 쓰인 전렴은 '배떠라 배떠라'로 배가 떠나는 것을 나타내는 의미를 지닌 렴이다. 그리고 "닫드러라 닫드러라"는 닻을 들어 올리라는 의미를 지닌 렴으로 보인다. 그리고 마지막 편에서 쓰인 렴은 "배브텨라 배브텨라"인데, 이것은 집으로 돌아와서 배를 붙여 놓으라는 의미를 지닌 렴이다. 이러한 형태는 하사, 추사, 동사에 공통적으로 쓰이고 있어서 주기적 반복구조라는 렴의 성격에 잘 맞는 형태를 가지고 있다. 이런 점으로 볼 때 「어부사시사」에서 쓰인 렴은 단순한 반복이 아니라 「어부사시

---

121 손종흠, 「고려속요 형식연구」 II, 『논문집』, 제19집, 한국방송통신대학교, 1995.

사」에서 보여 주는 시간의 진행과 유기적 관련을 맺음으로써 작품을
영원성으로 고양시키는 데 중요한 구실을 하는 것으로 볼 수 있다. 그
러므로 「어부사시사」에 쓰인 렴은 작가의 치밀한 계획 아래 매우 의
도적으로 사용되고 있음을 알 수 있다. 따라서 「어부사시사」에서 쓰
인 렴은 작품이 영원성을 가지도록 하는 데 있어서 마무리 기능을 하
는 것으로 보아야 할 것이다.

　「어부사시사」가 보여 주고 있는 이러한 작품 구조가 결코 우연이
아니라 작가의 치밀한 계산 아래 이루어진 것이란 사실은 하사와 추
사, 그리고 동사의 구조를 보면 더욱 분명히 알 수 있다. 하사와 추사
그리고 동사 역시 춘사와 같이 하루라는 시간의 흐름에 맞추어서 10
편의 작품이 배치되고 있음을 볼 수 있는데, 날이 밝아서 바다로 나갔
다가 황혼에 지는 석양과 동쪽에 뜨는 달을 보면서 집으로 돌아오는
것은 나머지 하사와 추사, 그리고 동사가 같은 모습으로 되어 있기 때
문에 그렇다. 하사에서는 황혼과 모기 등으로 밤이 되었음을 보여 주
고, 추사에서는 명색暝色과 효월曉月로 역시 하루가 갔음을 알리고 있
으며, 동사에서는 숙조宿鳥와 창월窓月로 하루의 마감을 노래하고 있
다. 그리고 하사에서 가을을 보여 주는 단초는 세 번째 작품의 "ᄆ룹
닙에 브룹 누니 篷窓이 서늘쿠나"에서 이를 확인할 수 있다. 그리고 추
사에서는 아홉 번째 작품에서 "옷 우에 서리 오되 치온 줄을 모르겠
다"에서 다음의 작품이 겨울로 이어질 것임을 맹아적 형태로 보여 주
고 있다. 이러한 점으로 볼 때 「어부사시사」는 작가인 윤선도가 스스
로 가지고 있는 예술적 감각을 최대한으로 발휘하여 매우 치밀하게
얽어 짠 작품임을 알 수 있는 것이다.

　이상의 논의에서 볼 때 고산의 「어부사시사」는 다음과 같은 시간의

구조로 짜여져 있음을 알 수 있다. 첫째, 자연의 시간에 맞춘 춘·하·추·동의 4부로 작품을 구성하여 우주의 순환적 시간성을 작품의 큰 틀로 하고 있다. 둘째, 각 부는 10편의 작품으로 구성되었는데, 여기서는 해당되는 계절의 하루를 대상으로 하여 시인의 정서를 노래하고 있다. 이것은 시인이 느낄 수 있는 가장 작은 단위의 순환적 시간성으로 한 부를 구성했다는 특징을 가진다. 셋째, 「어부사시사」는 각 편마다 두 개의 렴이 쓰이는데, 앞의 것은 작품의 시간적 진행과 밀접한 관련을 가진 전렴이고, 뒤의 것은 의성어로써 작품의 진행과정을 보여주는 구실을 하는 중렴으로 파악된다. 위에서 논의한 것처럼 앞의 렴은 작품의 시간적 순환성 확보에 절대적인 영향을 주는 것이기 때문에 여타의 시가 작품에서 보이는 단순한 주기적 반복구조의 렴과는 매우 다른 것으로 파악해야 할 것이다.

결국 고산의 「어부사시사」는 순환적 시간의 구조가 작품 전체를 지배하는 형식으로 되어 있음을 알 수 있다. 큰 틀의 시간성과 아주 작은 틀의 시간성, 그리고 작품을 진행시키면서 이어 주는 구실을 하는 렴을 통해 외부의 현상적 시간성과 작품 내적인 시간성을 유기적으로 결합하여 읽는 사람으로 하여금 매우 높은 경지의 감동을 느끼도록 하는 훌륭한 작품으로 완성시키고 있는 것이다. 이러한 유기적 구조와 내용을 통하여 영원한 시간성을 인식의 세계 속으로 옮겨 오기 위하여 사용된 순환적 시간성이 작품의 치밀한 구조를 통하여 예술적 아름다움을 획득하면서 의미의 확장을 통한 영원성을 지향하게 되는 것이다. 이런 점에서 볼 때 「어부사시사」는 고산의 예술적 감각이 낳은 가장 훌륭한 시가 작품이라 해도 과언이 아닐 것이다.

4. 가사의 구조미학

작가가 지니고 있는 관념적인 정서를 펼쳐내어 짧은 형태로 노래함으로써 서정성을 핵심적 성격으로 하는 시조에 비해 가사는 물리적인 사물현상을 대상으로 작가의 현실적인 세계관, 혹은 이념을 드러내는 것을 본질적 성격으로 하기 때문에 상대적으로 긴 형태를 지니는 것이 특징이다. 작품의 형태가 다르다는 것은 소재에서 출발하여 작품의 내용을 형성하는 알맹이를 표현하는 방식인 형식에 커다란 차이가 있다는 것을 의미하고, 형식이 다르다는 것은 구성요소의 관계가 만들어 내는 체계의 체계인 구조가 다르다는 것을 의미한다. 시가의 구성요소들이 결합하는 방식은 형식적 특성에 의해 결정되지만 수평적 구조와 수직적 구조가 얽히면서 상위의 체계를 만들어 내고 그것이 형태를 결정한다는 사실과 앞의 시조에서 살펴본 명과 구와 행을 구조의 기본단위로 한다는 점은 변할 수 없다. 왜냐하면 그것들에 변화가 오게 되면 더 이상 시가가 아니거나 예술성을 담보할 수 없는 작품이 되고 말 것이기 때문이다. 이런 점에서 볼 때 형식적 구성요소의 결합에 의해 형성되는 구조적 특성은 작품의 미적수준을 가늠할 수 있는 중요한 잣대가 된다는 사실을 알 수 있게 된다.

시가의 한 종류인 가사가 명과 구와 행을 형식적 단위로 하여 만들어지는 시간적 구조화를 바탕으로 한다는 점에서는 다를 바가 없다. 즉, 소리의 선후관계에 의해 만들어지는 순환적 시간[122]에 의해 형성

---

122   직선으로 영원히 흘러가는 개념을 가지고 있는 시간을 일정한 단위로 분할한 다음 여러 종류로 차별화한 단위를 주기적으로 반복하는 방식을 통해 순환적 시간으로 만든다. 음절, 名, 句, 行, 章 등은 모두 직선의 시간을 순환적 시간으로 만

되는 구조를 바탕으로 하면서 명과 구와 행 등의 구성요소가 만들어 진다는 것이다. 이 구성요소들은 순전히 소리를 바탕으로 하는 시간 적 선후관계에 의해 결합하는 방식을 통해서만 구조를 형성하기 때문 에 이것은 수평적 구조라고 부를 수 있게 된다. 시간적 선후가 핵심적 인 구실을 하면서 형성되는 수평적 구조에서는 작품의 구성요소들이 만들어 낼 수 있는 의미, 기능, 단위 등의 본질적 성격이 모두 시간에 의해 결정되는 특성을 지니고 있다. 수평적 구조의 형성에 관여하는 것이 바로 순환적 시간성이기 때문에 여기서 형성되는 모든 단위는 주기적 반복의 구조를 가진다는 것을 가장 중요한 특징으로 한다. 소 리를 바탕으로 하는 시가에서 순환적 시간의 개입 결과로 나타나는 주기적 반복의 구조는 일정한 율동을 만드는데, 그것으로부터 형성되 는 율격으로 인해 작품을 감상하는 사람이 예술적 아름다움을 느낄 수 있도록 하는 구실을 한다. 그러므로 작품의 기본적인 형태를 형성 하는 바탕이 되는 수평적 구조는 시가를 시가답게 하는 매우 중요한 형식적 요소라는 것을 알 수 있다. 특히 동일한 구조를 지니는 행이 무제한적으로 반복되는 형태를 가지고 있는 가사에 있어서 이러한 수 평구조가 하는 구실은 다른 어떤 작품에서보다 큰 것으로 보인다. 왜 냐하면 행의 주기적 반복에 의해 작품의 형태가 결정되는 가사에서는 율격적 특성을 형성하는 핵심적인 요소가 바로 수평적 구조를 통해 형성되기 때문이다. 「성산별곡」을 예로 들어 보자.

엇던 디날 손이 성산星山의 머믈며셔

드는 장치들이다.

셔하당棲霞堂 식영뎡息景亭 쥬인主人아 내 말 듯소

인싱人生 셰간世間의 됴흔일 하건마는

엇디 혼강산江山을 가디록 나이녀겨

젹막 산중寂寞山中의 들고아니 나시는고

숑근松根을 다시쓸고 듁상竹床의 자리보와

져근덧 올라안자 엇던고 다시보니

텬변天邊의 썻는구름 셔셕瑞石을 집을사마

나는듯 드는양이 쥬인主人과 엇더혼고

창계滄溪 흰물결이 정자亭子알픠 둘러시니

텬손운금天孫雲錦을 뉘라서 버혀 내여

닛는듯 펴티는듯 헌수토 헌수홀샤

산듕山中의 칙력冊曆업서 소시四時롤 모르더니

눈 아래 헤틴 경景이 철철이 졀로 나니

듯거니 보거니 일마다 선간仙間이라

이 부분은 「성산별곡」의 서사에 해당하는데, 화자가 성산 기슭에 있는 식영정에서 주인에게 말을 걸어 본 다음 정자 앞에 펼쳐지는 아름다운 경관에 대해 노래하는 것을 내용으로 하고 있다. 작품의 짜임을 보면 식영정이란 객관적 질료와 주관적 질료인 작가의 정서가 명과 구로 이루어지는 행을 단위로 하여 동일한 모양으로 반복되는 형태를 지니고 있음을 알 수 있다. 음절이 모여서 명을 이루고, 명이 모여서 구를 이루며, 구가 모여서 행이라는 구조물을 이루는 방식이다. 이러한 표현방식은 음절과 음절, 명과 명, 구와 구, 행과 행이 정해진 시간적 순서에 의해 결합하는 장치 외에는 다른 것이 없기 때문에 수평적 구조를 이루게 된다. 행의 주기적 반복이라는 수평적 구조의 측면에서만 본다면 이 부분은 화자가 나타내려고 하는 내용을 충실히 표현함과 동시에 행 단위로 구조화한 명과 구의 주기적 반복의 구조에서 오는 율격을 형성하는 것 정도의 구실을 하는 것으로 볼 수 있다. 그러나 한 편의 작품은 이것 하나만으로 완성되지 않고 다른 여러 장치들을 수반하기 때문에 훨씬 복잡한 구조를 만들어 내고, 그것을 통해 예술적 아름다움을 완성하는 성격을 가지고 있다. 수평적 구조에서 만들어지는 내용과 율격을 바탕으로 새로운 의미와 예술적인 아름다움을 형성하는 주체는 바로 수직적 구조가 된다.

수직적 구조는 수평적 구조가 입체적으로 얽혀져서 만들어지는 성격을 가지고 있다. 이미 만들어진 수평적 구조를 바탕으로 하면서 그것에 입체적인 구조를 덧입혀서 형성되는 것이 바로 수직적 구조이다. 가사에서 쓰이는 것으로 수직적 구조를 형성하는 요소에는 삼단구성, 사계절의 순환적 시간, 속계와 선계의 대립적 공간 등이 있다. 삼단구성은 서사, 본사, 결사의 세 부분으로 작품이 나누어지도록 배치하는 것인데, 행이 반복되는 단순한 구조에 더 큰 단위의 구조를 쌓아 올리는 방식을 취하는 것이 특징이다. 즉 서사, 본사, 결사는 동일한 구실을 하는 구조적 단위가 되어 세 개의 구조적 단위가 겹쳐짐으로써 한 편의 작품을 구성하는 방식이 된다. 이것을 시간적 선후관계로 보지 않는 이유는 대립적 공간을 통해 아래위로 포개지는 상태를 만들어 내기 때문이다. 공간적으로 볼 때 서사는 화자라는 인간이 머무르는 속계에 해당하고, 본사는 속계를 벗어나기 위한 장치가 되며, 결사는 사대부의 영원한 이상향인 선계를 노래한 것으로 된다. 속계는 땅의 공간을 지칭하고, 선계는 하늘의 공간을 지칭하며, 하늘과 땅

사이에 있는 사계절의 순환으로 나타나는 시간은 공간적으로 중간에 위치하기 때문에 서사와 본사와 결사는 아래에서 위로 포개진 구조로 인식될 수밖에 없는 것이다. 이러한 성격을 가지는 수직적 구조를 만드는 데에는 순환적 시간성이 큰 몫을 담당하는데, 이것이 본사의 중심이 되는 장치가 된다. 끊임없이 순환하는 사계절로 인식되는 시간을 본사의 장치로 사용하는 가장 큰 이유는 속계의 공간에서 선계의 공간으로 이동하기 위한 도구로의 활용이 가능하기 때문이다. 「성산별곡」의 결사를 보자.

제6장 구조와 미학

> 산듕山中의 벗이 업서 황권黃卷룰 쌔하 두고
> 만고萬古 인믈人物을 거스리 혜여ᄒ니
> 셩현聖賢은 만ᄏ니와 호걸豪傑도 하도 할샤
> 하ᄂᆞᆯ 삼기실 제 곳 무심無心ᄒᆞᆯ가마ᄂᆞᆫ
> 엇디ᄒ 시운時運이 일락배락 ᄒᆞ얏ᄂᆞᆫ고
> 모롤 일도 하거니와 애돌옴도 그지업다
> 긔산箕山의 늘근 고불 귀ᄂᆞ 엇디 싯돗던고
> 일표一瓢룰 썰틴 후後의 조장이 더옥 놉다
> 인심人心이 ᄂᆞᆺ ᄀᆞᆺᄐᆞ야 보도록 새롭거ᄂᆞᆯ
> 셰ᄉᆞ世事ᄂᆞᆫ 구롬이라 머흐도 머흘시고
> 엇그제 비즌 술이 어도록 니건ᄂᆞ니
> 잡거니 밀거니 슬ᄏ장 거후로니
> ᄆᆞ옴의 미친 시롬 져그나 ᄒᆞ리ᄂᆞ다
> 거믄고 시올 언저 풍입숑風入松 이야고야
> 손인동 쥬인主人인동 다 니저 ᄇᆞ려셰라

댱공長空의 썻는 학鶴이 이 골의 진선眞仙이라

요디瑤臺 월하月下의 힝혀 아니 만나신가

손이셔 쥬인主ㅅᄃ려 닐오디 그디 긘가 ᄒ노라

　서사에서 화자의 물음에 아무런 답변이 없던 주인이 결사에서는 신선을 본 적이 있느냐고 먼저 묻고 있으며, 이에 대해 화자는 주인이 곧 신선임을 말하면서 작품을 끝맺는다. 서사에서는 속계에 머물렀던 화자가 이제는 선계로 올라와서 주인과 서로 대화를 나누는 상태가 된 것이다. 식영정이 있는 곳을 속계에서 선계로 옮겨 놓는 공간이동을 가능하게 하는 도구가 바로 본사를 이루는 핵심요소인 순환적 시간성이 된다. 사계절을 통한 순환적 시간성과 속계에서 선계로의 공간적 이동을 장치로 하는 수직적 구조가 명과 구와 행을 중심으로 형성되는 수평적 구조와 연결되면서 입체적인 구조로서의 성격을 가지는 형태를 완성하게 되고, 전혀 새로운 차원의 예술적 아름다움을 형성하게 되는 것이다. 사대부 가사를 통해 형성된 이러한 성격의 구조미학은 조선시대에 지어진 대부분의 가사가 그대로 물려받고 있기[123] 때문에 이것은 가사가 지니고 있는 가장 일반적인 구조미학으로 보아도 크게 틀리지 않을 것이다.

123　세부적이고 미세한 장치들에는 차이가 있을 수 있지만 조선조의 가사는 대개 이러한 구조가 바탕을 이룬다.

제 7 장

공간과
미학

7.1.
시간과 공간과 현존재

사실적 자명성, 현존재의 토대, 변화의 주체[124] 등의 본질적 성격을 지니고 있는 시간은 어디에서 와 어디로 가는지 알 수 없는 것이지만 흘러가는 직선개념으로 파악되며, 그것이 존재한다는 사실을 우리 모두가 알고 있다. 사실 시간은 추상적 실체로 형태를 가지고 있지 않기 때문에 감각에 의한 인식적 활동에 의해 모든 것을 지각하는 인간으로서는 그것의 존재를 실감할 수 없다. 그러므로 무엇인가를 통해 현현되지 않아서 인간이 감지할 수 없는 시간은 그 실체를 알기 어려운 것이기 때문에 시간자체 혹은 영원이라는 이름을 붙일 수밖에 없게 된다. 그 어느 것과도 관계를 맺지 않으면서 사실적으로 실존하는 자명성을 가지고 있는 시간은 그 자체가 영원한 시간을 나타내기 때문에 우리는 그것을 영원이라고 부를 수밖에 없는 것이다. 이런 점에서 볼 때, 인간의 능력으로는 시간자체에 대해서는 어떤 정보도 확보할 수 없고, 영원[125]이라는 정도의 무한성만을 인정할 수 있을 뿐이다. 절대적인 무한성을 지니고 있는 영원은 어떤 것과도 관계를 맺지 않고

---

124 제5장 '시간과 미학' 부분의 시간의 본질적 성격 참조.
125 시간자체라는 용어와 영원이라는 두 개의 용어를 동시에 사용하는 것은 서술상 무리가 따르므로 영원이라는 용어로 통일한다.

있기 때문에 스스로 자명하기는 할지 모르지만 인간에 의해 파악될 수 없으므로 존재가치를 인정받을 수 없으며, 삶 속에서 일정한 의미를 지닐 수도 없게 된다. 그러므로 영원은 어떤 방식으로든 현존재와 관계를 맺어서 그것을 통해 자신을 드러내지 않으면 안 된다. 이것이 바로 현현된 시간인데, 이제부터 이것을 시간이라고 부르도록 한다. 그런데 시간은 영원에 뿌리를 두고 있으면서 모든 현존재가 동일한 방식으로 관계를 맺는 방식을 취한다. 그것이 가능한 이유는 영원은 그 자체만으로 영원하며 무소부지無所不至의 능력을 가지고 있기 때문이다. 무소부지의 능력을 가진 영원은 시간을 통해 우주내의 모든 현존재에게 동일한 방식으로 작용하면서 그것들을 탄생시키고 변화시키며 소멸시키는 주체가 된다. 즉 어디에서 와 어디로 가는지 모르지만 끊임없이 흘러가는 시간이라는 직선 속에 모든 현존재를 종속시킴으로써 흐르는 시간을 따라 탄생과 소멸을 거듭하도록 한다는 것이다. 그러므로 우리가 알 수 있는 시간의 기본적인 성격은 현존재를 변화시키는 주체이며, 영원히 흘러간다는 사실이다.

시간의 개념을 이렇게만 파악할 경우 우리는 커다란 문제에 봉착하게 된다. 그것은 우주내의 현존재는 공간이라는 일정한 점유 장소를 확보하고 있는데, 공간의 성격으로 볼 때 직선이라는 시간개념만으로는 동일한 방식으로 관계를 맺는 것이 불가능하기 때문이다. 공간적인 차원에서는 불가능한 일들이지만 현실에서는 가능한 현상으로 나타나기 때문에 이것은 시간에 대한 우리의 생각이 잘못되었다는 것을 알려 주는 증거가 된다. 시간이 직선개념으로 파악될 수 있는 성질을 가진 것은 분명한데, 그것이 공간을 점유하고 있는 현존재에게 동일한 방식으로 적용되는 관계를 형성하기 위해서는 직선개념의 시간과 더불어 순환개념의 시간이 함께 고려되지 않으면 안 된다는 결론에 이르게 된다. 뒤에서 상론하겠지만 공간의 개념에 의하면 직선과 공간은 어떤 경우에도 동일한 방식으로 관계를 가질 수 없기 때문이다. 이 문제는 시간을 순환적으로 파악하는 순간 깨끗하게 해결될 수 있으니 순환적 시간[126]이 바로 그것이다. 직선적인 것으로 파악되던 시간이 순환적인 원으로 표시될 때 비로소 영원은 우주내의 모든 현존재와 동일한 방식과 형태로 관계를 맺을 수 있게 된다. 즉, 우주내의 현존재와 관계를 맺는 시간은 두 가지 측면으로 파악할 수 있게 된다는 것이다. 하나는 현존재의 상태와는 관계없이 존재하면서 끊임없이 흘러가는 추상적인 직선개념의 시간이고, 다른 하나는 현존재와 직접적으로 관계를 맺으면서 사물현상의 변화를 주도하는 구체적인 순환개념의 시간이 그것이다.

　두 가지 개념의 시간 중에서 인간의 삶과 가장 밀접한 관계를 가지면서 여러 가지 것들을 가능하게 하는 것은 원으로 인식되는 순환적 시간성이다. 순환적 시간성은 인간의 능력으로는 알 수 없거나 알기 어려웠던 영원이라는 존재를 우리의 눈앞에 가져와서 감각적으로 느낄 수 있도록 함과 동시에 추상과 개괄의 과정을 통해 사물현상의 본질을 파악할 수 있도록 하는 개념을 형성하게 되어 새로운 형태의 사물현상들을 무수히 창조[127]할 수 있도록 하기 때문이다.

　특히 언어는 순환적 시간성의 절대적 지배 아래에 있는 대표적인

126　　제5장 '시간과 미학' 부분의 각주 80번 참조.

127　　언어를 매개수단으로 하는 문학은 구조화한 단위의 주기적 반복의 구조가 아니면 예술적 아름다움을 가진 작품으로 거듭날 수 없는 성격을 가지고 있다. 예를 들면 시가의 형식을 이루는 여러 요소들은 모두 주기적 반복구조라는 순환적 시간성을 바탕으로 형성되고 결합하는 성격을 지니고 있다는 사실을 들 수 있다.

표현수단으로 꼽을 수 있는데, 이것을 매개수단으로 하는 시가는 한층 더 철저하게 순환적 시간성을 바탕으로 하지 않으면 안 되는 성질을 가지고 있다. 시가가 지닌 예술적 아름다움을 형성함에 있어서 매우 중요한 구실을 하는 것이 바로 형식이다. 형식을 이루는 핵심적 구성요소인 음절, 명, 구, 행, 장, 조흥구와 감탄사 등은 모두 순환적 시간성을 바탕으로 할 때만 제대로 된 요소로 작용할 수 있기 때문이다. 음절은 자음과 모음의 결합 형태를 주기적으로 반복하면서 형성되는 성질을 가지고 있으며, 명은 구를 전제로 하는 것이기 때문에 구를 이루는 구조단위의 형태로 반복되는 성질을 가지고 있다. 구는 행을 전제로 하는 것으로 행 단위에서 주기적 반복의 구조를 만들어 내고 있다. 행은 자체의 반복적 현상으로 형태를 만들어서 한 편의 작품을 형성하기도 하고, 장을 전제로 할 경우는 장의 단위로 일정한 반복구조를 바탕으로 하는 성질을 가지고 있다. 장은 한 편의 작품 안에서 주기적으로 반복되는 현상을 가져야 하며, 조흥구와 감탄사는 작품마다 정해진 위치에서 주기적으로 반복되는 구조를 형성하고 있다. 그러므로 시가의 형식을 이루는 요소들은 모두 순환적 시간성을 바탕으로 형성된다는 사실을 알 수 있게 된다.

인간의 삶에 가장 큰 영향을 미치는 순환적 시간성은 우주내 현존재가 영원이란 시간의 흐름 속에서 만들어 내는 사물현상의 변화를 통해 비로소 실현되므로 이것은 필연적으로 공간과 관계를 맺을 수밖에 없다. 발생, 존속, 소멸이라는 일련의 변화를 전제하지 않을 경우 우주내 사물현상을 존재하게 하는 바탕은 공간만 있으면 되고, 오직 그것만이 현존재의 실존을 가능하게 하기 때문이다. 아래에서 살펴보겠지만 사물현상이 실존하기 위해서는 일정한 공간을 필요로 하는데,

여기에서 현존재와 공간의 관계가 필수적이라는 것을 알 수 있다. 우주내의 어떠한 사물현상일지라도 일정한 공간이 없으면 존재 자체가 불가능하므로 현존재와 공간을 분리시켜 생각한다는 것 자체가 성립할 수 없게 된다. 즉, 현존재가 없는 공간은 비어 있는 것이 되어 그것이 실존해야 하는 증거와 이유를 어디에서도 찾을 수 없을 것이며, 공간이 없는 현존재는 무의미한 것이 되어 존재할 수 있는 근거를 찾을 수 없게 된다는 것이다. 우주내의 현존재와 공간이 이처럼 서로가 서로를 규정하는 변증법적 관계에 있지만 이것만으로는 우주가 언제나 움직이고 있다는 것을 설명할 수는 없다. 왜냐하면 현존재와 공간은 그 둘의 관계만을 규정할 뿐 그것이 어떤 과정을 통해 생성과 소멸이라는 소용돌이를 만들어 내는지에 대해서는 어떤 정보도 가지고 있지 못하기 때문이다. 결국 우주가 움직이고 있다는 것을 설명하기 위해서는 현존재와 공간 이외에 다른 구성요소가 설정되어야 하고 그것과의 관계가 규명되어야 한다는 사실을 알 수 있게 된다. 일정한 공간을 창조하면서 공간을 기반으로 할 때만 실재한다는 사실을 증명할 수 있는 현존재이지만 한번 발생하면 영원히 변하지 않는 어떤 것으로 되어서는 우주를 움직이게 하는 것이 불가능할 것이기 때문이다.

우주는 그 자체로 역동성을 가지고 움직이면서 늘 새로운 것을 만들어 내고 낡은 것은 소멸시키는 과정을 되풀이하는 것으로 인지되는데, 우리는 이것을 변화라고 부른다. 그런데 공간은 현존재가 실재하는 근거를 제공할 수는 있어도 변화시킬 수는 없기 때문에 우주의 변화를 설명하기 위해서는 공간 외에 무엇인가가 전제되지 않으면 안된다는 것을 알 수 있다. 어디에서 와 어디로 가는지 모르는 영원으로 인지되는 시간이 바로 그것이다. 앞에서 이미 살펴본 바와 같이 시간은 앞과 뒤라는 개념에 의해 만들어지는 선후관계에 의해 생성, 발전, 소멸이라는 소용돌이 속에 우주내의 모든 사물현상을 던져 넣음으로써 변화를 가능하게 하는 존재이다. 그러므로 시간은 우주의 알맹이가 되는 현존재가 어떤 과정을 통해서 생성하며, 어떤 과정을 통해 발전하고, 또 어떤 과정을 통해 소멸하는가의 전 과정을 주관하는 절대자가 된다. 시간과 현존재, 현존재와 공간의 관계가 이렇게 설정되었을 때 비로소 우리는 우주내의 현존재가 어떻게 해서 발생하며, 소멸하지 않으면 안 되는지에 대해 논리적으로 설명할 수 있게 되는 것이다. 이런 점에서 볼 때, 현존재는 우주의 내용을 이루는 알맹이가 되고, 시간은 우주의 형식이 되며, 공간은 우주의 형태가 됨을 파악할 수 있게 되어서 시간과 공간이 현존재를 매개로 하여 관계를 성립시키고 있음을 알 수 있게 된다.

7.2.
공간의 본질적 성격

시간의 현실태인 우주내 현존재에 의해 만들어지는 공간은 두 가지 형태로 구성된다. 하나는 물질과 물질이 결합하면서 생기는 것으로 붙어 있는 간격에 의해 생기는 것이고, 다른 하나는 사물과 사물의 사이를 선분에 의해 연결한 것으로 떨어져 있는 거리에 의해 생기는 것이다. 물질이라는 말은 그것을 이루는 알맹이가 무엇인가로 이루어져서(形成) 독자적으로 존립할 수 있는 독립적인 성질(性)을 가지고 있다는 것을 의미하는데, 크기에 관계없이 일정한 형태를 지닌 것으로 보면 된다. 이러한 성질을 가지는 물질과 물질이 결합하여 인간의 오감으로 인지할 수 있는 감각적이고 구체적인 형태로 나타나게 되면 이것을 우리는 사물이라고 부른다.

하나의 사물은 이미 수많은 물질과 물질이 일정한 규칙에 의해 결합하여 만들어진 것인데, 독립된 형태를 가진 물질과 물질이 결합한다는 것은 간격이라고 부를 수 있는 틈을 만들어 낼 수밖에 없고, 이것이 바로 공간을 형성한다는 것이다. 즉, 수많은 종류와 다양한 성질을 가지는 물질과 물질 사이의 간격이 쌓이면서 다른 물질을 수용할 수 있는 장소인 공간이 형성된다는 것이다. 물질과 물질이 붙어 있는 간격이라는 개념을 설정하지 않는다면 우주내의 어떤 공간도 만들어질 수 없게 된다. 물질과 물질의 결합을 통해 생기는 붙어 있는 간격에 의해 일차적인 공간이 만들어지면서 감각적인 것으로 되어 있는 사물현상이 형성되면 그것은 헤아릴 수 없을 정도로 많고 다양한 재결합과 재구조화의 과정을 거쳐 다양한 크기를 가지는 수많은 형태를 만들어 내게 되니 이것이 바로 사물현상이 된다. 그러므로 물질과 물질이 붙어 있는 간격에 의해 생기는 공간은 독립된 성격을 가지고 있으면서 일정한 형태를 지니게 되는 사물현상의 모습에 의해 자연발생적으로 형성되는 것이 된다. 물질이 붙어 있는 간격에 의해 생기는 이 공간은 물질이나 사물현상의 실존과 그것이 지니고 있는 형태와 관련을 가지는 것으로 이외의 다른 어떤 것과도 관계를 맺지 않기 때문에 진정한 의미의 공간이라고 할 수 있다. 붙어 있는 간격에 의해 생기는 공간이 가지고 있는 또 하나의 특징은 그곳에 다른 사물현상을 수용함으로써 그것이 발생하고 존속하며 소멸하는 전 과정을 가능하게 하는 근거를 제공하는 구실을 한다는 점이다. 물질과 물질이 붙어 있는 간격에 의해 생긴 지구의 공간은 수많은 생명체들이 그것을 근거로 삶을 영위할 수 있도록 하는 토대가 되기 때문이다. 이것이 바로 우리가 일반적으로 말하는 공간이 되는데, 물질이나 사물이 있을 수 있거나 일정한 현상이 일어날 수 있는 자리가 된다. 인간의 삶은 이 공간을 중심으로 이루어지게 되고, 그곳에서 만들어지는 사회문화현상의 하나일 수밖에 없는 시가는 이 공간을 토대로 하면서 그것을 조직화하고 체계화하는 성격을 지니고 있는 형식이라는 장치를 통해 예술적 아름다움을 지닌 작품으로 태어나게 된다.

이런 점에서 볼 때 노래를 기반으로 성립하는 시가는 지극히 현실적이고 감각적으로 구체화한 공간을 근거로 하면서도 그것보다 한층 높은 것으로 전혀 새로운 차원의 예술적 공간을 만들어 내는 아주 특이한 형태의 소리예술이라고 할 수 있게 된다. 시가는 형식적 특성을 통해 현실 공간에서는 만들어 낼 수 없는 것으로 예술적 아름다움을 담을 수 있는 공간을 만들어 내기도 하며, 인간의 능력으로는 넘어설 수 없는 한계를 지니고 있는 공간적 거리를 뛰어넘어 전혀 새로운 차원의 공간으로 이동할 수 있도록 하는 마법을 발휘하기도 하기 때문이다.

물질과 물질이 결합하는 과정을 통해 만들어지는 사물현상은 크기에 따라 서로 차별화된 간격을 유지하는데, 이러한 상태에 있는 사물과 사물을 연결한 선분의 길이를 거리라고 한다. 사물과 사물이 떨어져 있는 간격의 길이인 거리는 상하좌우로 형성되는데, 이것에 의해 만들어지는 공간은 감각적으로 보아서는 아무것도 없이 비어 있는 것처럼 되면서 아주 미세한 형태로 녹아 있는 물질들을 수용함과 동시에 우주내에 존재하는 수없이 많은 사물현상들을 만들어 낼 수 있는 가능성을 지닌 발생적공의 상태로 된다. 발생적공의 상태를 본질적 성격으로 하는 거리에 의해 만들어지는 공간이 없다면 우주내의 모든 현존재가 발생하고 존재하며, 소멸하는 변화가 일어날 수 없을 것이기 때문에 거리에 의해 생기는 공간은 필연적으로 시간과 관계를 가질 수밖에 없게 된다. 즉, 미세한 물질의 형태를 가지고 있으면서 녹아 있는 상태를 유지하고 있는 거리에 의해 생기는 공간은 물질과 물질, 사물과 사물의 관계에 의해 형성되는 서로 당기는 힘이 작용하는 자리가 됨과 동시에 시간적 선후관계에 의해 물질과 물질이 결합하면서 사물현상의 발생, 발전, 소멸의 과정을 연출해 내는 장소가 된다는 것이다. 떨어져 있는 거리에 의해 만들어지는 공간이 있기 때문에 비로소 현존재의 발생, 발전, 소멸에 시간이 개입하면서 이것을 매개로 하여 공간과 만나게 된다. 그러므로 사물과 사물이 떨어져 있는 거리에 의해 만들어지는 공간은 실존하는 것이기는 하지만 인간에게는 신비한 것이 되고, 매우 철학적 의미를 가지는 것으로 인식된다. 그리하여 우리는 이 공간을 전지전능한 신이 살고 있는 하늘이라고 부르기도 한다.

이상에서 고찰한 내용으로 볼 때, 붙어 있는 간격에 의해 만들어지는 것과 떨어져 있는 거리에 의해 만들어지는 것이라는 두 종류로 나누어서 생각할 수 있는 공간의 본질적 성격은 한편으로는 우주내 현존재를 이루는 사물현상의 요소가 되는 물질에 의해 형성되는 것이면서 다른 한편으로는 그것을 수용하는 곳으로 되어 시간과 관계를 가지면서 사물현상의 발생, 발전, 소멸을 주도하는 자리로 개념을 규정할 수 있게 된다. 물질과 물질이 붙어 있는 간격에 의해 만들어지는 공간으로 인간이 발을 붙이고 살아가는 곳을 땅이라 하고, 사물과 사물이 떨어져 있는 거리에 의해 만들어지는 공간은 신이 거주하는 하늘이라 할 때, 땅과 하늘은 시가문학뿐만 아니라 인간이 삶 속에서 만들어 내는 수많은 종류의 예술에 있어서 매우 중요한 의미를 가진다. 특히 시가는 하늘과 땅을 낮은 것과 높은 것, 인간적인 것과 신성한 것, 현실적인 것과 이상적인 것 등으로 대비시켜 표현하는 수법을 통해 화자의 정서를 강조함과 동시에 그것이 예술적인 아름다움을 가질 수 있도록 하는 데에 커다란 기여를 하는 것으로 파악되기 때문에 더욱 그렇다.

7.3.
공간이동의 시간구조

우주는 아주 미세한 입자로 된 수많은 물질의 집합으로 이루어져 있는 것으로 알려져 있다. 그러므로 우주는 물질[128]과 물질이 시간적 순차에 의한 결합으로 이루어졌음을 알 수 있다. 물질과 물질이 결합하여 일정한 크기를 지닌 형태를 갖추게 되면 독자적이고 독립적인 성질을 가지게 되면서 나름대로의 기능을 가지는 사물현상이 되는데, 이것이 바로 우주내의 현존재가 된다. 이러한 성질을 가지는 우주내의 현존재는 동일한 성질을 가지는 물질들이 관계를 맺어서 만들어진 것이 있는가 하면 여러 종류의 물질들이 다중적인 구조를 만들어 내는 관계 속에서 만들어지는 것도 있다. 작은 물질들이 뭉쳐지면서 큰 것을 만드는 것이 우주내의 현존재가 형성되는 법칙이라고 할 수 있기 때문에 그것이 생물이든 무생물이든 모두 물질의 결합에 의해 만들어졌다는 것은 움직일 수 없는 사실이 된다. 하나의 구조나 전체를 이루고 있는 구성 물질이 일정하게 갖추고 있는 모양을 가리키는 형태는 인간의 오감에 의해 지각될 수 있는 것인데, 큰 형태의 사물현상

128　　우주를 이루고 있는 알맹이의 대부분(약 90%)은 '약한 상호작용'을 하는 미세입자들로 구성된 것으로 알려져 있다. 이 미세입자들은 색깔도 없고, 빛도 내지 않으며 어떤 종류의 물체도 통과할 수 있는 것으로 알려져 있다.

은 작은 형태의 사물현상을 싣거나 담을 수 있는 것을 가지고 있다. 왜냐하면 물질과 물질의 결합은 그보다 더 큰 형태를 지닌 물질이나 사물로 만들어지고, 그것이 다시 다른 것과 결합하게 되면 더 큰 것으로 만들어지는 것이 우주내의 사물현상의 형성원리가 되고, 큰 것은 작은 것을 포함할 수 있게 되기 때문이다. 그러므로 수많은 종류의 물질이 녹아 있는 상태로 존재하는 우주내에서는 그것의 결합방식에 따라 헤아릴 수 없을 정도로 다양한 형태의 사물현상이 만들어지게 된다. 이런 과정을 거쳐 만들어진 우주내의 현존재들은 구성요소들의 결합방식에 따라 천차만별의 형태와 성질을 가지는데, 이 형태에 의해 만들어지는 것이 바로 공간[129]이다.

일정한 관계 속에 이루어지는 결합을 통해 형태를 형성하는 과정에서 생기는 것으로 물질과 물질이 붙어 있는 간격이 이차원적 공간인 평면적 공간을 만든다. 물질과 물질이 결합하는 간격에 의해 만들어지는 평면적 공간은 그것에 의해 창조되는 사물의 크기에 정비례한다. 즉, 평면적 공간은 사물의 크기가 크면 넓어지고 크기가 작으면 좁아지기 때문이다. 또한 사물과 사물은 우주내에서 일정한 거리를 유지하면서 상호관계를 맺고 있는데, 사물과 사물이 떨어져 있는 거리에 의해 만들어진 상하, 좌우, 전후 등으로 퍼져 있는 삼차원적 공간인 입체적 공간을 만들고, 이것은 거리에 정비례하는 성질을 지니고

제7장 공간과 미학

---

129 공간에 대한 개념은 분야에 따라 다양하다. 상식적으로는 상하, 전후, 좌우의 세 방향으로 퍼져 있는 곳을 말하지만 수학에서는 일반적인 집합을 가리킨다. 또한 물리학에서는 물질이 존재하고 여러 현상이 일어나는 장소라 하고, 철학에서는 시간과 함께 세계를 성립시키는 기본 형식으로 보기도 한다. 여기에서는 물질과 물질의 결합과 떨어진 거리에 의해 생기는 비어 있는 곳으로 일정한 사물을 생기게 하고, 완성시키는 구실을 하는 것을 공간이라는 개념으로 사용한다.

있다. 즉, 사물과 사물이 떨어져 있는 거리가 멀면 공간도 넓어지고, 좁아지면 공간도 좁아진다. 평면적 공간은 인력引力에 의해 다른 사물 현상이 그 위에 존립할 수 있는 근거를 제공하며, 입체적 공간은 사물이 녹아 있는 공의 상태[130]를 통해 우주내 현존재를 만들어 낼 수 있는 바탕을 제공하는 구실을 한다. 이러한 사실만 보더라도 우주내의 현존재에게 있어서 공간이 얼마나 중요한지를 알 수 있다.

---

130 우주내의 모든 현존재를 만들어 낼 수 있는 바탕이 되는 發生的空을 의미한다.

시가와 공간미학

1. 향가의 공간미학

현존하는 향가는 상당수의 작품들이 불교와 밀접한 관련을 가지고 있다. 불교가 지니고 있는 사상적 특성은 우주내의 모든 존재를 변화하는 것으로 보고 현상적인 모든 것을 변화의 한순간이라고 생각하는 것이다. 그렇기 때문에 여기에는 정해진 시간도 없으며, 극복하지 못할 공간도 존재하지 않는다. 시간은 영원히 돌고 도는 순환성을 가지고 있으면서 모든 현존재를 변화시키면서 순환시키기 때문에 영원한 것도 없고, 영원하지 않은 것도 없다고 본다. 그러므로 불교의 시간은 언제나 동일하면서도 언제나 동일하지 않은 성격을 가지고 있으며, 넘어설 수 있으나 영원히 넘어설 수 없는 양면성을 동시에 가지고 있는 것으로 파악된다. 시간이 지니고 있는 이러한 양면성은 공간에도 동일하게 적용되는데, 마음먹기에 따라 자유자재로 왕래할 수 있고, 소식도 전할 수 있는 것이 바로 공간이 된다. 이러한 세계관이 불국토를 지향하던 신라사회에 절대적인 영향력을 가지고 있었을 것[131]이고,

---

131　현존하는 신라의 모든 유적들이 이러한 불교적 세계관을 바탕으로 하고 있다는 점에서 이러한 사실을 확인할 수 있다.

문화의 한 단면을 형성했을 것이기 때문에 문화현상의 하나인 향가도 절대적인 영향 아래 만들어지고 향유되었음을 알 수 있다. 모든 것을 변화의 과정으로 보는 불교의 세계관 중에서 특히 향가에 큰 영향을 미친 것은 공간인 것으로 보이는데, 현세를 고해로 보고, 내세를 극락으로 보는 공간에 대한 인식 때문일 것이다.

불교에서는 중생이나 구도자가 살고 있는 현세의 공간은 동쪽에 있고, 부처나 극락왕생한 존재가 있는 내세의 공간은 서쪽에 있는 것으로 인식되는데, 물리적으로 엄청나게 떨어져 있는 것으로 나타난다. 그렇기 때문에 동쪽에 있는 중생이나 구도자는 늘 서쪽을 그리워하면서 그곳에 가서 극락왕생하기를 바라는 마음으로 가득 차 있는 상태다. 이러한 염원은 실제적인 행동을 통해 구체화하는데, 그것은 몸과 마음을 닦는 수도와 기도, 바라는 바를 이루게 해 준다고 믿는 주문이나 노래, 부처에게 공덕을 쌓는 행위인 효선孝善과 보시 등의 다양한 형태로 나타난다. 특히 노래는 언어와 소리의 율동이 지니고 있는 주술적 성격 때문에 신적인 존재와 직접 소통하는 중요한 도구로 인식되었기 때문에 상당한 영향력을 가지고 있었는데, 현존하는 향가에도 이러한 현상은 두드러지게 나타나는 것으로 파악된다. 「원왕생가」, 「혜성가」, 「도솔가」, 「헌화가」, 「원가」 같은 것들이 모두 공간을 중요한 요소로 하고 있는 작품이다. 그중에서 「원왕생가」는 매우 특이한 공간구조를 형성하고 있는 데다가 백제시대의 노래인 「정읍사」와 일치하는 공간구조를 가지고 있어서 더욱 주목을 요한다. 동쪽에 있는 구도자인 화자가 서방정토에 가서 극락왕생하고 싶다는 소망을 노래하여 공간적 한계를 극복하고 극락왕생을 이룬 것을 노래한 작품인 「원왕생가」는 불교적인 공간관을 바탕으로 하면서 예술적 아름다움을 가진 노래로 형상화한 대표적인 작품이라고 할 수 있다. 작품을 보자.

돌하 이데
西方 서장 가샤리고
無量壽佛前에
닏곰다가 숣고샤셔
다딤 기프샨 尊어히 울워러
두손 모도호 솔바
願往生 願往生
그릴사롬 잇다 숣고샤셔
아으 이몸 기뎌 두고
四十八大願 일고샬까
　　　　　　　　　　─양주동 풀이

　동쪽에 있는 구도자인 광덕光德은 공간적으로 아득하게 멀리 떨어져 있어서 인간의 능력으로는 가늠조차 하기 어려운 서방정토로 가서 극락왕생하기를 바라는 존재다. 그는 열심히 도를 닦으면서 기도를 드리는데, 위와 같은 노래를 부르면서 수련을 했고, 그 결과 서방정토에서 극락왕생을 이루었다고 한다. 그렇기 때문에 심부름꾼인 달이 구도자의 바람을 부처에게 전하도록 하는 데에 이 노래가 결정적인 구실을 했음을 알 수 있다. 화자는 매일같이 동쪽에서 떠올라 하늘을 가로질러 서쪽으로 가는 달을 무량수불의 심부름꾼으로 생각한다. 작품의 맨 앞에서 달을 불러서 주의를 환기시킨 다음 부처께 잘 말해 달라고 부탁하는 방식을 취하고, 그것을 통해 자신이 직접 가기 어려운 물리적 거리가 지닌 한계를 단숨에 극복해 버린다. 물리적 거리를 극복하고 서방정토와 현세가 연결되는 것은 구도자와 무량수불과 달이 삼각구도를 형성하는 것으로 나타난다. 이러한 구도가 완성되고, 공간적인 한계가 극복되자 광덕은 마음 놓고 자신이 원하는 바를 허심탄회하게 풀어놓는다. "다짐 깊은 부처님을 우러러 보면서 두 손을 모으고 원왕생 원왕생 그렇게 바라는 사람이 있다고 아뢰어 주소서"라고 하여 자신이 원하는 바를 아주 직접적이고 강압적으로 노래하고 있다. 뿐만 아니라 이렇듯 극락왕생을 간절히 소망하는 나를 내버려두고서는 중생을 제도하겠다는 부처의 48가지 소원을 이룰 수 없을지도 모른다는 식의 의구疑懼와 협박을 통해 자신의 의사를 더욱 분명하게 표현하고 있다.

심부름꾼을 설정하여 공간적 한계를 극복하는 방식을 취하는 작품에는 백제의 노래인 「정읍사」가 있다. 「정읍사」와 「원왕생가」는 첫째, 자연상관물을 중계자로 설정하고, 둘째, 삼각구도를 형성하며, 셋째, 삼단구성을 취하고 있고, 넷째, 화자의 정서를 부탁과 하소연의 방식으로 표현하며, 다섯째, 공간적인 한계를 극복하는 방법을 쓰고 있다는 점에서 일치하는 모습을 보인다. 「정읍사」와 「원왕생가」는 동일한 객관적 질료를 소재로 사용하고 있으며, 구조적으로도 완전히 일치하면서 공간적인 한계를 극복하는 방법을 쓰고 있기 때문에 어떤 방식으로든 영향관계를 유지하고 있는 것으로 볼 수밖에 없다. 그런데 여기서 문제가 되는 것은 「정읍사」를 백제시대의 노래로 볼 것인가 고려시대의 가요로 볼 것인가에 따라 문학사의 내용이 바뀌게 된다는 점이다. 「정읍사」를 백제시대의 노래로 본다면 「원왕생가」는 백제 노래의 영향을 받아서 형성된 것으로 보아야 할 것이고, 「정읍사」

를 고려시대의 노래로 본다면 「정읍사」가 「원왕생가」의 영향을 받아서 형성된 것으로 볼 수 있게 되기 때문이다. 그런데 「정읍사」에 대해서 그전에는 고려시대의 노래로 보았으나 지금에 와서는 남북을 막론하고 대부분의 논자들이 백제의 노래로 보는 데 동의하고는 있는 점에 주목할 필요가 있다. 「정읍사」가 백제의 노래이고, 「원왕생가」는 7세기 후반에 불린 노래로 파악되기 때문에 시기상으로 보아 「원왕생가」는 「정읍사」의 절대적인 영향 아래 만들어진 노래라는 점이 명백해지기 때문이다. 「정읍사」는 행상인의 처가 불렀을 당시에는 민요가 아니었을지 몰라도 남북국시대까지 내려오면서 민간의 노래로 정착되었을 가능성이 크기 때문에 「원왕생가」는 민요에 바탕을 두고 있는 향가일 가능성이 높아지게 된다.

물리적으로 떨어진 거리에 의해 생기는 공간적인 한계를 극복하는 방법이 삼각구도를 바탕으로 하는 구조에까지 영향을 미쳐서 형태를 형성하는 결정적인 요인으로 작용한 것을 보면 「원왕생가」에서 공간문제가 차지하는 비중이 얼마나 큰지를 짐작할 수 있다. 이 노래의 성립에 필요한 것으로 첫째, 무량수불의 극락정토와 구도자의 현세는 멀리 떨어져 있어야 하며, 둘째, 물리적 거리를 이어서 구도자의 바람을 전해 줄 수 있는 특수한 매개체가 있어야 하고, 셋째, 직접적 대화의 방식 등의 요소를 갖출 필요가 있는데, 이것들 모두가 공간을 기반으로 한 것이라는 점 때문에 그 중요성이 커지는 것이다.

멀리 떨어져 있다는 것은 공간의 성질이 서로 다르다는 것이 전제가 된다. 무량수불이 있는 서방은 고해에서 벗어난 즐거움이 가득한 곳이고, 구도자가 있는 동방은 고통과 번민이 가득한 곳으로 본질적인 성격이 완전히 다르다. 만약 두 공간의 본질이 같다면 이 노래는

제7장 공간과 미학

성립할 수 없다. 그렇기 때문에 「원왕생가」는 공간의 차별성을 핵심적인 성격으로 하면서 그것을 보여 주고 그 한계를 극복하는 방향으로 작품의 내용과 형식이 갖추어지게 된다는 것을 알 수 있게 된다. 그러나 구도자에게 있어서는 두 공간의 본질적 성격이 다르다는 차별성보다 너무나 멀리 떨어져 있어서 자신의 생각과 바람이 전해지지 않을 것이 더 큰 걱정거리이다. 이러한 걱정거리를 없애고 자신이 바라는 극락왕생을 이루기 위해 화자는 하늘에 있는 자연상관물인 달을 심부름꾼으로 설정한다. 이제 무량수불의 공간과 구도자의 공간 사이에는 달이라는 존재가 하나 더해지게 된다. 달은 구도자의 힘으로는 넘어서기 어려운 물리적 거리를 단숨에 극복할 수 있는 능력을 가지고 있다. 하루 만에 동방과 서방을 왕래하는 것이 바로 그것인데, 이것을 통해 구도자는 이제 무량수불과 직접적인 대화에 나설 수 있게 된다.

　이상에서 보듯이 「원왕생가」에서는 작품의 중심을 이루는 것으로 볼 수 있는 차별적 공간의 설정, 물리적 거리의 극복, 정서의 전달 등에 있어서 모든 것들이 공간을 바탕으로 하고 있음을 알 수 있다. 이 말은 작품의 내용과 형식, 그리고 그것의 결합으로 완성되는 형태가 모두 공간에 대한 문제를 기반으로 해서 이루어진다는 것을 의미하고, 그것은 작품이 가지는 예술적 아름다움 역시 이것을 바탕으로 형성된다는 것을 의미하는 것이 된다. 이런 점에서 볼 때, 「원왕생가」는 공간미학이 작품의 예술적 아름다움을 결정짓는 핵심이 된다는 것을 알 수 있게 된다.

2. 속요의 공간미학

속요에 있어서 공간은 지극히 현실적인 의미를 가지고 있는 것이 중심을 이룬다. 이별의 공간, 사랑의 공간, 고독의 공간 등 거의 모든 작품이 화자가 처한 상황을 보여 주는 공간을 중심으로 작품이 전개되는 특징을 가지고 있기 때문이다. 그러므로 속요에서 공간의 의미는 다른 어떤 작품에서보다 크다. 「서경별곡」에서는 화자와 사랑하는 님과 이별하는 공간이 주요 소재로 사용되고 있으며, 「쌍화점」 같은 작품에서는 모든 것이 공간을 중심으로 전개되는 특징을 가지고 있다. 먼저 「쌍화점」의 공간을 보자.

네 개의 장으로 되어 있는 「쌍화점」은 각 장마다 정해진 공간에서 일어나는 남녀의 성적 유희와 그것을 알게 된 다른 사람들의 부러움과 시샘의 정서를 결합시켜 노래하고 있는 작품이다. 각 장의 무대가 되는 공간은 순서대로 만두가게, 사찰, 우물, 술집인데, 네 개의 장마다 동일한 방식으로 장면의 전환이 일어나는 방식을 취하고 있는 것이 특징이다. 즉, 남녀가 벌이는 성적 유희의 현장, 소문을 날 것을 두려워하는 화자의 상태, 그 소문을 들은 제2의 여인이 하는 독백, 다시 그 소문을 들은 제3의 여인이 하는 독백 등의 네 개의 장면이 등장한다는 것이다. 이렇게 보면, 「쌍화점」은 각 장의 바탕이 되는 정해진 공간이 있고, 그 공간 안에서 네 개의 공간으로 분할되는 공간의 이중구조를 가지고 있다는 것을 알 수 있게 된다. 공간 속에 공간이 들어가기 위해서는 무대에서 공연되는 방식을 통해 장면을 전환시키는 방법밖에 없으므로 「쌍화점」은 충렬왕 때에 궁중에서 무대에 올려 공연하는 방식을 갖춘 소리극일 가능성이 커지게 되는 것이다. 작품을 보자.

셩화뎜雙花店에 셩화雙花사라 가고신딘

휘휘回回아비 내손모글 주여이다

이말ᄉᆞ미 이 뎜店밧긔 나명들명

다로러거디러

죠고맛감삿기광대 네마리라 호리라

더러둥셩다리러디러다리러디러다로러거디러다로러

긔자리예 나도자라가리라

위위다로러거디러다로러

긔잔디ㄱ티 덦거츠니없다

삼장ᄉᆞ三藏寺애 블혀라 가고신딘

그뎔 샤쥬社主ㅣ 내손모글 주여이다

이말ᄉᆞ미 이 뎔 밧긔 나명들명

다로러거디러

죠고맛간 삿기 샹좌上座ㅣ 네마리라 호리라

더러둥셩다리러디러다리러디러다로러거디러다로러

긔자리예 나도자라가리라

위위다로러거디러다로러

긔잔디ㄱ티 덦거츠니없다

드레무므레 므를길라 가고신딘

우믓 룡龍이 내손모글 주여이다

이말ᄉᆞ미 이 우믈 밧씌 나명들명

다로러거디러

죠고맛간 드레바가 네마리라 호리라

더러둥셩다리러디러다리러디러다로러거디러다로러

긔자리예 나도자라가리라

위위다로러거디러다로러

긔잔듸ㄱ티 덦거츠니없다

술폴지븨 수를 사라가고신딘

그짓아비 내손모글 주여이다

이말ᄉ미 이 집밧긔 나명들명

다로러거디러

죠고맛간 쇠구비가 네마리라 호리라

더러둥셩다리러디러다리러디러다로러거디러다로러

긔자리예 나도자라가리라

위위다로러거디러다로러

긔잔듸ㄱ티 덦거츠니없다

　　　　　　　　　　　　　—「쌍화점」

　이 작품은 고려 충렬왕 때 여러 간신배들에 의해 만들어지거나 수집되어서 왕이 유흥을 할 때 소리극의 형태로 공연되었을 가능성이 높은 작품으로 볼 수 있다. 『고려사절요』에 다음과 같은 글이 있다.

　　왕은 여러 소인배들을 가까이 하여 유흥을 즐겼는데, 아첨 잘하는 倖臣인 吳祁·金元祥과 내시인 石天補·石天卿 등은 노래와 여색으로 왕의 환심을 사기에 힘썼다. 궁중의 음악을 맡

제7장 공간과 미학

아보던 管絃坊의 大樂과 才人이 부족하다고 하면서 부하들을 각 도에 보내서 官妓로 인물과 재예가 있는 자를 뽑고, 도성 안에 있는 官婢나 무당으로 노래와 춤을 잘 추는 자를 선발하여 궁중에 속하도록 했다. 비단옷을 입히고 말총갓을 쓰게 하여 한 무리를 만들어서 '男粧'이라고 하면서 새 노래를 가르쳤다. 그 노래에 이르기를, "삼장사에 등을 켜러 갔는데, 社主가 내 손목 잡았네, 만약 이 말이 절 밖으로 나간다면, 상좌승이여 이 것은 너의 말이라고 하겠네."라고 하였다.

고려의 역사를 기록한 사관의 입장에서 볼 때 이 노래는 분명히 음탕한 노래임에 틀림없다. 그러나 고려사를 만든 사람들이 고려를 무너뜨리고 조선을 세운 승자의 입장이었으며, 유학의 이념을 중요하게 생각하는 유학자였다는 사실을 생각하면 그 기록을 액면 그대로 믿기는 어려울 것으로 보인다. 아무리 타락한 왕이라 하더라도 이런 정도의 내용을 가진 작품을 과연 궁중에서 소리극의 형태로 공연할 수 있었을까 하는 의문이 들 수밖에 없는 대목이다.

「쌍화점」은 속요 중에서도 가장 특이한 형식을 지니고 있는 작품이다. 많은 사람들이 가창과정에 참여하는 도구로 작용하는 렴은 하나의 장이 끝나는 부분에 위치하는 후렴이 가장 일반적인데, 이 작품에서는 행과 행 사이에 다양한 형태로 나타나고 있다. 「쌍화점」에서 각 장마다 악기의 소리를 흉내 낸 것과 같은 소리이면서 일정한 위치에 쓰이는 동일한 표현에는 '다로러거디러', '더둥셩 다리러디러 다리러디러 다로러거디러 다로러', '위위 다로러거디러 다로러'이다. 이 표현은 언어적 의미를 지니는 사설과 사설 사이에 쓰이고 있는 것이 특징인데, 네 개의 장에서 동일한 위치에 반복적으로 쓰이고 있기 때문에 렴으로 취급할 수밖에 없어서 중렴으로 이름을 붙이게 된다. 그렇다면 「쌍화점」에서는 무엇 때문에 이처럼 복잡한 형태의 렴을 사용하고 있는 것일까?

「쌍화점」에서의 하나의 장은 네 개의 단락으로 구성되는 특징을 지니고 있다. 첫째, 과거에 있었던 일, 둘째, 소문이 나기를 바라는 심리, 셋째, 소문을 들은 사람의 현재 상황, 넷째, 미래에 벌어질 일이 그것이다. 과거, 현재, 미래라는 자연적 시간의 순서에 따라 진행되는 작품의 특성으로 볼 때, 장면이 바뀌어야 하는 곳에서는 반드시 렴이 쓰이고 있다는 사실에 주목할 필요가 있다.

제1장의 내용을 보자. 첫 부분은 쌍화점에 쌍화를 사러 갔던 화자가 자신의 손목을 잡은 회회아비와 잠자리를 함께했고, 그 일에 대한 소문이 날 것을 염려하는 내용이다. 이 부분에서는 두 남녀가 손을 잡고 잠자리를 함께한 사실은 이미 과거의 것으로 중요한 사건이 아닌 것으로 취급된다. 왜냐하면 화자의 입장에서는 이미 벌어진 일이기 때문에 그 자체에 대한 것보다는 그것이 소문으로 떠돌 것에 대한 걱정이 더 클 수밖에 없기 때문이다. 따라서 곧바로 뒤를 이어 '이 말이 가게 밖으로 새어 나간다면'이라고 노래하면서 소문이 날 것을 염려하는 표현으로 이어지고 있는 것이다. 그러나 이 표현도 소문이 날 것을 화자가 정말로 염려하는지에 대해서는 판단을 유보하게 된다. 염려하는 마음과 소문이 나기를 바라는 마음을 함께 드러낸 것으로 파악되는 그 다음 부분 때문이다. 이러한 성적 유희가 소문이 난다면 옆에서 모든 것을 지켜본 가게의 심부름꾼인 새끼광대가 그랬다고 하겠다는 내용인데, 이것은 책임전가의 목적보다는 소문이 나기를 은근히

바라는 화자의 심리상태를 노래한 것으로 볼 수 있다. 즉, 쌍화점의 주인과 성적 유희를 행한 화자는 자신의 그런 행위가 소문이 나지 않을 수 없다는 것을 너무나 잘 알고 있으며, 차라리 소문이 났으면 하는 바람까지도 마음속에 간직하고 있다는 것을 책임전가라는 다소 우회적인 표현을 통해 드러낸 것으로 볼 수 있다는 것이다. 화자의 심리상태가 바뀌는 이러한 곳에 의미를 알기 어려운 '다로러거디러'와 같은 렴을 쓰는 이유는 언어적인 표현만으로는 온전하게 나타내기 어려운 화자의 복잡 미묘한 정서를 효과적으로 확대하여 드러내기 위한 장치로 보인다.

　세 번째 부분은 그 소문을 들은 제2의 여인이 자신도 그 자리에 자러 가고 싶다는 현재의 바람을 노래한 곳이다. 그런데 이 내용의 바로 앞에 '더러둥셩 다리러디러 다리러디러 다로러거디러 다로러'라는 매우 긴 형태의 렴이 쓰인 점에 주목할 필요가 있다. 세 번째 부분은 앞에서 전개된 상황이 완전히 변화하였음을 알 수 있는데, 첫째, 성적 유희에 대한 소문이 났고, 둘째, 화자가 바뀌었으며, 셋째, 시간이 현재로 바뀌었다는 점 등이 그것이다. 이런 점으로 볼 때, '더러둥셩 다리러디러 다리러디러 다로러거디러 다로러'는 이처럼 복잡한 변화를 효과적으로 표현하기 위한 장치라고 볼 수 있게 된다. 즉, 두 사람의 성적 유희가 멀리 멀리 소문이 났으며, 그 소문을 들은 제2의 여인에게로 장면이 넘어가는 전환점을 나타내는 장치가 된다는 것이다. 그러나 작품은 여기에서 끝나지 않으니 다음 장면에서는 더욱 선정적인 표현이 등장한다. 네 번째 부분은 성적 유희를 벌이고 난 뒤의 어지러운 상태에 대한 내용인데, 부러움과 욕망으로 가득 찬 마음을 가진 제3의 여인이 부르는 사설로 볼 수 있다. '덦거츨다'는 아직 정확한 뜻을 알 수 없는 표현이지만 나무가 무성하다는 뜻을 가진 울蘩에 대한 훈과 음이 '덦거츨 울'로 되어 있는 점으로 미루어 남녀의 성적 유희가 있고 난 뒤의 어지러운 상태를 지칭한 것으로 볼 수 있다.

「쌍화점」에서 쓰인 렴이 장면의 변화와 화자의 바뀜 등을 표시함과 동시에 언어로 표현하기 어려운 복잡한 정서를 나타내는 도구로 사용되었다는 점을 감안할 때 이 노래는 궁중에서 소리극의 형태로 불리면서 다양한 인물이 등장했을 가능성이 큰 것으로 보인다. 네 개의 장이 성적 유희의 대상과 소문을 내는 주체만 바뀔 뿐 나머지는 모두 동일한 내용과 형태인 것으로 보아 「쌍화점」은 과거에 일어났던 일을 서술하는 화자, 소문이 나기를 바라는 화자, 소문을 듣고 그 자리에 자러 가고 싶다는 화자, 다시 그 소문을 들은 제4의 화자 등 최소한 네 명의 등장인물이 번갈아 나오면서 노래를 불렀을 것으로 볼 수 있게된다. 그러나 여기서 우리가 놓치지 말아야 할 한 가지가 더 있으니 그것은 「쌍화점」이 과연 성적인 유희만을 노래하는 작품인가 하는 점이다.

이 작품은 각각의 장을 따로 떼어 놓고 보면 분명히 노골적인 성적 유희에 대한 음란성을 노래하고 있는 것으로 보인다. 그러나 네 개의 장을 하나의 작품으로 연결시켜 놓고 보면 새로운 의미가 형성되기 때문에 내면적인 의미를 고려하지 않을 수 없다. 작품의 주인공에 해당하는 여성 화자와 상대하는 성적 대상은 1장은 외국인(회회아비), 2장은 승려(사주), 3장은 왕실층(우물의 용), 4장은 서민층(술집아비)이다. 노래가 불릴 당시가 몽고의 침략기에 해당하기 때문에 회회아비는 외국인으로 보는 것이 타당하다. 고려는 불교를 국교로 삼은 나라였는데, 사찰의 주지승이 여성과 성적 유희를 한다는 것은 상식 밖의 행동이다. 용은 귀한 존재를 나타내므로 주로 왕을 상징한다. 따라서 여기서 말하는 우물의 용은 왕실로 보아야 한다. 술을 파는 아비는 상인으로서 일반 서민층을 대표하는 인물로 보아 손색이 없다. 그렇다면 이 작품에서 성적 유희의 대상으로 등장하는 인물을 하나로 묶어 놓고 보면 고려사회 전체가 성적 유희의 대상이 된다는 것을 의미하게 되고, 이들의 타락은 곧 나라 전체의 타락을 노래한 것으로 보아 크게 틀리지 않는다. 그렇다면 「쌍화점」은 표면적으로는 성적인 유희를 노래하는 것처럼 보이지만 실제에 있어서는 고려라는 사회를 구성하고 있는 모든 계층의 사람들이 너나 할 것 없이 타락했다는 것을 공통관심사인 성적 유희를 통해 신랄하게 풍자한 노래로 보아야 함을 알 수 있게 된다. 이처럼 「쌍화점」이 표면적으로는 성적 유희를 노래하면서도 실제로는 사회의 타락상을 비판하고 공격하는 성격을 지니면서 풍자문학으로서의 아름다움을 가질 수 있게 된 데에는 이중적인 공간의 구조가 큰 몫을 담당한 것으로 보아야 할 것이다. 다음으로는 「서경별곡」의 공간을 보자.

서경西京이 아즐가
서경西京이 셔울히마르는
위두어렁셩 두어렁셩 다링디리

닷곤디 아즐가
닷곤디 쇼셩경 고외마른
위두어렁셩 두어렁셩 다링디리

여히므론 아즐가

여히므논 질삼뵈 ᄇ리시고

위두어렁셩 두어렁셩 다링디리

괴시란ᄃ 아즐가

괴시란ᄃ 우러곰 좃니노이다

위두어렁셩 두어렁셩 다링디리

구스리 아즐가

구스리 바회예 디신ᄃᆞᆯ

위두어렁셩 두어렁셩 다링디리

긴히ᄯᆞᆫ 아즐가

긴히ᄯᆞᆫ 그츠리잇가 나ᄂᆞᆫ

위두어렁셩 두어렁셩 다링디리

즈믄히를 아즐가

즈믄히를 외오곰 녀신ᄃᆞᆯ

위두어렁셩 두어렁셩 다링디리

신信잇ᄃᆞᆫ 아즐가

신信잇ᄃᆞᆫ 그즈리잇가 나ᄂᆞᆫ

위두어렁셩 두어렁셩 다링디리

대동강大洞江 아즐가
대동강大洞江 너븐디 몰라셔
위두어렁셩 두어렁셩 다링디리

비내여 아즐가
비내여 노혼다 사공아
위두어렁셩 두어렁셩 다링디리

네 가시 아즐가
네 가시 럼난디 몰라셔
위두어렁셩 두어렁셩 다링디리

녈비예 아즐가
녈비예 연즌다 샤공아
위두어렁셩 두어렁셩 다링디리

대동강大洞江 아즐가
대동강大洞江 건넌편 고즐여
위두어렁셩 두어렁셩 다링디리

비타들면 아즐가
비타들면 것고리이다 나는
위두어렁셩 두어렁셩 다링디리

「서경별곡」은 일정한 주기로 반복되는 '위두어렁셩 두어렁셩 다링
디리'라는 표현을 후렴으로 보아야 하기 때문에 이것을 기준으로 하
여 장을 나눌 수밖에 없는데, 그렇게 볼 때 이 작품은 14개의 장이 된
다. 그런데 중간에 있는 네 개의 장은 앞에서 살펴본 「정석가」의 것과
동일한 내용이므로 이것을 빼면 원래의 작품은 10개의 장으로 이루어
졌음을 알 수 있다. 구슬과 천 년, 끈과 믿음을 대비시킨 표현수법은
「정석가」에서도 나타나는 표현이라는 이유 외에도 같은 작품의 다른
곳과 표현수법이 너무 다르기 때문에 이것 역시 궁중으로 들어오는
과정에서 끼어 들어간 것으로 볼 수밖에 없게 되는 것이다. 형식적으
로는 10개의 장으로 나누어지는 모습을 보이지만, 내용상으로는 두
개의 장이 서로 맞짝을 이루면서 연결되어 있으므로 다섯 개로 구분
할 수 있으며, 의미상으로는 서경에서의 사랑, 뱃사공에 대한 원망, 님
과의 이별이라는 세 단락으로 나누어진다.

　사랑하는 사람과의 이별을 주제로 하는 이 작품에서 가장 중요한
것은 공간적 이미지가 된다. 여기에서 등장하는 공간은 서경, 대동강,
강 건너의 셋이다. 서경이란 공간은 화자가 살아가는 곳이며, 님과의
사랑이 가능하고, 또 존재했던 곳이다. 대동강은 물리적으로는 땅을
나누어 소통하지 못하게 하는 존재이지만 화자에게는 사랑을 유지할
수 있게 해 준 고마운 공간이기도 하다. 강 건너의 공간은 이별과 사
랑의 죽음을 의미하는 것으로 화자에게는 아무런 가치가 없는 곳이
다. 이러한 세 공간 중에서 화자에게 가장 중요한 의미를 지니는 것은
물로 이루어진 대동강이란 공간이다. 일반적으로 물은 생명체에게 없
어서는 안 되는 존재로서의 의미를 지니지만, 넓고 넓은 대동강의 물
로 인해 건너편으로 가고 싶어 하는 님을 가지 못하도록 막고 있기 때

문에 화자에게는 이별을 불가능하게 하는 공간이 되어 고맙고 소중한 존재가 된다. 그러나 사공이란 존재가 등장하는 순간 대동강은 이별의 현장으로 바뀌게 되고, 물은 이별을 가능하게 하는 존재로 되어 버리고 만다. 그러니 화자는 대동강을 그렇게 만든 사공이 원망스러울 수밖에 없게 되고, 자신의 아내가 다른 남자와 놀아나는 것도 모르면서 쓸데없이 배를 내어 놓아서 사랑하는 님이 강을 건너도록 하느냐고 저주를 퍼붓는 것이다. 그러나 이미 이별은 현실이 되었고, 떠나 버린 사랑은 화자가 강을 건너는 것조차 막고 있다. 왜냐하면 강 건너편에는 님을 기다리는 또 다른 사랑이 있기 때문이다. 이제 대동강은 죽음의 강이 되고, 뱃사공은 저승사자일 뿐이니 화자가 서 있는 서경이란 곳 역시 죽음의 공간이 되어 버리고 말았다.

서경, 대동강, 강 건너라는 세 개의 공간과 길쌈, 뱃사공, 꽃이라는 세 개의 존재가 화자와 님의 사이에서 서로 맞물리면서 이별의 현장에서 느끼는 화자의 정서를 노래하고 있는 「서경별곡」은 님과의 사랑이 가능하게 했던 서경이라는 공간과 그 사랑을 불가능하게 하는 서경이 아닌 공간을 사랑과 이별이라는 상극의 공간으로 설정하고 있다. 이러한 설정은 화자를 상징하는 길쌈과 강 건너의 다른 여인을 상징하는 꽃이라는 대립의 구도를 만들어 내면서 작품의 긴장성을 고조시키는데, 이것을 가능하게 하는 것이 바로 대동강이라는 공간과 뱃사공이라는 존재이다. 대동강이라는 공간이 사랑의 공간과 이별의 공간을 물리적으로 나누어 주었으므로 자신의 사랑을 존속시킬 수 있다고 믿었던 화자 앞에 배를 가진 사공이 나타나는 순간에 대동강은 이별의 공간으로 다리를 놓아 주는 매개자로 바뀌어 버리고 말았기 때문이다. 공간의 대립구도를 통해 이별의 슬픔을 구구절절하게 노래하고 있는 「서경별곡」의 이러한 수법은 서민문학이 역사의 뒤안길로 잠시 물러나 있던 조선 전기를 지나 후기로 접어들면서 사설시조라는 새로운 양식을 통해 다시 나타나기 시작한다.

3. 시조의 공간미학

백제의 노래인 「정읍사」나 향가인 「원왕생가」 같은 작품에서 보듯이 엄청난 물리적 거리로 존재해 왔던 앞 시대의 공간은 조선조에 이르면 엄청나게 변화한 모습이 되어 시가 속으로 들어온다. 그것은 신을 통해 우주를 인식하면서 신과 인간이 마주하면서 인간과 신이 대화하는 방식을 취하던 앞 시대의 세계관이 자연을 통해 우주를 인식하고 자연과 인간이 대화하는 방식을 취하는 세계관으로 바뀌었기 때문[132]으로 생각된다. 이러한 세계관의 변화는 시가에도 영향을 미쳤을 것인데, 물리적인 사물현상과 관련을 가지는 객관적 질료보다는 관념성을 강하게 지니고 있는 주관적 질료인 정서가 강조됨과 동시에 피안의 공간은 사라져 버리고 화자가 속한 현실의 공간이 중요한 의미를 가지는 것으로 바뀌게 되었다. 조선조 시가의 양대 산맥의 하나를 형성했던 시조의 공간은 더욱 현실적인 것[133]으로 바뀌게 되는데, 이것은 시조가 개인적인 정서를 노래하기에 적합한 형태이고, 유흥공간에서 향유되었던 시가라는 점이 크게 작용한 것으로 보인다. 개인적

---

132   이에 대해서는 뒤에서 언급할 것이다.

133   시조에 비해 가사는 상대적으로 선계라는 공간을 설정하고 그곳으로 옮겨 가는 모습을 보여 주고 있어서 상당히 다른 양상을 띤다.

인 정서는 기본적으로 자기 합리적인 것이 중심을 이루는데, 이것은 지극히 현실적이기 때문에 화자가 처해 있는 현실의 공간을 벗어나야 할 이유가 전혀 없다. 또한 순간의 즐거움을 추구하는 성격을 지닌 유흥은 지극히 현실적이고 현세적인 것이 중심을 이루기 때문에 굳이 시간을 초월하거나 현실의 공간을 넘어서서 피안으로 향해야 할 이유를 어디에서도 찾을 수 없게 된다. 그렇기 때문에 시조는 서정적인 표현이 중심을 이루면서 화자가 처해 있는 현실적 공간에서 보고, 듣고, 느낄 수 있는 것들을 대상으로 노래하는 형태를 띠는 것이 특징이다. 즉, 시조에서는 현실적으로 존재하는 지금의 공간이 매우 중요한 의미를 가지며, 그것이 화자의 정서와 연결되어 소재로 되기 때문에 공간의 의미가 지극히 현실적이라는 것을 뜻하게 된다. 이러한 현상은 모든 시조에 나타나는데, 그중에서도 조선 후기에 윤선도가 지은 「오우가」는 현실적인 공간이 작품 전체를 주관하면서 예술적 아름다움을 형성하고 있어서 눈길을 끈다.

송강 정철, 노계 박인로와 더불어 조선시대 삼대 시인의 한 사람으로 꼽히는 고산 윤선도는 조선조 사회가 임진왜란과 병자호란을 겪으면서 엄청난 변화를 모색하던 17세기에 주로 활동했던 문인이다. 이때는 당쟁 역시 치열했는데, 상대적으로 세력이 약했던 남인의 집안에서 태어났기 때문인지 정치적으로는 매우 불우한 삶을 살았던 것으로 보인다. 19년에 걸친 유배생활과 20여 년에 걸친 은둔생활이 말해 주듯 그의 생애는 결코 평탄한 삶이었다고 볼 수 없기 때문이다. 개인적으로는 불우한 삶을 살았던 그였지만 조선시대 삼대 시인의 한 사람으로 꼽힐 정도로 문학사에 큰 족적을 남긴 문인이었다. 조선시대 최고의 가사 작가로는 정철과 박인로 등을 들지만 최고의 시조 작가로는 윤선도를 꼽을 정도로 시조에 뛰어난 재주를 보였다. 그가 우리말로 된 시조를 75수나 남겼다는 것은 우리말과 우리 문화에 대한 그의 애정이 남달랐다는 것을 보여 주는 증거라고 할 수 있을 것인데, 연시조인 「오우가」나 「어부사시사」 같은 작품이 시조 문학사에 끼친 영향과 그것이 지니고 있는 예술적 가치는 어느 작품도 미치기 어려울 만큼 훌륭하다고 할 수 있다. 그의 작품에 시조가 많은 이유는 격렬하고 치열하게 살았던 정치적인 삶과는 달리 본의 아니게 자연과 함께하는 시간들이 많았던 윤선도에게 있어서는 장편의 가사보다 단편의 시조가 자신의 정서를 표출하기에 적합했던 때문으로 풀이할 수 있다. 작품을 보자.

내 버디 몃치나 ᄒᆞ니 수석과 松竹이라
東山의 달 오르니 긔 더욱 반갑고야
두어라 이 다슷 밧긔 ᄯᅩ 더ᄒᆞ야 무엇 ᄒᆞ리

구룸 빗치 조타 ᄒᆞ나 검기를 ᄌᆞ로ᄒᆞ다
ᄇᆞ람 소ᄅᆡ 맑다 ᄒᆞ나 그칠 적이 하노매라
조코도 그츨 뉘 업기는 믈 뿐인가 ᄒᆞ노라

고즌 므스 일로 퓌며서 수이 디고
플은 어이 ᄒᆞ야 프르ᄂᆞᆫ 듯 누르ᄂᆞ니
아마도 변치 아닐 손 바회 뿐인가 하노라

더우면 곳 퓌고 치우면 닙 디거ᄂᆞᆯ

솔아 너는 엇디 눈 서리를 모르는다
九泉의 불희 고든 줄을 글로 ᄒ야 아노라

나모도 아닌 거시 플도 아닌 거시
곳기는 뉘 시기며 속은 어이 뷔연는다
더러코 ᄉᆞ시예 프르니 그를 됴하 ᄒ노라

쟈근 거시 노피 떠서 만물을 다 비취니
밤듕의 光明이 너만 ᄒ니 또 잇ᄂ냐
보고도 말 아니 ᄒ니 내 벋인가 ᄒ노라

이 작품의 배경은 철저하게 현실적 공간이다. 모든 소재는 현실적 공간에서 취해 왔으며, 그 공간을 벗어나지 않는 한도 내에서 모든 것이 이루어지는 성격을 가진 작품이 바로 「오우가」다. 그렇기 때문에 「오우가」는 화자가 머무르고 있는 금쇄동金鎖洞이란 자연의 공간이 작품의 핵심을 이루게 되고, 그것이 지니고 있는 예술적 아름다움 역시이 공간을 중심으로 하여 형성되는 특징을 가지게 된다. 여섯 편의 시조로 구성되어 있는 「오우가」는 화자인 시인과 그의 다섯 벗인 자연 상관물, 그리고 화자가 속해 있는 현실적 공간이 삼각구도를 형성하고 있으며, 자연에 대한 관조적 찬양이 정치적 이념과 현실적 이상을 바탕으로 하고 있는 점을 중요한 성격으로 지적할 수 있다.

먼저 삼각구도를 보자. 화자인 시인은 세상에 대해 대립과 불신의 관계를 형성하고 있다. '이 다섯 밖에 또 더해 무엇하리'와 '구름', '바람', '꽃', '잎', '나무', '밤중' 등은 모두 화자와 대립관계에 있으며, 세상에 대해 믿음을 가지기 어렵다는 것을 강조하기 위한 표현으로 보아야 한다. 특히 '이 다섯 밖에 또 더해 무엇하리'라는 표현은 자신이 그동안 속해 있던 정치적 현실에서는 벗으로 삼아야 할 대상이 전혀 없다는 것을 강조한 것으로 세상에 대해 적대적이며, 상당한 불신을 가지고 있다는 것을 쉽게 짐작할 수 있게 한다. 그와는 상대적으로 화자가 좋아하는 다섯 벗은 철저한 믿음으로 이루어진 관계를 형성한다. 특히 화자는 다섯 벗의 변함없음을 가장 사랑하고 믿는다. 따라서 시인은 이 다섯 가지 자연상관물만을 좋아한다. 여기에는 세상의 현실도 자연의 다섯 벗과 같았으면 하는 시인의 바람이 함께 실려 있는 것으로 보아야 한다. 화자의 다섯 벗이 존재하는 자연과 자신이 속해 있던 세상은 화자가 이상적인 것으로 생각하는 원리를 간직한 이상적 현실과 바람직하지 못한 원리가 판을 치는 정치적 현실을 나타내게 되어 엄청난 괴리를 형성하고 있다.

이러한 삼각구도는 여섯 편의 작품 모두에 적용되기 때문에 「오우가」를 이루는 핵심이라고 할 수 있는데, 이것은 모두 화자가 현재 처해 있는 금쇄동이란 공간을 기반으로 하고 있다는 점을 잊어서는 안 된다. 특히 현실적 공간에서 취해 온 각각의 객관적 질료들이 내포의 극대화를 통해 확보한 공간에 화자의 정치적 이념을 실어내는 수법은 가히 일품이라고 할 만하다.

두 번째 작품을 보자. 이 작품은 구름, 바람, 물을 객관적 질료로 하고 있는데, 물의 성질을 구름과 바람의 성질과 대비시킴으로써 변함없음을 통해 화자의 정서가 그것을 지향하고 있음을 드러내는 방식을 취한다. 이러한 표현들이 화자의 정서를 강조하여 나타낸다는 것은 틀림없는 사실이지만 이것들은 모두 물, 구름, 바람이 있는 현실적 공간을 벗어나서는 어떤 구실도 하기가 어렵다고 할 수 있다. 객관적 질료에 내포의 극대화가 일어나면서도 화자의 정서 속에 함몰되지 않는 상태를 유지하면서 오히려 정치적 이념을 실어낼 수 있는 이유는 현실적 공간을 중심으로 하고 있다는 점과 작가인 윤선도가 가지고 있는 천재적 예술적 감각이 삼각구도 안에서 구조화한 결과라고 할 수 있을 것이다. 공간을 중심으로 하는 이러한 표현수법은 작품 전체를 관통하고 있는 법칙과 같은 것이기에 「오우가」의 핵심을 형성하는 것이 된다. 작품을 좀 더 살펴보자.

첫 번째 작품은 「오우가」의 서시序詩에 해당하는 것으로 다섯 벗에 대한 소개를 주된 내용으로 한다. 그런데 마지막에 등장하는 '이 다섯 밖에 또 더해 무엇하리'라는 표현은 화자는 그동안 자신이 속해 있던 정치적 삶의 중심을 이루던 세상과 단절하겠다는 의지를 적나라하게 드러낸다는 사실을 알 수 있게 해 준다. 지금까지 살았던 곳에서 관계를 가졌던 벗들은 쓸데없는 존재들이기 때문에 모두 버리겠다는 강력한 의지를 보인 것으로 세상에 대한 강한 불신을 드러내고 있다. 이러한 그의 생각은 이어지는 작품에서도 그대로 드러나는데, 물에 대한 찬양을 주된 내용으로 하는 두 번째 작품과 바위의 불변성을 사랑한다는 내용으로 되어 있는 세 번째 작품에서는 세태世態에 대한 강력한 비판을 통해 벗의 진실성을 드러내고 있다. 구름의 빛이 좋기는 하지만 쉽게 검어진다는 것과 맑은 바람 소리가 일시적으로는 기분을 상쾌하게 하지만 그치는 때가 많기 때문에 믿을 바가 못 된다고 말하고 있는 것이다. 앞에서는 감언이설을 일삼다가 돌아서면 음모를 꾸며서 서로 죽이려고 하는 세태를 자연상관물의 성질에 빗대어 노래하면서 자신이 가지고 있는 현실에 대한 바람을 나타내고 있는 것이라 하겠다.

소나무와 대나무의 절개에 대해 노래하는 네 번째 작품과 다섯 번째 작품은 세상 속에서 서로 부대끼며 살아가는 인간에 대한 비판과 바람을 노래하고 있다. 더우면 꽃이 피고, 추우면 잎이 지는 것처럼 세상에 존재하는 모든 사람들은 시류의 변화에 따라 웃기도 하고 울기도 하면서 서로를 배반하고 죽이면서 살아간다. 그러나 소나무만은 눈과 서리가 내리는 추운 겨울에도 꿋꿋하게 서서 그것을 견뎌 내고 있으니 이것이야말로 화자가 세상 사람들에게 바라고 싶은 것이 된다. 그리고 나무도 아닌 것 같고, 그렇다고 풀도 아닌 것 같은 대나무는 둘째가라면 서러울 정도로 곧은 존재인데, 속까지 비어 있는 결점을 가지고 있으면서도 일 년 내내 푸름을 간직하고 있으니 이것 역시 화자가 바라는 이상적인 인간상이 된다. 세태와 인간에 대한 바람과 희망을 노래하면서 자연의 벗을 찬양한 화자는 마지막 작품에서 모든 것을 품에 품을 수 있는 존재로 유학에서 가장 높은 경지에 오른 사람인 군자에 대한 지향을 하늘의 달을 통해 노래하고 있다. 밤중처럼 어두운 세상이지만 그것을 밝게 비추어 모든 것을 보아 알고 있으면서도 말없이 전부를 보듬을 수 있는 존재인 달은 바로 화자가 추구하는 최고의 인격자인 군자가 되는 것이다.

전라도 해남에 있는 금쇄동이라는 산속의 공간을 배경으로 하여 지어진 「오우가」는 시인이 가지고 있던 정치적이고 현실적인 이념을 자신이 머물고 있는 현실적 공간에 투영시키는 방법을 통해 공간미학을 예술적 아름다움으로 승화시킨 작품으로 만들어 내고 있다는 점에서 시조의 경지를 최고조로 높인 작품이라고 평가할 수 있다.

4. 가사의 공간미학

행의 주기적 반복과 특이한 구성을 통해 작품의 형태를 완성하는 성격을 지니고 있는 가사歌辭의 공간은 시조의 그것과 상당한 차이가 있다. 앞에서 살펴본 바와 같이 시조는 개인적인 정서를 바탕으로 하면서 짧은 형태를 지닌 것으로 놀이현장에 적합한 형태의 시가이기 때문에 시조의 공간이 되는 것은 현실적인 공간이거나 내포의 극대화를 통해 화자의 정서 속으로 함몰된 상태로 되는 것이 일반적인 현상이었다. 그러나 가사는 현실적 공간을 기반으로 하는 자연상관물을 객관적 질료로 받아들이면서 출발하는 점에서는 시조나 여타 시가와 동일하지만 가사만이 만들어 낼 수 있는 특수한 구조를 통하여 공간의 개념을 바꾸어 놓는 수법을 쓰고 있기 때문에 가사의 공간은 시조의 그것과 다를 수밖에 없게 되는 것이다. 구조미학에서 살펴본 바와 같이 가사는 서사, 본사, 결사라는 삼단의 구성법을 취하고 있는데, 여기에 현실적 공간과 순환적 시간을 절묘하게 결합시킴으로써 시조와는 다른 차원의 공간미학을 형성하고 있기 때문이다.

순환적 시간성을 매개로 하여 공간의 개념을 바꾸어 놓는 것을 가장 뚜렷하게 보여 주는 작품들은 역시 조선 전기 사대부의 강호가사인데, 「상춘곡」, 「면앙정가」, 「성산별곡」, 「사미인곡」 같은 것들을 꼽을 수 있다. 이 작품들은 하나의 공간에서 전혀 차원이 다른 공간으로의 이동을 분명하게 볼 수 있다는 점에서 대표성을 가지기는 하지만 그렇다고 해서 후대에 사대부들이 지은 가사에 이런 형태가 사라진 것이 아니란 점 또한 분명하게 밝혀둘 필요가 있다. 형태와 모양은 달라질 수 있지만 사대부가 기본적으로 지니고 있는 생각이 도가 실현되는 곳을 이상적 공간으로 설정하여 자신이 처한 현실의 공간과 구별하는 것을 기본으로 하기 때문으로 보인다. 이러한 점은 노계 박인로가 지은 「누항사」 같은 작품에 잘 나타나고 있다. 작품을 보자.

박인로는 51세 되던 광해 3년(1611) 봄에 이덕형의 은거지인 경기도 용진강 사제로 찾아갔다. 그때 이덕형이 어려운 산골 살림의 형편에 대해 묻자 즉석에서 지어 부른 노래이다.[134] 작품은 124쪽에서 제시했으므로 여기서는 생략한다.

물질적으로는 비록 가난하고 구차한 살림살이지만 단사표음의 즐거움을 누릴 수 있는 것으로 생각하면서 유학의 도를 버리지 않고 살겠다는 것이 작품의 주된 내용이다. 여기에는 두 개의 공간이 함께 존재하는 것으로 볼 수 있다. 하나는 물질적인 어려움을 주는 곳으로 궁핍하게 살아갈 수밖에 없는 현실적 공간이고, 다른 하나는 유학의 기본 이념을 바탕으로 하면서 즐거움을 만끽할 수 있는 이상적 공간이 그것이다. 작품의 소재로 작용하는 객관적 질료는 모두 화자가 생활하는 삶의 공간에 존재하거나 그곳에서 발생하는 일들이다. 그렇기 때문에 작품의 모든 내용과 표현들은 이 공간을 중심으로 전개되고, 이것에 맞추어서 형성된다. 만약 「누항사」가 이런 현실적 공간만을 대상으로 하여 화자의 물질적 어려움만을 노래했다면 아주 형편없는 것이 되어 예술적 아름다움을 갖춘 작품으로 평가받기 어려웠을 것이다. 그러나 작가는 이러한 현실적 공간에 이상적 공간과 이념을 가미하는 방법으로 역시 삼단구성법을 활용하고 있으며, 그것을 통해 현실적 공간을 이상적 공간으로 바꾸어 놓고 있다.

제7장 공간과 미학

---

134   公從遊 漢陰相公 相公問公 山居窮苦之狀 公乃述己懷 作此曲.『蘆溪集』.

서사에서는 과거의 이념적이면서 실천을 강조했던 자신의 삶을 노래하고 있으며, 본사에서는 아무것도 할 수 없는 현실의 삶을 사실적으로 노래하고 있다. 또한 결사에서는 사느라고 힘들어서 잠시 잊었던 안빈낙도의 꿈을 다시 떠올려 유학의 덕목대로 살겠다는 미래의 삶을 노래하고 있어서 시간적인 완결구조를 갖추고 있다. 서사는 유학의 관념을 중심으로 하고 있어서 다분히 이념적이다. 유학에서 가르치는 대로 길흉화복을 하늘이 주관한다고 믿었으나 뜻대로 되는 것이 하나도 없었으니 가난에 찌든 생활만이 자신을 반길 뿐이었다. 그럼에도 불구하고 서사가 예술적 아름다움을 창조할 수 있었던 것은 이념을 행동으로 옮긴 시인의 실천적 행위에 있다. 그러한 이념을 실현하기 위해 적극적으로 행동하면서 자신이 바라는 현실을 만들려는 노력을 기울였던 작가의 실천이 없었다면 이 작품의 서사 역시 공허한 푸념의 단계를 벗어나지 못했을 가능성이 크다.

이처럼 과거의 자신을 회상한 서사에서는 비록 어렵고 힘든 가난이었을지라도 하늘을 믿고 행했던 다양한 실천적 행위로 말미암아 상승작용을 일으켜 관념적 한계를 넘어서는 모습을 보이지만 자신이 처한 현실적 생활을 노래한 본사에서는 사실적인 표현을 통해 그러한 극복이 원초적으로 불가능하다는 점을 강조함으로써 서사와는 다른 차원의 예술적 아름다움이 깃들 수 있도록 하고 있음을 본다. 이러한 표현이 작품 안에서 가지는 의미는 자신도 모르는 사이에 현실의 공간에 안주하면서 본래의 덕목을 잃어버릴 수도 있는 상태에까지 와 있음을 느끼게 해 주는 계기로 작용하기 때문이다. 화자의 삶을 강하게 조여오는 현실을 바꾸려는 노력을 하기보다는 그것을 인정함과 동시에 화자의 이상적 공간으로 여기면서 유학의 덕목을 실천하는 곳으로 바꿀 수 있도록 해 준다는 것이다. 이렇게 함으로써 화자는 그동안 잊어버렸던 단사표음의 즐거움을 바탕으로 하는 유자儒子의 삶을 노래하는 것으로 결사를 구성하게 된다. 「누항사」에서 보아 알 수 있듯이 현실적 공간에서 출발하여 이상적 공간으로 이동하는 방식을 수반하는 가사의 공간개념은 변할 수가 없으며, 이러한 공간개념을 바탕으로 작품의 내용과 표현이 구성되기 때문에 가사가 담고 있는 공간미학은 매우 중요한 의미를 가진다고 할 수 있다.

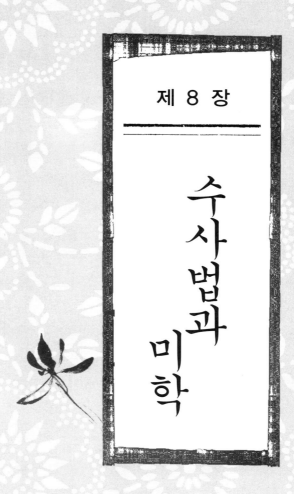

제 8 장

수사법과
미학

8.1.
수사법의 본질적 성격

　수사는 말이나 글을 아름답고 정연하게 다듬고 꾸며 표현함으로써 상대에게 이해와 감동을 주려는 표현방법의 하나다. 청자나 독자에게 자신이 말하려고 하는 바를 가장 효율적으로 전달하기 위해 사용하는 수법이기 때문에 낱말과 의미가 일대일로 대응하는 정도에 머무르는 일상의 언어에서는 잘 쓰이지 않는 다양한 장치들을 사용한다는 특징을 가지고 있다. 그러므로 수사는 한편으로는 일상언어에 일종의 폭력을 가하는 것이 되기도 하지만, 다른 한편으로는 일상언어의 표현을 다양하게 만드는 중요한 구실[135]을 하는 것이 되기도 한다.

　상대에게 자신이 말하고자 하는 바를 정확하게 강조하여 전달하려는 의도에서 시작된 수사는 서양에서는 웅변가[136]가 출발점을 이루었고, 동양에서는 세객[137]이 출발점을 이룬 것으로 보인다. 웅변가나 세

135　일상언어에도 다양한 수사법이 존재하는데, 이것은 특수한 장치로 쓰이던 수사적 기교가 언어생활의 다양화에 따라 일상언어화한 것으로 보아야 한다.

136　고대 그리스 시대에 활동한 웅변가들이 法廷과 民會에서 배심원과 민중을 설득할 필요에서 생긴 웅변술은 BC 5~4세기의 民主制 시대의 아테네에서, 또 그리스 식민지인 시칠리아 섬에서 싹튼 수사학과 소피스트의 對話術의 영향 아래 급속히 발달하여 소크라테스와 데모스테네스를 정점으로 하는 대웅변가를 배출하였다.

137　BC 8~7세기경인 전국시대에 제후국을 무대로 하여 광범위하게 활동한 策士들을 가리키는 말로 언변과 수사에 능한 사람들을 가리킨다.

객 모두 자신의 말솜씨로 누군가를 설득하는 일을 하는 사람으로 정치적인 활동을 주로 한다는 공통점을 지니고 있다. 이들은 정치적인 이유에서 언변으로 상대를 설득하여 자신이 목적하는 바를 이루는 기술을 가진 사람들인데, 여기에서 핵심을 이루는 것은 논리성을 바탕으로 정확한 이해를 유도하여 상대의 마음을 움직이는 구실을 하는 수사법이었던 것으로 파악된다. 이들이 사용하는 수사법이 얼마나 정확하고 적절한가에 따라 상대를 설득할 수 있느냐 없느냐가 판가름 나기 때문에 웅변이나 유세에서 수사법이 하는 구실은 대단히 크다고 할 수 있다.

수사는 상대를 설득하기 하기 위한 목적을 가지고 있으므로 그것을 달성하기 위해 일상언어에서는 쓰지 않는 특수한 장치들을 매우 다양하게 사용하는데, 그것은 크게 비유법과 변화법, 강조법으로 구분할 수 있다. 비유법은 표현하고자 하는 대상을 다른 대상에 빗대어 나타냄으로써 말하려고 하는 바를 더욱 분명하게 하는 것이고, 변화법은 표현의 단조로움을 피하기 위해 문장에 적절한 변화를 주어 나타냄으로써 상대에게 강한 인상을 남기는 것이다. 강조법은 어떤 부분을 특별히 강하게 주장하거나 두드러지게 표현하여 문장에 강한 인상을 주는 방법이다. 이러한 수사에서 특수한 장치를 사용하는 가장 큰 이유는 화자가 언어로 표현하기 위해 추상화한 의미를 상대가 좀 더 분명하게 이해하고 느낄 수 있도록 구체화함과 동시에 그것을 최대한으로 강조하여 나타내야 하기 때문이다. 예를 들면 각각의 사람들이 처한 상황과 이념에 따라 다양하게 파편화되어 추상적이고 관념화된 상태로 존재하는 사랑이라는 것은 개별성을 가지는 '사랑'이라는 언어만으로는 보편성과 명확성을 확보하기가 여간 어려운 것이 아니다. 이것을 상대가 정확하게 알아듣고 이해할 수 있도록 하기 위해서는 감각적으로 느낄 수 있는 사물현상을 통해 표현하여 듣는 사람이 그 사랑을 좀 더 분명하게 느낄 수 있도록 할 수 있는데, 이러한 수법이 바로 수사가 되는 것이다. 이렇게 함으로써 화자는 상대에게 전달하려고 하는 사랑이라는 것을 좀 더 분명하게, 그리고 강조하여 보여 줄 수 있게 되어 상대의 마음을 움직여서 얻고자 하는 바를 쟁취하게 되는 것이다.

상대의 마음을 움직여 자신이 목표하는 바를 효율적으로 성취할 수 있도록 하는 기능을 가지고 있는 수사는 대개 다섯 단계로 나눈다. 착상, 배열, 표현, 암기, 발표[138]가 그것이다. 착상은 말하려고 하는 알맹이인 주제와 관련을 가지는 것이며, 배열은 소리의 자리를 정하는 율격과 관련을 가진다. 그리고 표현은 언어의 의미를 효과적으로 나타내는 수사법과 관계가 있다. 나머지인 암기와 발표는 웅변이나 연설과 같은 발화 행위를 할 때 비로소 구체적으로 드러나는 것이기 때문에 연기술이라고 할 수 있다. 따라서 수사법과 직접적인 관련을 가지는 것은 앞의 세 단계이며, 그중 수사법이 구체적으로 작동하는 부분은 표현의 단계라고 할 수 있게 된다. 즉, 수사법은 수없이 작은 알맹이로 파편화되어 있으면서 무한한 가능성을 지니고 있는 발생적공의 성격을 지니는 현실에서 뽑아낸 것으로 화자가 상대에게 전달하려고 하는 핵심인 주제를 뽑아 오는 착상의 단계에서 출발한다. 이어 일정한 규칙에 의해 소리의 자리가 정해짐으로써 생기는 율동을 바탕으로 형성되는 율격을 만들어 내는 배열의 단계를 거친 다음, 비유와 변화

---

138   키케로 지음, 안재원 옮김, 『수사학』, 길, 2006.

와 강조라는 수법을 통해 표현하는 단계에서 설득력이나 예술적 감동을 극대화함으로써 연설이나 작품을 완성하는 기능을 기본으로 하게 된다. 시가에 있어서 수사법은 작품의 형태를 완성하는 형식의 마지막 단계임과 동시에 발생적공의 상태에 있던 알맹이에 불과하던 것이 일정한 의미를 지닌 내용으로 성립하도록 하는 최종적인 완성 단계가 되는 것으로 파악할 수 있다.

이러한 성격을 가지는 수사의 발달과정을 보면 동서양을 막론하고 고대의 국가 체제가 성립하면서 부각된 연설이나 유세 등을 통해 대중이나 상대 나라의 중요인물을 설득하여 바라는 바를 얻어야 하는 필요성에 의해 시작되었다는 공통점을 가지고 있다. 이런 목적에 의해 성립된 수사의 이론을 수사학이라고 하는데, 일반적으로 서양에서는 아리스토텔레스에 의해 체계화된 것으로 본다. 동양에서는 이론적 체계를 갖춘 인물을 찾을 수 없기 때문에 어느 한 사람을 지칭할 수는 없지만 정치적 혼란기였던 중국의 춘추전국시대에 수많은 세객들이 행했던 유세방법에서 그 연원을 찾아야 할 것으로 보인다. 이렇게 시작한 수사학은 각각의 시대적 요구에 따라 부침하는 모습을 보이면서도 꾸준하게 영역을 확장해 왔고, 현대에는 거의 모든 분야에서 이 문제를 중요하게 다루고 있는 것으로 파악된다. 이처럼 수사학은 정치적 목적에 의해 발달해 왔지만 문학에서 사용하는 수사법은 고대국가의 성립 이전에도 중요한 표현수단으로 사용되었을 것으로 보이기 때문에 정치적 목적을 지닌 수사학의 발달과정과 문학적 수사법의 발달과정은 어느 정도 차이가 있는 것으로 보아야 할 것이다. 문학의 수사법을 정치적 수사학과 구별하는 이유는 신화나 무가, 민요, 시가 등에서 비유나 강조 등을 통한 수사법이 폭넓게 사용되고 있었으며, 지식의 전달과 논증과 설득을 목적으로 하는 연설이나 유세 등에서 쓰는 수사학과는 상당한 차이가 있기 때문이다. 특히 문학에서 사용하는 수사법은 작품의 완성과 함께 종료되어 수사학에서 말하는 마지막 두 단계는 생략되고 독자나 청자의 몫으로 돌려지는 까닭에 화자에 의해 다섯 단계가 모두 행해지는 연설이나 유세의 수사학과는 구별될 수밖에 없는 성격을 기본적으로 가지고 있다. 즉, 문학의 수사법은 연설이나 유세의 수사학보다 역사가 깊고, 다양하며, 3단계로 완성되는 성격을 지니고 있으므로 이러한 특성을 배제하고 논의하는 것은 무리인 것이다.

시가의 수사법은 언어를 매개로 한다는 점, 화자의 정서를 효과적으로 표현하는 수단이 된다는 점, 독자나 청자를 감동시킨다는 점 등에서는 산문의 수사법이나 연설, 유세 등에서 사용하는 수사학의 방법과 같다. 그러나 율격을 바탕으로 하여 성립한다는 점, 주기적 반복의 틀 안에서 성립한다는 점, 논증이 아니라 예술적 아름다움을 통해 독자나 청자를 감동시킨다는 점 등에서 수사학이나 다른 문학 갈래에서 사용하는 수사법과 구별되는 특징을 가지고 있다. 특히 논증과 설득을 기본으로 하기 때문에 내용과 형식이 녹아 있는 상태에서 수사적 방법이 구사되어야 하는 연설이나 유세 등과는 달리 형식적 특성을 기본으로 하면서 내용과 만나는 접점에서 구체화되기 때문에 시가의 수사법은 형식의 종착점이면서 예술적 내용의 출발점이라는 이중적 성격을 가진다는 것이 중요한 의미를 지닌다. 형식이 수사법에 의해 완성된다는 것은 소리현상으로서의 율격과 의미현상으로서의 언어가 하나로 결합한다는 것을 뜻하기 때문에 내용과 형식이 결합함과 동시에 한 편의 작품이 완성되는 것을 의미하기도 한다. 명과 구와 행과 장 등을 핵심적인 구성요소로 하는 시가의 형식은 소리의 주기적 반복구조를 통해 만들어 내는 율격을 기본 골격으로 하고, 비유, 변화, 강조 등으로 구성되는 수사적 표현이라는 옷을 입음으로써 성립됨과 동시에 작품의 예술적 내용을 형성하여 형태를 완성함으로써 한 편의 작품으로 태어나게 되는 것이다. 얼핏 보아서는 수사법도 행이나 장의 구성요소처럼 보일 수도 있지만 행과 장 등은 주기적으로 반복되는 구조를 지닌 소리현상을 바탕으로 성립한다는 점에서 의미를 강조하여 나타내는 방식인 수사법과 구별되는 성격을 지닌다. 따라서 행과 장은 명과 구를 기본 구성요소로 하여 성립하여 율격을 형성하지만 아직까지는 의미가 없는 형식으로 공허한 것에 불과하기 때문에 마지막 단계에서는 수사법을 통한 예술적인 문장이라는 표현방법을 사용해서 내용과 결합하여 형태로 완성될 때만 그 사명을 다하게 된다는 것이다. 이런 점에서 볼 때 수사법은 형식을 완성하는 마지막 단계의 표현기법이 되는 셈이다.

시가의 예술적 내용이 수사법을 기점으로 출발한다는 것은 수사법을 바탕으로 한 문장의 구성에 의해 일상의 언어가 가지는 의미를 넘어 한 편의 작품이 독자적으로 만들어 내는 의미의 세계가 독자나 청자를 향해 무한히 펼쳐지는 예술적 세계의 시작점이 된다는 것을 의미한다. 특히 시가에서 수사법을 사용하는 부분은 해당 작품에서 화자가 표현하려고 하는 정서의 핵심을 담았거나 나타낼 수 있는 것으로 나머지 구절들은 모두 이것을 예술적으로 표현하기 위한 도우미와 같은 구실을 하는 것으로 보면 된다. 「동동」의 세 번째 장을 보자.

이월ㅅ 보로매

아으 노피현
燈ㅅ블 다호라
萬人 비취실
즈싀샷다
아으 動動다리

"燈ㅅ블 다호라"는 화자가 사랑하는 님을 비유적으로 표현한 것인데, 이 장에서 핵심이 되는 구절이다. 그리고 수사법을 쓰지 않는 다른 부분들은 모두 많은 사람들을 비추는 등불과 같이 훌륭한 님의 모습을 효과적이고 예술적으로 강조하여 표현하기 위한 수단이 됨을 알 수 있다. 즉, 다른 구절들은 모두 등불과 같은 모습으로 표현된 님의 모습을 효과적으로 나타내기 위한 부수적인 장치에 불과하다는 것이다. 이런 사정은 다른 장에서도 마찬가지기 때문에 수사법을 사용하는 구절이 해당 작품의 핵심을 이루는 것으로 보는 데는 큰 무리가 없다. 화자의 고독한 심정과 사랑하는 사람의 모습을 자연현상이나 자연물에 비유하여 표현하는 수사법은 다른 장에서도 같은 모양으로 나타나는데, 네 번째 장의 "아으 滿春달욋고지여", 일곱 번째 장의 "아으 별해 ᄇᆞ론 빗다호라", 마지막 장의 "아으 나솔 盤잇 져다호라" 등은 모두 님의 훌륭한 모습이나 자신의 처량한 신세를 일정한 사물에 비유하여 나타낸 구절이다. 이러한 수사법을 통해 님의 모습이 훌륭하다는 점과 화자의 처지가 매우 처량하다는 점을 강조함과 동시에 사랑하는 사람에 대한 그리움과 홀로 있는 외로움을 더욱 효과적으로 나타낼 수 있게 되면서 님의 모습은 '등불', '달욋고지' 등을 통해 더욱 다양하고 창조적인 의미의 세계로 나아가게 되고, 화자의 처지는

"버려진 빗"이나 "올리는 상 위의 수저"와 같은 표현을 통해 고독의 정서와 사랑의 감정을 한층 더 강조하는 효과를 거둘 수 있게 되는 것이다. 이것은 모두 비유라는 수사법에 의해 창조되는 확장된 의미가 들어갈 장소인 완성적허의 공간이 만들어졌기 때문에 가능하다는 점을 지적할 수 있다. 비유라는 수사적 기교에 의해 화자가 전달하려고 하는 정서를 한층 분명하게 함과 동시에 더욱 넓은 의미를 가질 수 있도록 하는 빈 공간이 만들어지지 않았다면 불가능한 일이다. 그렇다면 무슨 이유로 수사법에 의해 완성적허라고 부를 수 있는 공간이 만들어지는 것일까? 여기에 대해서는 아래에서 상론하도록 한다.

이상의 논의를 바탕으로 시가의 수사법이 지니는 본질적 성격을 정리해 보면 다음의 다섯 가지 정도로 규정할 수 있다. 첫째, 언어를 매개로 한다. 둘째, 의미 확장이 가능한 공간을 창조한다. 셋째, 추상적인 것을 구체적인 이미지로 만든다. 넷째, 화자의 정서를 강조하여 나타낸다. 다섯째, 내용과 형식을 결합하는 매개체다. 이처럼 수사법은 언어를 매개로 한다는 점에서 의미의 구성행위이고, 의미 확장이 가능한 공간을 창조한다는 점에서 내포의 극대화이다. 또한 추상적이고 관념적인 것을 구체적 이미지로 만든다는 점에서 감각적 대상화물이며, 화자의 정서를 강조하여 나타낸다는 점에서 폐쇄적 범주화가 된다. 또한 내용과 형식을 결합하는 매개체라는 점에서 형태의 핵심 구성요소라고 할 수 있게 된다.

8.2.
수사법과 시가의 미학

1. 향가의 수사미학

生死路는

예 이샤매 저히고

나는 가ᄂ다 말ㅅ도

몯다 닏고 가ᄂ닛고

어느 ᄀ술 이른 ᄇᄅ매

이에 저에 ᄠᅥ딜 닙다이

ᄒᆞᄃᆞᆫ 가재 나고

가논곧 모ᄃᆞ온뎌

아으 彌陀刹에 맛보올 내

道 닷가 기드리고다

「제망매가」는 신라 경덕왕 시대인 8세기에 살았던 월명사라는 승려가 일찍 세상을 떠난 누이의 제祭를 지내면서 지어 부른 노래이다. 『삼국유사』에는 다음과 같은 기록이 있다.

월명사가 죽은 누이를 위해 제를 올리면서 향가를 지어 제사를 지냈다. 갑자기 한 줄기 바람이 불어서 紙錢을 거두어서 서쪽으로 날아가 버리는 것이었다. 월명사는 늘 四天王寺에 살면서 피리를 잘 불었는데, 일찍이 달밤에 피리를 불면서 절 앞의 큰 길을 지나갔더니 달이 가던 길을 멈추었다. 이로 인해 그 길을 월명리라고 부르게 되면서 명성을 나타내었다. 월명사는 能俊大師의 문인이었다. 신라 사람들은 향가를 매우 숭상했는데, 대개 詩와 頌과 같은 종류였다. 그런 고로 천지귀신을 감동시킨 적이 한두 번이 아니었다.

배경설화의 내용으로만 보아도 일찍 세상을 떠난 누이를 그리워하는 월명사의 마음이 담긴 노래로 불행한 죽음을 위로함과 동시에 부처를 감동시켜 그녀의 영혼이 극락왕생할 수 있었을 것이란 사실은 어렵지 않게 짐작할 수 있다. 과학의 발달로 인해 천지귀신과 정서적으로 상당히 멀리 떨어져 있는 것처럼 보이는 시대에 살고 있는 우리들로서는 노래가 과연 그럴 힘을 가지는지에 대해 의문이 들기도 할 것이다. 그러나 죽음과 형제에 대한 직접적인 표현 하나 없이도 그것을 애절하고도 절묘하게 나타내고 있는 「제망매가」는 비유라는 적절한 수법을 통해 자신의 슬픔과 소망을 아름답게 드러내고 있는 까닭에 시간을 넘어 현재를 살고 있는 우리에게도 깊은 감동을 불러일으키고 있다는 사실은 부정하기 어렵다.

이 작품에서 중심이 되는 것은 누이와 죽음이다. 작가는 자신과 노래의 대상이 형제라는 사실을 나뭇가지와 잎이라는 비유를 통해 표현하는 수법을 쓰고 있다. '한 가지'는 여러 개의 나뭇잎을 만들어 내는 주체로 부모를 지칭한다. 같은 나뭇가지가 부모라는 의미를 지니는 순간 작가와 노래의 대상이 되는 죽은 사람은 한 형제라는 사실이 명확하게 드러나게 된다. 나무는 하나의 가지에 여러 개의 잎을 가지고 있기 때문에 이 작품에서 잎은 바로 형제를 나타내기에 가장 적합한 표현이 된다. 더구나 잎은 일정한 시기가 되면 가지에서 떨어져 나와 바람에 실려 어디론가 떠나 버린다는 자연의 섭리 또한 헤어짐을 나타내기에 더욱 적절한 표현이 될 수 있었다.

자식을 나뭇잎에 비유하는 이러한 표현은 두 가지 효과를 노릴 수 있기에 더욱 유용하다. 하나는 같은 부모에게서 태어난 형제임을 나타내기에 가장 적합한 대상이고, 다른 하나는 죽어서 헤어지는 것을 나타내기에 가장 적절한 성질을 지니고 있다는 점 때문이다. 봄이 되면 나뭇가지에 여러 개의 잎이 태어나서 푸름을 자랑하지만 시간이 흘러 가을이 되면 낙엽이 되어 떨어지면서 어디로 가는지 서로가 모른 채 바람에 실려 흩어져 버린다는 성질이 누이가 일찍 세상을 떠난 사실을 비유적으로 노래하는 데에는 최고의 대상이 될 수 있었던 것이다. 다음으로는 이 노래에서 죽음에 대한 직접적인 표현 또한 어디에도 등장하지 않지만 노래를 듣는 사람이라면 누구나 누이가 요절했다는 것을 절절하게 느낄 수 있는데, 그것은 바로 비유를 통해 죽음을 노래하고 있기 때문이다. 이 작품에서 죽음을 의미하는 표현으로는 '가을', '이른 바람', '떨어지는' 등인데, 특히 '이른 바람'은 일찍 부는 바람이 잎을 강제로 떨어뜨린 것으로 젊거나 어린 나이에 누이가 죽었음을 나타내는 표현이 되어 비유적 효과를 더욱 높이고 있다.

「제망매가」는 이러한 비유를 바탕으로 하면서 세속적으로 보아서는 헤어짐과 만남이라는 상반되는 주제를 불교적 진리와 순환의 논리

속에 끌어들여 하나로 묶어 내는 기지를 발휘하고 있어 예술성을 더욱 높이고 있다. 작품의 첫 부분에서는 인간이라면 누구나 가질 수밖에 없는 죽고 사는 것에 대한 두려움을 노래하면서 지극히 세속적인 차원에서 출발을 한다. 노래의 중심내용을 이루는 중간 부분에서는 누이의 요절을 비유적으로 노래하여 형제에 대한 그리움을 절절히 표현하고 있다. 마지막 부분에서는 공空과 색色이 둘이 아니라는 불교의 논리를 가져와서 죽음과 삶이 하나로 됨을 강조하면서 누이의 영혼을 안정시키고 있다. 인간세상에서는 잠시 헤어졌지만 피안의 세계에서 곧 다시 만나게 될 것을 노래함으로써 이별의 슬픔과 극에 달한 그리움의 정서를 한 차원 높은 예술적 경지로 끌어올리고 있는 것이다.

형제임을 말하지 않고도 형제애와 그리움을 노래할 수 있으며, 죽음을 말하지 않고도 죽음에 대한 애도의 정서를 노래하고 있다는 점 때문에 「제망매가」는 향가 중에서 문학적 비유가 가장 뛰어난 작품으로 손꼽히는데, 이별과 만남의 변증법적 통일이라는 논리와 맞물리면서 현대에 이르기까지 이어지고 있는 점 또한 특이하다고 할 것이다. 이별과 만남이 하나라는 점을 노래한 한용운의 「님의 침묵」이나 일찍 죽은 누이를 시로 애도한 기형도의 「가을 무덤」 등은 「제망매가」가 노래한 그리움의 정서를 고스란히 이어받은 작품이라고 할 수 있다. 혈육에 대한 애틋한 정을 절묘한 비유를 통해 표현한 「제망매가」의 그리움은 신라시대의 「사모곡」과 더불어 조선시대에 이르러서는 돌아가시고 없는 부모에 대한 그리움을 노래한 시조 등으로 이어지게 되니 박인로의 「조홍시가」가 바로 그것이다.

2. 속요의 수사미학

속요에서 쓰이고 있는 수사법을 보면, 첫째, 어휘의 원의原義를 전이轉移시켜 강조하는 비유법, 둘째, 문장구조의 특수화를 통해 표현하는 변화법, 셋째, 감정을 극대화하여 표현하는 강조법 등이 중심을 이루는 것으로 파악된다. 현상적으로는 아무런 관련이 없는 것처럼 생각되는 사물현상을 끌어와서 화자가 드러내고자 하는 정서를 구체적이고도 분명하게 전달하는 수법인 비유법은 상당한 수의 속요 작품에 쓰이고 있다. 남녀의 정사 장면을 노골적으로 나타내는 표현에서부터 사랑하는 님의 모습이 훌륭하다는 것과 님에 대한 그리움 등을 적절한 비유법을 통해 표현함으로써 화자의 정서가 잘 드러나고 있음을 볼 수 있다. 「쌍화점」에서 쓰인 상징법[139], 활유법[140], 대유법[141] 등과 직유법과 은유법을 주로 쓰고 있는 「동동」, 은유법과 상징법이 많이 보이는 「만전춘별사」, 실현 불가능한 사실에 빗대어 님과의 이별이 불가함을 강조하는 「정석가」에 쓰인 활유법[142] 등은 모두 속요에서 쓰인 비유법이라고 할 수 있다. 「만전춘별사」를 보자.

---

[139] 「쌍화점」의 각 장에 등장하는 '회회아비', '주지', '우뭇 용', '술집아비' 등은 모두 당시 사회의 각 계층을 상징한다. 즉, '휘휘아비'는 외국인을, '샤쥬'는 불교를 상징하고, '우뭇 龍'은 지배층을, 그리고 '그짓아비'는 일반 서민들을 상징하는 것으로 볼 수 있기 때문에 「쌍화점」은 남녀의 불륜에 대한 묘사를 통해 당시 사회 전체가 타락했음을 풍자한 작품으로 볼 수 있게 된다.

[140] 「쌍화점」에 등장하는 '드레박', '싀구비' 등은 모두 활유법이다.

[141] "내 손모글 주여이다"에서 손목을 잡았다는 부분적인 표현으로 남녀의 정사를 표현하고 있다.

[142] 무정지물인 '구운 밤', '옥으로 새긴 연꽃', '무쇠로 만든 옷', '무쇠로 만든 소' 등을 대상으로 하여 이것에 화자의 정서를 실어 표현하는 활유법을 쓰고 있다.

올하 올하 아련 비올하

여흘란 어듸두고 소해 자라온다

소콧얼면 여흘도 됴ᄒ니 여흘도 됴ᄒ니

남산南山애 자리보와 옥산玉山을 벼여누어

금슈산錦繡山 니블안해 샤향麝香각시를 아나누어

남산南山애 자리보와 옥산玉山을 벼여누어

금슈산錦繡山 니블안해 샤향麝香각시를 아나누어

약藥든 가슴을 맛초ᅌᅡᆸ사이다 맛초ᅌᅡᆸ사이다

아소님하 원ᄃᆡ평ᄉᆡᇰ遠代平生애 여힐술 모ᄅᆞᅌᅡᆸ새

'비오리', '소', '여흘'은 모두 은유다. 한곳에 정착하지 못하고 여기 저기 떠돌아다니는 성질을 지니고 있는 '비오리'는 여성 편력이 심한 남성을 은유적으로 나타낸 것이고, 한곳에 고여 있으면서 움직이지 않는 성질을 지닌 '소'와 끊임없이 흘러가면서 언제나 변화하는 성격을 지닌 '여흘'은 화자와 기타 여성에 대한 은유적인 표현으로 볼 수 있다. '玉山', '麝香각시', '藥든 가슴' 등도 마찬가지다. 이것들은 모두 화자가 사랑하는 남성이 상대의 여성과 갖는 성행위를 상징한 것으로 볼 수 있기 때문이다. 비유법의 백화점이라고도 할 수 있는 「만전춘별사」에는 상대의 감정에 호소하여 화자의 정서를 강조하려는 반복법과 영탄법도 있으며, 변화의 수사법이라고 할 수 있는 설의법과 역설법 등도 쓰이고 있다. 한 편의 작품에 이처럼 다양한 수사법이 사용되는 경우는 우리 시가 전체를 놓고 봐도 거의 없지 않나 하는 생각을 하게 된다.

다음으로는 문장의 구조에 변화를 주어 표현의 단조로움을 없앰으로써 화자의 정서를 역설적으로 표현하는 수사법의 하나인 변화법이 쓰인 작품을 보도록 하자.

올하 올하 아련 비올하
여흘란 어듸두고 소해 자라온다
소콧얼면 여흘도 됴ᄒ니 여흘도 됴ᄒ니
　　　　　　　—「만전춘별사」

구스리 아즐가
구스리 바회예 디신ᄃᆞᆯ
위두어렁셩 두어렁셩 다링디리

긴히ᄯᆞᆫ 아즐가
긴히ᄯᆞᆫ 그츠리잇가 나ᄂᆞᆫ
위두어렁셩 두어렁셩 다링디리

즈믄ᄒᆡ를 아즐가
즈믄ᄒᆡ를 외오곰 녀신ᄃᆞᆯ
위두어렁셩 두어렁셩 다링디리

신信잇ᄃᆞᆫ 아즐가
신信잇ᄃᆞᆫ 그즈리잇가 나ᄂᆞᆫ
위두어렁셩 두어렁셩 다링디리
　　　　　　　—「서경별곡」

위의 작품은 「만전춘별사」와 「서경별곡」인데, 이것들은 변화법을 바탕으로 하면서 그 위에 비유법을 얹으면서 예술적 의미를 완성하는 특징을 가지고 있다. 「만전춘별사」의 '비오리'와 '소', '여흘'은 은유적 표현이다. 이것이 예술적으로 완성된 의미를 가지기 위해서는 첫행에서 사용된 반복과 영탄의 수사법과 둘째 행에서 보이는 설의법이 있어야만 한다. 「서경별곡」에서는 "구스리 바회예 디신돌/긴히똔 그츠리잇가"와 "즈믄히를 외오곰 녀신돌/信잇돈 그츠리잇가"는 누구나 알고 있는 결과에 대해 반어적인 표현으로 화자의 사랑이 변할 수 없음을 강조하기 위한 설의법[143]이다. 이러한 성격을 가지는 설의법은 비유법과 강조법을 통해 화자의 정서를 더욱 강력하게 표현하도록 만드는데, '긴'과 '信'은 모두 님에 대한 화자의 사랑을 상징법으로 표현하고 있으며, 전렴과 후렴이 주기적으로 반복하는 반복법을 통해 화자의 정서를 강조하고 있는 데에서 이를 확인할 수 있다. 여러 가지 변화법 중 속요에서 주로 쓰인 것은 설의법, 역설법, 반어법인데, 화자를 버리고 떠나는 님을 고이 보내 드리겠다는 것을 통해 헤어지기 싫은 화자의 정서를 더욱 절절하게 노래한 「가시리」, 실현 불가능한 사실에 빗대어 님과의 이별이 불가함을 강조하는 「정석가」, 전체를 역설로 표현하여 님에 대한 사랑을 한층 곡진하게 표현한 「만전춘별사」와 「이상곡」, 누구나 결과를 알 수 있는 내용을 통해 님과의 이별을 서러워하는 「서경별곡」, 아이러니를 통해 화자의 생각을 풍유적으로 노래한 「유구곡維鳩曲」 등이 모두 이러한 수사법을 중심으로 하고 있다

제8장 수사법과 미학

---

143   설의법은 특수한 문장구조를 중심으로 보는 입장에서는 변화법으로 보지만, 화자의 정서를 감정에 호소하여 드러내는 것으로 보는 입장에서는 강조법으로 보기도 한다.

는 사실에서 볼 때 속요에서 변화법이 얼마나 중요한 구실을 하는지를 짐작할 수 있다.

시가에서 수사법의 한 종류로 쓰인 강조법은 일상의 언어에서 쓰는 강조와 매우 다른 모습을 가지고 있다. 강조법에 속하는 것으로는 과장법, 영탄법, 반복법, 점층법, 점강법, 연쇄법, 대조법, 대구법, 미화법, 열거법, 비교법, 억양법, 생략법 등을 꼽을 수 있는데, 속요에서는 과장법, 반복법, 영탄법, 연쇄법 등이 주로 쓰인 것으로 보인다. 특히 반복법은 모든 속요 작품에 나타나는 수사법의 하나라고 할 수 있을 정도로 폭넓게 쓰였다. 속요의 반복은 어휘 반복, 구절 반복, 행 반복, 렴 반복, 조흥구 반복, 장 반복 같은 것들을 들 수 있다. 다음의 작품들을 보자.

> 우러라 우러라 새여
> 자고니러 우러라 새여
> 널라와 시름한 나도
> 자고니러 우니로라
> 얄리얄리얄라셩얄라리얄라
>
> ─「청산별곡」

> 므쇠로 한쇼를 디여다가
> 므쇠로 한쇼를 디여다가
> 텰슈산鐵樹山애 노호이다
> 그쇠 텰초鐵草를 머거아
> 그쇠 텰초鐵草를 머거아

유덕有德ᄒ신 님여희ᅀᆞ와지이다

           —「정석가」

솽화뎜雙花店에 솽화雙花사라 가고신딘

휘휘回回아비 내손모글 주여이다

이말ᄉᆞ미 이 뎜店밧긔 나명들명

다로러거디러

죠고맛감삿기광대 네마리라 호리라

더러둥셩다리러디러다리러디러다로러거디러다로러

긔자리예 나도자라가리라

위위다로러거디러다로러

긔잔ᄃᆡᄀᆞ티 덦거츠니없다

           —「쌍화점」

듥긔동 방해나 디허

히얘

게우즌 바비나 자ᅀᅥ

히얘

아바님 어마님ᄭᅴ 받줍고

히야해

남거시든 내 머고리

히야해 히야해

          —「상저가」

「청산별곡」에서 두드러진 것은 어휘의 반복이며, 「정석가」는 동일한 내용을 가지는 표현을 행 단위로 반복하는 것인데, 그것이 전렴의 형태를 띠는 것이 특이하다. 「쌍화점」은 장면 전환을 통해 화자의 정서를 강조하는데, 여기에서는 렴의 반복이 대단히 큰 구실을 한다. 「상저가」는 조흥구에 해당하는 '히애'와 '히야해'를 일정한 자리에 반복적으로 써서 화자의 정서를 강조하는 모습을 보이고 있다. 반복법 중에는 앞 행에서 쓰인 마지막 어휘나 구절을 뒤의 행 첫머리에 다시 사용하여 화자의 정서를 강조하고 의미를 깊게 하려는 연쇄법도 있는데, 「정석가」나 「서경별곡」, 「만전춘별사」와 같은 작품에 나타는 수사법이다.

삭삭기 셰몰애 별헤 나는

삭삭기 셰몰애 별헤 나는

구은밤 닷되를 심고이다

그바미 우미도다 삭나거시아

그바미 우미도다 삭나거시아

유덕有德ᄒ신 님믈 여히ᄉ와지이다

　　　　　　—「정석가」

셔경西京이 아즐가

셔경西京이 셔울히 마르는

위두어렁셩 두어렁셩 다링디리

닷곤디 아즐가

닷곤디 쇼셩경 고외마른

위두어렁셩 두어렁셩 다링디리

여히므론 아즐가

여히므논 질삼뵈 브리고

위두어렁셩 두어렁셩 다링디리

괴시란더 아즐가

괴시란더 우러곰 좃니노이다

위두어렁셩 두어렁셩 다링디리

　　　　　　　　　—「서경별곡」

어름우희 댓닙자리보와 님과나와 어러주글만뎡

어름우희 댓닙자리보와 님과나와 어러주글만뎡

뎡情둔 오눐밤 더듸새오시라 더듸새오시라

　　　　　　　　　—「만전춘별사」

　「서경별곡」은 바로 앞의 행에서 쓴 표현을 다음 행의 맨 앞에 동일
한 형태로 반복하여 강조의 효과를 내고 있다. 「정석가」와 「만전춘별
사」는 동일한 형태를 행 단위로 연속적으로 놓아서 반복과 강조의 효
과를 내고 있다. 화자의 감정을 있는 그대로 노출시켜 표현하는 영탄
법은 한탄과 원망, 미움, 분노, 감탄, 놀람 등의 정서를 표현하는 데에
가장 합당한 수사법이다. 속요의 대부분 작품에는 님의 부재로 인한
슬픔, 분노, 원망, 미움, 욕망 등의 정서가 담겨 있는데, 이런 것을 효
과적으로 나타내는 데에 가장 적합한 것이 바로 영탄법이 된다. 속요
의 표현 중에 '아즐가', '나는', '히얘', '아으', '아소님하' 등의 탄사
歎辭와 '라', '오', '리', '샷다', '랏다', '잇가', '노이다', '사이다'와

제8장 수사법과 미학

같은 영탄의 종결어미로 끝나는 것이 많은 것에서 이러한 사실을 확인할 수 있다. 이처럼 다양한 수사법이 쓰이고 있는 속요에서 그것이 가지는 미학적 의미는 다음과 같이 정리할 수 있다. 첫째, 내용과 형식이 만나는 연결점으로서의 의미 구성행위, 둘째, 질적인 의미 확장을 가능하게 하는 내포의 극대화, 셋째, 예술적 형상화를 가능하게 하는 감각적 대상화, 넷째, 주관적 정서의 객관화를 가능하게 하는 폐쇄적 범주화, 형식의 완성을 주도하는 형태의 핵심 구성요소[144]가 그것이다.

언어의 범주에 있으면서 소리현상과 창조적 의미를 바탕으로 하는 수사법은 인위적인 의미를 가지지 않는 소리를 구조화함으로써 의미를 형성한 음音을 일정한 규칙에 의해 재구조화한 언어현상을 특수한 방법을 통해서 재재구조화한 것이라고 할 수 있다. 이러한 성질을 가지고 있는 수사법은 시가에서 화자가 표현하려는 바를 압축하여 표현하는 데에 가장 적합한 형식이 된다. 왜냐하면 수사법을 통하면 추상적인 것을 구체적 이미지로 만들 수 있으며, 화자의 정서를 더욱 강조하여 표현할 수 있기 때문이다. 작품을 예로 들어 보자.

> 올하 올하 아련 비올하
> 여흘란 어듸두고 소해 자라온다
> 소콧얼면 여흘도 됴ᄒ니 여흘도 됴ᄒ니
> ―「만전춘별사」

---

144   손종흠, 『속요형식론』, 박문사, 2010, 379~390쪽.

이 작품에서 '비오리'를 여성 편력이 복잡한 남성의 은유로 보지 않을 경우 그 의미는 물리적으로 존재하는 사물현상을 단순하게 옮겨놓은 정도밖에 되지 않기 때문에 예술성을 가진 시가로 인정하기 어렵게 된다. 자연상관물에 불과한 '비오리'와 화자가 사랑한 '님'이 연결될 수 있는 매개는 수사법밖에 없고, 이것을 통할 때만이 예술적 아름다움을 가진 노래가 되어 많은 사람들에게 공감과 감동을 불러일으킬 수 있기 때문이다. 수사법을 통해 예술적 의미를 획득하는 이러한 현상은 반복법을 주로 사용하는 다음 작품에서도 그대로 나타난다.

> 옥玉으로 련蓮ㅅ고즐 사교이다
> 옥玉으로 련蓮ㅅ고즐 사교이다
> 바회우희 接柱ㅎ요이다
> 그고지 삼동三同이 퓌거시아
> 그고지 삼동三同이 퓌거시아
> 유덕有德ㅎ신 님여희ㅅ와지이다
> ─「정석가」

'옥으로 연꽃을 새기는' 행위와 '그 꽃이 三同이 피는' 것은 현실적으로 불가능하다. 그러나 그것이 바로 화자가 강조하려는 핵심이기 때문에 같은 형태를 행 단위로 반복하는 수법을 통해 자신의 정서를 효과적으로 표현하고 있다. '옥으로 연꽃을 새기는' 것과 '그 꽃이 三同이 피는' 것은 절대적으로 실현이 불가능한 것이지만 동일한 형태가 행 단위로 반복되면서 님과 절대로 헤어질 수 없는 화자의 정서를 한층 강조하여 나타낼 수 있는 의미와 기능을 부여받게 된 것이다. 이런 점에서 볼 때 수사법은 한편으로는 작품의 예술적 표현을 완성하는 형식적 요소이고, 다른 한편으로는 표현의 의미를 확장시켜 예술적 의미를 가지게 하는 의미 구성행위가 됨을 알 수 있다.

시가의 예술적 아름다움을 분석함에 있어서 가장 중요한 것은 시어로 사용된 표현들이 기존의 의미를 넘어 예술적으로 확장된 의미를 창조하고 있느냐가 된다. 예술적으로 확장된 창조적인 의미를 감상자가 느끼기 위해서는 작품 속에 확장된 의미가 담겨 있어야 한다. 여기서 중요한 것은 어떻게 해서 창조적인 의미가 담길 수 있느냐 하는 점인데, 작품의 구조에 의해 만들어지는 특수한 공간에서 찾아야 할 것으로 생각된다. 수사법은 구조를 완성하는 정점에 있으면서 예술적 의미를 완성하는 구실을 하기 때문에 내용과 형식을 아우르는 과정에서 특수한 형태의 공간을 만들어 내는 것으로 볼 수 있다.

오감을 통해 사물현상을 개념적으로 나타내는 인간이 사용하는 모든 언어에는 외연과 내포가 포함되어 있다.[145] 외연과 내포는 하나의 개념 속에 함께 존재하며, 반비례의 관계를 형성한다. 이 말은 개념이라고 하는 것이 관념적인 성격을 가지고 있으며, 외연이 작아지면 내포가 커지고, 내포가 작아지면 외연이 커진다는 것을 의미한다. 어느 한쪽이 커지면 어느 한쪽이 작아진다고 하는 말에는 작아진 쪽의 공간이 커진 쪽의 공간으로 전이한다는 뜻을 가지고 있는 것으로 볼 수 있다.[146] 또한 어느 한쪽이 극대화되면, 다른 한쪽은 극소화한다는 의

---

145   外延은 부분을 합하면 전체가 되거나 전체를 부분으로 나눌 수 있는 양적인 것을 나타내는 개념이고, 內包는 부분의 합을 전체로 인정할 수 없으며, 전체를 나누어도 부분으로 되지 않는 것으로 질적인 것을 나타내는 개념이다.

146   우주내에 존재하는 사물현상이 가지고 있는 내포와 외연이 비례관계에 있다면 우주는 균형을 유지할 수 없게 되어 폭발하거나 사라지고 말 것이다.

미도 가지는데, 일상언어에 일정한 변형을 가하여 예술적 의미를 가지도록 하는 시가에서는 내포의 극대화가 일어나는 것이 특이하다. 작가가 예술적 현실에서 취해 오는 소재가 언어로 된 개념을 통해 시어로 들어오게 되는데, 이 과정에서 그것의 외연적인 부분은 거의 소거되고, 내포가 극대화한 상태가 된다는 것이다.

예를 들면, 「만전춘별사」의 소재가 된 '비오리'는 소재로 선택되는 순간 님에 대한 화자의 정서를 실어낼 수 있는 '바람둥이'라는 내포만 살아남고 사물현상의 하나로 존재했던 외연은 완전히 소거되고 만다. 외연이 소거된 이 공간을 내포가 채우게 되면서 그것의 극대화가 일어나기 때문에 그 자리에 화자의 정서를 담을 수 있게 되는데, 이 순간에 '비오리'는 비유의 대상이 되어 버리고 마는 것이다.

내포의 극대화를 통해 공간이 확보되었다는 것이 가지는 의미는 작품을 즐기는 향유자라면 누구에게나 동일한 형태로 다가갈 수 있는 상태를 확보했다는 것이 된다. 그러나 그것이 완성되기 위해서는 앞에서 일어난 내포의 극대화로 인해 축소된 외연을 다시 확장시키는 과정을 거쳐야 한다. 여기에서는 추상화했던 의미들이 수사법을 통해 구체화한 이미지로 거듭나는 것이 가장 중요하다. 「만전춘별사」에서 '바람둥이 님'과 연결시키기 위해 작품의 소재로 가져오면서 내포의 극대화가 일어났던 '비오리'는 이제 다시 세상의 모든 '비오리'로 외연이 확대되면서 화자의 정서를 감각적으로 구체화하여 대상화한 존재[147]로 된다. 「동동」에서 보면 '진달래꽃', '등불' 등은 화자가 사랑하

---

147 對象化는 자신의 주관 안에 관념적 형태로 존재하는 어떤 것을 객관적이고 구체성을 가진 물리적인 것으로 구체화하여 감각적으로 느낄 수 있는 사물현상으로 만드는 행위인데, 對象化物은 그러한 행위를 통해 구체화된 사물현상을 가리킨

는 님의 훌륭한 모습을 나타내기 위해 이미지화한 것이고, '믈', '빗', '수저' 등은 화자의 고독한 정서를 이미지화하여 표현한 것으로 볼 수 있는데, 이것은 모두 작가에 의해 화자의 정서가 감각적으로 대상화한 것이 되는 것이다. 시가에서 일어나는 이러한 감각적 대상화는 오직 수사적 표현에 의해서만 가능하기 때문에 수사법은 내포의 극대화로 인해 위축되었던 외연을 자연상관물로 이미지화하여 다시 확대함으로써 구체화한다는 것이다.

수사법이 하는 또 하나의 구실은 지극히 주관적이었던 화자의 정서를 객관화하는 것이라고 할 수 있다. 이것은 폐쇄적 범주화에 의해 일어나는데, 화자가 지니고 있는 주관성에 의해 가능하게 된다는 특성을 가지고 있다. 자연상관물은 내포의 극대화를 통해 화자가 나타내려고 하는 정서의 부속물로 됨으로써 철저하게 주관적이고 폐쇄적인 범주화의 과정을 거친다. 「동동」에서 화자가 표현하려는 정서는 '외로움'과 '님의 훌륭함'이라고 할 수 있다. 이것을 표현하는 방법으로 화자는 '믈', '등불', '달욋고지', '곳고리새', '약', '빗', 'ㅂ롯', '져' 등의 표현을 사용한다. 바꾸어 말하면 화자의 정서는 '믈', '등불', '달욋고지', '곳고리새', '약', '빗', 'ㅂ롯', '져' 등으로 범주화하는데, 이것은 철저하게 폐쇄적인 상태에서 이루어진다는 것이다. 이러한 범주화는 여러 가지 방법으로 일어나는데, 이것들이 모두 수사법과 밀

다. 어떤 사람이 자신의 머릿속에 떠올라서 관념적으로 존재하는 시상을 일정한 형태를 지닌 한편의 작품으로 형상화한다고 할 때, 이 사람의 창작행위가 바로 대상화가 되고, 구체적인 형태를 가지면서 만들어진 작품은 대상화물이 되는 것이다. 시가에서 화자가 표현하려고 하는 정서 역시 작품으로 만들어지기 전까지는 관념적인 존재에 불과하다. 그러나 그것이 수사적 표현방법을 통해 감각적인 이미지로 구체화하여 표현되면 그것은 바로 정서가 대상화한 것이 된다

접한 관련을 가지고 있기 때문에 폐쇄적 범주화를 수사법의 본질적 성격의 하나로 볼 수 있게 되는 것이다.

사물이나 현상의 존재방식이라는 의미를 가진 개념으로 사물의 생김새, 모양 등을 나타내는 형태는 내용을 내용답게 하면서 작품을 완성하는 형식의 마지막 단계에서 드러난다. 명, 구, 행, 장 등을 구성요소로 하는 시가의 형식은 구의 단위를 거치면서부터는 예술적 의미를 형성하는 단계로 나아가게 되는데, 이것이 수사법을 바탕으로 하는 행을 단위로 마무리되면서 형태를 형성하게 되고 예술적 아름다움을 담게 된다. 특수한 형태의 행을 가지고 있으면서 네 개의 장으로 이루어져 있는 「쌍화점」을 보면, 각 장마다 상징법과 대유법이라는 수사법이 사용되고, 그 표현을 중심으로 행이 구성된다는 사실을 알 수 있다.

제8장 수사법과 미학

삼장ᄉ三藏寺애 블혀라 가고신딘
그뎔 샤쥬社主ㅣ 내 손모글 주여이다
이말ᄉ미 이 뎔 밧긔 나명들명
다로러거디러
죠고맛간 삿기 샹좌上座ㅣ 네마리라 호리라
더러둥셩다리러디러다리러디러다로러거디러다로러
긔자리예 나도자라가리라
위위다로러거디러다로러
긔잔디ᄀ티 덦거츠니없다

"그뎔 샤쥬社主"는 상징법이고, "내 손모글 주여이다"는 대유법인데, '사주'는 불교를 상징하고, '손목을 잡는' 것은 성행위를 보여 준다. 이렇게 됨으로써 「쌍화점」의 첫 장은 상징법과 대유법을 통해 그 시대에 일어난 종교의 타락을 비판하는 것으로 되는 것이다. 여기에서 상징과 대유가 없다면 어떤 남녀의 정사를 무덤덤하게 표현한 것으로 되어 호기심으로 가득한 흥미를 유발하는 정도의 수준을 가진 작품으로 되었을 것이다. 형태를 이루는 핵심요소로 작용하는 수사법의 구실로 인해 「쌍화점」은 제1장은 외국인의 타락, 제2장은 불교의 타락, 제3장은 지배계급의 타락, 제4장은 서민층의 타락을 나타낼 수 있게 되어 표면적으로는 남녀의 성관계를 노골적으로 노래한 작품이 되지만 이면에 담긴 의미는 사회에 대한 엄청난 풍자를 담고 있는 수준 높은 예술작품으로 거듭날 수 있게 되는 것이다. 이런 모습은 속요의 다른 작품에서도 마찬가지로 나타나기 때문에 이것은 속요의 일반적 속성[148]으로 파악해도 좋으며, 작품의 미적특성을 결정짓는 핵심적인 요소로 보는 데에도 무리가 따르지 않을 것으로 생각된다.

3. 시조의 수사미학

조선시대 기생 중에서 님에 대한 그리움을 가장 절실하게, 그리고 가장 노골적으로 표현한 사람은 박연폭포, 서경덕徐敬德과 함께 송도삼절松都三絶로 유명한 황진이일 것이다. 그녀에 대한 이야기는 설화

---

148   이러한 현상은 장으로 나누어지지 않는 「가시리」 같은 작품에서도 마찬가지로 나타난다. 가시리에서 쓰인 수사법은 강조법인데, 화자의 정서를 강조하기 위해 '가시리'를 반복적으로 사용하고 있다. 여기에서 가는 사람은 화자를 버리고 떠나는 님인데, 모든 행에 '가시리' 혹은 '가시리잇고'가 반복적으로 사용되고 있으며, 이것을 중심으로 행이 형성되는 것에서 이를 잘 알 수 있다.

의 형태로 많이 남아 있다. 자신을 짝사랑하던 이웃집 서생이 상사병으로 죽자 인생에 환멸을 느껴 기생이 된 후, 왕족인 벽계수碧溪水에게 망신을 주기도 하고, 서경덕과 정신적인 사랑을 주고받기도 했으며, 30년간 면벽面壁 수행을 했다는 지족선사知足禪師를 파계하도록 했다는 일화 등은 유명하다. 또한 당시에 시를 잘 짓는 선비로 유명했던 소세양蘇世讓과도 동거를 한 적이 있으며, 소리를 잘하는 명창인 이사종李士宗과는 6년이나 함께 생활을 했다고 전해진다. 그리고 죽을 때 남긴 유언에 대해서도, 곡을 하지 말고 고악鼓樂으로 보내 달라고 했다는 이야기, 산이 아닌 길가에 묻어 달라고 했다는 일화, 관도 하지 않은 채 동문 밖에 버려서 버러지의 밥이 되게 하여 천하 여인들에게 경계가 되도록 해 달라는 것 등 여러 가지가 전한다. 황진이가 죽은 뒤에 전라도의 선비인 임제林悌가 평안도 도사가 되어 부임하다가 황진이의 무덤 앞에 제사를 지내면서 시조를 지었다고 전하는 것으로 보아 무덤이 있었다는 것은 사실일 가능성이 크다.

이처럼 다양한 일화를 남기고 있는 황진이는 시에도 남다른 재주를 보여서 여러 편의 한시와 시조를 남기고 있어 뛰어난 시인이었음을 말해 주고 있다. 특히 그녀가 지은 시조는 님에 대한 그리움이 가득차다 못해 넘칠 정도의 작품이 여러 편 있다. 그중에서도 가장 압권은 역시 '동짓달 기나긴 밤'으로 시작하는 작품이다.

冬至ㅅ돌 기나 긴 밤을 한 허리를 버혀내여
春風 니블 아리 서리서리 너헛다가
어론님 오신 날 밤이여든 구뷔구뷔 펴리라

이 작품에서 핵심을 이루는 것은 '밤'이라는 시간이다. 동짓달의 밤은 여름의 밤보다 물리적으로 매우 길다. 그러나 외로움에 떨면서 그리움으로 가득 찬 화자에게 있어서 그 시간은 더욱 길다. 물리적으로 길고, 느낌으로는 더욱 길게 느껴지는 동짓달의 밤이라는 시간을 화자는 그냥 두지 않는다. 기나긴 밤의 시간 중에서 그리움이 최고조에 이른 중간의 밤을 잘라내기 때문이다. 화자가 시간을 잘라내야 하는 이유는 매우 간단하다. 그리움으로 가득한 길고 긴 밤의 시간을 님과 함께하는 환희의 시간으로 바꾸기 위해서다. 그러기 위해서 화자는 밤의 한 중간을 잘라내는 마법을 행하게 되는데, 님의 부재로 인한 결핍을 부정하려는 화자의 이러한 행위는 더 높은 단계로 올라서기 위해 시간과 공간이 변증법적으로 만나는 공간화된 시간을 통해서만 의미를 가지게 된다.

동짓달 기나긴 밤의 한 허리였던 시간은 이제 화자에 의해 강제적으로 베어져 그리움이라는 내포를 극대화하면서 춘풍 이불 속인 물리적 공간으로 들어와서 자리를 잡는다. 이것이 바로 공간화된 시간이다. 시간을 공간으로 변화시켜 서리서리 넣을 수 있었던 존재는 아마도 조선시대를 통틀어서 황진이 한 사람뿐이었을지도 모른다. 공간화한 시간이 들어와 자리한 춘풍의 이불 속은 그리움을 녹여 환희로 가득한 사랑을 꽃 피울 수 있는 희망과 기다림의 공간으로 바뀌게 되고, 님을 위해 모든 준비가 갖추어진 보금자리가 된다. 이제 결핍의 긴 시간은 춘풍의 이불 속에서 그리움이 압축된 공간으로 거듭나면서 사랑을 잉태할 준비를 마친 상태로 되는데, 여기에서 가장 중요한 구실을 하는 것이 바로 '서리서리'다. 실 같은 것이 헝클어지지 않도록 동그랗게 감아서 차곡차곡 쌓아 놓는 것을 의미하는 '서리서리'는 나중에 풀어낼 때를 대비한 것이다. 즉, 화자가 잘라낸 밤의 한 허리로 비유한 그리움을 '서리서리' 쌓아 놓는 목적은 오직 한 가지이니 님이 왔을 때 막힘이나 걸림이 없도록 술술 풀어내기 위함이다. 그래야만 기쁨으로 가득 찬 사랑의 시간을 가질 수 있기 때문이다. 그러므로 '서리서리'는 화자의 그리움을 '굽이굽이' 펴냄으로써 그것을 사랑으로 승화시키기 위한 준비 상태라고 할 수 있게 된다.

초장과 중장에서 내포의 극대화를 통해 공간화한 시간이 승화된 사랑으로 거듭나기 위해서는 님이 오신 밤이라는 시간과 이불 속이라는 공간에 맞추어서 화자와 님이 함께하는 시간으로 환원하지 않으면 안된다. 님과 함께하는 이 시간은 그리움이라는 내포를 극대화하여 화자가 '서리서리' 넣었으므로 동짓달 기나긴 밤의 시간에 비해 무한대로 길어져 있다. 그러므로 '굽이굽이' 펴내는 시간은 끝이 없는 영원한 시간이 된다. 그야말로 사랑의 완벽한 조화가 아닐 수 없으니 이제 두 사람에게 공간은 존재할 수가 없다. 끝없는 그리움을 '굽이굽이' 펼쳐 낼 수 있는 함께하는 시간만이 있어야 사랑의 영원성을 확보할 수 있기 때문이다. 끝도 없이 나오는 굽이굽이 펼친 그리움의 시간이 사랑의 시간으로 승화한다는 것은 님이 오신 밤이라는 물리적 시간의 중간에 들어가서 멈추지도 않고, 흘러가지도 않는 영원의 시간으로 다시 태어나면서 화자의 사랑은 완성된다.

4. 가사의 수사미학

가사의 가장 중요한 특징은 작품을 이루는 모든 문학적 표현들이 행을 단위로 하여 구성된다는 점이다. 동일한 형태와 구실을 하는 수

십 개 이상의 행이 주기적 반복의 형태로 겹쳐지면서 형성되기 때문에 다른 어떤 시가에서보다 행이 하는 구실이 클 수밖에 없는 것이 바로 가사가 된다. 작품을 이루는 모든 문학적 표현들이 행을 단위로 하여 구성된다는 말은 예술적 아름다움을 갖출 수 있는 요건이 행 안에서 구비된다는 것을 의미한다. 단어, 평음과 장음, 명, 구 등을 구성요소로 하는 행은 작품의 형성과정에서 두 가지 구실을 하는 것으로 파악된다. 하나는 행에 속하는 일정한 규칙에 의해 구성요소들을 결합함으로써 예술적 아름다움을 담을 수 있는 행 단위의 형태를 만드는 것이고, 다른 하나는 행의 주기적 반복 형태를 통해 더 큰 규모에서 예술적 아름다움을 담을 수 있는 작품의 구조를 형성하는 것이다. 형태는 내용과 형식을 아우르는 것이고, 구조는 창조적이고 예술적인 의미를 담을 수 있는 그릇인데, 이런 것들이 행을 단위로 하여 형성된다는 것은 가사에서 행이 하는 구실을 얼마나 큰지를 짐작할 수 있게 해준다. 행의 주기적 반복에 의해 형성되는 구조와 구조미에 대해서는 앞에서 살펴보았으므로 여기서는 행의 형태적 특성이 가지는 미학적 성격에 대해서만 고찰해 보도록 한다.

행은 형태를 결정짓는 가장 큰 단위의 형식적 단위이기 때문에 그 속에는 앞에서 지적한 바와 같은 여러 가지 형식적 단위를 구성요소로 가지고 있을 수밖에 없다. 그중에서 가장 중요한 구실을 하는 것은 구인데, 평음과 장음을 형식적 구성요소로 하여 성립하는 두 개의 명이 모여서 이루어지는 것을 본질적 성격으로 한다. 그런데 명과 명의 결합을 통해 이루어지는 구는 하나의 단위만으로는 예술적 아름다움을 담을 수 있는 문학적인 표현으로 거듭날 수 없다. 왜냐하면 하나의 구만으로는 기존에 형성되었던 의미를 더 이상 확장하여 새로운 의미를 담아낼 수가 없기 때문이다. 구는 둘 이상의 단위가 시간적 선후관계에 의해 결합할 때 비로소 예술적 구성단위로서의 구실이 가능하게 되는데, 시조와 가사에서는 모두 네 개의 구가 한 행을 구성하는 모습을 보여 준다. 이것은 세 개의 구가 한 행을 이루는 형태를 취하던 앞 시대의 시가인 향가나 속요와는 질적으로 다른 모습이라고 할 수 있다.[149] 가사의 행이 네 개의 구로 이루어진다는 것은 두 개의 구가 작은 단위를 이루고, 그것이 서로 마주 보는 형태를 취한다는 것과 같은 의미가 된다. 왜냐하면 우주의 모든 현존재는 음과 양으로 나누어져 있으며, 이것이 서로 마주 보면서 대립하는 양상을 띠는 것을 본질적 성격으로 하는데, 시가도 우주내의 현존재일 수밖에 없기 때문에 두 단위씩 나누어지는 것을 마주 보도록 구성하는 것은 지극히 당연한 것일 수밖에 없기 때문이다. 이렇게 볼 때, 가사의 한 행은 여덟 개의 단위요소가 둘씩 짝을 지어 서로 마주 보면서 대對를 이루는 양상으로 구성되어 있음을 본질적인 성격으로 한다는 것을 알 수 있다.

가사가 지니고 있는 이러한 형식적 특성은 형태를 결정짓는 핵심적인 요소이기도 하기 때문에 내용의 형성에도 지대한 영향력을 가지고 있음을 물론이다. 시가에서 예술적 의미를 최종적으로 완성하는 결정적인 요소는 바로 수사법이라고 할 수 있는데, 이것 역시 가사가 지니고 있는 형식적 특성에 큰 영향을 받게 됨을 알 수 있다. 가사에는 비유법, 강조법, 변화법 등의 수사법이 다양하게 쓰이는데, 비슷한 어조語調나 어구語句가 짝을 이루도록 표현함으로써 수사적 효과를 내는 대구법이 중심을 이루는 것으로 나타난다. 왜냐하면 행 단위로 문학적

---

149   三句六名과 四句八名에 대해서는 앞에서 서술한 바 있다.

표현이 이루어지는 가사는 하나의 행 속에서 두 단위의 구성요소가 반드시 짝을 이루도록 배치하고 있기 때문이다. 작품을 보자(/는 필자가 구분한 것임).

> 숑근松根을 다시쓸고 / 듁상竹床의 자리보와
> 져근덧 올라안자 / 엇던고 다시보니
> 텬변天邊의 썻는구름 / 셔셕瑞石을 집을사마
> 나는둧 드는양이 / 쥬인主人과 엇더ᄒ고
>   —「성산별곡」

> 이 몸 삼기실제 / 님을 조차 삼기시니
> 혼싱 緣分이며 / 하ᄂᆞᆯ모롤 일이런가
> 나ᄒᆞ나 졈어잇고 / 님ᄒᆞ나 날괴시니
> 이ᄆᆞᄋᆞᆷ 이ᄉᆞ랑 / 견졸ᄃᆡ 노여업다
> 平生애 願ᄒᆞ요ᄃᆡ / ᄒᆞᆫᄃᆡ녜자 ᄒᆞ얏더니
> 늙거야 무ᄉᆞ일로 / 외오두고 글이ᄂᆞᆫ고
>   —「사미인곡」

> 규중심처 우리동류 / 아니놀고 무엇하리
> 백년유수 헛튼인생 / 춘색으로 빛을내니
> 상하촌 동류불러 / 화전놀음 가자스라
> 유수같은 이세월에 / 부운같은 우리인생
> 일만하고 말자든가 / 아니놀고 무엇하리
>   —「화전가」

위에서 예로 든 작품의 모든 행은 /를 기점으로 하여 두 개의 단위로 나누어진다. 각 단위는 의미상으로도 하나의 단락을 구성할 뿐 아니라 구조적 단위로도 서로 마주 보면서 짝을 이루는 형태를 취하고 있기 때문이다. 내용상 단락으로나 구조적 단위로나 두 개의 단위가 비슷한 형태로 마주 보도록 함으로써 화자의 정서를 강조하여 표현하는 것이 대구법이기 때문에 가사는 대구의 수사법을 기본으로 하고 있음을 위에서 예로 든 작품을 통해 알 수 있는 것이다. 가사가 이러한 대구법을 기본으로 하는 가장 큰 이유는 짝을 이루면서 대를 이루도록 표현하는 것이 화자가 전달하고자 하는 뜻을 한층 분명하게 강조하여 나타내는 데에 효과적이기 때문이다. 대구법의 기본은 먼 것과 가까운 것, 높은 것과 낮은 것, 안과 밖, 음과 양 등 서로 상대되는 성격을 가지는 것에 대해 노래함과 동시에 두 단위가 비슷하거나 동일한 형태를 가지도록 하는 것으로 두 개의 분절 단위가 하나의 행을 이루도록 구성되어야 한다. 이러한 구성법에 가장 적합한 것이 바로 행의 주기적 반복을 통해 작품을 형성하는 가사라고 할 수 있다. 그래서 대구법은 가사 수사법의 중심을 이루게 되고, 나아가 작품의 성격과 예술적 아름다움을 결정짓는 핵심적인 요소가 되는 것이다.

이처럼 가사는 하나의 행이 두 개의 분절 단위로 나누어짐과 동시에 그것이 서로 마주 보면서 대를 이루도록 만들어져야 하는 관계로 모든 형식적 요소는 여기에 맞는 형태로 구성되어야 하며, 예술적 아름다움 역시 대구라는 수사법에 맞는 범위 안에서 형성될 수밖에 없다. 대구의 수사법을 중심으로 하는 예술적 아름다움을 실현하기 위해서는 첫째, 행을 경계로 앞의 단위와 뒤의 단위가 형성하는 율격이 같아야 하며, 둘째, 두 개의 단위가 내용상으로나 구조상으로나 대를 이루도록 해야 하고, 셋째, 앞의 단위와 뒤의 단위 사이에 율격적 휴지가 형성되어야 하며, 넷째, 동일한 내용과 형식을 가진 표현이 주기적으로 반복되는 형태를 지양해야 한다. 시가를 시가답게 하는 가장 중요한 요소라고 할 수 있는 율격은 주기적으로 반복되는 소리의 율동에 의해 형성되기 때문에 일정한 단위를 경계로 반복되지 않으면 안되는 성격을 가지고 있다.

율격을 이루는 요소는 평장, 명, 구, 행이 되는데, 각 단위들은 소리가 점유하는 시간의 장단을 조절하여 율동을 만들어 내고 이것이 결합하여 율격을 형성한다. 평장은 명을 전제로 하여 실현되고, 구 단위에서 일차적으로 완성되는데, 이것은 행의 단위에서 최종적으로 대구의 수사법을 통해 완성되는 성격을 가지고 있다. 그렇기 때문에 가사의 기본 율격은 대구법을 실현하는 주체인 행을 단위로 형성됨과 동시에 그것의 주기적 반복을 통해 작품 전체의 율격을 만들고 그것이 작품의 수사미학으로 자리하게 됨을 알 수 있게 된다. 서로 마주 보면서 대를 이루는 내용과 구조단위들을 배치하는 가장 큰 이유는 화자가 작품을 통해 전달하려고 하는 정서나 뜻을 정확하게, 그리고 아름답게 나타내려는 수법의 하나이다. 왜냐하면 인간은 서로 상대되는 것들의 대비를 통할 때 자신이 공감하고자 하는 바를 좀 더 분명하고 확실하게 지각할 수 있으며, 그렇게 함으로써 더 큰 감동을 경험하게 되기 때문이다. 그러므로 작가의 입장에서 볼 때 대구법은 자신이 독자나 청자에게 전달하고자 하는 바를 강조하여 아름답게 나타낼 수 있는 아주 훌륭한 방법이 된다.

시가는 소리를 매개로 하는 낭송이나 가창 등의 방법을 통해 향유되는 성격을 가지고 있기 때문에 이 범주에 들어가는 가사 역시 낭송이나 가창을 염두에 두지 않을 수 없는 성격을 가지고 있다. 율독을 바탕으로 하는 낭송을 중심으로 향유되는 가사는 행이 가장 중심적인 구실을 하는 것으로 파악된다. 왜냐하면 행을 단위로 해서 내용상의 단락이 마무리되는 구조를 가지고 있으며, 각 행은 두 개의 분절 단락이 마주 보는 형태인 대구의 수사법을 중심으로 하고 있기 때문이다. 율독을 바탕으로 하는 낭송의 향유 방식에서는 호흡을 중심으로 형성되는 휴지가 대단히 중요한 구실을 한다. 왜냐하면 읽는 사람이나 듣는 사람 모두가 가사의 의미를 파악할 수 있도록 하는 데에 휴지가 절대적으로 필요하기 때문이다. 그런 이유 때문에 행이 끝나는 부분에서는 반드시 휴지[150]가 와야 하는데, 하나의 행이 두 개의 분절 단위로 끊어지는 가사에서는 중간에 한 번 더 휴지[151]가 있어야 함을 짐작할 수 있다. 중간휴지를 두어야 하는 가장 큰 이유는 앞의 단위와 뒤의 단위가 '대'를 이룬다는 것을 뚜렷하게 부각시킬 수 있는 핵심적인 장치가 바로 그것이기 때문이다. 그러므로 중간휴지와 행말휴지는 대구법을 중심으로 형성되는 가사에 있어서 율격적 특성을 부각시켜서 수사적 아름다움을 형성하는 중요한 요소가 됨을 알 수 있다. 대구법의 기본은 서로 상대되는 내용이나 구조를 가진 두 개의 요소가 마주 보는 것을 기본적 성격으로 하기 때문에 동일한 내용이나 표현 등이 반복적으로 나타나는 형태를 취해서는 본래의 목적을 달성할 수 없다. 그러므로 가사에는 동일한 내용이나 구조를 가진 표현이 반복적으로 나타나는 것이 거의 불가능해질 수밖에 없다.

---

150   성기옥은 이것을 行末休止라 하였다(『한국시가의 율격 이론』, 집문당, 1986, 84쪽).
151   성기옥, 위의 책, 84쪽.

이상에서 살펴본 바와 같이 가사의 수사미학은 일차적으로 대구법을 중심으로 성립하는 형태를 띠는데, 이것으로 가사의 수사미학이 완성되었다고 볼 수는 없다. 왜냐하면 대구의 수사는 가사의 형태를 결정지으면서 가장 기본적인 아름다움을 형성하는 핵심이 되기는 하지만 그보다 더 높은 예술성을 확보할 수 있도록 하기 위해서는 행의 하위 단위를 중심으로 형성되는 다양한 형식의 수사법을 반드시 필요로 하기 때문이다. 가사에는 매우 다양한 수사법이 쓰이는 것으로 파악되는데, 은유법, 비유법, 상징법, 설의법, 반어법, 나열법, 과장법, 영탄법, 점층법 같은 것들이 등장하여 대구법을 기본으로 하는 작품의 예술적 아름다움을 완성하도록 하고 있다. 가사는 대구법을 기본으로 하는 작품의 형태를 만들고, 각 작품의 성격에 맞는 다양한 수사법을 통해 골계미滑稽美, 풍자미, 비극미, 숭고미, 우아미 같은 예술적 아름다움을 완성하는 시가로 볼 수 있게 된다.

제 9 장

한국시가의
미학적 특성
- 결론을 대신하여

인간이 생활 속에서 만들어 내는 모든 예술작품은 창조자인 작가가 머릿속에 지니고 있는 정서적인 생각을 다양한 모습으로 대상화하여 아름답게 표현한 것으로 삶의 질을 높이는 구실을 한다. 그런 이유로 인간은 오랜 옛날부터 미적행위를 바탕으로 하는 다양한 종류의 예술을 만들고 즐기는 행위를 계속해 왔다. 그중에서 소리를 기반으로 하는 언어가 표현수단으로 되는 시가는 언어예술의 한 종류에 속하는데, 다양한 율격적 요소들을 기반으로 하는 형식이 만들어 내는 구조를 바탕으로 하는 특수한 형태를 지닌다는 점이 본질적인 성격이라고 할 수 있다. 이 말은 시가가 가지는 미학적 특성은 첫째, 작품을 표현하는 수단이 되는 해당 언어가 지니고 있는 본질적 성격, 둘째, 율격의 본질을 이루는 구성요소들의 관계에 의해 만들어지는 체계, 셋째, 소재와 정서를 비롯한 작품을 이루는 알맹이가 미학적 특성을 가지는 내용으로 거듭날 수 있도록 만들어 주는 형식, 넷째, 형식에 의해 형성되는 것으로 체계의 체계인 구조, 다섯째, 화자가 전달하려고 하는 바를 강조하거나 예술적으로 표현할 수 있도록 하는 수사법 등의 다섯 가지 요소에 의해 결정된다는 정보를 우리에게 알려 주고 있는 것으로 보인다. 언어는 작품을 이루는 기본 중의 기본이 되기 때문에 어떤 시가라도 해당 언어의 범주를 벗어나서는 성립할 수 없다. 그리고 율격은 시가를 시가답게 해 주는 핵심적인 요소이므로 이것을 무시하고서는 시가로 인정받을 수가 없는 까닭에 어떤 작품이라도 율격적 특성을 갖출 수밖에 없다. 또한 작품을 구성하는 알맹이를 형태와 연결시켜 그것이 예술적 의미를 가질 수 있도록 하는 것이 형식이므로 어떤 시가 작품도 형식적 특수성을 갖추지 않으면 안 된다. 형식적 요소들이 지니고 있는 체계와 체계를 연결하여 완성되는 성격을 지니고 있는 구조는 수평적 구조와 수직적 구조라는 복잡한 체계를 구축하여 작품의 예술성을 높이는 데에 결정적인 구실을 한다. 화자의 정서를 가장 효과적으로 강조하고 분명하게 나타낼 수 있도록 하여 예술적 아름다움을 담을 수 있도록 한 수사법은 시가를 마무리하는 단계에서 미학적 특성을 완성할 수 있도록 하는 중요한 요소로 작용한다.

한국시가는 우리 민족의 생활 속에서 만들어진 의사소통 수단인 한국어를 바탕으로 하여 성립하기 때문에 어떤 경우에도 한국어의 범주를 벗어날 수 없음은 자명하다. 그러므로 시가의 미학적 특성을 살핌에 있어서도 한국어의 특징을 기반으로 해야 하는 것 또한 지극히 당연하다. 우리 역사를 돌이켜보면 반도라는 지리적 위치로 인해 강대국의 틈바구니에서 수많은 어려움을 겪었다는 것을 알 수 있는데, 사회문화의 한 현상인 언어 역시 상당한 굴곡을 겪을 수밖에 없었다. 고유문자의 부재로 인해 국가의 성립 시기부터 지배층을 중심으로 하여 한자를 표기수단으로 삼았으며, 신라시대에 들어와서는 한자의 훈과 음을 빌려서 우리말을 표기하는 수법인 이두吏讀가 발달하면서 구결, 향찰鄕札, 고유명사 표기의 한자 차용 표기 등의 다양한 방법들이 동원되었다. 조선시대에 들어와서는 유학과 사대부문화의 영향으로 한자에 의한 고유어 침식은 더욱 가속화되었으며 현대사회에 들어와서도 지속적인 외래어의 영향으로 우리말이 설 자리는 점점 좁아지고 있는 것이 사실이다.

이처럼 우리말은 수많은 굴곡을 거치면서 현재에 이르고 있다. 그러나 한 가지 분명한 것은 그럼에도 불구하고 원래부터 가지고 있는 교착어로서의 성격은 변하지 않는다는 점이다. 즉, 외부로부터 유입되면서 우리 언어에 영향을 미치는 요소들이 언제나 있어 왔지만 실질적인 의미를 지닌 단어 또는 어간에 문법적인 기능을 가진 요소들이 차례로 결합하면서 형성되는 성격은 전혀 변하지 않는다는 것이다. 변하는 것 중에 변하지 않는 것이 있다면 그것이 바로 본질적 성격이 됨은 두말할 필요도 없다. 즉, 우리말의 본질적 성격은 단어 또는 어간과 격조사나 어미 등의 문법적 기능을 하는 요소들이 차례로 결합하는 방식이 되고, 이 점은 시가라는 예술작품을 형성하는 데 있어서도 변할 수 없는 본질적 성격으로 될 수밖에 없다는 것이다. 시가에서 율격적 요소들을 중심으로 만들어지는 형식적 특수성과 구조, 수사법 등이 작품의 예술적 성격을 좌우하는 것이라고 하더라도 이것들은 모두 언어의 범주를 벗어나서는 아무런 의미와 기능을 가지지 못할 것이기 때문이다. 우리말이 지니고 있는 교착어라는 본질적 성격은 시어로 쓰여서도 변함이 없으므로 작품의 미학적 특성을 형성하는 기초로 작용하는 율격에 대한 분석 또한 언어적 특성을 바탕으로 하지 않고서는 본질에 다가서기가 어려워질 수밖에 없다는 사실을 알 수 있다. 시간의 선후에 의해 수평적으로 결합하는 방식을 취하는 우리말에서는 소리의 장단에 의한 율동이 중심을 이룰 수밖에 없는데, 이것을 구조화하여 시가의 율격을 형성하도록 하는 것이 바로 평장과 명과 구가 된다.

소리의 고저장단을 특수하게 배합하는 변화에 의해 발생하는 율동을 기반으로 하는 여러 요소들이 결합하여 주기적 반복의 구조를 만듦으로써 형성되는 한국시가의 율격은 음절의 숫자가 차별화한 형태로 나타나는 '평장'이라는 단위를 통해 일차적으로 구조화한다. 한국 시가에서 평平을 이루는 단위로는 주어나 목적어 등이 되는 명사와 같은 단어, 문장 중에서 술어로 작용하면서 활용을 하는 동사나 형용사 같은 것의 어간, 주어나 목적 등으로 쓰이는 단어의 뒤에 붙는 격조사, 어간에 붙어 활용하면서 문장의 시제와 성분 등을 결정하는 어미, 체언 앞에 놓여서 그것을 꾸며 주는 구실을 하는 관형어 등이다. 장長을 이루는 단위요소는 율격의 형성과정에서 생략할 수도 있는 것으로 격조사와 어간과 어미[152] 등이 된다. 특히 생략이 되어 앞 글자가 차지하는 시간적 점유를 늘이는 장음으로 되는 부분은 완성적허로서의 공간을 만들어 냄으로써 그 자리에 다양한 미학적 장치들이 들어갈 수 있는 여지를 마련한다. 즉, 한정된 의미만을 가질 수 있도록 하는 고정된 표현 대신 중심어가 되는 앞말을 장음화함으로써 다양한 표현들이 들어갈 수 있는 여지를 만듦과 동시에 그로 인해 발생할 수 있는 의미의 확장이 가능하도록 하여 시적 표현이 창조할 수 있는 예술적 의미를 극대화하는 장치로 작용할 수 있게 된다는 것이다.

작품 속에서 이러한 구실을 하는 '평'과 '장'에 대해 『균여전』에서는 하나의 완결된 단위가 되어 고유한 성질을 가지는 '명'으로 인식함으로써 우리 시가의 형식적 특성의 하나로 보았다. '명'에 대한 이러한 인식은 우리 시가의 본질을 정확하게 꿰뚫어본 것으로 미학적 특

제9장 한국시가의 미학적 특성

---

152   어간과 어미는 율격적 효과를 내기 위해 생략하기도 한다. 예를 들면 황진이 시조의 "一到 滄海ᄒ면 다시오기 어려오니"에서 '일도' 뒤에 생략된 '하여' 같은 것이 있다. 또한 현대어에서 관형어로 작용하는 '어떤'의 경우도 '어떠하온'에서 '하온'을 생략한 형태로 나타나기도 한다. 「성산별곡」의 "엇던 디날손이 성산星山에 머믈며셔" 같은 것이 그것이다. 이 경우 생략된 요소는 앞 말을 장음으로 바꾸는 구실을 한다.

성을 밝히는 데에 결정적인 단서로 작용하였다. 이제 '명'은 다양한 음수로 차별화되어 있는 시어의 음절을 율격적인 단위요소로 구조화함과 동시에 상위의 율격적 단위요소인 '구'로 이어질 수 있도록 하는 구실을 하게 되는 것이다. 한국어의 특성에서 추출해 낸 '명'이라는 구조화한 단위를 통해 형식적 본질을 파악할 수 있는 단초를 마련하게 되자 상위의 율격적 단위인 '구'와 연결시켜 우리 시가가 지니고 있는 율격적 정형성을 추출할 수 있게 되었으니 '삼구육명'이 바로 그것이었다. 우리 시가에서 '구'는 한시의 그것과는 사뭇 다른 성격을 지니고 있다. 한시에서는 사언, 오언, 칠언 등이 하나의 구를 이루지만 교착어인 한국어는 그런 방식의 규정 자체가 불가능하기 때문이다.

한시에서 구로 규정하는 것이 우리 시에서는 행으로 되면서 하나의 행이 몇 개의 구성요소로 되어 있느냐가 형식적 정형성을 찾아낼 수 있는 중요한 단서로 되었다. 그래서 등장한 것이 '명'과 '명'의 결합으로 완성되면서 작은 단위의 의미 단락을 이루는 단위요소를 설정하게 되었으니 그것이 바로 '구'였다. 한국시가에서 '구'는 첫째, 문장을 구성하는 가장 아래 단위, 둘째, 정해진 글자 수를 갖지 않음, 셋째, 명사와 조사, 어간과 어미의 결합으로 완성됨, 넷째, 두 개의 명으로 나눌 수 있는 성격을 지니고 있는 것으로 파악할 수 있게 된다. 이러한 성격을 가지는 구는 행을 전제로 한 것이기 때문에 행 단위로 규칙성을 가지게 되는데, 향가에서 속요까지는 삼구가 중심을 이루고, 조선조 시가에 이르러서는 사구가 중심을 이루는 구조를 가지게 된다. 즉, 향가에서 속요까지는 삼구육명이 주류를 이루고, 시조와 가사에 이르러서는 사구팔명이 중심을 이루게 된다는 것이다.

형식은 시간적 순서에 의해 결합하는 요소들에 의해 형성되는 수평적 관계와 공간적 위치에 의해 결합하는 요소들에 의해 형성되는 수직적 관계가 씨줄과 날줄처럼 얽혀 있는 전체를 가리키는데, 구조를 형성하여 형태를 완성하는 주체가 되는 표현방식이다. 시가의 소재를 이루는 것으로 주관적 질료가 되는 정서와 객관적 질료가 되는 자연 상관물은 그 자체로는 작가가 원하는 예술적 아름다움을 가지지 못하는데, 이것이 미학적 특성을 가질 수 있도록 하는 것이 바로 형식이 된다. 수평적 관계는 소리의 장단에 의해 형성되는 율동이 율격의 기초로 작용하는 우리 시가에서 매우 중요한 구실을 한다.

수평적 관계를 형성하는 첫 번째 단위는 음절을 바탕으로 하는 평장이다. 평장은 음절이 점유하는 시간의 길이를 가리키는 것으로 시간적 선후관계에 의해서만 성립하는 성질을 가지고 있다. 또한 평장은 한국시가에서 율동과 율격적 단위로 작용하는 경계에 설정된 것으로 차별화된 음절의 숫자를 규정된 단위로 재구조화하는 구실을 하는 핵심이 되기도 한다. 차별화되어 있는 상태의 음절을 균질의 단위로 재구조화하는 단위인 명은 율격 단위로서의 구실을 시작하는 수평적 관계의 중심에 서 있는 요소라고 할 수 있다. 명에 이르러서야 비로소 주기적 반복의 구조를 지니는 율격 단위로 올라설 수 있는 기반을 마련하기 때문이다. 이러한 미학적 특성을 지니는 명은 동질성을 가지는 단위가 둘 이상 주기적으로 반복되는 체계를 형성할 때 비로소 그 정체성을 가질 수 있으므로 상위 단위의 요소를 필요로 하게 된다. 구는 명에 의해 일차적으로 구조화한 율격 단위에 대해 행을 전제로 하면서 행의 단위로 다시 구조화하는 구실을 하는 요소이다. 그러므로 구는 반드시 행에 의해서만 완성될 수 있는 성격을 기본적으로 가진다고 할 수 있다. 행은 문장에 일정한 힘을 가해서 강제적 휴지를 중심으로 반복하는 구조를 형성하도록 하는 형식적 요소이다. 장평에서 부터 행까지는 모두 시간적 선후관계에 의해서만 구실과 의미가 결정되기 때문에 수평적 관계가 중심을 이루는 율격 단위로 볼 수 있게 되는데, 여기서는 주로 언어적인 의미영역이 중심을 이루는 것으로 파악할 수 있다.

하위 단위 전체를 총괄하여 수렴하면서 시가의 수평적 관계를 완성시키는 구실을 하는 행은 다른 한편으로는 구조적 특성을 만드는 수직적 관계를 형성하는 출발점이 된다는 점에서 시가 형식의 가장 중요한 요소라고 할 수 있다. 이러한 성격을 가지는 행은 그 자체로 구조를 형성하는 기반이 되면서 작품의 형태와 직접 맞닿아 있기도 하기 때문에 수평적 관계를 마무리함과 동시에 층위가 다른 형식적 요소들이 다층적으로 결합하는 수직적 관계를 형성하는 출발점이 되기도 한다. 그런 의미에서 행은 장을 전제로 한 것이기도 한데, 동일한 단위로 인식될 수 있는 행을 일정한 단위로 마주 보게 함으로써 수평적 관계에서 만들어지는 언어적 의미보다 한 단계 높은 차원에서 창조적인 의미 단락을 만들어 내게 된다. 즉, 행과 행을 일정한 규칙에 따라 중첩시키는 형태에다 조흥구, 감탄사, 수사적 표현 등을 아우르면서 한 편의 작품이 예술적 아름다움을 드러낼 수 있는 미학적 형태로 거듭나도록 하는 구실을 한다. 특히 행의 형태로 만들어진 렴을 구성하는 단위가 되기도 하여 한 단계 높은 단위인 장이라는 구조적 단위를 형성하는 핵심적인 요소로도 작용하기 때문에 이 경우 행은 수평적 관계와 수직적 관계의 경계선을 이루게 된다. 행에 의해 마무리된 수평적 관계는 장이라는 상위의 단위에 의해 수직적 관계라는 새로운 체계를 만들어 낸다.

장은 일정한 단위로 행이 중첩되는 형태를 통해 구성되는데, 다양한 형태의 렴[153]을 수반하여 완성됨으로써 행에 의해 생길 수 있는 형식적 단조로움을 극복하여 형태와 맞닿는 구조를 형성함으로써 새로운 역동성을 창조하는 구실을 하기도 한다. 속요 같은 작품에서는 장의 구실이 매우 중요한데, 반복구조를 통한 강조의 수단, 범주의 설정과 미학적 특성의 완성, 작품 진행의 중심 단위, 개괄화의 단위 등의 기능을 가지는 것으로 파악된다. 특히 렴, 조흥구, 감탄사 등은 장의 단위로 반복되는 구조를 가지는데, 이것들은 언어적 의미보다는 정서의 전달을 주목적으로 하는 소리현상이라는 특징을 가지고 있다.

렴은 언어적 표현이 중심을 이루는 본문에서 추상화한 내용들을 개괄하여 마무리한다. 그와 동시에 언어현상을 중심으로 하는 본문의 사설만으로는 나타내기 어려운 화자의 미묘한 정서를 확장하고 분명하게 표현할 수 있도록 하고, 장과 장의 사이를 끊으면서 이어 줌으로써 장과 장이 무리 없게 진행될 수 있도록 하기 때문에 집단가창의 참여 수단이 되기도 한다.

조흥구와 감탄사 등은 언어적인 의미를 가지지는 않지만 정서표현의 보조수단으로 작용하면서 주기적 반복의 구조를 가지고 있으므로 형식적 요소로서의 성격과 기능을 충분하게 갖추고 있다는 점에서 언어현상과 음향현상의 중간쯤에 위치하는 형식적 요소로 볼 수 있다. 또한 조흥구와 감탄사 등은 행과 장 등에 의해 만들어지는 수직적 관계를 더욱 공고하게 하는 구실을 하는 것으로 보이므로 수사법과 비슷한 구실을 하는 미적단위라고 할 수 있다. 이러한 성격을 가지는 조

제9장 한국시가의 미학적 특성

---

153   속요의 렴을 보면 장의 맨 앞에 쓰이는 前斂, 중간에 위치하는 中斂, 맨 뒤에 오는 後斂 등이 있음을 알 수 있다.

홍구와 감탄사 등은 보조 기능과 강조 기능을 중심으로 하는데, 작품의 요소요소에 쓰여서 화자의 정서를 효과적으로 표현할 수 있도록 하는 데에 결정적인 구실을 하면서 마무리하는 수단이 된다.

형식의 마지막 단위라고 할 수 있는 수사법은 시가의 내용을 아름답고 정연하게 다듬고 꾸며 표현함으로써 그것을 감상하는 독자로 하여금 이해와 감동을 높이는 구실을 한다. 이러한 수사법의 본질적인 성격은 첫째, 내용과 형식이 만나는 연결점으로서의 의미 구성행위, 둘째, 의미의 질적인 확장을 가능하게 하는 내포의 극대화, 셋째, 예술적 형상화를 가능하게 하는 감각적 대상화, 넷째, 주관적 정서의 객관화를 가능하게 하는 폐쇄적 범주화, 다섯째, 형식의 완성을 주도하는 형태의 핵심으로서의 미학적 구성요소[154] 등이 된다. 수사법은 형태를 결정짓는 마지막 형식적 요소로서 한 편의 작품이 가지는 미학적 특성을 마무리하는 구실을 하는 존재로 이해할 수 있다.

형식은 그것을 이루는 다양한 요소들이 상호 간에 맺는 유기적인 관계를 통해 하나의 체계를 구축함으로써 구조를 바탕으로 하는 형태를 형성하여 작품을 완성한다. 그러므로 형식은 작품의 알맹이를 이루는 소재, 정서, 어휘 등이 예술적 내용으로 이루어질 수 있도록 하는 주체로 작용함을 알 수 있다. 형식을 구성하는 요소들은 위에서 살펴본 바와 같이 음절, 평장, 명, 구, 행, 장, 렴, 조흥구, 감탄사, 수사법 등인데, 이 요소들은 각각 하위 단위가 상위 단위를 전제로 할 때 비로소 성립하는 성격을 가지고 있다. 즉, 시가에서 음절은 평장을 전제로 하고, 평장은 명을 전제로 할 때만 성립된다. 그리고 명은 구를 전제로

---

154   손종흠, 앞의 책, 342쪽.

할 때만 가능한 요소이고, 구는 행을 전제로 할 때만 성립할 수 있는 시가만의 형식적 요소이다. 행과 장의 관계는 약간 특별한데, 연장連章의 형태에서는 장을 전제로 하여 행이 성립하지만 단장短章의 형태를 가지는 시가에서는 편을 전제로 한 개념이 되기 때문이다. 장의 중요한 구성요소 중의 하나이면서 그것의 전제가 되는 렴은 다양한 형태를 가지게 되고, 내용적으로 단절된 성질을 가지는 장과 장을 이어주면서 본문에서 언어를 통해 추상화하여 나타낸 화자의 정서들을 개괄하면서 총괄하는 구실을 한다. 또한 조흥구와 감탄사 등은 시가에서 쓰이는 특수한 형식적 요소로써 나머지 요소들이 올바른 구실을 할 수 있도록 보조하거나 화자의 정서를 강조하는 구실을 하는 것이기 때문에 다른 요소들이 가지는 관계와는 차이가 있으며, 행이나 장이 작품 안에서 예술적인 구실을 할 수 있도록 하는 요소로 작용하는 특성을 지니고 있다. 수사법은 위에서 제시한 모든 요소들이 예술적인 요소로 작용할 수 있도록 하는 마지막 단계의 형식적 구성요소라고 할 수 있는데, 내용에 창조적이고 예술적인 의미를 불어넣는 구실을 한다는 점에서 형식적인 구성요소이며 동시에 내용과도 일정한 관계를 가지면서 형태와 직접적으로 맞닿아 있는 것이라고 할 수 있다.

이처럼 형식을 구성하는 모든 요소들이 상위나 하위의 단위요소들과 맺는 관계가 유기적이지만 다른 한편에서는 각각의 요소들은 독립성과 개별성을 지닌 것들이라는 점도 중요한 특성의 하나라고 할 수 있다. 각 음절은 언어로 쓰일 수 있는 준비를 마친 상태로 그 자체로 이미 일정한 체계를 지니고 있는 것으로 보아야 한다. 특히 우리말에서는 초성, 중성, 종성이 시간적 순서에 의해 결합하는 형태를 취하는데, 이것은 이미 하나의 체계를 형성하여 독립적인 의미를 지니는 소리(音)이기 때문이다. 음절을 바탕으로 하여 성립하고, 명을 전제로 하는 평장의 경우도 마찬가지이다. 일정한 숫자의 음절이 모여서 이루어지는 '평'은 시어를 구성하는 핵심적인 요소로 한 편의 작품 안에서 독자적인 의미와 기능을 가지고 있는 독립된 체계를 지닌다. '장'은 비록 언어적인 의미를 가지는 요소는 아니지만 앞의 요소가 창조적인 의미를 가질 수 있도록 도와주는 구실을 하기 때문에 이것 역시 독자적인 체계를 형성한 것으로 볼 수 있다. 또한 '명'은 평장에서 차별화한 음절의 단위들을 균질적으로 구조화한 단위로 만들어 주는 구실을 하므로 주기적 반복구조를 기본으로 하는 형식적 요소 중에서 독립성과 개별성을 확실하게 담보하는 단위가 된다. 구의 상위 단위이면서 그것의 전제가 되는 행은 강제적인 휴지를 바탕으로 성립하는데, 작품의 형태를 결정짓는 요소이기 때문에 시가의 형식적 요소 중에서 수평적 관계와 수직적 관계의 접점에 위치하면서 철저하게 독립성과 개별성을 확보한 것이라고 할 수 있다. 여러 개의 행을 구성요소로 성립하는 장은 행과 비슷한 구실을 하는 것으로 볼 수 있다. 다만 렴이라는 형식적 요소를 필요로 한다는 점에서 행과 다른 체계를 구성한다. 렴은 장의 내용을 보조한다는 점 때문에 독립적이지 못한 것처럼 보이기 쉬우나 본문을 통해서 나타내기 어려운 정서를 총괄하여 개괄적으로 나타내는 형식적 요소라는 점에서 일정한 틀을 이루는 것으로 볼 수 있다. 따라서 렴은 그 자체로 하나의 훌륭한 체계를 형성한 형식적 단위가 된다. 음절에서부터 명, 구, 행, 렴, 장에 이르기까지 형식을 이루는 단위요소들은 아래 단위는 위 단위에 대해 발생적공으로 작용하고, 위 단위는 아래 단위에 대해 완성적허로 작용하는 구실을 함으로써 유기적인 관계를 만들어 내면서, 독립적인 성격을 가지는 체계와 체계가 결합하는 것을 통해 구조를 형성하는 것이 특징이다. 체계의 체계라는 구조적 특성은 형태와 마주하게 되면서 작품의 미학적 특성을 어느 정도 완성하게 된다.

인간은 삶의 과정에서 아름다움을 추구하는 수많은 미적행위를 하게 된다. 그중에서 언어를 통한 미적행위는 문학예술과 밀접한 관련을 가지게 되는데, 화자가 전달하려고 하는 바를 강조하거나 예술적으로 표현할 수 있도록 하는 수사법은 문학적 미적행위를 완성하는 주체가 된다. 앞에서 살펴본 다양한 형식적 요소들이 작품의 알맹이들을 예술적으로 형상화하는 체계의 체계를 통해 구조를 만드는 과정에서 수사법은 구조를 마무리하면서 형태를 완성하는 구실을 한다. 수사법은 내용과 형식을 아우름과 동시에 그것이 최고의 예술적 아름다움을 담을 수 있도록 하는 마지막 표현방식이기 때문에 형식의 끝에 있으면서 형태의 출발점에 서는 그런 성격을 가진다. 그러므로 수사법은 내용을 이루는 소재, 시어, 사상 등과 형식적 요소인 장평, 명, 구, 행, 장, 렴, 조흥구, 감탄사 등, 시간과 공간 등을 바탕으로 만들어지는 구조 등과 결합함으로써 한 편의 시가가 예술적 아름다움을 갖춘 미적형태로 거듭날 수 있도록 하는 주체가 된다.

한국시가는 이상에서 살펴본 다양한 형태의 미적요소들을 바탕으로 하여 예술적 아름다움을 형성하는데, 신라와 고려시대까지의 시가는 불교적 세계관이 중심을 이루면서 인간과 신이 마주하는 방식의 문화를 반영하는 형태로 만들어지고, 조선시대에 들어서서는 성리학적 세계관이 중심을 이루면서 인간과 자연이 마주하는 방식의 문화를 반영하는 형태로 만들어지는 특성을 가지게 되었다. 그러다 보니 시가가 가지는 미학적 특성도 큰 차이를 보이게 되었다. 신라와 고려시대의 시가는 신에 대한 것과 성^性에 대한 것이 중심을 이루면서 형식적으로는 삼구육명을 바탕으로 하는 미학적 특성을 형성하고 있다. 그리고 조선시대의 시가는 자연에 대한 것과 윤리에 대한 것이 중심을 이루면서 형식적으로는 사구팔명을 바탕으로 하는 미학적 특성을 형성하고 있는 것으로 파악된다.

고정옥, 『조선민요연구』, 수선사, 1949.

국립국어원 편, 『표준국어대사전』, 1991.

김사엽, 『향가의 문학적 연구』, 계명대학교출판부, 1979.

김대행, 『운율』, 문학과지성사, 1984.

――, 「고려시가의 틀」, 『우리시의 틀』, 문학과비평사, 1989.

――, 『韓國詩歌構造硏究』, 삼영사, 1976.

김문기, 「삼구육명의 의미」, 『어문학』 제46호, 어문학회, 1986.

김부식, 『삼국사기』, 민족문화추진회 영인본.

김수업, 『배달문학의 갈래와 흐름』, 현암사, 1992.

金烈圭·申東旭 編, 『高麗時代의 歌謠文學』, 새문사, 1982.

김완진, 『향가해독법연구』, 서울대학교출판부, 1991.

김욱동, 『수사학이란 무엇인가』, 민음사, 2002.

김준영, 「삼구육명의 귀결」, 『국어국문학』 26호, 국어국문학회, 1986.

까간 지음, 진중권 옮김, 『미학강의』 I, II, 새길, 1991.

商務印書館 篇, 『辭源』, 商務印書館, 1952.

『尙書』, 「舜典」.

서수생, 『한국시가 연구』, 형설출판사, 1970.

성기옥·손종흠, 「고전시가론」, 한국방송통신대학교출판부, 2006.

――, 『한국시가 율격의 이론』, 새문사, 1986.

성호경, 『신라 향가 연구』, 태학사, 2008.

손종흠, 「고려속요 형식연구」 II, 『논문집』 제19집, 한국방송통신대학교, 1995.

──, 「민족통합과 향가의 발생」, 『향가의 깊이와 아름다움』(고가연구회 엮음), 보고사, 2009.

──, 「성산별곡의 구조 연구」, 『애산학보』, 28집, 2003.

──, 「韓國民謠 分類論試攷」, 『洌上古典研究』 2집, 1989.

──, 「한림별곡 연구」, 『논문집』, 제14집, 한국방송통신대학교, 1992.

──, 「鄕歌의 時間性에 대한 연구」, 『논문집』 42집, 한국방송통신대학교, 2006.

──, 『속요형식론』, 박문사, 2010.

알렉상드르 꼬제브 지음, 설헌영 옮김, 『역사와 현실 변증법』, 한벗, 1981.

양희철, 『고려향가연구』, 새문사, 1988.

劉勰, 『文心雕龍』, 商務印書館, 香港, 1960. 7.

윤선도, 『孤山遺稿』, 『韓國文集叢刊』, 91, 민족문화추진회, 1992.

이병기, 『국문학개론』, 일지사, 1957.

이웅재, 「삼구육명에 대하여 1」, 『어문논집』 18호, 중앙대학교문리과대학 국어국문학과, 1985.

李鐸, 『國語學論考』, 정음사, 1958.

李滉, 「陶山十二曲跋」.

일연, 『삼국유사』, 민족문화추진회 영인본, 1991.

장자, 『莊子』, 山東教育出版社, 中國, 1983.

정광, 「韓國詩歌의 韻律研究試論」, 『응용언어학』, 7권 2호, 서울대언어연구소, 1975.

정병욱, 「악기의 구음으로 본 별곡의 여음구」, 『高麗時代의 가요문학』, 새문사, 1983.

정병욱 선생 10주기추모논문집간행위원회, 『한국고전시가작품론 1』, 집문당, 1992.

정혜원, 『한국고전시가의 내면미학』, 신구문화사, 2001.

조동일, 「한림별곡의 장르적 성격」, 김학성·권두환 편, 『고전시가론』, 새문
　　　사, 1984.

──, 『한국시가의 전통과 율격』, 한길사, 1982.

──, 『한국문학통사』 1, 지식산업사, 1982.

지헌영, 「鄕歌의 解讀 解釋에 관한 諸問題」, 『崇田語文學』 2호, 숭전대학교
　　　국어국문학과, 1973.

최　철, 『고려국어가요의 해석』, 연세대학교출판부, 1996.

──, 『韓國民謠學』, 연세대학교출판부, 1992.

──, 「三句六名의 새로운 해석」, 『동방학지』, 제52집, 연세대학교 국학
　　　연구원, 1986.

카렐 코지크 지음, 이정호 옮김, 『구체성의 변증법』, 거름, 1981.

칼 맑스 지음, 강유원 옮김, 『경제학―철학수고』, 이론과실천, 2006.

키케로 지음, 안재원 옮김, 『수사학』, 길, 2006.

波多野精一, 『時と永遠』, 岩波書店, 1967.

페르디낭 드 소쉬르 지음, 최용호 옮김, 『언어와 시간』, 박이정, 2002.

폴 리쾨르 지음, 김한식·이경래 옮김, 『시간과 이야기 1』, 문학과지성사,
　　　1999.

하이데거 지음, 이기상 옮김, 『존재와 시간』, 까치, 1988.

한국철학사상연구회 편, 『철학대사전』, 동녘, 1989.

漢語大詞典編輯委員會, 『漢語大詞典』, 漢語大詞典出版社, 中國 上海, 2001.

헤겔 지음, 두행숙 옮김, 『헤겔미학』 Ⅰ·Ⅱ·Ⅲ, 나남출판, 1996.

헤겔 지음, 임석진 옮김, 『정신현상학』, 지식산업사, 1988.

赫連挺 지음, 최철·안대회 옮김, 『均如傳』, 정음사, 1993.

현종호, 『국어고전시가사연구』, 보고사, 1996.

홍재휴, 『한국고시율격연구』, 태학사, 1983.

F. W. 폰 헤르만 지음, 신상희 옮김, 『존재와 시간을 찾아서』, 한길사, 1997.

Martin Heidegger 지음, 전양범 옮김, 『존재와 시간』, 시간과공간사, 1989

Michael Gelven 지음, 김성룡 옮김, 『존재와 시간 입문서』, 시간과공간사, 1991.

T. W. 아도르노 지음, 홍승룡 옮김, 『미학이론』, 문학과지성사, 1984.

.. ㄱ

가사 96, 100

가시리 96, 99

가악歌樂 17, 144, 211

가을 무덤 374

가창 397

간격 21, 69, 74, 176

간다르바 288

갈등구조 186

감각적 325

감각적 대상화 33, 37, 383, 387, 411

감각적 대상화물 41, 370

감각적 도구 107

감각적 형상화 81

감각적 형태 76, 77

감탄사 31, 86, 322, 409

강제적 휴지 36, 56, 408

강조 105, 410

강조법 364

강호 165

강호가도江湖歌道 165, 169

강호가사 191, 357

강호한정江湖閒靜 32, 113

개괄 288, 289, 321, 410

개괄화 295, 410

개념화 228

개별성 48, 51, 412

개별적 성격 34

개별화 162, 164

개인정서 210

개화가사 116

객관적 소재 45, 48

객관적 실재 272

객관적 질료 75, 81, 312, 335, 355, 408

객관적 체계 272

객관화 387

거리 74, 176

격조사 405

결핍 62, 391

겹구조 221

경기체가 144, 275

경험세계 30

계급성 138

계급적 성격 137

고독의 현실 233

고저장단高低長短 29, 46, 66, 85, 186

골계미滑稽美 399

골품제 280

공간 21, 175, 323

공간미학 332, 360

공간예술 20

공간의 이동성 116

공간의 이중구조 338

공간이동 315

공간적 순환성 110

공간적 한계 240

공간점유자 251

공간화된 시간 391
공쏯과 색色 374
공덕功德 153
과장법 379
관계 44, 57, 181, 267, 330
관계의 형성 57
관념성 95
관념적 174
관념적미적행위 18
관념적 반영 273
관념적 체계 272
관념화 364
관동별곡關東別曲 165, 258
관습적 산물 58
관음보살 198
광덕光德 334
광덕엄장廣德嚴莊 217
교차적 진행 186
교착어 299, 405
구句 6, 86, 322, 405
구결 404
구성 184
구전문학 183
구전성 97
구조 6, 46, 57, 70, 92, 268, 385
구조미학 278, 357
구조적 단위 313
구조화 22, 383
구조화한 단위 207
구지가龜旨歌 142
국가의 성립 136
국선지도國仙之徒 143, 196, 280
궁중무악宮中舞樂 97, 145

균여전 406
균질성均質性 267
균질적 413
극락왕생 333
금쇄동金鎖洞 353
기록문학 183
기호 205
기호언어 184
기호체계 26
긴장과 이완 70

. . ㄴ

나례儺禮 100
남녀상열지사 96, 233
남북국시대 191, 284, 336
낭도郎徒 280
낭승郎僧 143, 196, 225
내방가사內房歌辭 241
내세의 공간 333
내용과 형식 38
내적인 시간성 309
내포 48
내포의 극대화 33, 37, 48, 83, 164,
    228, 354, 370, 383, 386
노계가蘆溪歌 123
노동 149
노동과정 63
노동기원설 61
노동대상 62
노동력 63, 183
노동생산물 63
노동요 149
노동행위 24, 62, 183

노래 60
논리성 143, 364
놀이공간 241
농암가聾巖歌 113
누항사 358, 360
님의 부재 235
님의 침묵 374

.. ㄷ
다항술어 273
단사표음簞食瓢飮 130, 358
단어 393, 405
단장短章 412
단항술어 273
당파성黨派性 28, 31, 137, 138
대구對句 207
대구법 165, 394
대동강 348
대립구도 120
대립적 공간 313
대립적 교체 36
대상 269
대상의 부재不在 90
대상화 19, 30, 205, 234, 273, 403
대상화한 존재 386
대유법 375, 389
대응관계 235
도구 63
도산십이곡 113
도솔가 61, 282, 333
도천수대비가 92
독립성 412
동감同感 120

동동動動 96, 157, 191, 375
동동춤[動動舞] 229
동락同樂 120
동유同遊 120
동일화 69
동흥同興 120
등장성等長性 31, 36

.. ㄹ
렴斂 31, 98, 202, 409

.. ㅁ
마이크로(micro) 공간 176
만인동락萬人同樂 121
만전춘별사滿殿春別詞 96, 98, 375
망부석 89
망부석설화 89
매개수단 22
매개체 249, 370
매창梅窓 236
매창이뜸 236
매창집 236
매크로(macro) 공간 176
맹아적 45
맹아적 형태 27, 36
면앙정 164
면앙정가俛仰亭歌 120, 164, 242, 357
명名 6, 86, 322, 405
명과 구 312
모죽지랑가 191, 213
묏버들 110
무가 366
무문자층無文字層 136

찾아보기

무애無㝵 88
무한성 319
문이재도文以載道 160
문자언어 25
문체 70
물계자가 282
물리적 거리 335
물리적 공간 391
물아일체 121
물질 325
물질과 관념 78
물질적 관계 269
물질적미적행위 18
미美와 추醜 137
미의식 147
미인별곡美人別曲 264
미적가치 19, 202
미적감각 4
미적단위 37, 410
미적대상화물 14
미적바탕 207
미적생산물 16, 19
미적수준 310
미적욕구 14
미적특성 6, 389
미적표상 54
미적표현 67
미적행위 13, 14, 27, 32, 33, 34, 35, 403, 414
미적현실 67
미적형태 6, 414
미학적 구성요소 33, 411
미학적 장치 406

미학적 특성 404
민요 99, 366
민족공동체 281
민족언어 274
민족통합 143, 274, 283

ㅂ

바람의 현실 233
반복 55
반복구 293, 295
반복구조 181, 186, 187, 208
반복법 99, 152, 165, 296, 376
반복적 구조 140
반복적 구조단위 289
반영 183, 203, 269
발생과 소멸 177
발생적공發生的空 27, 36, 41, 74, 176, 327, 365
발화 184
배열 365
백중百中 234
뱃사공 349
버드나무 111
번방곡飜方曲 109
벽계수碧溪水 390
변증법적 관계 201
변화 178, 323
변화과정 177
변화법 364, 375
별사미인곡別思美人曲 264
보조수단 410
보편성 34, 51, 95, 199, 364
보편적인 주제 186

부족연맹체 281
분장의 형태 208, 296
분천강호가汾川江湖歌 163
불교 143, 195, 212, 332
불교설화 213
불교적 당파성 154
불교적 세계관 275
불교적 시간관 196
불교적 진리 373
불국토佛國土 212, 285, 332
불우헌곡不憂軒曲 117
비극미 399
비리지사鄙俚之詞 97
비어 있음 28
비움[虛] 68
비움의 공간[虛] 69
비유 54, 70
비유법 364

..ㅅ

사계의 순환 243
사계절 170
사계절의 순환 314
사구 407
사구팔명四句八名 7, 275, 407
사국시대四國時代 142
사뇌가 211
사뇌가계 향가 211, 212, 282
사리부재詞俚不載 96, 97
사모곡思母曲 98, 374
사물현상 19, 38, 42, 73, 74, 77, 173,
    205, 322, 375
사미인곡思美人曲 120, 258, 357

사상미학 27, 141, 149, 154
사상미학적 측면 38
사상思想 31, 137
사상捨象 47, 82
사상성 144
사시가 191
사실적인 자명성 174
사실적인 존재 174
사유체계 26
사제곡莎堤曲 123
사회구성체 17, 202
사회적 의식 141
산옹山翁 248
삼각구도 91, 335, 353
삼강오상三綱五常 164
삼구 407
삼구육명三句六名 7, 275, 407
삼국사기 203
삼국속악三國俗樂 88
삼국유사 98, 140, 150, 197
삼단구성 92, 241, 335
삼단구조 289
삼단의 구성법 357
삼당시인三唐詩人 108
삼당시파 237
삼차적 미적현실 69
상대시가 61
상대적 자립체 181
상상력 27, 49, 203
상승의 구조 261
상승적 지향 297
상저가相杵歌 98
상징법 375, 389

상춘곡賞春曲 116, 241, 357
생산물 16
생산수단 137
생산자 17
생성과 소멸 174
생활공간 115
생활적 필요 133
생활정서 99
서경 348
서경별곡西京別曲 96, 98, 338, 345
서방정토 334
서사구조 150
서술과 묘사 186
서왕가西往歌 241
서정 60
서정성 301
서정적 210
서포만필西浦漫筆 258
선계仙界 168, 169, 241, 249
선상탄船上嘆 123
선점 133, 194, 218
선후관계 184
선후창先後唱 99
설의법 376
성리학 147
성산별곡星山別曲 120, 165, 242, 244, 357
성수시화惺馬詩話 237
성읍연맹체 143
성호사설星湖僿說 229
세객說客 33, 363
세계관 50, 76, 203
세속적 순환시간 217

소리극 340, 344
소리문화 279
소리예술 5, 20, 183
소리현상 66, 367, 410
소성掃星 287
소재素材 5, 27, 49, 73, 80, 351, 403
소재미학 96
속미인곡續美人曲 258
속사미인곡續思美人曲 264
속세 169
속요 96, 144, 289
송도삼절松都三絶 389
송도頌禱와 송축頌祝 100, 146
수기치인修己治人 123
수사 363
수사법 6, 31, 37, 253, 364, 403, 411
수사학 366
수직관계 121
수직적 관계 36, 37, 271, 272, 408
수직적 구조 70, 273, 313, 404
수평관계 122, 271
수평적 관계 37, 271, 272, 407
수평적 구조 70, 273, 311, 404
순간성 226, 228
순간적 시간성 226
순수성 242
순오지旬五志 165, 258
순차적 시간성 206, 209
순치馴致 18
순행의 시간 262
순환개념 321
순환구조 189
순환성 212, 244, 332

순환의 논리 373
순환적 177
순환적 시간 208, 225, 241, 243, 262,
　　310, 357
순환적 시간구조 191, 217
순환적 시간론 212
순환적 시간성 190, 191, 206, 209,
　　309, 321
순환적 영원성 257
숭고미 399
숭유억불崇儒抑佛 160
승원가僧元歌 241
시가詩歌 28, 66
시가미 60
시간 6, 21, 54, 169
시간구조 120
시간성 29, 207
시간예술 20, 80
시간의 순환성 116
시간의 숭배자 54
시간의 역행구조 239
시간의 장단 397
시간의 현실태現實態 28
시간자체 30, 174, 175, 319
시간적 구조화 310
시간적 배열 28, 185
시간적 선후관계 271, 408
시간적 순서 27, 179, 181
시간적 순행 218, 221
시간적 순환성 170, 217, 241, 301
시간적 역행 218, 221, 225
시간적 점유 184
시간적 지속성 36

시간적 진행 309
시공예술時空藝術 20
시어詩語 29
시용향악보 155
시조 100
식영정 312
신가기원설神歌起源說 61
신분의 분화 17, 136
신분제 17, 61, 279
신분제사회 19
신성성 242, 288
신앙요 98
신호음 278
신화 366
신흥사대부 159, 276
실현 불가능한 사실 105
심대성心大星 287
쌍화점 96, 338, 375, 381

. . ㅇ

악신樂神 288
악장樂章 96, 146
악장가사 155
악학궤범樂學軌範 88, 155
안민가 225
안분지족安分知足 122
안빈낙도安貧樂道 116, 359
알맹이 5, 31, 37, 50, 85, 182, 310
앞과 뒤 179
양면성 202
어간 405
어구語句 394
어구의 반복 297

찾아보기

어미 405
어부가漁父歌 163, 301
어부사시사漁父四時詞 84, 301, 352
어조語調 394
언어관습 58
언어예술 27, 403
언어의 발화 271
언어현상 66, 410
여가餘暇 63, 149
여가요餘暇謠 149
여음 295
역설법 376
역성혁명 158
역행의 시간 262
역행의 시간구조 194
연쇄법 379
연장連章 412
연중나례年中儺禮 229
영남가嶺南歌 123
영남가단 113
영원 177, 268, 319
영원성 194, 226, 244, 302
영원적 시간성 226
영탄법 376
예기藝妓 108
예문고藝文考 88
예술미 4
예술적 감각 44
예술적 감동 59
예술적 공간 327
예술적 구성단위 394
예술적 내용 367, 411
예술적 대상화 54

예술적 반영 52
예술적 세계 45
예술적 아름다움 367
예술적 의미 27, 28, 46, 51, 204, 385,
    386, 406
예술적 정서 43, 307
예술적 표상 54
예술적 표현 43
예술적 현실 27, 42, 45, 67, 68
예술적 형상화 383, 411
예술적 형태 45
예술적허藝術的虛 44, 45
예악禮樂 158
오감 174
오우가 351
완결구조 128
완성적허完成的虛 28, 41, 68, 74,
    176, 370, 406
외연과 내포 385
외연外延 48
요성妖星 287
욕구 13, 62, 133
용담유사 116
용사적用事的 성격 253
우식곡憂息曲 283
우아미 399
우주내 4, 13
우주내의 현존재 329
운문韻文 200
운율적 특성 70
원가 333
원왕생가 191, 333
월령체가 191

월명사 371
유구곡維鳩曲 378
유기적 결합 33, 38
유기적 구조 309
유리왕 282
유적본질類的本質 13, 21
유학 155
유흥공간 106, 146
유희경劉希慶 236
육상왕국 142
윤회사상 195
율격 29, 54, 58, 201, 365, 397, 405
율격의 형성 58
율격적 역동성 37
율독 299
율동 29, 36, 201, 333, 397, 405
은유 54
은유법 375
음보音步 31
음설지사淫褻之詞 97
음성언어 25, 184
음수音數 31, 407
음절 31, 322, 408
음향현상 37, 410
의미 구성행위 33, 383, 385
의미상의 반복 297
의미의 구성행위 370
의미의 재구조화 205
의미창조의 주역 181
의미체계 184, 187
의미현상 367
의성어 309
의식적 지향점 133

이귀李貴 236
이념 50
이념성 144
이념적 목적성 95
이념적 지향성 147
이단구성 294
이두吏讀 404
이미지 54
이미지화 226
이별 32
이별의 공간 110
이상곡 378
이상적 공간 358
이소離騷 258
이중구조 294
이중의 개괄화 296
이중의 이단구성 297
이중의 추상화 296
이중적 순환 255, 257
이차적 대상화물 30
이차적 미적현실 68
이현보 112
인간의 시간 242
인공언어 25
인식적認識的 활동 133, 134, 272
인위적 휴지 29
일 년의 순환 303
일반적 소재 186
일반적 속성 389
일상언어 26, 363
일차적 대상화물對象化物 30
일차적 미적현실 68
일회성 185, 257, 306

일회적 순간성 257
일회적 시간 243
임진왜란 238
입체적 공간 46, 330
입체적인 구조 313

. . ㅈ

자명성自明性 20, 174, 319
자발적 공감 59
자연상관물 19, 27, 81, 82, 205, 335,
    353, 384
자연언어 25
자연의 재구성 14
작품의 통일성 70
장章 31, 86, 322
장단 184
장륙존상 152
장면 전환 381
장음 299, 393
장음화 406
장자莊子 246
재구조화 5, 22, 29, 30, 36, 67, 77,
    200, 207, 383, 408
재구조화과정 206
재재구조화 208, 383
전렴前斂 106, 309, 381
전승 140
전제 411
전파력 140
전형典型 52
전환 290
절대왕권국가 195, 283
절대왕정 211

절대적 존재 175
점층법 165, 253
정과정 98
정서情緒 5, 78, 80, 403
정석가鄭石歌 96, 98, 158, 191, 348,
    375, 381
정읍사井邑詞 82, 335
정치적 세계관 155
제망매가祭亡妹歌 92, 191
조선왕조실록 229
조홍시가早紅柿歌 123, 374
조흥구助興句 31, 86, 98, 322, 381,
    409
존재미存在美 4
존재방식 20, 53, 269, 388
종교적 순환시간 217
종성부사鍾城府使 109
좌절의 현실 233
주관적 소재 48
주관적 질료 75, 81, 312, 408
주기적 반복 29, 36, 70, 322, 393,
    405
주기적 반복의 구조 311
주기적 순환 302
주기적 순환성 307
주세붕周世鵬 162
주술력 140
주술성 65
주술적 신성성 16
주정적主情的 106
주종의 관계 82
중간휴지 398
중렴中斂 106, 309, 342

증보문헌비고增補文獻備考 88
지양止揚 244
지족선사知足禪師 390
지향의식 169
직선개념 182, 189
직유법 375
질료 73, 79
집단가창 105, 410
집단의식 32, 142
집단적 의식 142
집단정서 210
집단창 295
징표 15

. . ㅊ

차별화 36, 69, 208, 405
차사 226
차사사뇌격 211
착상 365
찬기파랑가 213
창작의도 49, 50
창조적 표상 54
처용가 98
천수관음 92
천촌만락千村萬落 121
청산별곡 99, 381
체계 46, 267, 403
체계의 체계 272, 297, 403, 414
초월적 시간성 245
최경창崔慶昌 108
추상 289, 321
추상적 53, 364
추상적 반영 58

추상적 실체 181, 319
추상행위 48
추상화 295, 364, 386, 410
추상화과정 134, 205, 295
추풍세우秋風細雨 239
출사표出師表 258
충담사 221, 225
충신연군지사忠臣戀君之詞 145, 233
치술령곡鵄述嶺曲 89

. . ㅋ

카타르시스 186

. . ㅌ

태평사太平詞 123
텍스트 59
통과의례通過儀禮 160
통치이념 161
특수성 34, 51, 81
특수화 375

. . ㅍ

평면적 공간 46, 330
평음 393
평장平長 86, 397, 405
폐쇄적 범주화 33, 37, 370, 383, 387, 411
포괄화 293
포교가 115, 211
표상 54
표현 365
표현기법 85, 227
표현방식 5, 53, 57, 85, 104, 181, 414

표현법 296
표현의 개방성 100
풍요風謠 150
풍유적 378
풍자미 399
피안 351

ㅎ

하강의 구조 261
하강적 지향 297
하계 241
하늘의 공간 313
하루의 순환 245, 303
한국어 6
한림별곡翰林別曲 97, 290
한중진미閒中眞味 121
함관령咸關嶺 109
함축미 114
함축성 107
합목적성 34
합목적적 미적행위 33
합법칙성 143
해상왕국 142
행行 31, 86, 322, 357, 407
행말휴지 398
향가 142, 283, 332
향유자 17
향찰鄕札 404
허균許筠 236
헌화가 333
현상적 시간성 309
현세구복現世求福 93
현세의 공간 333

현실적 공간 358
현존재現存在 13, 4, 41, 174, 320
형상 53, 73, 79, 204
형상수단 204
형상적 203, 251
형상적 반영 204
형상화 33, 75, 80, 85, 86, 256
형식 85, 180, 322
형식적 단위 393
형식적 요소 272
형식적 특수성 28, 273, 404
형태 52, 184, 268, 269, 329, 403
형태상의 반복 297
형태의 핵심 구성요소 370, 383
형태적 주체 58
형태 창조의 원리 181
혜성 288
혜성가彗星歌 92, 211, 282, 333
홍랑洪娘 108, 238
홍만종洪萬宗 165
화랑도 143, 195, 279, 285
화랑제도 217
활유법 375
황조가黃鳥歌 60
황진이 389
회소곡會蘇曲 150, 282
회회아비 342
후렴 104, 301, 341
훈민가訓民歌 161
훈민정음 160
훈민訓民 160
휴지休止 28, 208, 398
희망의 현실 233